JOANA D'ARC

Romance

JOANA D'ARC

Katherine J. Chen

Garota, guerreira, herege... e santa

Tradução
Flávia Souto Maior

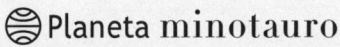

Copyright © Katherine J. Chen, 2022
Copyright © Editora Planeta do Brasil, 2022
Copyright da tradução © Flávia Souto Maior
Todos os direitos reservados.
Título original: *Joan*
Esta tradução foi publicada por acordo com a Random House, uma marca e uma divisão da Penguin Random House LLC.
Joana d'Arc é uma obra de ficção histórica. Além das pessoas, eventos e locais reais e conhecidos que figuram na narrativa, todos os outros nomes, personagens, lugares e incidentes são produto da imaginação da autora ou são usados de forma fictícia. Qualquer semelhança com eventos atuais ou localidades, ou com pessoas vivas, é mera coincidência.
Epígrafe da página 7: selecionada e traduzida para o inglês por Craig Taylor. *Joan of Arc*: La Pucelle. Manchester: Manchester University Press, 2006, p. 84 (Copyright © Craig Taylor, 2006). Tradução para o português: Flávia Souto Maior.

Preparação: Laura Folgueira
Revisão: Andréa Bruno e Elisa Martins
Projeto gráfico e diagramação: Márcia Matos
Capa e ilustração de capa: Marina Banker
Imagens de miolo: Freepik

Dados Internacionais de Catalogação na Publicação (CIP)
Angélica Ilacqua CRB-8/7057

Chen, Katherine
  Joana d'Arc / Katherine Chen; tradução de Flávia Souto Maior. - São Paulo: Planeta do Brasil, 2022.
  384 p.

ISBN 978-85-422-2024-7
Título original: Joan: a Novel of Joan of Arc

1. Ficção norte-americana 2. Joana, d'Arc, Santa, 1412-1431 – Ficção I. Título II. Maior, Flávia Souto

22-6684   CDD 813

Índice para catálogo sistemático:
1. Ficção norte-americana

 Ao escolher este livro, você está apoiando o manejo responsável das florestas do mundo

2022
Todos os direitos desta edição reservados à
EDITORA PLANETA DO BRASIL LTDA.
Rua Bela Cintra, 986 – 4º andar
01415-002 – Consolação
São Paulo-SP
www.planetadelivros.com.br
faleconosco@editoraplaneta.com.br

Para Joana
(1412–1431)

Darei um grito de guerra que será lembrado para sempre.
E lhes escrevo isto pela terceira e última vez;
não escreverei mais nada.

JOANA D'ARC
(em carta ditada aos ingleses, incentivando sua retirada)

Joana e sua família
• • •

Joana, *uma garota da comuna de Domrémy, em Armagnac, França*
Jacques d'Arc, *pai de Joana*
Isabelle Romée, *mãe de Joana*
Catherine, *irmã mais velha de Joana*
Jacquemin, *mais velho dos irmãos de Joana*
Jean, *segundo irmão mais velho de Joana*
Pierre, *irmão caçula de Joana*
Durand Laxart, *tio de Joana*
Salaud, *cachorro de Joana*

Outros habitantes da comuna de Domrémy
• • •

Hauviette, *amiga de Joana*
Jehanne, *mãe de Hauviette*
O *padre*

Realeza francesa
• • •

Carlos VII, *o delfim, filho mais velho sobrevivente do rei da França e sucessor deserdado do trono francês*

Maria de Anjou, *a delfina, esposa de Carlos VII e filha de Iolanda de Aragão*

Iolanda de Aragão, *duquesa de Anjou e Rainha dos Quatro Reinos, mãe da delfina e aliada de Joana*

João de Dunois, *"o Bastardo de Orléans", filho ilegítimo do ex-duque de Orléans e amigo de Joana*

Carlos, *duque da Lorena, apoiador de Joana desde o início*

Carlos VI, *pai do delfim e rei da França até sua morte, em outubro de 1422*

Isabel da Baviera, *mãe do delfim e detestada rainha da França*

Clero e cortesãos
• • •

Robert Le Maçon, *conselheiro de confiança do delfim e aliado de Joana*
Georges de La Trémoille, *preferido do delfim na corte e rival de Joana*
Regnault de Chartres, *arcebispo de Reims e rival de Joana*
Colet de Vienne, *mensageiro real de Iolanda de Aragão*

Soldados
• • •

Robert de Baudricourt, *capitão da guarnição de Vaucouleurs e apoiador relutante de Joana*
Bertrand de Poulengy, *cavaleiro e companheiro de viagem de Joana de Vaucouleurs a Chinon*
Jean de Metz, *escudeiro e companheiro de viagem de Joana de Vaucouleurs a Chinon*
Étienne de Vignolles, *mais conhecido como La Hire, soldado infame e amigo de Joana*
Jean d'Aulon, *escudeiro de Joana*
Raymond e Louis, *jovens pajens de Joana*

Inimigos da França
○ ○ ○

Henrique V, *rei da Inglaterra até sua morte, em agosto de 1422*

Henrique VI, *jovem filho de Henrique V e Catarina de Valois (irmã mais velha do delfim) e herdeiro do trono inglês*

João Sem Medo, *ex-duque da Borgonha, inimigo do delfim; assassinado pelos homens do delfim em setembro de 1419*

Filipe III, *duque da Borgonha, filho de João Sem Medo e aliado da Inglaterra*

João, *duque de Bedford, regente da Inglaterra e aliado da Borgonha*

O reino da França está em guerra com a Inglaterra há quase cem anos, resultado de uma disputa antiga impregnada de território e sangue.

O atual rei da França é Carlos VI, também conhecido como Carlos, o Bem-amado, ou Carlos, o Louco. É um homem delicado que sofre de episódios psicóticos intermitentes e acredita que é feito de vidro. O atual rei da Inglaterra é Henrique V, o extremo oposto do pobre e louco Carlos. Verdadeiro rei guerreiro, determinado a subordinar a França ao domínio da Inglaterra, Henrique é um monarca que deve ser levado a sério e temido, um homem com firmeza de propósito. Sob a liderança militar de Henrique V, a Inglaterra tem uma sucessão de vitórias, incluindo a Batalha de Azincourt, em 1415, e controla a Normandia, Paris e quase todos os territórios ao norte do rio Loire.

No vácuo deixado pelo rei francês incapacitado, dois indivíduos lutam pelo poder: Carlos VII, o delfim, ou filho mais velho sobrevivente do rei da França, e o primo de seu pai, João Sem Medo, o influente e ambicioso duque da Borgonha. Em maio de 1418, João toma Paris, expulsando o delfim da capital. No entanto, apenas um ano depois, Carlos VII acaba se envolvendo no assassinato de João durante um encontro para estabelecer uma trégua, em uma ponte na cidade de Montereau-Fault-Yonne. Trata-se de um grande equívoco político, que deflagra uma desastrosa série de eventos para o delfim: como resultado da morte de seu pai, o único filho de João, Filipe III, novo duque da Borgonha, jura vingança a Carlos VII, seu primo, e promete auxiliar os ingleses contra os franceses. Há, assim, três forças em jogo durante esse período: Inglaterra e Borgonha, aliadas, de um lado e França do outro.

Em 1420, em um grande golpe político, Henrique V da Inglaterra e Carlos VI da França assinam o Tratado de Troyes. Segundo esse tratado, o desventurado delfim sai da linha de sucessão ao trono francês e um casamento é arranjado entre Henrique V e Catarina de Valois, filha mais nova de Carlos VI. O Tratado de Troyes declara que o filho (e futuros descendentes) de Henrique V e Catarina de Valois vai governar os dois reinos e que Henrique vai substituir o delfim como herdeiro do trono de Carlos VI.

Tais acontecimentos levam o agora "ilegítimo" delfim, um jovem de dezessete anos, a se refugiar no Vale do Loire, onde estabelece sua própria corte. É um período turbulento. Uma cidade tomada pelos ingleses em um dia pode ser retomada pelos franceses no outro e vice-versa. Embora Carlos VII tenha seus apoiadores – aqueles que não reconhecem nem aceitam os termos do Tratado de Troyes acreditam que sua reivindicação do trono é válida e não desejam viver sob o domínio da Inglaterra –, trata-se de um período infeliz para a França e seu povo. Existe muita coisa contra o delfim. Sua mãe, Isabel da Baviera, não o reconhece mais como filho. Sua irmã, Catarina, está unida em matrimônio a seu inimigo inglês. E a Inglaterra tomou grande parte das terras francesas, embora isso não tenha lhe custado pouco. Apesar de ser herdeiro do trono francês por laços de sangue, o delfim deve acabar com a guerra com a Inglaterra e a Borgonha se algum dia quiser reafirmar sua majestade e reinar em paz.

É aí que começa nossa história.

I
• • •

DOMRÉMY, VERÃO DE 1422

O trabalho dela é selecionar pedras. Não seixos, mas pedras pesadas, irregulares e com bordas afiadas. Enquanto os garotos de Domrémy se reúnem no campo, Joana está curvada sobre o solo, desenterrando mísseis com os dedos empretecidos. A barra da saia, que ela agarra com o punho bem cerrado, faz as vezes de uma trouxa que carrega os duros tesouros.

Quando seu irmão Jacquemin assobia, os outros vão se aproximando, um exército evasivo e indefinido do qual ele é capitão, sendo o mais velho – dezesseis anos – e mais alto. Saindo de sua boca, um ramo de trigo se curva em um longo arco como se fosse um bigode de gato. Ele olha para o calor abrasador do sol vespertino em um céu azul límpido e estica a perna, sacode o pé como se quisesse acordá-lo. Sobre eles, sopra um vento quente, agitando alguns fios de cabelo em cada cabeça. Uma quietude atinge a grama. Um garoto abre a boca para bocejar.

Ela mostra sua coleção a Jacquemin, que acena com a cabeça. Como capitão, tem o direito de escolher primeiro as pedras. Pega duas das maiores para si e aponta com os olhos na direção do restante de seus homens. Ela passa lenta e deliberadamente pela fileira. O que distribui não é determinado de maneira aleatória. Ela examina cada mão estendida, avaliando se está acostumada a farpas, cortes e arranhões, a brigas em pátios ou palheiros, ou se ainda não foi iniciada nos ritos das rixas infantis e do trabalho duro. Ninguém quer dar a um garoto uma pedra maior que a palma de sua mão que ele não possa agarrar com os dedos e arremessar com precisão. Então ela dá aos amigos do irmão, os meninos aprumados de doze e treze anos, as pedras que acha que lhes cabem: ásperas e pesadas.

Para o menor desse exército improvisado, um menino que conhece apenas de vista e de nome, ela guarda as melhores. Ele tem sete anos, três a menos que ela, e rói as unhas de uma das mãos com cuidado, até mesmo com ponderação, enquanto balança a outra ao lado do corpo. Quando ela lhe oferece o prêmio, ele não o segura, então ela tem que pegar a mão que não está na boca dele e colocar as duas pedras nas palmas. Em se tratando de pedras, uma delas é comum. Mas a outra é lisa e estreita, fácil de segurar. Diferentemente do restante, tem uma borda serrilhada. Ela havia sorrido quando sua mão roçara a parte afiada daquela pedra na terra quente.

— Eles podem não dar as caras — Jacquemin diz a todos, já entediado. Joga uma pedra como um malabarista prestes a iniciar uma apresentação, pegando-a com um pequeno floreio. — São covardes — acrescenta.

Mas, no mesmo instante, atrás deles, na borda da clareira: um farfalhar, uma movimentação tão sutil que eles se assustam e ela sente o coração bater dentro dos ouvidos. O inimigo chegou, e, por um momento, apenas um momento, eles ficam confusos com o que veem. É como se estivessem olhando no espelho: para cada garoto da francesa Domrémy que ali está há uma contraparte, um gêmeo, da vila borgonhesa de Maxey, vizinha a menos de uma hora de caminhada em um dia bom, seus arquirrivais. Dez contra dez.

Como décima primeira, ela se destaca: uma garota vestindo lã vermelha desbotada, de cabelos escuros e emaranhados que passam dos ombros. Jacquemin diz em um resmungo baixo:

— Saia do caminho, Joana.

Ela olha feio para ele e segue, em seu próprio ritmo, para o perímetro do campo de batalha. Encosta em uma árvore, cruza os braços e observa a cena. Seu irmão não sabe, mas ela guardou três pedras no bolso e, quando olha para baixo, avista a seus pés um galho grosso como um bastão. É bom estar preparada.

São, de ambos os lados, bandos de esfarrapados. Dá para ver onde as mães ou irmãs remendaram suas túnicas e calças, os quadrados desbotados costurados nos joelhos e cotovelos, onde o tecido se desgasta com facilidade. Quase dá para ouvir o ronco coletivo dos estômagos. Garotos vivem com fome, por mais que suas porções costumem ser maiores e, na casa dela, seja preciso comer às pressas para garantir a cota de pão e ensopado. Ela sabe muito bem, pois tem três irmãos (dois mais velhos e um mais novo). Quando há pouca comida, eles ficam falando sobre o que comeriam se pudessem: cortes de carne gorda, filés de truta recém-pescada, os banquetes que dariam se fossem lordes. Às vezes, quando estão de bom humor, eles a deixam ficar agachada lá perto e escutar, e sua boca se enche d'água, pois tem o mesmo apetite que eles e também vive com fome. Mas normalmente eles a expulsam e, se não conseguem expulsá-la porque, como uma parede, ela não sai do lugar, param de conversar até ela se cansar do silêncio e sair por vontade própria.

Ninguém sabe ao certo como começaram essas falsas batalhas ou por que os garotos da Domrémy francesa e da Maxey borgonhesa empunham pedras, quando seus pais são capazes de manter uma paz cautelosa entre si. Mas aí estão, esses garotos, no campo. Aí estão, cara a cara, limpando restos turvos de muco nas mangas da roupa, rubicundos não de raiva, mas do calor de um dia de verão. Aí estão, olhos duros, rostos inexpressivos, mandíbulas fixas. Apenas alguns entre eles, ela pensa, parecem guerreiros natos: sempre dá para identificá-los; é a forma como encaram o inimigo sem pestanejar, sua quietude e silêncio, como erguem e sustentam a cabeça. Os garotos de Maxey chegam preparados. Tiram as mãos dos bolsos e mostram as palmas cheias de pedras escuras. Ela se pergunta de qual deles seria a irmã que os teria ajudado a coletar aquelas pedras. Será que os mísseis selecionados por outra garota, uma equivalente borgonhesa dela mesma – talvez também chamada Joana –, seriam tão bons quanto os que ela tinha encontrado naquele lugar? Ela achava que não. Havia escolhido as melhores pedras para o exército de seu irmão.

Como se inicia uma batalha? Que lado dará o primeiro golpe? Ou começa tudo de uma vez, como as mãos se encontrando para uma oração? É uma questão sobre a qual ela e seu tio Durand Laxart reviraram durante as muitas visitas dele. Apesar de sua origem humilde e da falta de estudo, seu tio é um pensador, um contador de histórias, um viajante que viveu a vida de dezenas de homens em seus quarenta ou cinquenta anos. Ninguém sabe sua idade exata. Quando ele sorri ou gargalha, mostrando os dentes bons, todos intactos, nenhum lascado, faltando ou transformado em um toco escuro, pode passar por trinta com facilidade. Afirma que foi grumete, cozinheiro, auxiliar de curtume, já trabalhou por hora, por dia e por mês, no campo, nas docas e até mesmo, diz, no cadafalso, como ajudante do carrasco.

E, então, como se inicia uma batalha? Ele contou a ela histórias sobre batalhas, batalhas lendárias, que começam com uma canção. Um grito. Um xingamento. Uma prece. Mas, nessa agradável tarde de verão, em um pedaço de bom tamanho de território neutro entre os dois vilarejos, a batalha começa com uma pergunta.

— Quem é aquela? — pergunta o líder de Maxey, apontando na direção de Joana.

Ela responde antes de Jacquemin ter a chance de falar:

— Está falando comigo, lixo borgonhês? — Talvez as pedras escondidas entre suas saias a deixem destemida. Ou o galho que sabe que está a seu alcance no chão e que pode pegar em um piscar de olhos.

Jacquemin lança a ela um olhar fulminante, um olhar que diz: *Vá embora antes que eu conte ao nosso pai que você esteve aqui, e aí você vai se arrepender.* Ao mesmo tempo, o capitão inimigo cospe no chão. Cospe com tanta força que seria de esperar que um ou dois de seus dentes da frente acabassem indo parar na grama. Está a uma boa distância – o cuspe não chega nem perto dela –, mas Joana fica surpresa. Normalmente, apenas sua voz é suficiente para repelir seus irmãos, para fazer com que recuem. Ela se aproxima mais da árvore, ancorando-se ali.

— Vadia de Armagnac! — grita o capitão borgonhês, e uma pedra é arremessada no ar – ela não sabe dizer de qual lado veio. Não é necessariamente jogada, ela observa, na direção de nenhum alvo em particular. Joana espera, pelo bem do menino Guillaume, que ele não tenha desperdiçado seu prêmio de ponta afiada tão cedo.

Pedras voam, lançando-se no ar como pássaros zangados. Cada vez que uma pedra atinge um alvo, um ombro ou uma barriga, ouve-se um grito de dor.

Quando se esgotam as pedras, começa a luta, embora esteja mais para uma briga, cada garoto agarrando outro de altura e peso similares e rolando na terra como um só corpo. Dentes são fincados em tornozelos. Polegares apertam olhos fechados. Por toda parte, há um emaranhado de membros desengonçados, uma dança vacilante e trêmula em meio a nuvens de poeira. Os berros agudos das crianças menores cortam os gritos dos mais velhos. Ela entraria no confronto, mas não sabe por onde começar e não consegue mais distinguir o inimigo de seu próprio lado. Da próxima vez, ela pensa, seria útil se os garotos de Domrémy se identificassem de alguma forma, talvez usando um pedaço de tecido da mesma cor amarrado no braço. Ou os borgonheses poderiam se vestir como demônios chifrudos. Isso também serviria. Ao pensar naquilo, ela sorri.

Quando eles chegaram, Joana notara a linha divisória de árvores escuras que margeavam o terreno e dissera: Olhe, Jacquemin, olhe para cima. No tom de voz que nunca deixava de colocar um brilho homicida nos olhos de seu pai, ela disse ao irmão: Você devia ter começado a coletar pedras semanas atrás. Toda falsa batalha tem sua data, horário e localização determinados pelos capitães com bastante antecedência. Nós – ela se inclui nesse nós – poderíamos encontrar as melhores pedras e colocá-las em sacos erguidos com cordas até o alto das árvores. Aí cada garoto escalaria até um galho encoberto e, lá de cima, poderia emboscar os inimigos assim que chegassem. Os garotos de Maxey vão achar que o céu ou Deus está arremessando pedras neles. Vão molhar as calças. Vão sair correndo.

Mas o irmão apenas olhara feio para ela. Era um rapaz de poucas palavras. O pai acha que essa é uma de suas virtudes; ela acha que ele é apenas lento.

— Se você quiser ficar... — ele havia dito, sem terminar a frase. Tinha estendido o braço, apontando com indiferença para o campo. Procure pedras.

Ao longe, ela avista o capitão de Maxey em um entrave com Jacquemin, o que faz com que queira alcançar o irmão com um braço longo e sacudi-lo. Não se passaram nem cinco minutos e você já precisa de minha ajuda! Mas ela se curva. O galho enche sua mão direita. Ela corre na direção das costas expostas do inimigo, cuja cabeça é como um fiapo de chama laranja, refletindo a luz do sol. Levanta o galho para golpear e também para se defender de qualquer um que pense em atacar...

Um grito a detém.

Ela ainda não chegou até a briga, mas o galho cai de sua mão. Ela se vira e olha fixamente para a direção do barulho, ainda sem saber para o que está olhando. Então vê: em meio à briga, há um espaço de silêncio. A tranquilidade parece estranha, não pertence àquele lugar. Em um canto do campo, onde dois garotos deveriam estar aos socos e chutes, um deles se afastou. O outro está caído no chão. Ela observa, mesmo ao longe, o terror pálido do rosto do garoto que se move, que recua cambaleante e quase tropeça nos próprios pés. Ele cobre a boca e limpa o que quer que haja na parte da frente da camisa, enquanto os outros também começam a tirar os olhos de seus próprios golpes. O olhar dela retorna ao menino que não se move.

Ela já sabe quem é antes de enxergar o rosto. Guillaume: sete anos, três a menos que ela. A luz que aquece sua nuca é a mesma de antes, mas diferente. Agora há algo cortante nela, como a ponta de uma faca afiada junto a sua pele. Os garotos abrem caminho para ela passar. Talvez achem que, por ser menina, ela pode ajudar de alguma forma.

Agora o inimigo voltou a se movimentar: rostos perplexos e pálidos, fugindo na direção de Maxey, onde vão se unir e não vão admitir nada. Ninguém grita nem corre para impedi-los. Quando ela se aproxima de Guillaume, eles já se foram, percorrendo a grama e as sombras das árvores com a agilidade de ladrões durante a noite.

Quando ela se aproxima, respira aliviada; ele está vivo. Então se ajoelha e sente como se tivesse engolido uma de suas pedras. Tenta se convencer de que o ferimento não é tão ruim quanto parece, de que um ferimento superficial, um simples corte, pode derramar uma quantidade surpreendente de sangue. Ela vê que os olhos de Guillaume estão abertos, que são do mesmo azul-acinzentado do céu nublado e estão fixados em um ponto muito distante.

Atrás dela, ouve Jacquemin jurar vingança. Ela se vira; não é hora para retaliação. Agora é Joana que lança olhares duros e dá ordens firmes.

— Vá buscar ajuda — ela pede.

O irmão faz um ruído, um grito sufocado, como o de um cachorro que foi pisado, e sai correndo. Três de seus seguidores vão logo atrás. Os que ficam parecem prestes a vomitar. Desviam os olhos; o sangue, ela imagina, assusta-os. Há muito.

Eles vivem em um pequeno vilarejo, então nenhum rosto permanece estranho por muito tempo. Ela já viu Guillaume sentado na soleira de sua pequena casa, enquanto a mãe cuida do jardim, considerado o melhor de Domrémy. Já o viu pegar um gato cinza, que sua família cria para acabar com os ratos, e esfregar as bochechas, primeiro uma, depois a outra, na nuca do felino. Para sua idade, ele é pequeno, e o gato deve ser pesado para se carregar por longos períodos, mas ele está sempre com o felino pendurado no ombro como um saco de farinha, sempre acariciando suas orelhas e tentando segurá-lo como um bebê, embora o animal não se deixe segurar nessa posição. Ela pensa: Um menino tão carinhoso com animais não pode ser má pessoa, pode? Rasga um pedaço de tecido da saia e o pressiona junto à testa dele. A lã fica escura, quase preta, e os dedos dela, pegajosos. O trecho de grama que vai da parte de trás do crânio dele à base do pescoço está encharcado de vermelho, como se o solo tivesse sido tingido, um pedaço de tecido verde mergulhado em uma tina escarlate. Ela ouve um som abafado no fundo da garganta dele e sente o eco na sua própria. É como se estivessem, os dois, ligados nesse breve momento; o que ele sente ela também sente, essa agitação vertiginosa e confusa, uma crescente náusea que não pode ser vomitada. As mãos dela, ora frias, ora quentes, ora frias de novo, rasgam um pedaço maior do vestido e o pressionam sobre o ferimento. Para não sentir ânsia devido ao cheiro do sangue, ela diz palavras que sabe que são vazias antes mesmo de deixarem sua boca. *É só um corte pequeno. Aguente firme. A ajuda está chegando.*

Ela quer perguntar a Guillaume como aquilo aconteceu. Foi uma pedra, um pedaço de madeira ou foram apenas punhos? O garoto que fez isso tinha uma arma escondida? Mas não pergunta. Está pensando, porque sabe que ele vai morrer: Meu rosto não deveria ser a última coisa que ele vê neste mundo. Deveria ser sua mãe, seu pai ou sua irmã no meu lugar. Até mesmo o gato. Não eu, alguém que ele mal conhece.

 Ela sente que está memorizando a imagem dele, um corpo que cresceu durante sete afetuosos anos desde bebê até virar menino, dos cueiros às calças. O rosto ainda não perdeu os traços infantis. A pele é lisa e provavelmente macia, os cabelos são castanhos bem claros, da cor da luz do sol em um campo de terra. Seu sangue também parece novo, e as mãos estão cerradas em punho, como se ele ainda estivesse lutando. Uma delas se abre e ela estende o braço para alcançá-la. Fica surpresa ao sentir algo cair na palma de sua mão. Quando abaixa os olhos, vê as pedras, aquelas que deu a ele, ambas ali. Ela as envolve com os dedos. Quer perguntar, mesmo contendo as lágrimas: Você não pensou em usá-las, garoto burro? Tolo, covarde. Guardei as melhores para você.

 Eles têm só três anos de diferença, mas as mãos dele não podiam ser mais distintas das dela. Sem calos. Sem aspereza. São as mãos de uma criança amada, poupada do trabalho duro. A única mancha que avista: uma cicatriz rosada, uma linha fina que avança uns dois centímetros e meio desde a ponta do polegar, na parte interna. O gato, ela suspeita. À exceção da cabeça gotejante, ele é tudo que um menino deveria ser: perfeito, saudável e forte. Por um instante, o pânico toma conta dela; Joana tem medo de que suas mãos, ásperas e grandes, e que o toque de seus dedos, duros e sólidos, o machuquem.

 No momento em que o último suspiro se esvai dele, ela é capaz de sentir. É um suspiro de decepção porque ninguém, além dela, chegou para se despedir dele.

 Então, subitamente, os homens chegam e ela se levanta devagar. Ela é afastada e dois homens, amigos próximos de seu pai, ficam olhando como se houvesse algo errado com ela. Acham que ela foi ferida porque suas mãos, seus pulsos e as saias sobre as quais se ajoelhou estão cobertos de sangue e seu vestido está rasgado. Perguntam se Maxey fez isso, como se o que tivesse acontecido fosse obra de um vilarejo inteiro. Mas ela diz que não, que é tudo sangue de Guillaume, e mostra a eles o tecido que usou para tentar estancar o sangramento. Eles parecem compreender; acenam com a cabeça e não dão mais atenção a ela.

É o pai de Guillaume, tirado do campo, que carrega o filho de volta a Domrémy, de volta à mãe, à avó, à irmã mais velha e ao gato. A cabeça do garoto morto pende do braço do pai, deixando um rastro carmesim na grama, como se fosse uma cobra.

Ela é a última a sair. Fica ali parada, olhando para o céu, como se esperasse que o sol brilhante lhe explicasse o que aconteceu. Sente que é importante tentar entender. Um garoto morreu. Ela o viu morrer. Em nome de que ele morreu?

Quando ela volta a si, vê que uma das suas mãos está cerrada. Surpreende-se pelo esforço necessário para abrir os próprios dedos, para revelar as pedras que tinha passado a Guillaume antes e que haviam sido devolvidas a ela. Estava segurando com tanta força que deixaram marcas avermelhadas na palma de sua mão, como pequenas pegadas de pássaros. Ela joga fora a pedra comum. Mas seu prêmio, aquela de ponta afiada, ela guarda. Coloca a pedra no bolso. Reflete, surpresa pela calma com que pondera, que se Jacques d'Arc, seu pai, fosse pai de Guillaume, o menino teria jogado as pedras para se salvar. Teria usado os punhos, e é possível que ainda estivesse vivo.

Seu pai disse aos irmãos dela (enquanto ela escutava sem ser vista): Nunca vamos ver uma grande batalha aqui, não em Domrémy. Dá para imaginar Azincourt ou Crécy acontecendo nesses campos? Nem em mil anos! E riu, limpando os dentes com unhas sujas, da cor da terra escura.

Mas, se considerarmos como as batalhas se iniciam, então esta, entre França e Borgonha, entre Domrémy e Maxey, entre crianças atiradoras de pedras nascidas em vilarejos diferentes, iniciou-se três anos antes. É uma história conhecida de todos, uma história de natureza simples, de vingança, de como o delfim, na cidade de Montereau-Fault-Yonne, fez com que João Sem Medo fosse assassinado porque estava ganhando poder demais. E agora o filho de João, Filipe, atual duque da Borgonha, diz que não vai descansar até que o delfim esteja morto.

O delfim ainda está vivo, mas, neste lugar, um garoto morreu. Era assim, seu tio Durand lhe havia dito ao terminar mais uma de suas histórias de batalha, que funcionava a guerra. Um dia está tudo bem com o mundo. Os assuntos dos monarcas são problemas apenas de alguma linhagem real antiga que não tem nada a ver com o pobre aldeão que come repolho em todas as refeições. Os príncipes estão brigando, mas a terra está sendo cultivada, a grama está sendo cortada, as roldanas estão sendo amarradas. Até que, um dia, o guarda, bocejando, sobe as escadas que levam à ameia e, espiando por cima da beirada recortada, vê um exército de dez mil homens fortes aguardando sua rendição. Um dia, o aldeão acorda na calada da noite com a ponta de uma espada pressionada contra as costelas. Nem sempre os pais e avós morrem primeiro. Um pai, suando em seu trabalho, ouve um grito e atende rapidamente o chamado. Correndo, ele entra, como se fosse um pesadelo, em uma clareira e vê um rosto que lhe é familiar desde o nascimento. O rosto nunca mais vai acordar. Está frio quando ele o toca.

II
• • •

O clima durante o jantar está pesado. De seu lugar, o mais distante da cabeceira da mesa possível, Joana mantém a cabeça baixa para escapar do fluxo de imprecações que voam como um arco de urina azeda da boca de seu pai.

Não é a morte do garoto Guillaume que ele está lamentando, embora talvez também seja, já que ele é pai e tem filhos homens. Sobretudo, no entanto, é raiva. É a indignação de saber que Domrémy perdeu uma batalha, mesmo entre crianças. É a humilhação que ele não consegue engolir. Se estivesse lá, se ao menos estivesse lá, ele não para de repetir, para enfrentar aqueles bebezões de uma figa, embriagados com seu famoso vinho borgonhês, aqueles afeminados comedores de coalhada que matam um homem e depois não assumem o que fizeram. Ele envolve o punho direito cerrado com a mão esquerda: o que teria feito se ao menos estivesse lá...

— Mas não seria permitido, pai — Jacquemin diz de forma pragmática. — O senhor é velho demais. — Sua intenção é amenizar, mas ele acaba fazendo o sangue do pai ferver e a veia azulada, como um filete inchado na lateral do pescoço, palpitar. Ele não necessita de palavras. Responde ao filho mais velho com um lábio franzido, olhos duros como lascas de osso. Na guerra, o que não é permitido? Quais truques? Quais armadilhas? Quais subterfúgios? Diga-me. Aliás, eu o desafio a repetir isso na minha cara.

Jacquemin abaixa a cabeça, intimidado. Então seu pai continua. E continua.

Ele é a única pessoa que Joana conhece que é capaz de manter uma conversa inteira sozinho. Logo que um pensamento entra em sua cabeça, viaja até a língua ligeira, e o que sai não são sempre xingamentos.

Às vezes ele é perceptivo; de quando em quando, eloquente. Não sofremos, diz agora, nenhum ataque das companhias de mercenários que devastaram o interior francês há mais tempo do que tenho de vida. Os céus foram gentis com nosso pequeno vilarejo. Nossas casas não foram queimadas. Não houve necessidade de buscar refúgio dentro das muralhas fortificadas das cidades. Nossos animais não foram levados, nossas mulheres não foram violadas, nossas crianças não foram mortas, os cadáveres de nossas avós e de nossos padrinhos não foram incendiados diante de nossos olhos quando não pudemos dar as economias de uma vida pelo direito de enterrá-los. Essas coisas, continua, aconteceram com outros, e não há razões para acreditar que Domrémy, embora tenha o nome do abençoado são Remígio, seja melhor ou pior que qualquer outro lugar da França que as sofreu. Ouvimos histórias como estas o tempo todo: conventos sendo invadidos, cálices de prata cheios de urina, toalhas de altar utilizadas para secar o suor fedorento da fronte dos ingleses. Mas isso, o que aconteceu hoje, é uma lástima. Não temos como justificar, porque nenhum exército, companhia de borgonheses ou ingleses, nem mesmo soldados franceses insatisfeitos, veio para nos atacar. Ele faz uma pausa, e o silêncio sustenta todo o peso de seu desgosto. É fraqueza, ele conclui. Fraqueza.

Por um instante, seu pai simplesmente deixa as palavras suspensas no ar. Então umedece os lábios, toma um gole de bebida e continua. É o paparico das mães que ocasiona tanta fragilidade nos garotos, pois todas as mulheres são fracas e delicadas. Elas nascem para ser assim. Ele alterna o olhar rapidamente entre sua esposa e suas duas filhas. Mulheres, mães, irmãs, filhas, esposas não podem evitar. Aquele garoto, Guillaume – ele espalma as mãos na mesa, nas laterais da tigela que contém seu jantar, pois este é seu julgamento final –, bem, não deveríamos nos surpreender por ele ter sucumbido. É isso que acontece quando não se coloca uma criança para trabalhar assim que ela consegue segurar um bastão ou se curvar sobre o campo. O pai vivia o acariciando, como aquele gato que ele levava para cima e para baixo. Um garoto esquisito. Meu Senhor, ele diz. O menino carregava aquele gato, e o pai e a mãe o carregavam. Eles o abraçavam por qualquer motivo, bastava ele ter uma coceira no nariz.

Ela acha que ele terminou, mas não. Para Jacques d'Arc, nunca basta apenas insultar os mortos e humilhar os enlutados. Então, é a fraqueza dos garotos, isso foi estabelecido. Mas também a França. É fraqueza que pinga, como chuva pelas calhas, de cima para baixo. A fraqueza de nossos governantes, o rei e o delfim. Joana mexe a boca, imitando as expressões dele, virando o rosto quando faz caretas. A mãe e a irmã percebem o que ela está fazendo, mas a mãe olha para baixo, enquanto a irmã olha para cima, como se direcionasse uma oração ao teto com vigas de madeira. Nenhuma das duas sorri.

Mas Jacques d'Arc, ao que parece, não consegue escapar da fraqueza. Aqui, também, está presente a fraqueza que ele detesta, à sua própria mesa.

Quando tenta fazer a irmã olhar para ela e rir, Joana sente a mão escorregar, e a tigela à sua frente balança na beirada da mesa, até que o destino intervém, toca a borda com dedos invisíveis e a derruba. Ela observa a tigela, como em um sonho lento, oscilar e cair, despedaçando-se.

Um acidente – apenas um acidente. Mas ela sabe que um milagre deve ser operado. E com rapidez.

Antes que seu pai se aproxime e lhe dê uma sova, ela precisa dar um jeito de reconstituir a tigela que foi destruída. A porção de ensopado que estava na tigela deve ser colocada de volta para dentro, como se nunca tivesse sido tocada ou mexida. E seu pai já se levantou da cadeira.

Então, ela está de quatro, mãos trabalhando loucamente, juntando os pedaços de cerâmica em uma pequena e, ela espera, organizada pilha que satisfaça o exigente Jacques d'Arc. Está usando a palma curvada para levar o máximo de ensopado à boca, para que não possa ser acusada de desperdiçar alimento, não em um momento de tantas incertezas como aquele, em que todo o país enfrenta um período de péssimas colheitas consecutivas. Além disso, ela está comendo do chão porque, a despeito do pesar ou devido a ele, está faminta. Na afobação, engoliu um caco da tigela, um pedaço pequeno e duro, de modo que a cumbuca nunca mais ficará inteira, mesmo que todas as peças sejam coladas com cuidado. Há junco fresco espalhado no chão e de algum modo ela mastigou um pouco também. Ficou com gosto de grama na boca, junto com todo o resto que já engoliu.

O cômodo virou-se de lado. Ela demora um instante para entender o motivo, até que identifica a fonte de sua dor: sua orelha, a orelha esquerda, está dentro do punho cerrado do pai. Ele está puxando, arrastando o pedaço de carne cartilaginosa até ela ter certeza de que todos os minúsculos ossos internos serão espremidos e virarão um purê inútil, como o ensopado que derramou. Se algum dia ele soltar, ela provavelmente vai ficar surda de um ouvido. Mas não se importaria, não muito, porque ele vive gritando, e geralmente com ela.

Daquela posição, enquanto o pai tenta separar a orelha da cabeça e ela está quase chorando de dor, dá para ver o restante da família à mesa: os três irmãos, Jacquemin, Jean e Pierre; a irmã, Catherine; a mãe, Isabelle Romée. Ela sabe por experiência própria que não receberá ajuda de nenhum deles. Enfrentar Jacques d'Arc e dizer: "São só uma tigela e um pouco de ensopado, e sua filha é uma criança", jogar-se entre os punhos dele e aquela pessoa pequena que ele está surrando só prolongaria o episódio. E haveria mais olhos roxos e pretos, mais cabeças inchadas e quadris machucados para massagear e lamentar na manhã seguinte. Que ninguém diga que a família de Jacques d'Arc não aprende com seus erros. É muito melhor ficarem quietos, fingindo que a surra está acontecendo em um lugar bem, bem distante; apenas esperarem acabar, cantarolando uma música agradável na cabeça para abafar os gritos enquanto terminam o jantar – e mantêm as tigelas sobre a mesa.

Quando ele a solta, a sala gira sobre a cabeça de Joana e ela cambaleia, balançando os braços, até a parede mais próxima. A orelha está quente demais para tocar; parece que ela incendiou a cabeça inteira com uma vela. Não sabe dizer se aquela orelha ainda está funcionando, mas consegue ouvir os gritos do pai. Ele pegou uma página do livro de insultos do capitão de Maxey e está xingando a filha: cadela, vira-lata sarnenta, ingrata, cachorrinha chorona que deveria ser colocada em um saco e afogada no riacho mais próximo, se ao menos ele tivesse um saco grande o bastante para enfiar o corpo dela. Por que tantas imagens relacionadas a cães, ela se pergunta. Ele não sabe que os cães são o melhor presente de Deus para os homens? O dela, um vira-lata amarronzado que encontrou tremendo e molhado sob um arbusto uma manhã, é seu amigo mais próximo. Joana deu a ele o nome de Salaud, ou "Desgraçado". Não era para ser um insulto. Para ela, o nome indica a proximidade entre os dois, quer dizer que são da mesma estirpe: indesejados, os miseráveis do mundo, fáceis de maltratar.

Perto da porta, Salaud está latindo. Ela deseja, com a força de todos os nervos do corpo, que ele, por favor, por favor, cale a boca, ou é bem possível que Jacques d'Arc pegue uma faca na mesa, atravesse o cômodo e lhe corte a garganta.

Mas, felizmente, Salaud continuará vivo. O pai ainda está batendo na cabeça dela, como se fosse uma mosca que estivesse tentando exterminar, e o máximo que Joana pode fazer é cobrir o rosto com os braços para amortecer os golpes.

No dia seguinte, estará cheia de hematomas. Ela já consegue senti-los sob a pele fina, prontos para florescer em tons de azul e roxo. O pai acerta uma pancada em seu queixo e o soco a derruba, como ela espera, direto na porta. Ele dispara, irrompendo como uma cordilheira com pernas. Mas ela passa pela porta em passo acelerado – está com tanta pressa de sair que quase rola para o lado de fora –, e seu cachorro escapa discretamente entre seus pés, como se tivessem planejado aquela fuga juntos, com antecedência. Ela não para por nada, nem para comemorar seu triunfo. Apesar de sentir que seu maxilar está frouxo (é possível que esteja quebrado), ela olha para trás e dá risadinhas, com saliva escorrendo pelo queixo enquanto corre, e Salaud a alcança com alguns saltos. Está mordiscando os sapatos dela, como se tudo aquilo fosse um jogo e ele tivesse, até então, sido deixado de fora de toda a diversão. Ela olha para baixo, ele olha para cima e, sem pausa alguma, ela acaricia os pelos marrons da cabeça dele. Atrás deles, um rastro de poeira se levanta com a densidade de um nevoeiro. Quando chegam à estrada de terra sinuosa que corta o vilarejo, Joana solta um grito, um uivo vitorioso, e o cachorro coloca a língua para fora, como uma bandeira rosada de carne anunciando aquela pequena vitória. Se momentos como aqueles não valem a pena, ela se pergunta, o que vale? Por um instante, ela parou de pensar em Guillaume, no vestido que sua irmã lavou para ela e do qual, quando enxaguado, escorreu sangue, que manchou a palma das mãos de Catherine como se ela tivesse comido frutinhas frescas. Seu corpo lateja de dor, mas ela está ainda mais viva do que quando escorregou como uma enguia das garras de Jacques d'Arc.

Ela só para de correr quando avista a pequena casa de Hauviette, do outro lado de Domrémy. Hauviette está sempre rindo, sempre radiante como um raio de sol. Como Joana, tem dez anos. Ao contrário de Joana, que é séria, tem traços angulosos e está constantemente rangendo os dentes, Hauviette é notada no vilarejo como uma beldade. Ela tem cabelos castanho-avermelhados e olhos cor de mel, uma criança com as cores gloriosas do outono.

Quase chega a valer a pena – a orelha esmagada, os cabelos puxados, o tapa na boca – o que a espera do outro lado: a mãe de Hauviette, Jehanne, acariciando seus cabelos e massageando seus ombros, chamando-a de pobrezinha, coitadinha, com o hálito perfumado de erva-doce, o vestido cheirando a ervas maceradas; a própria Hauviette rindo, tratando a visita como uma distração feliz e limpando o corte em forma de lua crescente na mão de Joana, onde um caco da tigela lhe perfurou a pele, com uma animação um pouco exagerada; Salaud, que conseguiu entrar antes que a porta se fechasse e adormeceu sob a mesa, roncando; e o próprio coração dela acelerado, desta vez não por medo ou dor prestes a recaírem sobre seu corpo, mas por outro motivo – por bondade, pelo choque da caridade e da gentileza.

Não que aquilo seja novidade. Jehanne e Hauviette estão acostumadas a suas visitas. Elas têm uma faixa de linho velha – chamada de linho da Joana – separada para os curativos. Têm uma tigela – chamada de tigela da Joana – para lavarem o sangue de seu rosto e poderem ver o que Jacques fez com ela dessa vez.

O que a surpreende é que elas não mencionam Guillaume. Joana espera que elas queiram que ela relate o que testemunhou, embora não consiga se lembrar muito da briga em si, apenas dos momentos que antecederam a morte, que foram intensos. Mas elas ficam quietas. Não falam, exceto para emitir sons reconfortantes enquanto se ocupam dos cortes e de seus cabelos completamente emaranhados. Jehanne, quando o silêncio se prolonga, diz:

— Agradeço a Deus e a Seus anjos por nada ter acontecido com você, Joana. — E Joana fica contente por existirem pessoas no mundo, por mais que fossem poucas, que se preocupam com sua vida e sentiriam sua falta, e até mesmo sofreriam se ela adoecesse ou fosse encontrada morta.

Para Joana, a morte de Guillaume é como um arranhão ou um hematoma. Se tocado, vai doer. Dessa forma, ela não toca na lembrança; tenta não pensar no que aconteceu porque pensar revira seu estômago e ela sabe que precisa manter o alimento dentro do corpo. Não se deve desperdiçar comida. Ainda assim, sempre que fecha os olhos, aquela imagem retorna. A luz do sol sobre o rosto do garoto moribundo parece ouro derretido e, quando a claridade diminui, seu rosto está branco como um osso liso. Ela imagina palavras que ele nunca disse. Coloca a mão no bolso e fura o dedo na ponta afiada da pedra de Guillaume.

Antes de ir embora, porque em algum momento precisa ir embora, ela recebe duas fatias de pão preto. Salaud a acompanha noite adentro, encostando as costelas estreitas em seu tornozelo.

Há alguém parado na viela, esperando por eles não muito longe da porta da casa. De relance, ela nota que é Catherine. Em um vilarejo pequeno como aquele, é difícil não criar certos hábitos. Sua irmã sabe para onde ela correria para conseguir ajuda.

Quando Joana pega na mão de Catherine, as articulações dos dedos da irmã estão duras devido ao frio. Há quanto tempo estava esperando? É verão, mas, quando o céu está desprovido de estrelas e preto como piche, as noites ainda podem causar tremores.

Hoje, a noite traz uma Lua, como uma hóstia perfeita, colada no céu. Parece quase tangível. Como se, esticando bem a língua, desse para sentir o gosto do corpo de Cristo no ar. Qual seria o gosto Dele? Joana imagina que seria o oposto do ensopado, aquele mingau cozido e viscoso, às vezes marrom, às vezes acinzentado, que compunha quase todas as refeições. O oposto do pão preto seco e do leite coalhado. Ela ouviu falar, por meio de seu tio Durand, de uma especiaria chamada canela. Ele disse que ninguém sabe de onde vem. Mas um mercador uma vez disse a ele que existe uma criatura – que, apesar de seu tamanho grande, gosta de se esconder – chamada pássaro da canela, que constrói seu ninho com paus de canela. Pessoas desapareceram da face da Terra tentando encontrar esses pássaros. A canela que o mercador vende passa por muitas mãos, anônimas e secretas, antes de finalmente chegar até ele, e nunca há uma grande quantidade para ser vendida; ele precisa brigar e discutir pela honra de transportar a especiaria e poder ostentá-la entre suas mercadorias. Então, Joana pensa, talvez o corpo de Cristo tenha o sabor dessa especiaria rara e desejada entre os homens: a canela.

Elas não podem ir para casa, pelo menos não aquela noite. Isso está subentendido entre as duas, pois, se Joana é uma fugitiva da justiça de seu pai, então Catherine também o traiu ao sair escondida no escuro para encontrá-la.

Em vez de voltarem, elas caminham, em silêncio, até o lugar de sempre, sob a grande árvore de Domrémy, conhecida no vilarejo como Árvore das Fadas. Os mais velhos dizem que minúsculas criaturas aladas vivem nos galhos e podem fazer diabruras ou conceder desejos, dependendo do estado de ânimo, impossível de se prever.

Joana se acomoda junto ao corpo de Catherine, suspira e se lembra das duas fatias de pão que Jehanne lhe deu. Oferece uma à irmã, que recusa com a cabeça, então Salaud fica com ambas.

Catherine, terceira filha de Jacques d'Arc e Isabelle Romée, vai fazer treze anos no fim do ano. É a única bonita da família. As pessoas de Domrémy dizem que Joana e os irmãos não têm nenhum atrativo, e Joana, pelo menos nesse caso, acredita nelas. Catherine é tão bonita que até seu pai, que todos dizem que poderia dar uma surra em Satanás em uma briga justa, não ousa acertá-la no rosto por medo de deformar seu nariz ou lascar um dente. Assim como a canela, como será que Catherine chegou ao mundo? Ninguém sabe dizer, não com pais como aqueles. Parece um acidente ao mesmo tempo afortunado e desafortunado: afortunado para Jacques e Isabelle, desafortunado para Catherine. Se ela fosse da nobreza, cavaleiros comporiam versos para reverenciá-la; levariam a família à falência comprando arcas de rubis e ouro em troca de um vislumbre de seu sorriso enigmático e pescoço alvo.

No entanto, é sua bondade, e não sua beleza, que faz Joana amá-la. Quanto tempo Catherine teria ficado sozinha na viela se Joana não tivesse saído da casa de Hauviette naquele momento? Quantas vezes já haviam sentado, daquela mesma forma, sob a Árvore das Fadas, com Catherine envolvendo os ombros de Joana com os braços para aquecê-la, enquanto esperavam chegar o sono ou a primeira luz da manhã?

Quanto a Joana, ninguém em todo aquele vilarejo se pergunta de quem ela nasceu. Primeira a ser maltratada e surrada por Jacques d'Arc quando ele está irritado, ela é mesmo filha de seu pai: feia, de olhos escuros, grande. Colocados lado a lado, os ombros largos dela são simplesmente uma miniatura dos ombros dele, os tornozelos grossos são uma cópia mais feminina das pernas de boi dele. Também são parecidos em outros aspectos: nunca param de pensar, cientes do que está acontecendo, do que acabou de acontecer e do que pode acontecer em seguida. Estão constantemente prontos para uma discussão e um desafio.

A verdade é que Jacques d'Arc se saiu muito bem. Não é nativo de Domrémy, mas se mudou para lá para se casar com a mãe de Joana, uma mulher dona de terras cujo tio era prior de um mosteiro – isso o impressionou. A casa, de sua propriedade, é a única do vilarejo construída em pedra. É caiada e quadrada, com telhado inclinado, e fica ao lado da igreja, o que pode ter sido por acaso ou pode ter sido intencional; ela é capaz de imaginar o pai dizendo: Veja minha casa, é a segunda mais importante, só perde para a de Deus. Ele tem quase vinte hectares de terras no total: terras para cultivo, terras para pasto, terras no bosque conhecido como Bois Chenu, onde cobra dos outros moradores do vilarejo um preço substancial para que deixem seus porcos forragearem. Em toda delegação enviada para falar com autoridades da cidade próxima de Vaucouleurs, ele encabeça o grupo e está pronto para discursar. Embora não saiba ler, escrever ou sequer segurar uma pena, é um negociante nato, alguém que sabe conversar. Não é como alguns que abaixam a cabeça e dirigem as palavras aos próprios sapatos. Ele olha seus superiores nos olhos. Tem cabeça para números, uma inteligência com dinheiro que já fez muitos especularem quanto teria poupado no decorrer dos anos. Dizem que devem ser pelo menos duzentas ou trezentas libras de Paris, possivelmente quatrocentas, embora seus amigos, que são muitos, aleguem que chegam quase a mil. Ele é especialista naquilo que conhece e tem instinto para seu trabalho: o tipo de cultivo, a rotação, a qualidade do solo, como utilizar a terra sem a enfraquecer, como separar hectares para o pasto de modo que os bois não desmaiem de fome no inverno. É impossível enganá-lo. Tente, e ele lhe mostrará à força que isso não deve se repetir.

É um pai rígido com os filhos homens – Jacquemin, Jean e Pierre – e exige que trabalhem tanto quanto ele, e com o mesmo vigor. Mas é ainda mais rígido com Joana. Há rumores de que, no mês anterior ao nascimento dela, Jacques d'Arc perdeu a sanidade mental de uma forma que não costumava lhe ocorrer. Bebendo com amigos e vizinhos, ele se gabou de que a criança que estava para nascer seria outro menino. Catherine, apesar de bonita, havia sido apenas um feliz acaso, alegou. Ele só teria filhos, e o próximo seria forte como são Cristóvão. Alguém, cujo nome se perdeu na história, duvidou da promessa e, por insistência do pai de Joana, uma quantia não insignificante de dinheiro foi apostada. Ficou combinado que, quando a criança nascesse, Jacques a levaria, independentemente do *que* fosse, para mostrar a todos.

Joana chegou. Imagine o desalento dele diante daquele bebê de rosto vermelho e cheio de energia. Uma menina. Por uma hora após o nascimento, ele ficou dando voltas desnorteado, como se Deus o tivesse renegado.

— Que pulmões fortes — o homem que ganhou a aposta disse de maneira afável antes de pegar o dinheiro de Jacques.

— Que punhos! Veja como ela soca o ar como se estivesse com raiva dele — acrescentou um outro.

Rapidamente, aquilo se tornou um jogo.

— Que olhos, belos como os do pai — um velho que estava ali próximo comentou.

— Que pés! Ou seriam cascos? — outros disseram. — Os cabelos são pretos como o sangue do diabo. Os braços são grossos como toras.

O tempo todo, ela era passada de mão em mão entre os homens que bebiam no bar para que a espiassem como se fosse uma excentricidade. Mas foram gentis com ela; sabiam que Jacques d'Arc guardava rancor, que ele nunca esqueceria o dinheiro perdido aquela noite nem aquela traição prematura, o golpe que Joana, ainda bebê, havia dado em seu orgulho.

Então, alguém que já tinha bebido demais da cerveja de seu pai, que falava arrastado e mal conseguia ficar em pé sem logo perder a força, gritou:

— Na verdade, você não perdeu, Jacques. Ela é um tourinho. Só que esse touro é uma menina.

Os amigos disseram para o homem calar a boca ou a calariam por ele. Mas ninguém negou.

— Existe um equivalente feminino a são Cristóvão? — um homem perguntou com curiosidade genuína. Ela, Joana, era uma criança saudável – e forte. Só era uma pena não ser um menino. Mesmo Jacquemin, se forem relembrar, era uma criança bem magrinha, não era? E Jean era pequeno como um inseto.

Agora Joana se pergunta se toda vez que seu pai olha para ela, ele pensa no dinheiro que perdeu. Quanto apostou? Ela queria saber. Duas libras? Três? Mas no fim nem tem a ver com dinheiro. Tem a ver com Jacques d'Arc fazer papel de bobo. Tem a ver com perder, coisa que um homem orgulhoso como ele nunca quer que aconteça. Tem a ver com a definição de filhos serem varões.

Acima da Árvore das Fadas, Joana ouve os sussurros de asas e um pássaro plana como um pedaço inquieto de noite que não quer se acomodar no céu. Ela pensa em Guillaume. Era para a alma sair voando quando o corpo perece, mas isso, ela aprendeu recentemente, não é verdade. A alma não sobe, e sim desce para um lugar chamado Purgatório, onde os pecados cometidos na terra são expiados e a alma é expurgada em chamas purificantes, ao mesmo tempo quentes e frias. Guillaume está lá agora. Ela o imagina agachado em uma caverna, o chão consumido por fogo azul e branco, completamente sozinho.

Mas o que Guillaume fez para merecer isso? O padre de Domrémy alega que até mesmo o amor pode ser um pecado. Se você ama muito uma coisa, se acha que nunca poderá abrir mão dela – seja dinheiro, joias ou seu gato –, isso também é errado. Tudo no mundo é meramente temporário. Apenas Deus é permanente. Sua maior paixão deve ser por Ele, e apenas Ele.

Ela foi instruída, pelo padre, por Catherine e por sua mãe, de que as preces dos vivos podem aliviar o sofrimento daqueles cujas almas podem passar um tempo no Purgatório. Então ela decide que vai rezar por Guillaume. Vai rezar por ele pelo menos uma vez por dia. E vai fazer mais do que rezar. Vai pegar escondido uma tigela de leite e um pedaço de queijo no armário para o gato que perdeu seu dono e amigo.

Logo, o corpo do garoto morto será envolvido em uma mortalha branca. Será colocado em um ataúde de madeira, coberto apenas com um pano preto. O local de seu descanso final será um pedaço de terra no cemitério da igreja. Mas a morte não é o fim. Há a questão da reparação, de estimar os custos totais da perda da família em relação a seu valor, tanto reais quanto projetados: o homem que Guillaume teria se tornado, o trabalho que executaria, a mulher com quem se casaria, os filhos que teria, a ninhada de gatos que criaria. Ela imagina cada membro do menino sendo medido, cada mão e pé pesados, seu corpo nu, agora banhado e limpo, investigado em busca de deformações ou cicatrizes. Ela vê, em sua imaginação, números sendo riscados em um pergaminho, depois somados, vários cálculos verificados e reverificados. O resultado pode ser algo como: para cada tornozelo, duas galinhas; cada coxa, um porco; pelos braços, que, depois de crescidos, trabalhariam nas terras da família, um boi; pela cabeça e pelo coração, um cavalo de boa idade e um arado novo em folha.

Mas como se mede o amor? Ela tinha ouvido falar que Guillaume nasceu tarde e que havia uma diferença de sete anos entre a irmã mais velha e o filho que tanto desejaram. Do bolso, ela tira a pedra lisa e passa o polegar pela beirada. Está tão escuro que não consegue enxergar a própria mão, mas a pedra está ali. Joana sente sua leveza na palma. O que aconteceu a deixa triste. Não pela primeira vez nesse mesmo dia, fica prestes a chorar quando pensa em como o que é caloroso e gentil não basta para salvar a vida de um garoto – nem a proteção de um pai, nem o carinho de uma mãe –, mas surras, um corpo calejado para a dor, a facilidade para segurar um galho como um porrete e a disposição para ferir alguém podem servir. O amor, possivelmente, também não basta, não neste mundo em que quase todas as histórias que ouve de seu tio são sobre guerras, passadas e presentes. Quem perdeu. Quem ganhou. Quem foi mutilado e quantos morreram. Ela faz uma promessa, sussurra-a no escuro, gravando-a no céu noturno do mesmo modo que o rosto do garoto está gravado em sua memória. A promessa é a seguinte: se ela, Joana, tiver escolha, sempre escolherá ser uma atiradora de pedras. Ela viverá.

III
● ● ●

Existe uma piada no vilarejo: Joana é bem-vinda em todos os lares de Domrémy, exceto o dela. Jacques d'Arc mora na melhor casa dali, uma edificação feita de pedra, mas dá para contar nos dedos o número de dias do ano que Joana dorme sob aquele teto.

Há sempre algo para fazer no vilarejo, e o dia de Joana começa quando suas obrigações domésticas terminam. Então ela sai de casa e ninguém (nem seu pai) a alcança. Ela ajuda a carregar uma carroça que vai sair para a feira, mesmo mal conhecendo o dono. Cuida de bebês pela meia hora necessária para as mães realizarem uma pequena tarefa ou descansarem um pouco os olhos. Se vê um buraco em algum casebre, junta gravetos para repará-lo. Joga argila sobre os gravetos, e o buraco desaparece.

Alguns aldeões acham divertido tentar adivinhar onde Joana vai aparecer em seguida, acompanhada de seu cão sarnento para onde quer que vá. Quando ouvem os sinos tocando para as Vésperas ou as Completas,[1] riem e perguntam a quem quer que esteja por perto:

— É a Joana trabalhando? Parece ela.

No último outono, ela seguiu um grupo de fazendeiros que ia até Bois Chenu, onde ficam as terras de seu pai.

— O que vão fazer lá? — ela perguntou quando notaram que estava atrás deles.

Eles se entreolharam, e o mais novo respondeu com grosseria:

— Você se acha muito nobre, não é? Quem pensa que é para ficar perguntando o que estamos fazendo?

---

[1] Vésperas e Completas: horas canônicas do ofício divino. As primeiras correspondem ao horário entre as quinze e as dezoito horas. As segundas, à oração feita antes de repousar à noite. Além delas, há as Matinas, Prima (Laudes), Terça, Sexta e Noa.

Mas um amigo tocou no braço dele e disse:

— Acalme-se. Por que está tão bravo? Ela só está curiosa e entediada. — E, virando-se para ela, ele contou: — Bem, querida, fizemos um acordo com seu pai, Jacques. Ele deu permissão para levarmos nossos porcos para o bosque, para se alimentarem de bolotas, e pagamos a ele por esse direito.

Ela ouviu, assentindo, e esperou que eles mostrassem o caminho. Os homens continuaram, olhando para trás de quando em quando para ver se ela ainda os seguia. Quando chegaram ao bosque, os fazendeiros soltaram os porcos para que forrageassem. Mas logo viram que haviam sido enganados. As árvores estavam praticamente vazias e quase não havia bolotas para os animais.

Os fazendeiros chegaram até uma estaca fina, uma placa de madeira que Jacques d'Arc tinha amarrado com um pedaço de barbante, e comentaram com Joana:

— Disseram que não podemos passar desse limite.

Eles estavam irritados e descontentes, prontos para voltar e reclamar diretamente com o pai dela, quando Joana pegou a estaca, chutou terra sobre o buraco para esconder onde estava e a moveu mais para o interior do bosque, pouco além de uma área com árvores frondosas e carregadas de bolotas. Em parte, fez isso porque queria ajudar os homens que Jacques havia enganado. Em parte, só queria deixar o pai irritado.

Boquiabertos, os fazendeiros a seguiram e a viram escalar a árvore mais próxima e balançar os galhos. Choveram bolotas. Ela escalou a árvore seguinte com uma só mão, pois a outra segurava um graveto longo que tinha arrancado de um tronco caído. Começou a bater nos galhos com o graveto, e mais bolotas caíram para os porcos, que não estavam mais se aglomerando agora que havia comida suficiente no chão. Os animais iam de uma árvore para a outra, seguindo Joana, e os homens começaram até mesmo a provocá-la, apontando para uma bolota específica pendurada na ponta de um galho e dizendo:

— Aquela! Queremos aquela!

Fizeram isso até sentirem que o que haviam pagado tinha valido a pena e gritaram para que ela descesse antes que quebrasse o pescoço; disseram que nem um lagarto era tão ágil quanto ela.

Seu pai ficou sabendo o que acontecera não por Joana – ela não seria tola a ponto de contar –, mas por um vizinho falastrão. Quando Joana se apresentou diante dele para assumir o que havia feito, Jacques a encarou com curiosidade. Será que aquela criança tinha sido enviada apenas para atormentá-lo? Para desvendar todos os seus truques de modo que nunca mais pudesse pôr em prática nenhuma de suas tramoias? Antes de surrá-la, ele disse a Joana que ela tinha estragado seu plano. Não sabia que ele tinha suas próprias razões para querer enganar aqueles fazendeiros, seus vizinhos? Não, ela não sabia, mas que razões seriam?, perguntou antes de tomar o primeiro tabefe e ver estrelas.

No dia seguinte, os fazendeiros descobriram onde ela estava – e, é claro, não era em casa. Estava em cima de uma árvore de novo, e tiveram que gritar para que ela descesse e eles pudessem lhe agradecer adequadamente. Todos apertaram sua mão, até mesmo o homem que havia dito que ela se achava nobre demais, e viram que seus braços estavam cheios de machucados, o que fez com que sentissem ainda mais pena. Tinham levado uma pequena recompensa para ela, alguns pedaços de carne, para compartilhar com o cachorro.

Essa é apenas uma história sobre Joana. Outros em Domrémy já a viram sentada em um campo que não pertencia a seu pai, onde se acomodou e ficou durante uma hora inteira, pensando ou sonhando o que quer que uma jovem sonhe, até que o dono do campo apareceu e perguntou o que ela estava fazendo em sua propriedade, olhando feito boba para as nuvens. Ela já empurrou meninos para dentro de um riacho por capturarem pássaros canoros nos arbustos e os torturarem, e foi vista conversando com seu cachorro, com a Árvore das Fadas, com um besouro em uma folha. Uma vez, alguém a viu com a cabeça na água e gritou:

— O que é isso? Está tentando se afogar, Joana? — E ela emergiu com um peixe se retorcendo nas mãos.

Hoje, na manhã seguinte à batalha dos garotos contra Maxey, ela está se mantendo ocupada. Os hematomas da noite anterior estão aparecendo, e é espantoso como a dor é eficiente para trazer à tona a lembrança da morte. Além disso, saiu o sol. O dia está claro. Ela se surpreende que o clima não seja de luto, que as pessoas já estejam circulando, embora alguns pequenos grupos de homens e mulheres estejam reunidos, sussurrando e conversando com discrição. Ouve um bebê chorando. Mães brigando com crianças pequenas. Homens gritando com bois e mulas. O único lugar que não está cheio de ruídos é o lugar que a morte já visitou. Alguns acreditam que o que aconteceu foi acidente; outros acham que Guillaume foi escolhido intencionalmente, por ser o menor de todos. Mas continua sendo fato, ela ouve alguém dizer, que ele está morto, e alguém tem que pagar por isso. Mesmo se tivesse sido uma briga de crianças – Ah, então eram isso, Joana pensa, o arremesso de pedras, os chutes e golpes nos tornozelos, estômagos e costelas – e ele tivesse tropeçado, caído e batido a cabeça em uma pedra, ora, deve ter sido empurrado ou estava assustado e tropicou. Não era um menino violento, mas, violento ou não, o resultado é o mesmo. Ele está morto.

Não adianta nada chorar ou ficar triste, e é sempre bom se manter longe da vista de seu pai. Então ela carrega grãos para o moinho, para uma de suas madrinhas, levando um saco cheio em cada braço. Tem tantos padrinhos que já perdeu a conta. Outra piada: Joana poderia tirar o emprego do moendeiro de Domrémy, pois é mais forte que ele e menos trapaceira. O moendeiro ouviu a piada e não achou graça nenhuma.

Ela para na casa de Hauviette e ajuda Jehanne na limpeza enquanto Hauviette faz correntes de flores e canta. Em frente à porta do garoto morto, ela alimenta o gato com cascas de pão que guardou e depois segue procurando outra coisa para ocupar seu tempo. Algumas pessoas lhe dão uma moeda pelos serviços que faz, mesmo se a ajuda não foi solicitada. Outros apenas lhe dão tapinhas nas costas ou na cabeça. Há também quem lhe ofereça comida: um copo de leite fresco, que ela toma de um gole só, sem desperdiçar uma gota, algumas fatias de pão preto, uma tigela de ensopado quente ou legumes e verduras para levar para a mãe e a irmã. Ela voltou com cebolas, cabeças de repolho e um punhado de ervas: levístico, sálvia e tomilho. Às vezes, fica tão satisfeita que nem precisa jantar. Seu pai vive reclamando que ela é uma parasita que acaba com toda a comida da casa, mas não é verdade. Na maioria das vezes, ela faz só uma refeição, o almoço, às custas de Jacques d'Arc; o restante consegue por conta própria.

O ferreiro deixa Joana observar seu trabalho. Ela se senta em um barril junto ao fogo, mas não perto demais, enquanto ele martela ferraduras e pregos. Ele costuma delegar algumas tarefas a ela, como pegar uma ferramenta na mesa de trabalho, buscar um copo d'água ou passar um pano úmido em sua testa quando o suor escorre nos olhos. O alcance do trabalho de um ferreiro em Domrémy é limitado, mas às vezes surgem projetos mais lucrativos, como quando um arado necessita de reparos ou uma dona de casa encomenda um caldeirão novo. Esta manhã, ele está de bom humor porque recebeu duas encomendas, então deixa Joana pressionar o fole. A fumaça atinge o rosto dela. Fagulhas voam, como estrelas, no vestido dela e o ferreiro as afasta com a mão enorme. Como todo mundo, ficou sabendo do ocorrido. Pergunta bruscamente:

— Você viu o menino morrer? É verdade?

Ela confirma com a cabeça, e ele passa o martelo a ela, aponta para um pedaço de metal incandescente na beirada da bigorna e lhe ensina como bater. Joana pega o martelo com avidez, o que faz o ferreiro rir e, durante os minutos seguintes, é como se todos os dias festivos cristãos e celebrações se juntassem em um só. Ela bate e bate, sentindo-se feliz. É raro ter como dar vazão à sua energia. A princípio, o som, pungente e frágil, parece sacudir seu corpo todo. Sua mão vibra. Mas ela logo se acostuma. Não sabe o que está fazendo e não se importa. Faz uma pausa, um pouco sem fôlego, com suor escorrendo da ponta do nariz, e se pergunta se é daquele jeito que seu pai se sente quando bate nela. Se for, está explicado por que ele gosta tanto.

— O metal já está morto, Joana — o ferreiro diz. E continua: — Se bem que é isso que eu faria se um borgonhês, fosse de Maxey ou de qualquer outro canto, ousasse aparecer por aqui. — Ele não está mais sorrindo. Quando ela está para ir embora, ele coloca dois pregos em suas mãos. Ainda estão mornos. Ela olha para baixo e pergunta ao ferreiro o que deve fazer com eles.

— Sempre há alguma utilidade para pregos — ele diz. — Mas não deixe seu pai saber que você tem isso nem que fui eu que te dei.

Ela concorda com a cabeça, guardando o presente no bolso. Ambos estão sérios e a transação é solene. Seu pai, se soubesse, provavelmente a crucificaria.

As pessoas falam sobre os motivos de Jacques d'Arc sentir um desprezo especial pela segunda filha, como se as palavras "segunda filha" já não fornecessem a resposta que procuram. Ela, Joana, também se pergunta a mesma coisa e encontrou uma explicação que vai além da aposta e do fato de ela ser menina. Ela acha que é porque ele não sabe o que fazer com ela. Seus filhos, Jacquemin e Jean, e até mesmo Pierre, que, com seis anos, é mais novo que ela, podem ser postos para trabalhar. Para Catherine, ele pretende arrumar um bom casamento. Se for esperto, talvez até consiga lucrar com o matrimônio da filha mais velha. E o que é realmente o casamento, na cabeça de Jacques d'Arc, além de uma transação comercial, uma oportunidade de adquirir capital e propriedades? O que, no entanto, ele pode fazer com Joana?

O que pode fazer com essa menina que é forte como um touro jovem, mas esquiva como um cardume de peixes? Quando ela corre, como agora, não porque alguém a persegue, mas simplesmente por diversão, os pregos em seu bolso tilintam como sinos pequenos e invisíveis. A única trança parece o rabo de um gato que se move com pressa em volta de uma árvore, na curva de uma viela, em uma esquina. Em Domrémy, é comum as pessoas dizerem:

— Achei que a tinha visto, Joana, ali, perto de um riacho, entrando, saindo, subindo em tal e tal telhado, pendurada em um galho, agorinha mesmo. Ela ainda está lá?

Mas, quando olham, ela já se foi. A menos que comece a sonhar acordada, nunca fica muito tempo no mesmo lugar. Não é uma pessoa calma. Com frequência, grita com os irmãos ou outros garotos que ficam em seu caminho, e sua voz espanta os pardais, que saem voando do alto das árvores. Depois das surras, ela se levanta e sai correndo, volta machucada, mas intacta. Horas depois, ainda é capaz de rir, de fazer travessuras. Alguns homens tremem – tremem literalmente! – quando Jacques d'Arc cruza seu caminho, e mesmo os filhos dele abaixam os olhos assim que ele entra em um cômodo. Mas nenhum tapa ou empurrão tira o brilho dos olhos de Joana, olhos que observam seu pai da cabeça aos pés, como se dissessem: *É forte, mas está envelhecendo. Não vale o preço que pedem.* Jacques uma vez perguntou aos amigos:

— O que se faz com uma filha dessas? A menos que ela mude, o que não é nem um pouco provável, nenhum homem vai aturar uma mulher assim. Então talvez ela tenha que ser freira? Mas que convento vai aceitá-la? — A mente dele já está calculando; é possível que tenha que subornar o convento. Joana ouviu aquela conversa por acaso e não achou graça. Ela acaricia o espaço entre os olhos de Salaud, que lambe a mão dela. Ela não vai para nenhum lugar que não tenha árvores para subir. Não vai colocar os pés em casa alguma, mesmo sendo a casa de Deus, que não aceite cachorros.

IV
● ● ●

Amanhece e a cabeça dela está coçando, como se estivesse pegando fogo. Ela e Salaud formam uma boa dupla, coçando e ganindo quando a unha pega em uma área muito dolorida. Ele tem pulgas. Ela tem... Catherine dá uma olhada e faz uma careta para ela.

— Ah, Joana — Catherine murmura. O que aflige Joana é bem comum, até mesmo em cabeças coroadas de príncipes. É piolho.

Catherine leva a irmã até um banquinho e a orienta a se sentar e ficar imóvel, enquanto ela cata as manchinhas brancas como neve e sua mãe corre até a casa de Jehanne em busca de um unguento. Joana quase se deleita com a forma como Catherine se contorce e grita a todo momento.

— Eles têm pés! Eles têm pés de verdade! — ela grita. E Joana se controla para não rir da dancinha que Catherine faz com seus belos pezinhos em volta do banco. Mas está demorando demais e ela perdeu a conta de quantas mechas Catherine já examinou.

— Nós temos tesoura? — Joana finalmente pergunta e, quando a tesoura aparece, simplesmente diz: — Corte de uma vez. Não é mais fácil?

— Mas seu cabelo — Catherine protesta. — É seu cabelo!

Então Joana pega um punhado e corta uma boa quantidade para mostrar à irmã o que está querendo dizer. Um gesto drástico; talvez não precisasse ter cortado tanto de uma vez, mas já está feito e agora o restante da cabeça vai ter que acompanhar. Elas acendem o fogo para queimar os cabelos infestados de piolho. Não é a primeira vez que Joana ou outro membro da família tem esse problema, mas ela jura: A partir de agora, vou usar cabelo curto.

Do outro lado do cômodo, três cabeças espiam pela porta. A uma distância que consideram segura, os irmãos observam. Eles sorriem ao ver Joana, de braços cruzados, contraindo-se quando a ponta da tesoura chega perto demais do couro cabeludo.

Ela lança o que espera ser seu olhar mais fatal na direção deles, mas isso só faz Jacquemin se encostar na parede para não cair de tanto rir.

— Pode rir — ela diz. — Quando Catherine terminar, você vai se ver comigo.

— Fique feliz por não ser um verme de dente — Catherine fala. — Ou um verme de ouvido. — E contorce o dedo perto da orelha de Joana, que tenta não rir e procura manter a expressão de raiva no rosto.

Quando a mãe deles volta, fica olhando fixamente para a filha mais nova, boquiaberta.

— Você parece um menino! — grita. Mas é tarde demais. Joana dá de ombros. Um líquido com cheiro desagradável é esfregado em seu couro cabeludo para acabar com os piolhos restantes. Ela tampa o nariz, tem ânsia de vômito, faz barulho de engasgo.

O barulho de engasgo traz a lembrança da morte, de Guillaume. Sua cabeça, agora raspada, está mais parecida com a cabeça de Guillaume. No dia anterior, o garoto fora enterrado e ela acredita ser capaz de sentir cheiro de sangue no ar, mas provavelmente é só sua imaginação.

Do lado de fora, os irmãos esperam para zombar dela e fazer mais caretas. Ela permite. Nenhum deles era amigo de Guillaume, e o que seu pai acha eles acham também. O garoto era fraco. Ele devia ter prestado mais atenção para se defender. Devia ter lutado. Ela não contou a eles sobre as pedras que não foram atiradas. Não quer humilhar uma pessoa já morta. Mas, antes do jantar, ouvira um choramingo, como um rato arranhando a parede, no quarto ao lado. Lá avistara Jacquemin sozinho, chorando com os punhos sobre o rosto. Quando notou que ela estava lá, ele a mandou sair. E então não falaram mais disso. Mas ele deve ter se recuperado, pois já estava pulando e rindo: havia voltado a ser como era.

Na testa de Jacquemin, há um galo do tamanho de um ovo pequeno, liso e rosado, de quando ele deu uma cabeçada no capitão de Maxey. Se Jacquemin ficou assim, ela gostaria de ver o vergão no rosto do outro garoto. Jacquemin tem a cabeça dura, cheia, ela acha, de pedras. Os três se aproximam furtivamente e a empurram; perguntam se ela andou comendo figos ou doces, conhecidos por causar piolhos; tocam o que restou de seus cabelos e fingem ter os dedos picados pelas pontas arrepiadas. Quando dizem que ela já era feia antes, mas agora poderia ser esposa de um ogro, Joana não faz mais caretas para eles. Não tenta socá-los ou chutá-los como um cavalo bravio, mas empurra cada um dos irmãos de lado para abrir caminho e passar. Quando o faz, seu toque é excepcionalmente gentil. Por mais que não admita, ela não quer que eles tropecem, caiam e quebrem a cabeça. Não quer que nenhum deles acabe como o garoto que agora está morto.

❖

Morte, guerra, ódio aos borgonheses – tudo isso é temporariamente esquecido. As pessoas olham embasbacadas para a nova Joana que circula por Domrémy. Quando ela aparece na igreja para varrer o chão, o padre a encara. O rosto dele se contorce. Ele está reunindo a força dos arcanjos, dos anjos menores, dos santos, dos multifacetados querubins e dos serafins de muitas asas, de Cristo e da Santa Virgem, e dos salvos que residem nos vales e jardins do Paraíso para não rir. Então seu rosto continua a se contorcer e, em certo ponto, ele cobre a boca com as duas mãos e tosse, como se tentasse abafar o som.

Hauviette ficou sabendo da desventura de Joana. Ela chega armada com uma corrente de margaridas brancas que, rindo, joga sobre a cabeça abaixada da amiga, pronta para receber a bênção.

— Aqui está — Hauviette diz. — Melhor agora?

O ferreiro diz a ela, sem rir, mas também sem tentar esconder o sorriso:

— Se eu tivesse material sobrando, faria um elmo para você.

O ferreiro é seu amigo, mas Joana olha feio para ele. Sob a fuligem e a sujeira do rosto, ele fica corado. Passa um martelo a ela, como um pedido silencioso de desculpas. Ela aceita, e ele aponta com o dedo enorme para um par de ferraduras. Não é preciso dizer nada. Ela pensa em água ficando vermelha, sangue que, quando ressecado, parece uma segunda camada de pele nas mãos. No garoto enterrado. Em como tudo, os membros, os ossos, o sangue de alguém, acaba retornando à terra, ao nada. Ela pensa que, se o crânio de alguém é frágil, é melhor usar um elmo.

Seu braço é forte, nunca fica dolorido nem cansado. Ela bate.

❖

Já passou da hora das Vésperas, é noitinha, mas os dias de verão são longos, e a luz não se vai sem lutar. O céu está salpicado de laranja-avermelhado, azul e violeta e, em certas partes, um verde-folha nítido.

Ela vê essas cores por meio de um quadrado perfeito, uma janela sem persianas, não em sua casa, mas na de Guillaume. As mulheres se reuniram ali para confortar, para rezar, mas, principalmente, por compaixão. São mais sérias que o ferreiro e o padre. Olham para ela, não para o terreno acidentado em sua cabeça; com olhos aguçados, observam o vestido, recém-lavado, como se procurassem traços de sangue. Não há nenhum. Catherine é meticulosa.

Alguma coisa aconteceu, e é por isso que as mulheres estão reunidas ali, no casebre apertado de Guillaume, enquanto os homens estão na casa de pedra branca de Jacques d'Arc. Em Maxey, uma exigência de reparação foi feita e rejeitada. Não apenas recusada, mas jogada na cara dos homens de Domrémy: entre eles, o pai de Guillaume; entre eles, Jacques d'Arc.

A mãe de Guillaume, que sempre aparentou ser velha e cansada, parece mais velha e mais cansada. Joana pega o gato de Guillaume, e Salaud começa a ficar alvoroçado a seus pés. Quando as mulheres a encaram, como se dissessem: *Por Deus, Joana, quem se importa com o gato?*, ela se afasta delas. As mulheres voltam a atenção umas para as outras, mas Joana olha para fora. Sua visão está preenchida pelas cores cambiantes do céu.

A verdade é que ela não tem coragem de encarar essas mulheres, ainda enlutadas. Não estão chorando. Nenhuma delas, nem a irmã ou a avó de Guillaume, nem nenhuma das outras mulheres está chorando. Estão sussurrando entre elas, e, qualquer que seja a língua que falam, é tão incompreensível para Joana quanto o farfalhar de asas, o murmúrio de uma brisa.

Ela sabe que aquela é a língua natural de sua mãe: a fala do sofrimento, o dialeto da oração e da comiseração, de um ser humano transmitindo a outro essas palavras questionáveis de consolo – todas as aflições vêm de Deus. É o grande projeto de Cristo, como uma semeadura. Toda floresta, alameda e vilarejo, toda cidade, pequena e grande, e toda viela do reino, sua mãe lhe havia explicado, é coberta com essas sementes de sofrimento, então a única coisa que resta é aprender a aceitar a dor. Aceitar e se submeter ao desejo de Deus, independentemente do que se perca.

Ela, Joana, não fala essa língua. Não só não fala como não quer aprender. Ela encosta o rosto dolorido no pelo do gato de Guillaume e descobre, depois de perguntar à irmã do garoto morto, que ele não tem nome, nunca recebeu um. Então Joana quebra a cabeça, tentando pensar em um bom nome.

Ela tenta imitar Guillaume: vira o gato de barriga para cima e segura o animal como um bebê, porque não quer estar ali entre aquelas mulheres, caladas embora estejam sofrendo, que trocam orações por coisas impossíveis de serem colocadas em palavras com a mesma facilidade que trocam receitas. O gato em seus braços é macio. Ele mia, e o miado parece um choro humano. Alguns sons são mais sentidos que ouvidos, e ela sente aquele choro no coração.

O gato lhe dá uma lenta piscada felina; seus olhos cinza-esverdeados parecem marejados, ou talvez seja apenas um efeito da luz. Mas ela prefere acreditar que os animais também são capazes de lamentar, têm memória e, dessa forma, podem se lembrar de dias melhores. Eu sei, ela pensa. Ela quer sussurrar isso no ouvido do gato. Não sou sua dona, mas ficaria feliz em ser sua amiga. E você sente falta do garoto que via todos os dias. Sente falta de ser chamado pelo seu nome, pois tenho certeza de que ele te deu um, mesmo que ninguém saiba ou lembre. Bem, posso tentar pensar em um e não vou escolher uma palavra ruim como fiz com meu pobre Salaud.

Ela solta o gato. Movimenta-se devagar junto à parede, embora não seja necessário. Ninguém presta atenção nela, nem mesmo Hauviette ou Catherine, amontoadas ao redor da irmã de Guillaume.

Joana sai sem ser vista e atravessa a rua, decide ir girando na direção de sua casa, como as tempestades em forma de funil de que ouviu falar, capazes de destruir torres de igrejas e partir grandes carvalhos. Quando chega à entrada de casa, está zonza, com vertigem. Qualquer coisa para tentar esquecer. Qualquer coisa para dispersar a dor que a morte deixou para trás. A dor que ela sente é embotada, não viva e fresca como um corte. Ela se agacha. Os homens deixaram a porta aberta para o vento refrescante entrar, e dá para ouvir o movimento no interior. Com uma olhadela, conta seis indivíduos, sem incluir o padre, que ninguém queria que estivesse lá, pois está sentado de um lado da mesa enquanto os outros se reúnem na ponta oposta. Mas nem mesmo Jacques d'Arc chega ao ponto de expulsar sacerdotes.

Os homens estão inquietos. Abrem e cerram os punhos; passam a mão no rosto, apertando as coxas quando se sentam, e alguns não conseguem permanecer muito tempo sentados; afastam as cadeiras, quase chutando os móveis, porque são os móveis de Jacques d'Arc, e andam de um lado para o outro na sala. Felizmente, alguém teve o bom senso de tirar de cima da mesa a tesoura usada para cortar os cabelos de Joana naquela manhã. Os amigos de seu pai parecem furiosos o bastante para apunhalar qualquer coisa, até mesmo uns aos outros.

— E então? — Jacques é o primeiro a falar. É só o que ele tem a dizer. Não precisa acrescentar: Nós precisamos de um plano. Não precisa explicar: Todos os meus planos são tramoias, armadilhas, truques e ciladas, e tenho alguns em mente, então, o que devemos tentar primeiro?

Quando ninguém responde, ele oferece uma opção, como se fosse uma tigela de um delicioso ensopado:

— Ou devemos atacar? — E completa: — Esse agora é um problema para homens, não para garotos.

O padre joga as mãos para o alto:

— Esperem, esperem... Era isso que eu temia. Não podemos... — Ele faz uma pausa, falando devagar, como se conversasse com crianças. — Precisamos levar essa questão ao tribunal mais próximo...

O pai de Joana está pronto para isso. É como se o padre estivesse em uma peça e não soubesse que havia desempenhado seu papel à perfeição.

— O quê? — Jacques pergunta. — Tribunal? Isto vai além do tribunal. Não vamos encontrar justiça lá.

O padre fica corado de raiva.

— O Senhor diz: Se alguém o insulta, fere ou ataca sua honra...

— Sim — Jacques o interrompe. — Devo enfiar minha faca nas costelas dele, não é? Devo acabar com a raça dele? Pois essa é a *minha* interpretação do que o Senhor diz.

Um som interrompe a discussão: uma terceira voz. Por um instante, ela acha que deixou de enxergar uma mulher na sala, porque a voz é aguda. Então se dá conta de que o que ouve não são palavras, e sim um lamento.

O som vem do pai de Guillaume. Ele está segurando o rosto fino entre as mãos, boquiaberto. É doloroso ver a expressão contorcida, as lágrimas grandes, úmidas e brilhantes, e alguns dos homens desviam o olhar, talvez por estarem constrangidos ou acharem que é vergonhoso um homem chorar daquele jeito na frente de outros homens, ou simplesmente chorar. Até o padre abaixa a cabeça e sussurra uma prece rápida, desejando que aquele momento acabe.

Apenas o pai de Joana não se vira. Ele se levanta da cadeira e para na frente do pai de Guillaume. Segura o ombro do homem. E, quando seu amigo chora ainda mais, um choro gutural e abafado, Jacques aperta com mais força, até parecer que vai arrancar o ombro inteiro como um pedaço de casca de pão seco. Ele está olhando fixamente para o homem, como se gravasse uma mensagem na alma dele. Joana sente que nunca vai se esquecer daquele momento. Na mão que está sobre o ombro do homem, seu pai plantou uma promessa; é uma promessa que o padre não pode ouvir. Nós vamos vingar seu filho. Nós vamos garantir que ele não tenha morrido em vão. Ainda assim, nenhuma palavra é dita em voz alta. Palavras não são necessárias.

Seja o que for, o que Jacques fez parece funcionar. O pai de Guillaume se apruma. Para de chorar. Alguém lhe dá um copo d'água, que ele logo bebe e depois limpa o nariz na manga da roupa.

O padre foi vencido, mas é isso que costuma acontecer quando Jacques d'Arc entra em um recinto.

Joana passa a mão na orelha tão recentemente apertada pelo punho do pai. Mas, ela pensa, ele ainda é um bruto.

— É... um sintoma destes tempos — o padre diz em vão. — Essa tragédia...

O que quer que tenha se passado entre o pai de Joana e o pai de Guillaume, exauriu Jacques. Ela o vê voltando para seu lugar à cabeceira da mesa. Ele esfrega o rosto. Inclina-se para a frente e sua voz, quando começa a falar, é mais suave que antes.

— Quando eu era jovem, apenas uma criança... — Os homens riem todos ao mesmo tempo. — Sim, eu também já fui criança — ele afirma, acenando com a cabeça para os ouvintes em reconhecimento à sua descrença, enquanto Joana escuta na soleira da porta. Nunca ouviu o pai falar sobre sua juventude. — Meu avô viveu até os cem anos, que Deus o tenha. E era mais gentil comigo que meu próprio pai. Com frequência, me carregava nas costas e, enquanto trabalhava, cantava músicas que havia escutado. Tinha uma memória excelente. Se alguém recitasse um poema, cantasse uma balada, ele era capaz de repetir sem errar uma palavra. Ele me contou sobre os dias de glória da França, as grandes batalhas e os guerreiros que lutaram nelas até as histórias ficarem, para mim, claras como visões. Quando menino, acreditem se quiserem, eu sonhava com Carlos Martel, príncipe dos francos, até que meu pai me acertou um golpe um dia em que não consegui acordar pela manhã e disse: Se você seguir esse caminho, Jacques, vai ter que mendigar seu pão.

Cria-se um burburinho, e o pai de Joana acena com a cabeça. Ele suspira, entrelaçando os dedos.

— Eu nunca me cansei de ouvir aquelas histórias, e meu avô nunca se cansou de contá-las. Como Carlos Martel, na Batalha de Tours, derrotou um exército de trinta mil sarracenos, embora tivesse apenas metade dos homens. Durante o combate, espalhou-se um rumor de que o acampamento inimigo e seu tesouro pilhado estavam sendo saqueados por uma outra força que atacava pela retaguarda. Vejam que um rumor é como uma flecha, porém melhor. Depois de lançado, multiplica-se aos ouvidos de centenas, milhares, dezenas de milhares de homens. Os tolos acreditaram no que ouviram. Deram meia-volta com os cavalos, alguns no meio do ataque, e foram derrubados por trás. E então meu avô me dizia, depois de contar a história, ele dizia: Jacques, por mais que essas sejam histórias de grandes homens e não tenham a ver com tipos como você, eu ou qualquer um daqui, vivemos na mesma terra que Carlos Martel e, sim, podemos pisar, sem nem saber, onde ele e seu exército pisaram quando sairmos para trabalhar pela manhã. Então aprume-se, garoto, não se curve nem abaixe a cabeça e seja grato pelo que tem, mesmo que seja pouco. Fique feliz por cultivar a mesma terra que foi revolvida pelos cavalos de guerra dos grandes cavaleiros franceses, pois o chão em que pisa, o próprio ar que respira são diferentes devido ao que veio antes.

Jacques faz uma pausa. Os homens estão quietos e sérios. Ouvem, esperando para ver onde o pai de Joana quer chegar com a história, e estão prontos para acompanhá-lo. Ela também está ouvindo com tanta atenção que está segurando a respiração.

— Então, sete anos atrás – é difícil acreditar que já se passaram sete anos –, ouvi falar de Azincourt, a mais terrível das batalhas. No início, foi um jogo de paciência. Os ingleses esperaram três horas pelo ataque dos franceses e, quando o ataque não veio, reposicionaram-se e dispararam suas flechas. Os cavaleiros franceses não tiveram escolha. Eles atacaram. Embora alguns digam que o ataque veio cedo demais, que o ataque foi desordenado e não havia homens o bastante.

"O rei inglês não poupou ninguém. Quando eu era jovem, sentia que a força da França era a força de todos nós. Não achava que os descendentes de Carlos Martel podiam perder, não dessa forma. E depois perder, e perder de novo.

"Mas, sabe, a colheita daquele ano, por mais pobre que tenha sido, ainda foi produzida, e a terra foi preparada para o cultivo seguinte, que, se bem me lembro, até que não foi ruim. E, embora minha esposa tenha perdido uma criança antes do nascimento, apenas dois meses após Azincourt, no ano seguinte, eu fui abençoado..."

Joana quase revela sua presença, inclinando-se na entrada para pegar, embora fosse impossível, uma confissão de afeto. Mas, não, ela faz as contas de cabeça. Passaram-se sete anos desde a Batalha de Azincourt, e ela já tem dez anos. A bênção não é ela, e sim Pierre.

— Nenhum de nós é soldado. Nenhum de nós é descendente de Carlos Martel. Estamos tão distantes dos reis e príncipes do reino quanto os peixes que nadam no mar estão distantes dos pássaros que voam — ele diz. — Mas ainda somos homens. Somos pais e maridos.

Somos, alguns de nós, proprietários de terras. E, por mais que tenha sido duro, por mais que vivamos em uma época de conflitos e guerra, e nossas perdas não possam se comparar às perdas do reino, mesmo nós, homens simples, não podemos simplesmente ficar coçando a cabeça e imaginando o que podemos fazer quando a vida de uma criança é tirada de nós de forma tão cruel. Se o garoto tivesse morrido de doença, se não comesse o pão e bebesse a água postos diante dele e perecesse devagar, poderíamos sentir apenas pesar e pena de seus pais. Mas como posso me esquecer das lições que meu avô esperava que eu aprendesse com suas histórias? Como posso me esquecer do dever que temos com a terra em que vivemos e com nós mesmos? Vamos permitir que nosso vilarejo aceite isso com moderação? Somos desavergonhados o bastante para admitir que a França perdeu muitas batalhas ultimamente, então vamos esconder a cara e aceitar a morte dessa criança em silêncio? A única expressão de nosso luto virá na forma de lágrimas, choros e gemidos? Bem, isso pode apaziguar a consciência do padre. Não vai apaziguar a minha.

Os homens estão quietos. Apesar de não dizerem nada, nem a favor nem contra ele, Joana sabe que seu pai venceu. Faz-se um silêncio, durante o qual ela pega pedregulhos e os dispõe em fileiras à sua frente. Aqui estão os franceses. Aqui estão os ingleses. Ela pega um punhado de grama, joga sobre as fileiras francesas. Aqui estão as flechas lançadas pelos arqueiros ingleses, pelo fatal arco longo, que é sua especialidade. Naquela ilha, todos dominam essa arte. Ela havia escutado que, no dia da Batalha de Azincourt, as flechas mancharam o céu de preto. E, quando elas caíram, as penas deixaram o chão branco. Era possível que alguém olhasse ao seu redor no campo e pensasse que estava com neve até os tornozelos.

De seu pescoço, o colar de flores de Hauviette se desprende com facilidade. As margaridas voam sobre os pedregulhos e a grama espalhada. Aqui está a flor da cavalaria.

A reunião termina, mas não antes de Jacques oferecer aos convidados copos de cerveja para que todos saiam felizes.

Quando ele acompanha os homens até a porta, Joana ainda está agachada na entrada. Ao passar por ela, a maioria se sobressalta.

Não é de estranhar. Ela está assustadora. Apenas o padre sorri. Ele acha que ela está fazendo um retrato bonito com flores e pedras.

— Ah, acho que estou vendo o rosto de uma moça — ele diz, parando para olhar sobre o ombro dela. — E você decorou os cabelos dela com margaridas.

Quando ele está fora do campo de visão, Jacques sai. Abaixa o olhar até onde a filha está, ainda empurrando pedregulhos para leste e oeste, norte e sul. Ele também olha para o que ela está fazendo e, por um instante, Joana registra o que parece passar por entendimento. Aquilo é uma batalha? Mas, se há reconhecimento, não passa de um vislumbre, como o olho de um leão atrás de um arbusto, está ali e logo não está.

E, para provar que não existe entendimento entre eles, que nenhuma percepção compartilhada jamais os unirá, nem nesta vida nem na próxima, ele chuta as pedras que ela havia posicionado. Pisa em cada uma das margaridas brancas, esmagando-as com o calcanhar. Depois sai caminhando, sem dizer nada.

V
• • •

Ela ainda está agachada, olhando para a destruição deixada por seu pai, quando a ponta de uma bota lustrosa se insere com cuidado no círculo de sua Batalha de Azincourt. A bota não pertence a seu pai. Ela paira sobre uma margarida esmagada, exibindo-se.

— Eu estava vindo nesta direção — uma voz diz do alto, viva como o canto de um pássaro e, de fato, é uma voz que pode muito bem começar a cantar a qualquer momento. — Vi a casa do seu pai e pensei: Ele ficou mesmo nervoso dessa vez, pobre Jacques, pois colocou na porta um daqueles demônios de pedra que costumam decorar paredes de catedrais e abadias para afastar maus espíritos. Chamam-se gárgulas, e já vi umas com cabeças de cabra e demônios chifrudos enrolando a barba no dedo pontiagudo. Já vi umas com rostos humanos, sorrindo como idiotas, e outras com a boca aberta, como se estivessem no meio de um grito. Mas, em minhas viagens, nunca vi uma gárgula como você.

Joana se move e o movimento é pétreo, uma estátua agachada, coberta de musgo, voltando a ficar em pé. Uma perna está dormente, então ela se levanta com certa instabilidade. Durand Laxart estende a mão para ajudá-la, mas ela não é feita de pedra de verdade. Para mostrar que é de carne e osso, joga os braços ao redor do pescoço do tio. Inala o calor úmido de seu ombro e se permite ser apertada até ficar sem fôlego de tanta alegria.

— Quase te confundi com uma estátua — ele diz quando ela termina de abraçá-lo, agarrá-lo e afundar a cabeça com cabelos arrepiados em seu peito. — Então, disse a mim mesmo: Não, é um menino. Um pobre pedinte faminto, passando de porta em porta para conseguir um pedaço de pão. Depois cheguei mais perto, vi que o menino estava de saia e esfreguei os olhos com os punhos para garantir que o diabo não estivesse me pregando peças. Aí vi que era você.

— Eu — ela diz, sorrindo.

Ele adia perguntar o que aconteceu com os cabelos dela. O assunto surgirá depois. Em vez disso, olha para os escombros de plantas a seus pés.

— O que você fez aqui? — ele pergunta.

— É Azincourt — ela responde.

Uma pausa. Ele analisa a cena com atenção, os pedregulhos espalhados onde Jacque d'Arc rompeu as fileiras francesas e, ao que parece, as inglesas também.

O tio de Joana acena com a cabeça e parece tão sério que até sua expressão escurece quando ele fala:

— Achei que você não estivesse lá, Joana, naquele dia amaldiçoado, tão terrível para o reino da França. Mas agora – agora estou percebendo que devia estar. Você só tinha três anos, mas compreendeu perfeitamente o que aconteceu em Azincourt.

É uma daquelas coisas com que não se deve brincar. Tantos mortos. A fina flor da cavalaria francesa pisoteada na lama. Sete anos depois, resgates absurdos ainda estão sendo pagos por uma nobreza falida.

Apesar de tudo, eles estão rindo.

❖

Eles nem sempre foram tão bons amigos. Quando ela era um bebê chorão, que só conseguia balançar as perninhas e apertar as gengivas com os punhos, seu tio não lhe dava atenção. Ele se encolhia sempre que a mãe de Joana, ou uma das avós, chegava com a criança gritando à sala. Não tinha filhos e não invejava nem ambicionava constituir família. Como eu conseguiria encarar o mesmo lar – ele dizia quando as pessoas lhe perguntavam por que não tinha se casado –, o mesmo teto e chão de terra, o mesmo caldeirão e a mesma esposa com cara de triste, entra dia, sai dia? Como poderia ir contra minha própria natureza e dormir durante décadas na mesma cama de palha apodrecida, infestada com o mesmo ninho de carrapatos? Então, ele não faz nada disso. Às vezes, não dorme nem duas noites no mesmo lugar. O rosto de suas mulheres vive em fluxo contínuo. Se elas ficam tristes, ele nunca passa tempo o bastante por perto para secar suas lágrimas.

Foi assim que a amizade começou: quatro anos antes, quando era da idade de Pierre, Joana foi jogada pela porta da frente como um cachorro prestes a ser açoitado justo quando Durand Laxart estava andando na direção da casa de Joana.

Ela correu muito, mas seu pai tinha pernas mais compridas e estava rapidamente a alcançando.

O tio a viu mais tropeçando que correndo para fugir de Jacques d'Arc. Eles trocaram olhares. Mais tarde, diria que testemunhou o momento exato em que o medo se transformou em determinação. Ela não pediu a ajuda dele. Com uma sobrancelha arqueada, um olhar, exigiu-a.

Foi um instante de beleza extraordinária. Quando ela relembra, não consegue conter o sorriso. O salto, tão perfeito, em seus braços, e ele, vendo que quem a perseguia não parava, não tinha intenção de parar, e parecia que ia bater nele também, virou as costas para Jacques e correu a toda velocidade. Ela encolheu os pés, cada mão segurando um pedaço da camisa, como as rédeas de uma carroça, enquanto olhava por sobre o ombro do tio. Então, vários batimentos cardíacos aterrorizados depois, ele escutou uma voz baixa em seu ouvido, calma como se fosse Aníbal atravessando os Alpes. Ela disse, alegre:

— Já estamos bem longe. Pode parar, tio.

Ele a colocou no chão, e foram beber água em um riacho ali próximo. Quando a água tocou os lábios dos dois, fria e borbulhante, foi como se batizasse uma nova união entre eles. Ele ofereceu a mão molhada a Joana e ela, sorrindo, ainda sem fôlego, segurou dois dedos do tio, pois era tudo o que cabia em sua mão. Ela os sacudiu como um cachorro que sacode um osso.

Agora, são como dois soldados em uma velha campanha. A campanha é sempre a mesma: evitar serem capturados pelo inimigo, e o inimigo é sempre Jacques d'Arc.

Ele ensinou Joana a nadar. Ela se lembra daquele dia, uma tarde amena de verão; os dois às margens do rio Mosa, e ela se afastando da água levemente agitada.

— Não posso — ela disse. — Eu não consigo.

Naquela época, ela tinha medo de tudo que não fosse sólido sob seus pés. Mas o tio se agachou e disse a ela:

— Minha pombinha está com medo, é? — E ela caiu nos braços abertos dele, percebendo seu erro tarde demais. Os braços se fecharam atrás dela e ele a jogou, aos berros, na água. Mas, quando ela parou de se debater, parou de balançar os braços como pequenos chicotes, transformando a água em uma efervescência de espuma branca, notou que ele a estava segurando, queixo inclinado logo acima da superfície. Primeiro ela aprendeu a patinhar como um cachorro. Depois, a prender a respiração debaixo d'água. Em seguida, a deslizar como um ágil girino, um peixe com escamas cintilantes.

Ele lhe ensinou outras coisas também, depois que ficaram amigos. Sabia que não devia ter favoritos, mas escolheu Joana, e não seus irmãos, porque ela era a mais esperta, a única capaz de ouvir uma história inteira com atenção do início ao fim, mesmo se estivesse cética. Porque ela era capaz de olhar para o céu e ver que não terminava no último casebre de Domrémy. Porque ela acreditava em pássaros da canela.

O mundo é um globo, ele disse a ela uma vez. Quando trabalhou na casa de um lorde, conheceu um astrólogo, a pessoa mais velha que já havia visto, que lhe mostrou um livro sobre planetas e estrelas. "Os planetas são como pessoas", disse o astrólogo. "Aqui está Saturno", e apontou para um homem com uma foice.

— Dá para acreditar, Joana? — ele perguntara a ela, que fizera um sinal positivo com a cabeça, séria. Ela acreditava, sim.

Ele tinha ensinado a ela que existiam diferentes tipos de pessoas no mundo.

— Nem todos são assim tão lindos como eu ou você — ele disse, com seriedade. — Há ilhas onde moram pessoas pequenas. Apesar de serem pequenas, envelhecem bem rápido. Uma menina da sua idade, Joana, parece uma velha encarquilhada.

Ela sempre ouvia as histórias dele, mesmo se não acreditasse que fossem totalmente verdadeiras.

— Onde você esteve? — ela pergunta a ele agora. Fica corada, envergonhada de ter demonstrado tanto prazer com sua chegada. Fazia pelo menos três meses que não via o tio.

— Acabei de sair da cama de plumas de uma bela moça — ele responde. — Senão, como acha que eu poderia pagar por isso? — Ele estica uma perna para mostrar a bota engraxada. — O couro é tão macio que me lembra uma mulher, é como passar a mão em seus... — Ele fica corado.

— Cabelos? — ela pergunta.

— Isso, é macio como os cabelos de uma mulher. Era isso mesmo que eu ia dizer.

Deixam para trás a ruína de Azincourt e caminham juntos. Sobre eles, o fulgor do céu vira noite, com manchas azuis e roxas e um carmesim quase preto de tão escuro.

Estão parados em um campo que, em mais uma semana, no máximo duas, estará pronto para a colheita. Este também é o motivo de o tio de Joana estar ali: ajudar com a ceifa, o enfeixamento, a debulha e o joeiramento. Sempre há necessidade de mais mãos, e ele pode ganhar um pouco de dinheiro nessa época do ano.

Os dois ficam lado a lado; o ombro dela bate mais ou menos na altura da cintura dele. Quando ele pergunta, educadamente, se o novo corte de cabelo dela é obra de suas próprias mãos, ela suspira.

— Piolhos — responde.

Eles trocam olhares. Piolhos, como Azincourt, não deveriam ser engraçados, mas eles têm um ataque de riso, embora ela ache dolorido rir.

— Vou sentir falta de Catherine trançando meus cabelos — ela fala. — Gostava daquilo.

— Quem não gosta? — Ele passa a mão nos próprios cabelos finos, fazendo graça. — Mas esse corte até que combinou com você.

Ela vê que ele está falando sério.

— Coça menos — reconhece.

Faz-se uma pausa, e então:

— Aqui está algo que vai fazer você se sentir melhor. Sabia que, quando o duque Guilherme da Normandia chegou pela primeira vez na costa da Inglaterra – ah, isso foi há quatro séculos –, o rei Haroldo mandou espiões para relatarem o que vissem? E seus homens o informaram que o inimigo era um grande contingente de sacerdotes. Eles não tinham com o que se preocupar.

Ela levanta os olhos. Não é possível, seu olhar diz. Como alguém pode confundir um exército com padres?

— Foi porque os normandos rasparam os cabelos; então qualquer um que os visse pensaria, à primeira vista, que eram homens santos. Dá para dizer que algo de bom veio de alguns cortes de cabelo, você não acha? Bem, foi bom para os normandos.

— Sacerdotes — ela diz, pensativa. — Com espadas e escudos? E os espiões do rei Haroldo acreditaram?

Seu tio pareceu ter dificuldades para encontrar uma resposta.

— As pessoas eram mais crédulas naquela época — responde.

Ele olha para ela. Ela nota... o quê? Uma pontinha de pena? Ainda não tinha visto seu reflexo em um riacho, mas se seu tio, acostumado a seus ferimentos de sempre – um olho inchado, duas vezes maior que o outro, ou ambos reduzidos a fendas roxas –, parece que vai chorar, deve estar bem ruim. E, recém-chegado ao vilarejo, ele ainda não soube o que aconteceu com Guillaume. Outra derrota, Joana pensa, para somar a Azincourt.

— Já estou acostumada — ela diz para alegrá-lo. — Afinal, sou francesa.

Eles riem. É mais uma piada entre os dois que não deveria ser piada: A França está perdendo a guerra, e feio; então é lógico que qualquer assunto relacionado à França tem maior probabilidade de ser criticado e atacado do que um borgonhês ou inglês. E Joana não é exceção. É de estranhar? Basta olhar para o rei inglês. Ela ouviu dizer que Henrique é um homem alto, com mais de um e oitenta de altura, e cruel. Seu rosto ostenta a cicatriz de uma flechada que o atingiu quando jovem. A ponta da flecha teve que ser extraída com uma ferramenta especial. Veja Filipe, duque da Borgonha, furioso. E depois veja o rei da França. Nosso rei, que é louco, que toma todas as precauções, incluindo a inserção cuidadosa de barras de ferro em suas roupas para evitar que se quebre, pois ele acha que é feito de vidro.

O tio de Joana chuta um montinho de terra.

— As coisas poderiam ser piores, Joana.

Sério?

Para provar seu argumento, ele conta uma história do passado recente, acontecida havia apenas três anos. Henrique, rei da Inglaterra, armou um cerco à grande cidade de Ruão, capital da Normandia.

— De que adianta contar uma história quando já sabemos como termina? — Joana o interrompe.

Ela está impaciente. Todo mundo sabe que Ruão caiu. Ah, seu tio diz, mas não sem resistir durante cinco meses inteiros, quase seis. E, quando o alimento ficou escasso, as pessoas comeram animais como seu precioso cão, Salaud. Comeram cavalos e gatos também, até não encontrar mais animais, até um mero rato virar uma iguaria rara e muito cobiçada. Os líderes da cidade, para conservar recursos e por acreditarem que a ajuda estava a caminho, ordenaram o seguinte: todos que esgotavam os recursos da cidade, ou seja, idosos, mendigos, fossem jovens ou velhos, e doentes, deveriam sair de sua casa e procurar abrigo em outro lugar, fora da cidade. Acharam que Henrique os deixaria partir. Que ameaça aquelas pessoas – doentes, frágeis, muitas delas meras crianças – representariam a alguém tão poderoso quanto ele? Mas Henrique não deixou ninguém sair, e eles ficaram presos na trincheira entre os portões de Ruão e o campo onde seus soldados tinham montado acampamento. Esses prisioneiros não podiam retornar à cidade nem podiam passar pelo exército de Henrique sem arriscar ser mortos. Imagine viver em uma trincheira: acordar nela, urinar nela, dormir todas as noites na mesma faixa de terra que se tornará seu túmulo. E, para mostrar que não era totalmente impiedoso, que ainda podia ter misericórdia de seu inimigo, no Natal, o rei da Inglaterra distribuiu pão a eles, mas ninguém sobreviveu àquele martírio. Eles morreram de fome.

Não existem histórias felizes, apenas histórias que nos fazem sentir gratidão por não termos nascido em outro lugar, em um lugar como Ruão.

Um momento de silêncio se segue, e Durand suspira em meio à calmaria.

— Agora — ele diz —, minha história te deixa com vontade de abraçar seu pai e dar um grande beijo nele?

Ela acotovela o tio, não nas costelas, pois ainda não consegue alcançar, mas na coxa. Vê sua cara de dor; e não é uma expressão que ele faz apenas para agradá-la.

— Você está ficando forte — comenta, massageando a perna.

— Você está ficando velho — ela responde, e eles novamente trocam olhares; e novamente riem. O som faz os pássaros saírem voando. Fazem um barulho tão alto que o vasto campo começa a parecer uma sala bem pequena, e eles estão dando voltas nela, embriagados com o perfume da terra e do trigo dourado. Salaud os rodeia, latindo.

Ela mal consegue se ver no escuro. Desde seu nascimento, nunca teve um momento de paz. Se não são os franceses sendo derrubados em batalha, são notícias de saqueadores, que às vezes também são franceses, ateando fogo em vilarejos e cometendo novas atrocidades. Querendo ou não, ela está sempre pensando na guerra. Está sempre ouvindo histórias, embora algumas sejam inventadas. Se sai para pegar um balde d'água e está silencioso demais, esforça-se para prestar atenção no som de passos chegando por trás. Quando o sino da igreja toca, pode ser hora das Vésperas ou pode ser porque um grupo de bandoleiros foi avistado ao longe com tochas. Ela não consegue olhar para um campo e não imaginar como ele ficaria arrasado, com os grãos destruídos e os longos meses de inverno ainda a serem vencidos. É possível morrer na ponta de uma espada, de maus humores no corpo – o que pode criar vermes –, ou de fome, e ultimamente ela não consegue olhar para uma tigela, mesmo quando está cheia, sem também enxergá-la vazia. Dizem que um dragão vive em Bois Chenu, o bosque escuro onde ela sacudiu galhos de árvores para caírem bolotas. Ela sabe que um bosque pode até abrigar um dragão, mas é mais provável que sirva de esconderijo para um pequeno exército de borgonheses ou ingleses. A sombra de um lobo também pode ser a de um homem.

Durand diz que cada infortúnio é também uma oportunidade. Considere a peste negra, quantos ela matou. Mas, depois daqueles longos anos em que parecia que até Deus havia desistido do mundo, o preço da mão de obra aumentou. Cada lavrador valia seu peso em ouro.

O homem comum comprou terrenos e de repente, quase em um piscar de olhos, tornou-se proprietário de terras. As pessoas iam dormir aterrorizadas; até o ar ficava rançoso com o cheio de cadáveres, de morte. Mas quem acordasse no dia seguinte poderia viver para ver um novo mundo. E seu lugar nele teria mudado.

A guerra também não pode ser assim? A perda de um homem é o ganho de outro, e não é preciso ser inglês para sair vencedor. Pense em como o alimento é precioso. Grãos e farinha. Carne e peixe salgados. Maçãs frescas. Então, trabalhe com fornecimento de suprimentos, foi o que Durand ouviu durante suas viagens. Trabalhe com transporte. Trabalhe com construção. Sempre há necessidade de construção durante a guerra. Guaritas para serem reforçadas. Trincheiras para serem cavadas. Onde houver um bom par de mãos, alguém encontrará um uso para ele.

— Você combateu como soldado? — Joana pergunta.

O tio dá de ombros.

— Estive em campos de batalha. Vi cadáveres. — A resposta dele é evasiva. Depois se vira para ela: — Defina o que quer dizer com combater. Em uma guerra, é possível desempenhar muitos outros papéis além de soldado.

Ela não pergunta se as coisas que ele diz se aplicam a ela. As habilidades que tem – coletar lenha, mover rápida e inconscientemente o pulso para quebrar o pescoço de uma galinha, a remoção da nata do leite, o cantarolar hábil que acalma bebês agitados – poderiam ajudá-la na guerra? Ela não sabe ler – mas também não conhece ninguém, além do padre, que saiba. Porém tem duas mãos. É robusta e, exceto alguns episódios de piolhos e pulgas, forte. Às vezes, não consegue enxergar seu futuro. Mas outras vezes, quando o tio lhe conta uma história, uma imagem lhe vem à cabeça e ela sente, pela duração da narrativa, que as coisas poderiam ser diferentes. Como? Ela não sabe. Mas é possível, apenas possível, que nem todas as estradas tenham que terminar em um campo como este.

A guerra ampliou o escopo da terra para ela. Ensinou a Joana nomes de lugares que ela não conhecia: Orléans, Crécy, Sluys, Poitiers. Novas cidades significam novas pessoas. Sempre haverá pessoas como seu pai e o capitão de Maxey. Mas também haverá pessoas como Durand, como Catherine e Jehanne e Hauviette, que farão correntes de flores quando você estiver careca e magoada, que a carregarão nos braços sem intenção de matar. A França é um reino. É grande. Pense só.

Essa é a hora que o mundo espiritual se revela, seu tio lhe diz. Como o *feu follet*. Já passou por um lago e viu luzes estranhas, verdes e azuis, flutuando pela água quando não tem nenhum barco ou pescador à vista? Bem, se já viu, isso é o *feu follet*. E, se avistar essas luzes, deve virar as costas. Deve correr em outra direção, pois, se as seguir, você nunca mais conseguirá achar o caminho de volta, e ninguém encontrará seu corpo.

A essa hora, diabretes dançam entres as folhas, evitando áreas onde a luz brilha. Duendes se escondem nos nós dos troncos das árvores e podem usar sua magia para o mal ou para o bem. E, na escuridão úmida das cavernas ou sob pontes, as *dames blanches* aguardam viajantes e transeuntes desatentos. Seus espíritos podem deslizar para dentro de qualquer rachadura de rocha ou lateral de penhasco. Você pode virar uma esquina e ficar cara a cara com uma mulher encapuzada vestida de branco, com o corpo brilhante e o rosto pálido. Ela vai pedir que você dance ou fique de cabeça para baixo e ande com as mãos, colha algumas flores frescas para ela e cante sua música preferida, e você deve obedecer se quiser evitar uma maldição.

Na escuridão crescente, enquanto estão neste campo, tudo parece possível. O escuro dá margem à imaginação. E é possível ver os horrores. É possível se assustar com truques da mente e demônios dançantes. Ou é possível planejar todo o seu futuro no breu da noite. É possível sonhar de olhos abertos.

O segredo é permanecer viva. Se você ainda tiver fôlego, é muito provável que o amanhã seja melhor. Um dia, ela pensa, vou sair de Domrémy. Algumas pessoas nascem em um lugar e nunca conseguem enxergar além de suas cercas, suas sebes e seus campos. Chegam ao último sulco do último hectare, o limite da floresta, e dão meia-volta, vão para casa. Vivem sob o mesmo trecho de céu e esperam que as nuvens, o bom clima ou a chuva venham até elas. Mas eu não. Ela diz a si mesma: Vou procurar meu próprio clima. Vou me arriscar no bosque desconhecido.

Na escuridão, ela sorri. Vai viver até a idade madura. Vai dizer, quando a velhice chegar: Eu sobrevivi a isso e àquilo, mas primeiro, antes de mais nada, sobrevivi aos punhos de meu pai.

❖

O trabalho duro do dia terminou. O clima é de ócio. Joana está cansada do chão, onde se curvou por horas, amarrando feixes de trigo e recolhendo do campo as sobras que os homens deixavam passar. Então, está em uma árvore, mordiscando um dos bolos que as mulheres de Domrémy fizeram. É uma pantera repousando sobre um galho grosso, piscando seus olhos escuros atrás de um emaranhado de folhagens verdes e observando o vilarejo lá do alto: as meninas dançando, descalças, na grama, cabelos brilhantes na altura da cintura sob a luz do sol; os meninos de queixo caído vendo as meninas, os irmãos idiotas dela entre os boquiabertos. As mulheres conversam e riem, embora suas mãos permaneçam ocupadas. Giram as rocas e desviam os olhos do trabalho para verificar se as crianças menores estão onde as deixaram. Joana se espreguiça como se estivesse em uma cama; com a língua, leva uma migalha para a boca e a deixa dissolver. A maior parte dos ruídos lá de baixo vem de seu pai e dos outros homens que estão bebendo e comendo. Suas risadas são como nuvens de tempestade se aproximando, estrondos de trovão.

E seu tio? Seu tio está fazendo a mãe de Hauviette, Jehanne, rir. Parece que ele a puxaria para os seus braços se estivessem sozinhos, se o marido de Jehanne não estivesse olhando feio para ele a poucos metros de distância. Com base nos sorrisos, na alegria não tão inocente de Jehanne, Joana imagina que ele lhe está contando uma história, talvez o relato de quando se infiltrou no meio de um grupo de pedreiros e ganhou uma semana de soldo sem levantar um dedo, ou falando de como adquiriu seu último par de botas lustrosas.

Ao longe, ela ouve um burburinho, uma comoção, e identifica uma única palavra: *Maxey*. Estreita os olhos. Um estranho chegou e está andando na direção dos homens. Ela está surpresa. Depois de tanta falação sobre vergonha e fraqueza, um garoto morto, o filho único de uma família enterrado, nada foi feito. Nem outra batalha de pedras foi marcada.

Seu pai se levanta de um salto. Caminha para receber o homem, que parece ter cerca de quarenta anos, barriga pendente, braços grossos e flácidos. Sua túnica é de um azul-claro, e o tecido está tão puído que as costuras parecem prestes a estourar e expor seu peito. É um homem grande, maior que seu pai, mas acanhado diante de tantos olhares.

Jacques lhe oferece bolo e cerveja, mas ele recusa. Para todos os outros, que estão se perguntando o que Jacques d'Arc está fazendo com alguém de Maxey, nosso arqui-inimigo, ele diz em tom amigável:

— São apenas negócios. Peço que nos deem licença.

Ele leva o homem até uma árvore; na verdade, é a árvore de Joana, e param bem abaixo de seu galho. Ela está intrigada com o que vai acontecer. Será testemunha de um homicídio? Um assassinato de verdade? Dá outra mordida no bolo, engole em seco.

— Estou contente por você ter vindo — o pai de Joana diz. Ultimamente, ele a vem surpreendendo com esses seus outros lados; ao que parece, é capaz de sorrir. — Eu me encontro em uma situação constrangedora.

O homem confirma com a cabeça, embora pareça mais constrangido que Jacques.

— Mas a culpa é toda minha. Eu admito — o pai continua. — Que homem não cede a seus instintos mais primitivos de vez em quando e exagera na aposta? A sorte não estava do meu lado aquela noite. Não perdi tudo, é claro. Agradeço a Deus por não ter perdido toda a minha sanidade, mesmo depois de ter bebido o quanto bebi. Mas não posso deixar minha família passar fome quando o inverno chegar e não quero vender para ninguém de meu vilarejo. Já é um golpe em meu orgulho eu ter que fazer isso.

— Você tem filhos? — o homem pergunta. Pela primeira vez, ele parece à vontade, como se o fato tornasse o pai de Joana menos intimidante.

— Sim, tenho cinco. Três garotos, uma linda menina. Ela está bem ali, junto com as outras moças, está vendo? Nem preciso apontar.

Sei que vai saber quem é. É a menina mais bonita do vilarejo. Pretendo casá-la muito bem.

— E a quinta? — o homem pergunta.

— A quinta está... em algum lugar por aí. Ela é como um daqueles demônios das histórias que contamos para assustar as crianças, para que se comportem e façam suas orações à noite. — Jacques ri e joga as mãos para cima. A culpa não é minha! Não olhe para mim, não tive nada a ver com isso! — Se você a visse, saberia por que a mãe dela e eu estamos desesperados... — Ele solta um suspiro dramático. De cima do galho, ela contorce as mãos. Quer jogar o que restou do bolo na cabeça dele.

Mas o homem abre um sorriso fraco.

— Eu compreendo — ele diz. — Tenho filhos também. Têm seis, cinco e dois anos. — Ele conta nos dedos. — Dois garotos e uma menina.

— Bem, vamos falar de dinheiro? Quanto me dá por meus porcos... — O pai de Joana coloca o braço sobre o ombro do homem, como se fossem velhos amigos. Ele o leva para longe da árvore. Ela ouve murmúrios, alguns números são ditos, rejeitados, o preço é puxado para cima.

Quando eles voltam, parece que um acordo foi feito. Seu pai está sorrindo e o estranho, que ela deduziu que não é tão esperto quanto Jacques d'Arc (e quem é?), mas provavelmente é mais gentil, parece estar fazendo as contas; pelo bom humor de seu pai, é provável que seu convidado tenha concordado em pagar o preço de alguns hectares por dois porcos mirrados e adoentados ou um par de porcas com conjuntivite. Ela observa um aperto de mão entre eles. Quando se despede, Jacques parece estar se segurando para não dar pulos de alegria. Ele oferece novamente uma caneca de cerveja, mas o homem recusa com a cabeça, diz que precisa voltar antes que sintam sua falta.

É nesse momento que o último pedaço de bolo escapa dos dedos de Joana. O pedaço macio e disforme cai aos pés de seu pai. Por um instante, ela acha que ele não vai notar. Mas ele é um lobo, com uma percepção lupina de seus arredores. Ele olha para cima. Ela olha para baixo, permanecendo totalmente imóvel. Não sabe se Jacques, com aquela idade, ainda consegue subir em árvores. Ou se simplesmente vai arrancar a árvore pela raiz e sacudi-la como uma folha.

Por um longo instante, eles olham um para o outro. Se fosse uma competição, ele teria perdido por piscar. Ela ouve os resmungos dele, como se dissesse: *Você de novo! Então é aí que você está!* Mas hoje ela será poupada. Os amigos o chamam e ele retorna ao grupo de bom humor.

Mais tarde, quando ela está sentada ao sol em frente a sua casa, uma sombra a encobre. Ela levanta os olhos: uma nuvem de tempestade? Não, é apenas o pai.

— Quanto você ouviu? — ele pergunta. Ela ouve com atenção, pesando cada palavra como se fossem moedas caindo em suas mãos. Seria incerteza aquilo na voz dele? Ela acha que sim.

Ela olha nos olhos dele e ousa sorrir, embora tenha quase certeza de que vai parecer um riso de escárnio. Bem, Durand não a chamou de gárgula?

— Nada — ela responde. — Não ouvi nada.

O pai resmunga. Joga alguma coisa nela, o que a faz se encolher. Mas ouve Salaud farejando e, quando a dor não vem, arrisca abrir os olhos. Jacques se foi, mas a seus pés está um bolo, inteiro e fresco. Ela verifica, olha mais uma vez, cheira-o para saber se não foi passado no esterco ou coberto de cuspe. Quebra um pedaço com os dedos, joga-o para cima, e Salaud pega no ar.

Às vezes, a vida surpreende. É possível, ela pensa, lembrando-se da história de seu tio, que aquele gesto não seja diferente do que Henrique, rei da Inglaterra, fez em frente aos portões de Ruão no Natal, quando distribuiu pães para os que estavam presos entre a cidade e seu exército. Ainda assim, deve-se aceitar o pão, mesmo que venha das mãos do inimigo. Deve-se morder o bolo deixado pelas mãos de Jacques d'Arc e esperar que, contra todas as expectativas, aquilo seja um sinal de coisas melhores por vir.

É o fim do verão, e chegam a Domrémy rumores de que Henrique, o rei-guerreiro da Inglaterra, está morrendo. Ele contraiu disenteria e agora está em seu leito de morte, em choque e com dor; se for verdade, e não um falso rumor, a Inglaterra vai perder seu maior governante desde que Eduardo III e seu filho, o Príncipe Negro, atravessaram o Estreito. Foi Eduardo, com sua ganância e amor pelo poder, que deu início a essa maldita guerra.

A vida pode ser repleta de sofrimento. Mas às vezes um raio de luz brilha por uma rachadura na parede e dá para passar a mão através de um arco-íris e ver a própria pele da cor dos céus. Talvez, se Henrique se for, os ingleses voltem para sua ilha miserável e a guerra termine. Talvez, agora que ela sabe que seu pai fez outra aposta ruim e perdeu dinheiro, ele pare de bater nela. Vitórias, por mais que sejam poucas e raras, por mais que sejam incidentais, merecem ser lembradas.

Ela engole o último pedaço de doce.

Há dias em que surge uma vontade de cantar. Esse é um desses dias. Durand lhe ensinou um poema de um famoso trovador; ela caminha pela via, braços estendidos, bradando música a plenos pulmões enquanto Salaud pula em seus calcanhares. Quando passa, os aldeões ainda olham para ela duas vezes. Os cabelos dela crescem devagar, são tufos escuros, não macios como lã fiada, mas espetados e duros. Ela canta sobre manhãs alegres e o canto dos pássaros, sobre flores e dias de clima bom, em que a barriga está cheia e o sono vem fácil à noite.

Quando termina, Joana pensa ouvir alguns aplausos. Mas talvez seja apenas o vento balançando os galhos ou dois animais correndo por um arbusto, quebrando gravetos sob as patas. Talvez não sejam dois animais, mas Jehanne e o tio de Joana rolando atrás dos arbustos, finalmente nos braços um do outro. E isso importa? Quando sua língua carrega a doçura residual de mel, quando você tem todos os dentes na boca e um par de olhos que enxergam, quando gravou na memória a imagem de Jacques d'Arc confessando que perdeu dinheiro em uma aposta, importa quem ouve e quem aplaude você? Não, na verdade, não.

Quando ela vê o tio de novo, ele está corado e rosado, com os cabelos despenteados, o que confirmaria sua teoria sobre o que ele estava fazendo. Ele diz:

— Sua cabeça parece um estrepe, Joana, aquelas coisas que se jogam no campo de batalha para deixar cavalos e homens mancos.

— É possível fazer uma coisa dessas? — ela pergunta.

— Em uma batalha, é possível fazer qualquer coisa — ele responde.

VI
• • •

Sempre que houver uma feira, as pessoas vão comentar, como se estivessem presentes para ter vivenciado: "Se você tivesse ido às feiras de antigamente – *aquelas* eram verdadeiros acontecimentos, dignas de serem lembradas. Isso não é nada em comparação ao que havia antes". E vão listar os defeitos, dizer que antes havia menestréis cantando em todas as ruas e ursos dançarinos. Que antes havia um leão – um leão de verdade – na Feira de Saint-Jean, em Troyes. E hoje não temos mais leões, nem entre os príncipes e lordes. Rá!

As mesmas pessoas vão falar dos famosos mercados de tecidos, onde mercadores de Lucca e Bruges se cumprimentavam, como velhos amigos ou velhos inimigos, na língua franca das feiras, que era, é claro, o francês, e onde havia tecidos de todos os tipos e cores imagináveis para comprar. Só de vermelhos, havia vários tons, e os melhores, os mais ofuscantes carmesins, vinham das guildas da Itália, particularmente de Florença. Quando se tinha dinheiro, nada era inacessível: uma peça de algodão ou linho em um tom particular de verde, um amarelo citrino com acabamento em brocado dourado, a lã de Cambraia ou de Ypres. Dedos hábeis abriam rolos de tecidos e exibiam tudo o que se desejasse, como se fosse um mapa que apenas eles detinham.

E as especiarias... Quem não podia pagar pelo açafrão – e, vamos ser sinceros, quantos de nós podiam? – pelo menos podia vê-lo na mão de um mercador, o montinho de filamentos vermelhos, desordenados como o ninho de um pássaro, que valia mais que quatro ovelhas saudáveis juntas.

Mas essas pessoas, esses amantes do passado, esquecem o que acontece entre dois pontos, da cidade bizantina de Constantinopla à cidade francesa de Provins: os trens lotados de mulas cansadas zurrando, o ranger das rodas das carroças, os cavalos que ficaram coxos depois de percorrer três quartos do caminho em uma viagem com passagens por trilhas escarpadas e estradas inexistentes. Elas se esquecem dos desafios de se conduzir uma carroça pela lama para um destino a um quilômetro e meio de distância; o que dirá de uma distância de algumas centenas de quilômetros? E tudo isso para quê? Para transportar uma saca de grãos de pimenta, uma caixa de ferro de marfim, um barril de vinho de Auxerre. Esquecem que, entre essa feira e a Feira de Saint-Jean de dois séculos atrás, aconteceu a peste negra e milhões pereceram.

O mundo mudou, mas é surpreendente o que pode resistir à passagem do tempo, a pior das pragas e a pior das guerras. O apreço pelo anil, por peles, por uma panela nova e brilhante, não mingua só porque mais uma cidade sucumbiu aos ingleses. À noite, a mesma cidade pode ser retomada pelos franceses – só nos resta ter esperança. Essa feira de hoje é para dizer: *A vida continua, e as pessoas de Vaucouleurs continuam vivendo.* Há uma guerra. As estradas estão mais perigosas do que eram cinquenta anos atrás, mas isso significa que os bons cidadãos da França devem passar sem sal e cânhamo? Que donas de casa cansadas não devem ser paparicadas pelos maridos que as amam e usar lindas pulseiras de prata ou tomar vinho de boa qualidade vindo de Épernay? Não, é claro que não! Ainda há lugar para a beleza; ainda há tempo para suspirar com o trabalho de um ourives, para esquecer os problemas com um rolo de seda antes que tudo se perca.

O duque da Lorena, um homem envelhecido e perspicaz de cinquenta e poucos anos, garantiu o salvo-conduto para todos os comerciantes e visitantes. Prometeu reembolsar qualquer mercador que fosse destituído de suas mercadorias à força enquanto estivesse indo ou voltando da feira e transformar a punição em um espetáculo público, ou seja, executar os responsáveis pelo roubo. Nesses tempos de incerteza, não há nada como enforcar ou mutilar um criminoso comum para fazer com que as pessoas se sintam seguras novamente, para deixá-las dispostas a gastar um dinheiro que não têm e comprar coisas de que não precisam, das quais o duque receberá uma pequena e bastante razoável fração em impostos.

Essa viagem foi ideia do tio de Joana para alegrar a todos, mostrar a eles que ainda há lugares onde pessoas não vivem nem sob a tirania dos ingleses nem, do lado francês, sob a de homens como Jacques d'Arc. Eles não tinham exatamente pedido a permissão de Jacques para ir; pela manhã, ela, o tio, o cachorro e a irmã simplesmente subiram em uma carroça e saíram. Quando chegam à feira, Joana rola do assento. Salaud pula. Catherine desce como uma princesa com um salto delicado. A poeira das estradas em agosto cobriu Joana dos pés à cabeça com um resíduo arenoso amarelo.

— Não falei para você não se sentar na frente com o tio? — Catherine diz, irritada. — Olhe para você. — Ela passa a língua na parte interna da mão, um movimento felino ligeiro demais para Joana se esquivar. Com a palma úmida, Catherine esfrega as bochechas, o queixo e a testa de Joana em círculos pequenos e hábeis. Depois, como se lembrasse que é irmã, não mãe, aperta o nariz de Joana.

Joana retribui o favor. Usando o polegar e o indicador, limpa uma única mancha de poeira do braço de Catherine e se afasta, como se quisesse inspecionar uma pintura finalizada. Pronto. Agora você está perfeita de novo.

A princípio, Joana está tímida; a cabeça não para, tentando ver tudo de uma vez. Quando ela hesita, a irmã segura sua mão suada. De canto de olho, vê chuvas de fagulhas vermelhas. Pensa em seu amigo, o ferreiro, antes de apontar e se aproximar. Aqueles homens, como o ferreiro, também podem tratá-la bem. Podem lhe dar pregos de graça. Mas, quando ela chega até eles, vê que o que estão fazendo é muito mais bonito que castiçais ou ferraduras.

Os fabricantes de elmos percebem que Joana está olhando fixamente para o elmo grande que colocaram em exposição. Não é um estilo conhecido por sua beleza; há uma fenda estreita para os olhos e aberturas de um lado para respirar. Uma parte se projeta, criando um lábio saliente que lembra muito a boca de um sapo. Este se tornou seu segundo nome, o mestre dos fabricantes de elmos diz a ela, fazendo-a rir: boca de sapo. Mas, em todos os outros aspectos, é um pedaço de ferro que se enfia, sem rebites nem correias, na cabeça. Ele a deixa examinar o elmo, segurá-lo e sentir seu peso nas mãos. Conta que Henrique, rei da Inglaterra, usava um elmo notável, assim como o Príncipe Negro.

— Mas o que você quer com um elmo? — ele pergunta. — Esse tipo de coisa não tem utilidade para uma garota. Elas querem que todos vejam sua beleza. — Joana sabe que ele está rindo porque ela não é bonita, porque tem carrapichos na cabeça e um rosto chamativo como o tecido dos mercadores.

Então ele a deixa experimentar o elmo boca de sapo, e ela sabe que é porque se sente mal por ter zombado dela. Em um instante, a cabeça de Joana desaparece. O elmo é grande demais; ele balança. Seus olhos não ficam alinhados com a abertura, então ela não consegue enxergar nada e sente vertigem quando se vira, como se sua cabeça estivesse em uma jaula. O mestre bate com o punho algumas vezes na testa de ferro, e ela ouve um clangor abafador no alto.

Quando tira o boca de sapo, o ar está agradável e fresco. Ela sente o rosto quente. Deve estar corada, pois o fabricante de elmos e seus aprendizes estão rindo dela. Eles gritam:

— Mais um! Mais um!

Então o mestre mostra a ela um bacinete, elmo que deixa o rosto quase todo exposto, e um visor, encomendado e vendido separadamente, que pode ser anexado a ele. Sem pedir, coloca o bacinete na cabeça dela. Esse serve melhor, então ela dá uma voltinha. Eles riem de novo; ela agora tem público. Para diverti-los, ela bate a lateral de seu crânio blindado nas tábuas de madeira da banca para testar a eficiência. As gargalhadas se transformam em uivos, e um dos rapazes mais novos tomba da banqueta, quase derrubando o martelo no pé.

Atrás dela, Durand, que segura o cachorro que está latindo, diz:

— Vamos, Joana... — Enquanto Catherine cobre a boca, tentando não rir.

Joana tira o elmo e o devolve ao mestre com cuidado, como se devolvesse um recém-nascido à mãe. Está tentada a beijar o elmo ao se separar dele. Vai embora.

Os armeiros, após observarem sua interação com os fabricantes de elmos, já esperam por ela. Eles mostram a Joana uma camisa de cota de malha completa, longa o bastante para chegar à altura dos joelhos de um homem. Permitem que ela passe a mão sobre cada um dos elos, dizendo que somam exatamente quarenta mil.

— Exatamente quarenta mil? — ela repete, desconfiando do que dizem. Não há nenhuma saliência. Nada corta. Quando eles sacodem, a camisa revela um tinido alegre com vida e humor próprios, como se soubesse que é admirada. — Como é feita? — pergunta. — Eu sei costurar — acrescenta, achando que será útil eles saberem.

— Costurar? — Ela ainda nem bateu a cabeça contra a parede e eles já estão batendo nas coxas e tremendo de tanto rir.

— Isso não é costurado — diz um deles, e o mais velho, um homem grisalho de barba densa, explica o processo do início ao fim. Primeiro, o ferreiro fornece ao armeiro os arames, que são cortados para criar elos, como argolas. Os elos devem ser malhados, martelados até ficarem achatados e lisos. Um buraco é acrescentado a cada um dos elos, que é então conectado a quatro outros. Assim, eles aumentam em número e a forma vai começando a se moldar após algumas semanas de trabalho delicado. Aquela camisa que ela ainda está acariciando levou mais de três meses para ficar pronta e irá para um lorde que vive em Vaucouleurs chamado Sir Robert de Baudricourt.

— Nosso trabalho exige força e um toque artístico — afirma o homem grisalho, mostrando a ela um peitoral de armadura finalizado. Parece esquecer que, na verdade, não está falando com um cliente em potencial. Ela olha para as mãos dele, brilhosas de suor. Tem as unhas escurecidas, como as de seu pai, mas da fuligem do fogo, não da terra. Os ossinhos de cada dedo são protuberantes sob a pele calejada.

— A guerra é um bom negócio — ele acrescenta, sorrindo. — E existe arte no que fazemos. Considere o exemplo de uma luva, que feita por artesãos menos habilidosos simplesmente assumem a forma do punho de um cavaleiro. Mas um mestre vai fazer você pensar que o punho já está lá dentro, acomodado e pronto para abrir o queixo do inimigo. — Ela deseja dizer a ele: Queria que você pudesse ser meu avô. Deseja dizer: Conte-me tudo que sabe, conte sobre as cidades em que esteve exercendo seu ofício. A maior cidade que já visitei é esta, e só estou aqui há meia hora, não mais que isso.

O homem grisalho está prestes a descrever uma rua em Milão chamada Via Spadari, mas alguém o chama e ele se vira. Um grupo de clientes bem-vestidos está esperando para ser atendido; o líder agita o pé, arrastando as belas botas de bico longo e pontudo. Ainda assim, seu anfitrião é cortês. Ele aponta com a cabeça para Joana e pede licença. A camisa de ferro malhado é levada, e Joana fica olhando para ela. É possível alguém sentir a perda de uma coisa que nunca foi sua? Caso seja, ela acha que está sentindo isso agora.

O homem do pé ansioso nota a presença dela. Ele parece ter vinte e poucos anos, é bonito e forte; sua irmã, Joana pensa, gostaria dele. Parece um príncipe de uma história com castelos, potes de ouro e pomares com cerejeiras. Mas, quando ele a vê, franze a testa e enruga o nariz. Ah, é assim? Ela mostra a língua. Salaud está a seus pés, mas o tio foi embora. Ela sai correndo na direção das bancas de bijuterias para procurar a irmã. Catherine também gosta de objetos de metal, só que de um outro tipo.

❖

Para todo lado que ela se vira, alguma coisa está acontecendo. Ao longe, vê uma dupla de acrobatas quase se chocar com uma carroça de legumes e verduras. O dono da carroça fica irritado com os acrobatas, que se dirigem para outra clareira.

Há pessoas, como o dono nervoso da carroça, vendendo produtos excedentes de suas fazendas. Há pessoas com apenas uma galinha para vender. Há mercadores debruçados sobre balanças e réguas. Há prostitutas, as únicas prestadoras de serviços que não se concentram em uma só área. É melhor para os negócios se elas se espalharem, cada uma em sua própria porta, viela ou muro. Algumas são trabalhadoras sazonais, disponíveis apenas pela duração da feira, e outras são profissionais, mulheres comprometidas com a arte do amor durante o ano todo. Em sua maioria, ficam em janelas, onde observam e aguardam. As mais audaciosas sopram beijos para quem passa.

Joana acha que uma prostituta acabou de acenar para ela – é difícil não as notar, mesmo sem interesse no que estão vendendo – quando se dá conta de que a irmã não está onde deveria, nem o tio. Apenas Salaud a acompanha, observando suas expressões. Ele para quando ela para, batendo o rabo na terra.

O momento em que o pânico faz sua garganta se fechar é quando ela percebe a fumaça e o cheiro de incenso. Uma multidão está se juntando e uma procissão de monges vem em sua direção. Joana vê uma grande cruz de madeira bambeando de leve no ombro de seu carregador recurvado.

Ela se afasta para deixá-los passar e observa que não são os monges que fazem as pessoas esticarem o pescoço e ficarem boquiabertas; é a mulher que está com eles, no centro da procissão. Uma mulher usando hábito de freira, mancando, pois caminha descalça. Seus pés estão feridos, cheios de bolhas. De seu pescoço, pende um crucifixo de ferro-gusa. Não deve ser muito pesado, mas ela mantém a cabeça baixa, os olhos fechados. Sua boca se mexe; está balbuciando uma oração. A oração, no entanto, não lhe dá um melhor senso de direção. Quando ela desvia do curso, os monges ao seu lado precisam empurrá-la com delicadeza de volta para o caminho, como se fossem mães corrigindo os passos de uma criança pequena.

Da multidão, moedas, que de outro modo seriam usadas para comprar uma adorável peça de linho cor-de-rosa, um pingente de granada ou uma estatueta da Madonna, caem nas palmas das mãos estendidas de um monge que não seguiu a verdadeira vocação como açougueiro. É melhor ele ficar longe da banca de facas, Joana pensa; parece pronto para partir ao meio qualquer um que não der esmola.

Ouve-se um arfar. Um farfalhar em meio à multidão. Os olhos de Joana ainda estão sobre o franciscano ameaçador, então ela não nota que a mulher parou, obrigando a procissão a parar junto. A mulher interrompeu as orações e olha, perplexa, para seu público. Um grito surge na multidão:

— Alguém vai ser abençoado... por suas mãos santificadas!

Lentamente, passo doloroso a passo doloroso, a mulher arrasta os pés pelas fileiras de protetores com suas túnicas. *Isso não faz parte da procissão*, eles parecem dizer, levantando as mãos para bloquear a passagem dela. Mas ela os empurra com um vigor surpreendente, seguindo com uma velocidade alarmante na direção de Joana.

A sensação é como a cena de um pesadelo que alguém poderia ter depois de ouvir uma história sobre espíritos e mortos. De perto, os olhos da mulher são de um cinza insípido. Seu rosto é esquelético e a boca, uma linha gravada com uma pena que está ficando sem tinta. Joana raramente tem medo, mas está com medo dessa mulher que parece ter acabado de sair de um túmulo e está coberta de vergões autoinfligidos.

Ela sente uma mão, seca e dura como uma tábua de madeira, levantar a sua. Algo frio cai em sua palma. Ela não olha para a mulher, mas mantém o olhar fixo no chão, em Salaud, que, ela nota, está tremendo e indeciso, sem saber se foge para se salvar ou se morde o tornozelo da mulher para salvar sua dona.

Ela se dá conta de que um espaço se abriu ao seu redor, de que um estranho não muito distante está falando alto:

— Ah, que honra. Ser abençoada por Coleta de Corbie em pessoa. A menina deve ser órfã... Pobrezinha, os pais devem ter morrido nas guerras. Vejam o cabelo dela. Ingleses ou parasitas, o que acham? — Uma risadinha – se maliciosa ou amável, é difícil saber.

Ela não quer ser abençoada. Não quer mãos, exceto as de Catherine ou Durand, tocando nela.

Joana olha nos olhos de Salaud e um vislumbre de compreensão é trocado entre eles. Ela levanta os olhos justo quando a mulher santa está prestes a beijar sua cabeça e se afasta, esquivando-se, antes de sair às pressas. A mulher fica lá olhando, é um cadáver reanimado. Um dos homens – ela acha que deve ser o monge-açougueiro – berra atrás dela:

— Que vergonha! Você deveria se envergonhar, menina!

Enquanto corre, ela passa por um grande círculo desenhado com giz. Dentro dele, dois galos enfurecidos bicam e atacam com garras afiadas e bicos. Ela quase encosta nas pernas de um homem com pernas de pau que passa sobre um grupo de crianças que gritam, metade de medo, metade de alegria. Ela corre tão rápido, olhando para trás, que não vê que está indo diretamente para...

Ela é puxada – bem na hora – por uma mão áspera que agarra a gola de seu vestido. Por um instante, a sensação é a de voar para trás. Então a mão a solta e, com um resmungo, ela para em pé.

— Você podia ter rachado a cabeça naquilo — diz um estranho de rosto vermelho e nariz do tamanho de uma cebola, apontando. Ele a encara de olhos arregalados.

Para onde quer que ela tenha corrido, o clima é mais amigável que antes. Ali, há risadas e ela vê contra o que teria se chocado: um poste de madeira posicionado bem no meio de uma praça. O poste é alto como um gigante e, no topo, algo grasna e se contorce dentro de uma cesta aberta.

— Aquilo é um ganso — a mesma pessoa explica. — Sentado sobre uma bolsa de moedas de ouro, ou pelo menos é o que nos levam a acreditar.

— E estamos esperando a cesta cair? — ela pergunta.

— Não, não, veja! — E, mais uma vez, uma mão enfática gesticula diante de seu rosto. — Se você chegar ao topo e pegar a cesta, ela é sua: tanto o ganso quanto as moedas. Cortesia do próprio duque. É claro, ele sabe que ninguém vai alcançar a cesta. É impossível. O poste está ensebado com gordura de porco.

Dentro dela, um peso parece se deslocar. Antes, ela estava prestes a chorar. Mas não há nenhuma santa ali que a leve a pensar em cadáveres, nenhum monge com cara de quem a pegaria e limparia seus bolsos. Agora, há um poste ensebado. Há uma cesta com um ganso dentro, e dinheiro também. Do alto do poste, ela pode conseguir ver onde estão sua irmã e seu tio. É um motivo bom o suficiente para Joana o escalar. E um poste, ela avalia, é bem parecido com uma árvore.

Alguém se apresenta. A feira deve ser pequena, pois é o idiota bem-vestido que estava no armeiro, aquele do sapato inquieto, que acredita que botas de couro de bezerro são feitas para arrastar pedrinhas. Ela o vê tirar o chapéu e o entregar a um criado prestativo, que se curva ao pegá-lo. Sob uma camisa de linho costurada com primor, os músculos de suas costas se contraem. Durante vários minutos (tempo demais, Joana pensa; agora é sua vez de bater o pé com impaciência), ele fica andando de um lado para o outro ao redor do poste. Bate com a mão, adornada com pedras brilhantes, sobre sua superfície gordurosa. Então um tornozelo bem talhado se encaixa na parte de baixo; o segundo vem em seguida. Ele se desloca para cima, emitindo rosnados animalescos.

Mas ele não conseguiu subir nem sessenta centímetros até suas belas mangas vermelhas começarem a escorregar pela gordura. Ele uiva como um cachorro assustado enquanto escorrega.

Joana ri. Ri tanto que lágrimas escorrem de seus olhos. Pela primeira vez na vida, está chorando de alegria.

— Silêncio, menina — diz uma mulher ao seu lado, em tom de reprovação. — Aquele é Sir Robert de Baudricourt.

E meu nome é Joana, ela pensa. Está tentada a dizer em voz alta. E daí, quem se importa?

Quando se recupera, ela seca o rosto e dá um passo à frente. A seus pés, Salaud choraminga.

— O que acha que está fazendo? — pergunta a mulher que lhe pediu silêncio.

Ela não responde. Ouve-se um burburinho quando ela entra na clareira e imita o gesto do jovem lorde, passando o dedo para testar a superfície do poste. O burburinho fica mais alto quando ela levanta as saias, expondo os tornozelos. Ela precisa inclinar a cabeça para trás para ver a cesta. O poste parece até mais alto agora. De onde ela está, não parece um poste, e sim uma coluna sustentando todo o céu. Ela engole em seco, respira fundo. Pula.

Correr, escalar – ela sempre teve uma facilidade natural para essas coisas. Abraça o poste e emite os mesmos rosnados animalescos que o idiota bonitão. Usa os joelhos para empurrar o corpo para cima, centímetro a centímetro, lentamente. As pessoas na multidão, que haviam dito que aquilo era algo sem precedentes e que queriam impedi-la, ficam quietas. Estão esperando que ela escorregue e caia.

Logo, ela está suando. Seus braços e pernas estão tão cansados, tão doloridos, que começam a tremer. E, pior, os grasnados do ganso não parecem estar mais próximos. Ela suspira e descansa o rosto junto à gordura, que cheira a bolor, excremento e porcos. Seu vestido, ela pensa, recém-lavado, ficará arruinado mais uma vez.

Lá embaixo, a multidão gargalha. Mas alguém levanta a voz para defendê-la, dizendo:

— Não sei do que estão rindo. Ela está quase na metade, a macaquinha. A quem ela pertence?

Ela nunca se considerou pesada, mas todo o seu corpo, cada membro, parece ter o peso da bigorna do ferreiro. Uma brisa quente toca seu rosto, fazendo alguns fios de cabelo provocarem cócegas em seu queixo, e ela precisa combater o ímpeto de coçar. Quando tenta redistribuir o peso do corpo, ouve um som metálico vindo do vestido. Libera uma das mãos e a coloca no bolso, antes mesmo de entender o motivo.

— O que ela está fazendo? — alguém grita do meio da multidão. É uma voz idiota. Ela imagina que deva ser Sir Robert de Baudricourt.

No bolso, um prego rola para sua mão. Ela o segura, sem deixar ninguém ver, depois libera a outra mão, abaixa-a até o bolso e puxa o segundo prego.

Ela agarra os pregos com as mãos fechadas, deixando as pontas para fora como garras de metal. Finca-os na superfície do poste e escala. De repente, o ganso parece estar mais próximo, mais possível.

Mas a cabeça dos pregos arranha sua pele. Se algum dia sentiu dor maior do que aquela, não se lembra. Ela não ouve nada, mas sente tudo. Suas mãos ficarão esfoladas, mesmo que fracasse.

Em um momento de descuido, ela escorrega, e os suspiros da multidão lá embaixo a alcançam. Ela se convence de que não tem mais jeito. Está quase aliviada, mas seu corpo não permite que se renda tão facilmente. Quando uma mão vacila, a outra compensa, sustentando seu peso. Ela estremece e passa a língua nos lábios, sentindo o próprio sabor salgado. Seu vestido está todo úmido. A brisa quente retorna, mas dessa vez é para resfriar. Sopra sobre ela, agitando suas saias. A brisa é um presente, ela pensa, enviado por anjos.

Mais alguns metros e alguma coisa acerta a lateral de sua cabeça. Ela se vira e olha diretamente dentro de um par de olhos escuros e nervosos bem próximos dos seus. Uma asa bate em seu rosto, e ela sente o cheiro de penas. O ganso também deve estar a serviço do duque, porque não facilita nada as coisas. Ele avança, então ela precisa desviar de seu pescoço de serpente e pressionar o corpo ainda mais contra o poste. Protege a cabeça por tempo suficiente para soltar os pregos. Devagar, sem pressa, guarda primeiro um, depois o outro, no bolso. Estica o braço e desengancha a cesta do alto do poste enquanto embaixo ouve-se um estrondo, como uma explosão. A multidão está vibrando.

Escorregar para baixo é fácil, ela segura a recompensa com o braço livre. A gordura que tornou sua subida quase impossível facilita a descida, mas ela ainda precisa ser cuidadosa. Não quer bater no chão e quebrar as pernas.

Assim que seus pés tocam o solo, seu corpo se dobra e o cotovelo é puxado para o lado. Alguém está segurando seu braço e a arrastando. Ela não tem forças para resistir, apenas para segurar firme a cesta com o ganso e as moedas que espera que estejam sob ele, embora esteja pronta para repelir qualquer ladrão com os próprios punhos.

Ela olha para baixo. Um belo par de botas! Pisa nelas, coiceando como um cavalo que é arrastado para o abate.

— Pare com isso! — uma voz grita em seu ouvido. Ela não pode acreditar que já foi chamada de *nobre* por aquele fazendeiro em Domrémy. Não se assemelha em nada a esse idiota.

— Me solta! — ela berra em resposta.

Não sabe para onde a estão levando, mas chegaram a seu destino. Ele a puxa na direção do que parece ser uma grande liteira, uma cabine quadrada guarnecida com faixas de tecido brocado e atrelada a dois grandes cavalos.

Sir Robert vai até a única janela. O canto de uma cortina roxa é erguido rapidamente pelo ocupante da liteira; um dedo branco com a unha muito bem-feita aparece e, por um instante, parece que o idiota vai beijar sua ponta. Mas não beija. A sombra de um rosto murmura instruções, depois aponta para ela.

O acompanhante retorna para onde ela está com seu ganso e seu cachorro.

Ela fala primeiro. Um único latido, digno de Salaud:

— E?

Sir Robert se contrai. Parece que ele gostaria de dar um tapa na boca dela e amordaçá-la.

— Sua Graça, o duque da Lorena, gostaria de saber como você escalou o poste — ele diz com irritação.

Ah, é só isso? Ela olha feio para ele e coloca a mão no bolso. Não vê motivos para mentir. Mas, quando abre a mão, já cheia de bolhas se formando sob a pele, não são os pregos que ela encontra: é algo que nunca viu antes. Um pedaço de metal com um laço de barbante preto. Uma medalhinha.

Sir Robert observa o objeto com desconfiança.

— De onde veio isso? — ele pergunta.

— Da mão da mulher santa que passou por aqui — ela responde. Seu tom é casual. Seria possível pensar que ela conversava com ladies e lordes distintos todos os dias. — Coleta de Corbie.

A medalha é tirada da mão dela e levada à janela da liteira para ser examinada. Atrás da cortina, a mão aparece, e um dedo fino faz sinal para ela se aproximar.

Há um movimento no canto da janela. Uma cabeça aparece e paira no meio do quadrado como um retrato vivo, um rosto anguloso sobre um pescoço e um colarinho, cobertos por seda escura.

O duque da Lorena se inclina; seus olhos castanho-dourados brilham. Eles a percorrem com a presteza de uma águia que observa um coelho inquieto em um campo. Ele alterna o olhar entre ela e a medalha, e Joana percebe que está fazendo a conexão. Um poste impossível de escalar. Um item dado por uma mulher que muitos já afirmam que será venerada como santa após a morte. E ele, o duque, que já não é mais jovem e gostaria de ter uma vida mais longa. Ademais, se a peça de metal não prolongasse sua vida, ainda poderia ajudar com suas articulações, que tanto doíam à noite.

De sua mão, aparece um anel, como tirado do nada.

— Isto por sua medalha? — ele oferece. O anel tem uma pequena pedra cor de fogo.

Em acordos, deve-se decidir rápido. Joana assente. Só fica faltando um aperto de mão, pele ducal delicada contra pele camponesa áspera. Ela vê o anel passar da palma da mão do duque para a de Sir Robert, chegando à sua. Não há mais nada a dizer, mas Joana pensa ter visto o duque sorrir, os olhos de águia cintilarem quando a cortina se fecha sobre a janela. Ela sabe por quê. Ele acha que, na troca, ficou com o artigo mais valioso: um objeto santo comprado por uma pechincha.

E talvez tenha ficado, embora ela não concorde. Então a liteira sai devagar, com os dois cavalos bufando e Sir Robert atrás. Ele se vira, parece prestes a mostrar a língua, mas será que isso não seria baixo demais para alguém em sua posição? Então desiste.

Mas não era baixo demais para alguém na posição dela. Ela mostra a língua para ele. Faz a careta mais grotesca que consegue. Uma expressão digna, espera, de uma gárgula.

Ele estreita os olhos. Vira o rosto para a frente e sai pisando firme.

❖

Antes de irem para a feira, Durand havia alertado:

— Não chame atenção para si, Joana. Não olhe ninguém nos olhos. — Depois, em reflexão posterior, acrescentara: — E não entre em nenhuma briga ou discussão.

Sou como a heroína de uma história, ela pensa. Não ganhei meu tesouro? A bolsa de moedas, que ela ainda não havia tido a oportunidade de contar, está guardada no bolso, junto com o anel do duque. O ganso está na cesta. Mas ela não está fora de perigo. Um grupo de jovens mais ou menos da idade de seu irmão Jacquemin está atrás dela. Esperam uma oportunidade para agir, como chacais pacientes, então ela fica perto de homens e mulheres que parecem não tolerar ladrões e assassinos de crianças. Ainda não há sinal de sua irmã ou seu tio, e, agora que passou a empolgação da vitória e não há nenhum lorde desprezível para derrotar, ela acha que vai começar a chorar.

O ganso se acalmou. Seus pés estão amarrados, as asas estão cortadas, e ele parece cansado e doente e pronto para ser comido. Joana apoia a cesta ao lado de uma carroça com galinhas engaioladas; fileiras de ovos brancos estão dispostos em frente às gaiolas, como uma alegoria de antes e depois. Ela coloca as mãos no bolso para sentir a forma do anel, a bolsa de moedas e os dois pregos, agora tortos. Finge não notar os chacais encostados em um muro próximo, esperando a multidão ao redor dela diminuir.

Ela sente uma mão pesada em seu ombro. Pensa que é Durand, mas, quando se vira, vê um rosto ao mesmo tempo estranho e familiar.

— Venha comigo — o dono da mão diz. Ele tinha uma única galinha embaixo do braço, que comprou ou não conseguiu vender. — Estive te observando... e os observando. — Ele aponta com o queixo na direção dos rapazes.

Quando ela não se move, ele balança a cabeça.

— Tenho uma filha. Ela só tem dois anos. Eu jamais machucaria os filhos de outro homem, nem por um reino inteiro. Onde está seu pai, menina? Sua mãe?

Ele compreendeu mal sua hesitação. Não está desconfiada dele, mas finalmente se lembrou de onde o reconhecia. É o homem de ombros caídos e barriga flácida de Maxey, o homem que concordou em comprar os porcos de seu pai. Ela reconheceria aquela camisa esfarrapada em qualquer lugar.

Mas ela não revela o que sabe. Apenas assente e dá a mão que está livre para ele. Quando vê os chacais indo embora, fazendo caretas de decepção, suspira. O alívio toma conta dela, como água fria vertida de uma tigela. Seus joelhos cedem.

— Ah, não chore, pequena — ele diz, olhando para ela. A represa finalmente se rompeu. Ela está chorando, soluçando sem vergonha, porque acha que nunca mais vai ver sua irmã, seu tio e, Deus a livre, seu pai. Porque as coisas estão tão ruins que ela está até de mãos dadas com um borgonhês.

O homem de Maxey ainda está tentando acalmá-la quando ela ouve gritos. Levanta os olhos. É Catherine.

Ele a solta, de modo que ela consegue abraçar a cintura da irmã. Atrás dos braços finos de Catherine, ela avista Durand, não muito longe. Ele se movimenta a passos largos, enrubescido, com os cabelos desgrenhados e uma leve camada de suor que faz sua pele brilhar.

Antes de irem embora da feira, Joana oferece ao homem de Maxey uma carona na carroça até perto de Domrémy. Ele recusa. Parece que ele recusa tudo. Bolo. Uma caneca de cerveja. Carona grátis.

Ela coloca o dedo na bolsa de moedas e tira uma, oferecendo a ele. Certamente ele não recusaria dinheiro. Mas, quando ele vê a moeda, apenas ri. Coloca a imensa pata de urso sobre a mão dela e empurra a moeda de volta em sua direção.

— Então é uma herdeira — ele diz, sorrindo —, e é por isso que aqueles patifes estavam atrás de você como cães de caça seguindo um rastro.

— Dou uma moeda por sua galinha — ela diz, sem desistir.

Ele ri mais uma vez.

— Não vai ser herdeira por muito tempo se pretender pagar isso por uma única galinha, querida.

❖

Quando a carroça sai, ela fica em pé na parte de trás, acenando para o homem de Maxey, que ainda segura a galinha, uma boa poedeira, segundo informou a ela. Ele ainda tem esperanças de vendê-la até o fim do dia. O tio de Joana pede:

— Poderia se sentar, Joana, antes de sofrer um acidente? Antes de cair da carroça e ir parar embaixo dela, e suas pernas serem esmagadas e virarem geleia? Uma carroça não é uma carruagem. Já aconteceu com outras pessoas. Eu já vi. — Mas ela não dá ouvidos a ele.

Ela está se lembrando de uma cena que aconteceu dois meses antes, no fim de junho: véspera de São João. Uma grande roda foi preparada e todas as famílias do vilarejo contribuíram com uma braçada de palha. Quando a roda foi finalizada, ficou quase da altura de seu pai. Um dos amigos dele até brincou:

— Como é, o carpinteiro usou suas medidas quando fez isso, Jacques?

A ideia é esta: ateia-se fogo à roda coberta de palha e ela é rolada pelos homens e meninos colina abaixo até um riacho próximo. O objetivo é que a roda chegue à água antes de o fogo se apagar, embora tivessem dito a ela que isso só havia acontecido uma vez em trinta anos. Se os homens tivessem sucesso, a colheita seria farta, o vilarejo prosperaria. Se não tivessem, bem, todos teriam que rezar mais e prestar mais atenção aos sermões do padre.

A roda não chegou ao riacho. O fogo se extinguiu e a multidão suspirou. O ar da noite ficou com cheiro de fumaça.

Ela pensa no formato da roda, em como a vida também tende a se mover em círculos: seu pai é cruel com ela, bate nela; ela foge. Ela volta para casa, apanha de novo. Ela dorme e tem pesadelos com Guillaume.

Mas às vezes o círculo se rompe. Há uma pausa, uma trégua, e é durante essa trégua que anjos concedem desejos, santos aceitam preces e Deus oferece Seu ouvido, ouve e acena com a cabeça. Quando o padrão da vida cotidiana perde o compasso, um homem pobre pode acabar encontrando uma caverna cheia de tesouros, por sorte, por acaso ou por uma guinada do destino. É quando a febre de uma criança doente cede ou a força de um exército imbatível enfraquece antes de falhar.

Hoje, por algumas horas, o círculo interrompeu seu ciclo de surras, de tormento. E, durante a trégua, ela pôde experimentar a sorte. Aos seus pés está o ganso, que agora parece mais um animal de estimação, e cada solavanco na estrada faz as moedas balançarem em seu bolso com o mesmo barulho da camisa de cota de malha do armeiro.

O duque acha que se deu melhor no acordo, mas Joana sabe que ele está errado. Ela está guardando o melhor para o final. Quando chegam a Domrémy, ela tira o anel do bolso e o oferece a Catherine. Quer ver a cara da irmã.

Mas Catherine balança a cabeça. Ela esteve em silêncio durante toda a viagem de volta. Joana nem precisa perguntar: O que te aflige? Ela já sabe. Elas não precisam falar para compreender o que magoa a outra, pois a dor as perseguiu, como uma sombra, durante toda a vida. Ela sabe que Catherine está envergonhada por tê-la perdido de vista na feira. Ela sabe que vale mais para a irmã do que um reino todo repleto de joias.

Durand uma vez havia dito:

— Quando você bate o dedo do pé, Joana, chuta o pé da mesa ou a raiz de árvore onde tropeçou, grita com ela. Deus te deu um belo par de pulmões. O mundo todo fica sabendo da transgressão cometida pelo pé da mesa. Mas Catherine é diferente. Acha que ela sofre menos porque não reclama? E o que você acha que é mais difícil? Suportar as aflições em silêncio ou gritar?

Catherine não aceita o anel, então Joana pega a mão da irmã e o coloca em um dos dedos. O anel é grande demais. A carroça balança e o anel pula de volta para a mão de Joana. Agora é a vez de Joana ficar consternada. Mas um sorriso surge no rosto de Catherine; ela diz a Joana que pode usá-lo no pescoço, pendurado em um pedaço de barbante. Ou senão guardá-lo em algum lugar como seu bem mais precioso.

— Só vou ficar com ele por enquanto — Catherine diz. — Quando você crescer, o anel vai ficar melhor em você.

— Como sabe? — Joana pergunta.

— Eu simplesmente sei. — Ela coloca a mão sobre a cabeça da irmã, como se a abençoasse. De que servem as mulheres santas, Joana se pergunta, quando temos irmãs como Catherine?

Santa Catarina, de quem saiu a inspiração para o nome de Catherine, era uma virgem de beleza excepcional, uma intelectual que passou toda a curta e martirizada vida em Alexandria, no Egito. Mas, Joana pensa, minha irmã deve ser ainda mais bonita que essa santa, e eu escalaria o maior poste até o Paraíso para cobri-la com as joias que merece, mesmo que minhas mãos ficassem esfoladas, mesmo que todos os meus dedos sangrassem.

VII
● ● ●

O círculo continua a girar. E, três dias depois da feira, a roda volta ao ponto de partida, aos punhos de Jacques d'Arc. Dessa vez, Joana não manca na direção da casa de Hauviette, mas vai para Bois Chenu. Ela não pode sempre buscar refúgio nos mesmos lugares e acha que esta noite o temperamento de seu pai está desagradável o bastante para ele ir atrás dela. Salaud não a acompanha; está em segurança nos braços de Catherine.

O dinheiro do prêmio, que ela costurou em segredo na barra do vestido, é suficiente para comprar dois cavalos fortes. Ela não podia esconder o ganso nas saias também, senão o teria feito. Mas seu pai pegou a ave para que engordasse antes de virar o jantar dele e dos irmãos de Joana.

O bosque à noite não a assusta; ela já andou por sua escuridão antes, quando era mais nova. Joana cambaleia para o meio do mato com a mão sobre as costelas, onde a dor parece a ponta de uma lança espetando por dentro. Fica sem fôlego. Tateia a borda de uma árvore; suas pernas cedem e ela escorrega até o chão encostada em seu tronco sólido, apoiando a testa em uma área com musgo.

Entre árvores, ela vê uma luz tremulante: uma tocha. Não há tempo para se render à autopiedade. Ela se levanta e sai mancando.

— Espere. — Um leve farfalhar. Iluminado pelo fogo, o rosto do tio brilha alaranjado, como uma estrela falante.

Joana ainda não o perdoou por tê-la perdido na feira. Mas até ela sabe reconhecer quando uma bênção aparece, então para, volta para a árvore e se deixa cair no chão.

Ele agacha ao lado dela.

— Você quebrou alguma coisa? — ele pergunta.

Se *eu* quebrei alguma coisa? Como se o pai não tivesse nada a ver com jogá-la nas paredes, contra as portas e em cima de uma mesa.

Mas ela está cansada demais para discutir. Diz:

— Se quebrei, os ossos vão se remendar. É sempre assim.

A distração ajuda com a dor, então ela continua:

— Tive uma ideia. Me diga se achar que é bobagem. É uma ideia para deixar Domrémy e ganhar a vida. Vou abrir uma banca para polir espadas e escudos, e só vou precisar de um pequeno espaço, um banquinho em que me sentar e uma placa sobre a janela. Vou contratar alguém para fazer a placa para mim — ela prossegue —, já que não sei escrever nem segurar um pincel. Vou ter que encontrar um pintor confiável, senão ele pode me enganar e escrever alguma grosseria que pode me causar problemas com as autoridades. Vou cobrar barato até a notícia se espalhar. As pessoas vão ficar sabendo dos meus serviços, aí todos os cavaleiros, seus pajens e escudeiros irão até mim, e talvez eu consiga contratar um assistente depois de um tempo. E então? O que acha?

Durand ouve.

— Não me bata com o pé de um banquinho, Joana — ele começa, conhecendo o temperamento dela —, mas não é para isso que servem os pajens e escudeiros? Para limpar a armadura e as armas do senhor?

— Já pensei nisso — ela responde. — E a resposta é: vou limpar melhor.

— Por ser menina?

Ela acerta um soco no braço do tio.

— Você vive me batendo — ele reclama.

Ela quer acertá-lo de novo, mas a culpa a faz descerrar o punho. Com a mão que deu o golpe, acaricia a região dolorida do braço dele. Ela não diz, mas está pensando: Às vezes, tenho medo de ter puxado ao meu pai.

— Não te vejo como uma limpadora de armaduras, sinto te decepcionar. Eu te vejo como... — À luz da tocha, ele franze a testa. — Não sei o que te vejo fazendo, mas, quando imagino, é sempre sozinha e afastada, como um dragão em uma caverna, protegendo pilhas de tesouros, em um lugar bem distante, sobre uma montanha protegida por névoa e fadas. Não no meio de uma multidão. Não com outras pessoas.

Ela gosta da ideia de ser um dragão em uma caverna. Gosta ainda mais da ideia de proteger um tesouro em uma montanha bem, bem distante do alcance de Jacques d'Arc.

Joana suspira. Durand também. Uma pergunta paira entre eles, uma pergunta que ela já perdeu a conta de quantas vezes fez. Talvez a última surra de seu pai sirva de alguma coisa se fizer com que o tio sinta pena dela.

Então, ela geme. Inclina o corpo para a frente como se fosse vomitar. Aperta mais as costelas com os dedos.

— Joana?

Ela sorri. Endireita as costas.

— Pode me levar junto quando for embora? — ela pergunta.

Uma pausa. Durand move a tocha, de modo que a luz deixa de iluminá-lo bem; ele vira a cabeça para esconder melhor o rosto.

Toda vez que ele vai a Domrémy, ela pede. E toda vez ele encontra uma forma diferente de dizer não. Ele já havia dito clara e gentilmente, mas com firmeza:

— Sei que parece tentadora a vida de um homem errante, às vezes aqui, às vezes ali, como um barquinho no mar imenso, mas você não vai querer passar seus dias com um canalha. Sou um canalha, Joana. Seu pai, com todos os defeitos que tem, é muito mais confiável que eu. E como ficaria sua irmã? Você vai convencê-la a ir junto, porque não suporta ficar longe dela, e pedir para ela dormir debaixo de um toldo quando houver chuva e trovões, com água pingando em sua bela nuca?

Mas ela precisa pedir. Precisa ouvir a recusa de seu tio em lhe conceder o desejo de partir com ele, deixar Domrémy, mesmo que aquilo lhe traga mais sofrimento.

Ela o encara.

— E então?

Quando a tocha volta a iluminar seu rosto, ele está sorrindo de leve; seus olhos são amáveis.

— Ouvi esta história de um marinheiro. Um cavaleiro e uma dama se apaixonaram. — (Ela geme mais uma vez. Dessa vez, o gemido é real, mas ele pede que ela seja paciente: a história vai melhorar.) — Eles se casaram. Mas a felicidade não dura. Um dia, quando o cavaleiro estava em cruzada, ele foi derrotado em batalha e, embora o rei sarraceno tenha poupado sua vida, ele escravizou o bom cavaleiro, pois queria transformá-lo em exemplo para os demais.

"Sua esposa logo ficou sabendo o que aconteceu. Ela se disfarçou de músico itinerante, um trovador, pois era muito sagaz e tinha capacidade de compor versos com a mesma facilidade com que caminhava. Armou-se apenas de seu alaúde e uma bolsinha de dinheiro. E seguiu sozinha, acredite, do centro de seu próprio reino até o palácio do rei sarraceno, quase do outro lado do mundo. Lá tocou lindas músicas para ele, o que fez o rei, renomado comandante militar, chorar como uma criança. Antes de ela sair de sua corte, ele disse que lhe concederia um desejo, qualquer coisa no mundo, contanto que estivesse dentro de seu alcance. Ela parou no pavilhão do palácio, que dava para os campos onde os homens escravizados trabalhavam, apontou para o marido e pediu ao rei que o libertasse, que desse ao prisioneiro um baú de tesouro e o mandasse de volta ao seu país no navio mais rápido. E o rei lhe obedeceu, embora estivesse triste de deixar o músico partir, pois havia passado a considerá-lo um amigo.

"É claro que o cavaleiro não sabia nada do acordo. Considerou um milagre seu inimigo ter mudado de ideia daquela forma. Foi colocado em um navio e retornou a seu castelo, onde todos os criados esperavam para o saudar. Todos, exceto sua esposa, que o mordomo lhe informou que havia desaparecido pouco depois de saber que o marido havia sido capturado. Isso, como você pode imaginar, o deixou zangado. Ele pensou: Então é assim que meu amor é retribuído! Como o coração da mulher é volúvel!

"Mas, poucos dias depois, a esposa, que tinha embarcado em um navio muito mais lento, apareceu diante do marido. E o cavaleiro não a reconheceu. Ela estava tão mudada. O cabelo estava curto como o seu, Joana, mas em um estilo melhor e mais limpo, sem piolhos nem pulgas. Ela vestia roupas masculinas e até sua maneira de andar estava diferente. Ela tinha ficado famosa no mundo por seus versos e música. Todos os príncipes e reis a haviam convidado para tocar seu alaúde e cantar para eles, mas ela havia decidido voltar para casa. Sentia falta do marido e sempre tinha sido uma boa senhora para os criados."

Joana espera. Você não pode terminar a história aí, sua expressão diz. Seria cruel.

— Eles se separaram — o tio dela diz, dando de ombros. — Antes do fim da primeira noite, a nobre dama embarcou em um navio. Ela continuou a viajar e voltou para o reino do rei sarraceno para servir, por um tempo, como membro de sua corte. Queria corrigir os métodos bárbaros dele e libertar os outros homens escravizados. O cavaleiro, fiquei sabendo, caiu em uma vida de devassidão. Perdeu todo seu dinheiro em apostas, maltratou seus arrendatários e teve casos com as belas esposas deles, o que fez com que os maridos se revoltassem, destroçando-o como cães selvagens com uma carcaça de animal.

Joana acena com a cabeça. Ela gosta de histórias com finais justos. Então reflete, considerando a moral da história.

— Está dizendo que você vai ser destroçado por maridos zangados? — ela pergunta.

Ele ri. Encontra o rosto dela no escuro e o acaricia.

— Eles precisam me pegar primeiro — responde.

Ela acha que entende o propósito da história. Deve ser isso que acontece quando alguém deixa sua casa, viaja e conhece o mundo. Pouco a pouco, começa a mudar, mesmo que não esteja ciente disso. O que antes era estranho torna-se familiar: línguas estrangeiras, o som de instrumentos diferentes, os caprichos do mar. Devagar, você se transforma até que as estrelas que giram no céu ficam tão familiares quanto as linhas em suas próprias mãos, mas primeiro você precisa passar pela porta. Precisa deixar para trás o que sabe e, possivelmente, o que ama. É preciso que esteja disposto a perder todos os centímetros de seu ser, para que, da próxima vez que vir seu reflexo em um riacho ou em um espelho, o que pode demorar semanas, anos ou metade de uma vida, você não se reconheça. É preciso arriscar tudo isso para ganhar o que o mundo está pronto para oferecer.

Eles se levantam, limpam a terra do corpo e iniciam a longa caminhada de volta ao vilarejo. É outra forma de dizer: Não, você não pode ir comigo. Outra forma de contar a ela: Você deve traçar seu próprio mapa do mundo. Procurar sua própria porção de céu e seu próprio pedaço de terra, seu próprio toldo para se abrigar quando estiver chovendo e parecer que o sol nunca mais vai brilhar, pois certamente haverá dias assim. Ninguém pode trilhar esse caminho por você. Não dá para simplesmente seguir os passos de outra pessoa, como se a vida fosse uma dança complicada, com cada virada e giro memorizados e ensaiados com antecedência. Muitas coisas no mundo podem ser herdadas: dinheiro, terras, poder, uma coroa. Mas uma aventura não é uma delas; você precisa fazer sua própria jornada.

❖

Gotas de chuva, o aviso lento antes que os anjos virem seus baldes na cabeça dos viventes. A tocha que está na mão de seu tio chia. Eles riem porque Joana está fazendo caretas variadas ("Esta é a cara de penitente de minha mãe", ela diz), e o fogo, lançando sombras que vibram e oscilam, concede a suas expressões uma qualidade demoníaca.

Ainda estão rindo baixinho quando ouvem gritos vindo detrás de algumas árvores. Em uma clareira, há uma discussão em andamento. O tio agarra o braço de Joana e a puxa para trás.

Ela se solta dele, aproxima-se abaixada, curva-se. Está curiosa. Entre o espaço apertado de dois troncos, vê homens de costas para ela. Seu pai está ali; ao lado dele, o pai de Guillaume e três outros homens de Domrémy, amigos próximos de Jacques. Estão sempre com ele.

Ela reconhece a forma deles: o pai de Guillaume é magro – uma rajada de vento pode derrubá-lo –, enquanto Jacques d'Arc é musculoso e quadrado. Os outros são versões inferiores do homem que veneram como acólitos. Eles fazem um semicírculo ao redor de outra figura que ela não consegue ver. Ela faz sinal para seu tio lhe entregar a tocha, e ele a passa a ela, o tempo todo fazendo sinal para que saia dali. Ela mantém a tocha abaixada ao seu lado para que os homens não notem a luz.

— Vá embora — Joana ouve seu pai dizer. — Vá, senão vai ter problemas.

Atrás da parede de corpos, uma voz protesta:

— Mas tínhamos um acordo. E você já pegou meu dinheiro. Não pode ficar com seus porcos e com o dinheiro. Devolva um ou o outro, e não se fala mais nesse engodo.

Joana reconhece a voz. É o homem de Maxey.

Então o pai de Guillaume retruca:

— De que dinheiro está falando? Acho que nenhum dinheiro foi trocado, não é, Jacques?

Ela consegue distinguir o pai fazendo que não com a cabeça.

— Não recebi dinheiro nenhum. Podemos até ter discutido a ideia de vender certos porcos a você, mas nunca acertamos o preço.

— Só estamos pegando o que é nosso. — O pai de Guillaume os interrompe; sua fala é apressada. — E o que pegamos vale muito menos do que foi roubado de nós. De mim. A vida de meu filho. Ou não se lembra?

— Não tive nada a ver com isso — o homem de Maxey responde após uma pausa. Ele está falando sério; sua voz está trêmula. Ele engole tão em seco que parece que tragou um ovo inteiro. — Juro para vocês. Meus filhos são pequenos demais para brincadeiras como aquela. Eles não estavam lá. Eu não estava lá. E não foi um acidente? Me disseram que o garoto caiu e bateu a cabeça.

Agora é a voz do pai de Guillaume que está trêmula.

— Não foi brincadeira coisa nenhuma. Não foi acidente.

Jacques ri.

— Logo que cheguei a Maxey exigindo reparação, soube que você seria o escolhido para enganar. Você tem cara de bobo.

Ela sente o tio puxar sua manga.

— Venha, Joana — ele sussurra. — Venha logo.

Mas ela empurra a mão dele. Há um estrondo de vozes. O homem de Maxey foi para cima de um deles, talvez na tentativa de romper o círculo e fugir. Mas o pai de Guillaume está pronto. Ele tem alguma coisa na mão, e ela sente o estômago revirar ao ouvir o som de uma pancada abafada, seguido de um gemido e um grito tão baixo que parecia vir de uma criança.

Parece um pesadelo, do tipo em que você não sente as pernas se movendo, mas se vê em outro lugar. Ela levanta os olhos, está na clareira, diante dos homens. A seus pés, o homem de Maxey toca a lateral da cabeça. Ele está confuso, com sangue escorrendo pelas mãos.

Por um instante, os amigos de Jacques ficam tão surpresos que dão um solavanco, como cavalos assustados. Até mesmo seu pai está de olhos arregalados, perplexo. De onde ela saiu? É como se tivesse se materializado do nada.

Ele logo se recompõe, endireitando os ombros.

— Joana, saia daqui — ele diz. Sua voz é calma. Ele olha para ela como se ela fosse um besouro que poderia pegar e esmagar lentamente entre os dedos.

— Você não deveria estar aqui. — Agora é o pai de Guillaume que se manifesta. Ele aperta ainda mais a pedra com a lateral brilhante devido ao sangue, e ela pensa nas que escolheu aquele dia no campo. — Isto não é da sua conta.

Ela levanta a tocha para inspecionar o rosto de cada um e memorizá-lo. Está ganhando tempo. Uma decisão deve ser tomada, e rápido. Seu pai não vai sair dali. E, como ele não vai sair, ela sabe que os amigos dele também não arredarão pé. Ela olha para trás. Será que Durand aparecerá para salvar os dois? Eles realmente matariam um homem na frente não de uma, mas duas testemunhas? Mas não há nada atrás dela, nenhum som além da chuva batendo nas folhas.

O homem de Maxey, ainda gemendo, levanta-se devagar. Fica parado atrás dela, tentando ocultar seu corpo gigantesco.

— Vocês já têm o que queriam — ela diz, com os olhos sobre o pai. — Já têm seu dinheiro.

— Jacques, ele pode falar a alguém — diz o pai de Guillaume. Ele empalideceu de repente. Olha para a pedra em sua mão. — É melhor terminarmos o que começamos, e logo.

Ela ainda está olhando fixamente para o pai. Aquele momento parece pessoal. Como se não houvesse mais ninguém na clareira além dos dois. Então, quem vai ceder primeiro?

Quando ele fala, sua voz é de uma calma peculiar.

— Joana — ele diz, e o som do nome cai como um golpe sobre sua cabeça. Ela quase recua por hábito, mas espera não ter deixado transparecer nada no rosto. — Você vai se arrepender disso.

Uma pausa. Ela sente os dedos se afrouxando em volta da tocha. Estica o braço para a frente e, com isso, o fogo gira na direção do peito do pai. Ela o ouve gritar um xingamento e os outros homens berram como se também estivessem queimando, embora seja impossível. Ela se vira e sai correndo. O homem de Maxey vai atrás dela. Está em sua cola.

Joana não se lembra quando suas pernas cedem e ela cai, tropeçando na raiz de uma árvore. Ela nunca se cansa das tarefas domésticas, de correr pelo vilarejo e subir em árvores. Mas está cansada agora, sem energia, como se o ato de rebeldia a tivesse exaurido.

Ela sente braços se fecharem ao redor de seu corpo e a levantarem. Percebe que está se movimentando de novo, embora suas pernas estejam fracas. O homem de Maxey a carrega. Eles caminham mais rápido e com mais agilidade do que ela imaginava que um homem do tamanho dele seria capaz. À sua volta, ela vê passar a escuridão. Perde a consciência. Por quanto tempo, não sabe, mas, quando acorda, eles já deixaram o bosque e dá para ver o céu acima deles.

Ele a coloca no chão, e sua expressão parece dizer: *O mundo é pequeno, mas não tão pequeno assim. Como nos encontramos mais uma vez?* Então ele olha para ela com atenção.

— Ah, você é filha daquele homem — ele diz, por fim.

Estão em Maxey, terra inimiga, mas lar dele. Chegam a uma casinha suja com telhado baixo, três crianças e uma esposa apenas alguns centímetros mais alta que Joana, que a encara como uma coruja resoluta quando ela aparece na porta. As crianças, corujinhas fulvas, piscam, olham umas para as outras, comunicando-se na linguagem velada dos irmãos. Não sabem o que pensar da visita.

Ela vê o homem levantar a criança mais nova, sua filha, e beijar o alto da cabeça dela. Observa quando ele acaricia a cabeça dos filhos, embora toda a lateral de sua cabeça esteja sangrando e ele não tenha tido tempo de limpar o sangue. Ela pensa: Talvez eu tenha morrido e não saiba. Ou os borgonheses amem mais os filhos do que os franceses. A esposa do homem ainda está observando, alternando o olhar entre Joana e o marido. Ela diz em um tom de voz que não passa de um sussurro:

— O que aconteceu? Ladrões? Bandoleiros? De onde saiu essa menina?

O homem reflete. Responde devagar, pensando, apesar da dor.

— Sim, foram ladrões. Perdemos algum dinheiro. — Ele olha para onde Joana está e não diz mais nada.

Depois que a cabeça dele é enfaixada, eles dão a Joana uma tigela de algo quente e viscoso para comer. O sabor é pior do que o do ensopado que ela costuma comer, mas está faminta e engole todo o conteúdo. A esposa pega a tigela vazia de Joana, a enche de novo e passa a ela. Eles mostram onde ela vai passar a noite, pois não pode voltar para casa, não aquele dia, e ela se deita. Ela observa as outras crianças, e elas a observam. Poderiam ter lhe dado um palete duro como pedra e ela ainda assim dormiria profundamente sobre ele. Como ainda está viva?, ela se pergunta. Como Jacques não foi atrás deles e os esganou? A noite está quente, mas o corpo dela está tremendo.

Chega a manhã. Ela abre os olhos. Levanta o braço e esfrega uma área que coça, uma aranha cai de seu rosto e sai correndo. É quase possível que os eventos da noite anterior não tenham acontecido, até que ela vê os irmãos, que não são seus irmãos, dormindo ao seu lado. E os pais, que não são seus pais e que – isso ainda a surpreende – parecem amar os filhos e não desejam feri-los. Ela passa os olhos pelos braços, rostos, pés descalços deles. A respiração é regular e tranquila. Eles não têm nenhuma marca de surras.

Joana vê que o homem a estava esperando acordar. Do casebre, eles caminham até onde termina Maxey. Quando está pronto para se virar, ele coloca a mão na frente da túnica e tira um pedaço de queijo enrolado em folhas úmidas. Parece sentir pena dela. Do que a espera em casa... Ele fecha os olhos, não quer pensar nisso. Mas ele também sofreu. Escorre sangue das ataduras em sua cabeça.

Ela dá uma boa olhada nele e se agacha, tateando a barra do vestido. Desfaz os pontos, e moedas caem na palma de sua mão. Oferece algumas ao homem, que fica olhando para sua superfície brilhante, como se dinheiro pudesse dar sentido ao que aconteceu com ele. Ela vê seus dedos se fecharem sobre as moedas. Dessa vez, ele as aceita.

— Sinto muito — ela diz, mas não acrescenta: *Por seu ferimento, pelo dinheiro que perdeu, por meu pai e suas artimanhas.*

Ela hesita. Mesmo antes de falar, tem certeza de que aquilo é algo que seu pai tentaria fazer: conseguir o máximo possível pelo dinheiro que já pagou.

— O menino que morreu... o nome dele era Guillaume — ela diz. — Ele tinha só sete anos. Sei que pensa que foi um acidente, mas ouviu alguma outra coisa aqui em Maxey? Sabe, meu vilarejo acredita que aconteceu algo diferente. Soubemos que foi empurrado.

Eles se encaram, e o olhar dele endurece. Depois, ele balança a cabeça e sai do lado dela. É a primeira vez que é indelicado com ela. Ele não vai trair os seus como ela fez.

Joana se vira na direção de casa. Ainda está cedo, o sol abriu apenas um olho e o ar está fresco, a terra está coberta com uma névoa amarela translúcida. Mais tarde, vai esquentar, e a poeira das estradas vai subir em nuvens quando passar uma carroça ou mula. Mas, por enquanto, as folhas de grama estão cobertas com a chuva da noite anterior, e sonhos ainda se desenrolam atrás das janelas fechadas dos casebres.

Joana se surpreende ao ver a irmã esperando por ela na porta. Olha para a frente. Catherine está chorando.

A princípio, acha que é porque desapareceu durante uma noite inteira. Mas não são lágrimas de alívio. Tudo está silencioso, e ela se acostumou com o *tap-tap* de patas correndo para recebê-la. Onde está o latido estridente capaz de acordar todo o vilarejo, o uivo solitário capaz de ressuscitar os mortos?

O que sai da boca de Catherine é um balbucio incoerente, mas Joana pensa ter ouvido um xingamento. Ela se espanta, a irmã não costuma xingar, mas então se lembra. O nome de seu cachorro.

— Salaud...

É a vez de Joana chorar. Sua garganta dói pelo esforço de formar palavras em um tom mais agudo do que de costume.

— Ninguém conseguiu protegê-lo? — ela pergunta. As palavras vão se afinando até que ela não está mais perguntando, está implorando. Não espera a resposta. Abaixa a cabeça, o queixo afunda como um peso no peito. Está ciente de que a irmã está tentando puxá-la para um abraço, mas se desvencilha das mãos de Catherine com a facilidade de um peixinho que escapa pelo buraco em uma rede. Ela se afasta, tropeçando nos próprios pés. Chora.

Caminha até chegar ao limite de Bois Chenu. Mas por que foi até ali? No tempo de limpar o catarro com a manga, Joana compreende. Sua presença é o pedido de um desejo que jamais será concedido. Se ela voltar ao lugar dos acontecimentos da noite anterior, talvez possa voltar atrás. Ela pode continuar caminhando e rindo com o tio sob a luz da tocha, que permanecerá em segurança na mão dele. E pode deixar o homem de Maxey enfrentar seu destino, seja qual for.

Ela fica ali parada, sem se mexer, com as mãos em forma de concha sob o peito para pegar o que quer que possa vazar por sua pele. Fora do alcance da visão, em uma árvore próxima, uma cotovia canta. A nota ecoa, é o som da ponta de uma agulha em um mundo silencioso e adormecido. Naquele som, está seu luto.

Não há palavras – não há palavras para descrever isso.

❖

Eles já estiveram ali antes, naquele mesmo lugar, no campo agora quase desprovido de cultivo. Os olhos estão tão marejados e doloridos que ardem quando ela pisca. O sol está se pondo e o luto ainda a impregna. Seu nariz escorre.

Quando ela pergunta como foi, Durand faz que não com a cabeça.

— Poupe-se dessa parte — ele sussurra.

Mas ela é inflexível.

— Conte tudo — exige.

Então ele começa:

— Seu pai voltou sozinho e estava pálido de raiva. O fogo só chamuscou a camisa; ele não se queimou. Mas suas mãos estavam tremendo. "Minha filha, minha própria filha, uma traidora." Parecia que ele já tinha tudo planejado, pois não parou de se mover. Acendeu uma fogueira. E nós – Isabelle, eu, até Jacquemin –, que estávamos tentando acalmá-lo, perguntamos: "Uma fogueira, Jacques? Hoje está quente, não precisa de fogueira. Ninguém vai ficar resfriado. Sente-se, tome uma cerveja, coma um pedaço de pão. Ou podemos esquentar uma tigela de ensopado para você". Estávamos suplicando, mas dava para ver que ele não estava ouvindo. Seu olhar estava distraído. Ele ainda estava remoendo a cena do bosque, e as chamas que via não eram as que estavam diante de seus olhos, não. Eram as da tocha que você jogou nele, Joana. Nós o vimos acender sua própria tocha com um pouco de palha e subir até onde sua irmã estava.

"Vi a intenção dele assim que a tocha foi acesa. Bloqueei o caminho, mas você conhece os braços de seu pai. Ele me jogou do outro lado da sala. Sua pobre mãe teve que me tirar do chão. Não vi o que aconteceu, mas ouvi. Os gritos. Catherine tentou fugir pelas escadas, protegê-lo... Não adiantou. Ele foi arrancado dela. Incendiado, como a roda da véspera de São João. Ele morreu nos braços dela, com metade do corpo queimado, e sua irmã o segurou, apesar de estar agonizando, e ela também estava, por não ter sido capaz de salvá-lo. Todos sabíamos o que ele significava para você. Eu, que já pequei tanto na vida, jamais seria capaz de uma coisa dessas. Só o cheiro... Saí da casa e fui vomitar em um arbusto."

Ela pensa: Outra pessoa talvez não tivesse entrado em tantos detalhes. Deixaria de fora a queimadura, os gritos, dizer que tudo aconteceu com um único golpe, tão fácil quanto torcer o pescoço de um pardal. Ele morreu rápido, Joana, seu tio poderia ter dito. Só isso.

Mas eles são dois soldados, um velho, outra jovem, e essa é uma batalha que perderam. Não se pode vencer sempre. Eles não podem sair ilesos.

Com Catherine, ele nunca fala sobre a guerra. São sempre pequenas piadas: quantos corações ela partiu hoje e quantos corações pretende partir até se sentarem para jantar amanhã? São sempre canções e histórias de amor, de desejo, de cavaleiros apaixonados e princesas, e as princesas devem ser irmãs, ou gêmeas, pois são idênticas em todas as histórias, com cabelos cor de palha e vestidos bordados com fios prateados; usam sapatos de bico fino e caminham por cômodos arejados em palácios antigos. As histórias que ele conta à irmã dela costumam terminar bem: em casamento com reis viúvos ou com o nascimento de crianças saudáveis, de bochechas rosadas, que já nascem rindo.

Com Joana, não é assim. Com ela, são notícias da guerra que a França está perdendo, lenta, mas certamente, mesmo com a ajuda de seus fiéis aliados, os escoceses. São relatos de cercos, do preço de mercado de um gato quando os cidadãos estão famintos; são descrições de batalha recentes, de bandos de mercenários incendiando faixas inteiras da França, ateando fogo em tudo – casas, igrejas, pessoas, animais de fazenda – que não podem levar ou vender por preços impiedosos. Ele conta que um homem enforcado sempre se urina.

— Sempre? — ela pergunta.

— Sempre — ele confirma, acenando com a cabeça, e explica que deve ser um reflexo natural ou talvez o medo da morte faça com que um homem se desonre quando seus pés estão balançando no ar. Além disso, quem é queimado vivo sempre cerra as mãos em punhos, como se estivesse tentando combater as chamas.

— Como você sabe disso? — Ela é cética, cheia de perguntas. Pensava que quem era queimado ficava amarrado, com braços e mãos atados a um poste. Mas ele dá de ombros e diz:

— Eu já vi. Durante minhas viagens, vi coisas que gostaria de jamais ter visto. Pensava que, quanto mais envelhecesse, mais esqueceria. Mas não é assim. Na verdade, é o contrário. A gente se lembra de certas coisas com mais nitidez.

Ela pensa: Deve haver algo errado comigo, e não porque quase sempre parece que acabei de sair de uma batalha com os ingleses, com alguma parte do corpo inchada ou machucada que lembra a guerra, os feridos e os moribundos. Talvez eu seja uma criança nascida sob uma estrela do mal ou cometa. Talvez exista algo azarento ou malfadado dentro de mim, que faz meu pai me odiar, minha mãe orar por mim, o padre sacudir a cabeça e meu tio me contar sobre pragas e fome logo após me cumprimentar com um bom-dia.

O padre, que ficou sabendo que o cachorro morreu, mas não como, sente pena dela. Então, na manhã seguinte, ele a convida para ir à igreja e permite que se sente à mesa com superfície inclinada. Coloca um livro na frente dela e o abre com cuidado, como se as páginas fossem feitas de asas de borboletas. É o primeiro livro que ela vê ou toca, um compêndio da vida dos santos. Ele a deixa virar as páginas e ver as figuras, já que não sabe ler. Ela vê Sebastião, o corpo perfurado por flechas, um porco-espinho humano, e reconhece Miguel pisando na cabeça da serpente Satanás. Ela vê uma jovem com o rosto parecido com o de sua irmã tocando uma grande roda, que racha a seus pequenos pés, desenhados na forma de pétalas de flor. O padre, olhando de soslaio para os olhos inchados de Joana, seu nariz úmido todo esfolado, quer lhe mostrar o sofrimento grandioso e nobre, de modo que esqueça suas próprias desgraças. Mas não funciona. Não há competição entre seu sofrimento e o martírio dos santos, que aceitam a dor com delicadeza, mesmo quando são surrados ou decapitados. Ela diz ao padre que gosta das cores, do azul-escuro dos céus e dos mantos dos soldados, e das estrelas e halos de folha de ouro, e o padre fecha o livro, ciente de que fracassou. Ela vai embora.

Mais tarde, no mesmo dia, quando está novamente com Durand, ele se vira para ela, que ainda está chorando. Acha que nunca mais vai parar de chorar.

Ele toca o ombro dela.

— Você fez uma escolha, Joana. Eles podiam ter matado o homem ou o deixado para morrer, e a esposa dele seria uma pobre viúva e seus filhos ficariam sem pai. — Ele diz: — Aqui está. Tenho um presente para você.

Ela abaixa os olhos e vê uma pequena faca na mão estendida dele, do tipo usado para descascar frutas ou cortar gravetos.

Ela se lembra da reunião de mulheres na casa de Guillaume, dos olhos da mãe dele bem fechados enquanto sussurrava uma prece. Lembra-se dos corpos curvados, como pombos se juntando para combater o frio do inverno. Ninguém falava quando se podia sussurrar. Uma idosa, avó do garoto morto, mexia uma panela com a mão magra, e esse era o barulho mais alto no cômodo. Ela se lembra também da reunião de homens na casa do pai: a inquietação e impaciência, músculos se contorcendo sob as camisas, punhos que se abriam, depois se fechavam em volta de pescoços imaginários. Os homens queriam vingança. As mulheres queriam salvação. Se eu tivesse que escolher, ela pensa, escolheria ação, não oração. Vingaria, mas também salvaria. Uma coisa dessas é possível? Se pudesse reviver o passado, ela sabe que não faria nada diferente. Ainda entraria na clareira e encheria os olhos do pai com o fogo da tocha para defender o homem de Maxey, da mesma forma que ele a havia resgatado dos ladrões de Vaucouleurs.

Ela aceita o presente. Não precisa perguntar ao tio para que pode usá-lo. No bolso, tem dois pregos tortos. Agora tem uma faca.

Pela manhã, encontra o gato de Guillaume na estrada. A família do garoto morto não tratou bem o animal. A avó vive o enxotando com uma vassoura, mas o gato está tomando banho de sol, com uma expressão despreocupada, em um canteiro de dentes-de-leão murchos. Ela o pega. Esfrega o rosto, como seu dono anterior fazia, pelas costas macias e curvadas do animal, até que seus olhos começam a coçar devido às lágrimas e ao pelo do gato. Em volta do pescoço dele, amarra uma bolsinha, e na bolsinha coloca as moedas que sobraram no vestido. Deixa o gato na porta da casa do garoto morto e, da próxima vez que o vê, ele está nos braços da irmã de Guillaume sendo acariciado, e a bolsinha não está mais em seu pescoço. Na história que está se criando no vilarejo, o gato saiu um dia e voltou com um tesouro. A família acha que o gato dá sorte e lhe dá um nome: Matagot, denominação de um espírito da Gasconha. Um *matagot* pode ser mau ou bom, mas é conhecido por assumir a forma de um gato. Trate bem um *matagot*, alimente-o, e ele pode trazer uma moeda de ouro. Logo, o gato está gordo como a almofada de uma dama e satisfeito demais, ela fica sabendo, para se dar ao trabalho de caçar ratos. Quando Joana passa por Matagot, seus olhos verde-acinzentados piscam para ela, observando.

Ela toma conhecimento de que Henrique, rei da Inglaterra, está morto. A disenteria acabou com ele, se bem que talvez seja apenas mais um rumor. Mas ele tem um irmão, João, duque de Bedford, que ficará como regente até seu herdeiro chegar à maioridade. Ela achava que a guerra terminaria quando Henrique morresse, mas parece que a Inglaterra não vai sair da França só porque seu rei é agora um cadáver. Ainda há cidades para tomar. Há outros reis. Ela e sua família podem, no dia, na semana ou no mês seguinte, acordar e descobrir que são ingleses.

Então a guerra segue. Então o círculo continua a girar.

Parte dois

Em agosto de 1422, Henrique V, rei da Inglaterra, morre. Dois meses depois, em outubro, falece Carlos VI. Em Mehun-sur--Yèvre, dias após a morte do pai, o delfim, Carlos VII, declara--se rei da França, mas sem nenhum dos acompanhamentos tradicionais dessa importante cerimônia, como ser ungido com o óleo da Santa Ampola na cidade de Reims (então ocupada pelos ingleses).

No entanto, a coroação improvisada do delfim não atrapalha nenhum dos planos da Inglaterra. Os espaços deixados pelas mortes de Henrique V e Carlos VI são rapidamente preenchidos pelos irmãos mais novos de Henrique. Enquanto Humphrey, duque de Gloucester, assume seu papel como Lorde Protetor da Inglaterra, João, duque de Bedford, assume como regente. É um passo vital para garantir o domínio da Inglaterra sobre a França, já que o único filho de Henrique (Henrique VI), ainda criança, é novo demais para reinar.

Assim, há não um, mas dois "reinos da França": o primeiro engloba territórios sob o domínio inglês (onde uma multa é imposta a qualquer súdito que supostamente reconheça o delfim como rei legítimo); o segundo, o "reino de Bourges", abrange territórios que permaneceram leais ao delfim. Em 1423 e 1424, os franceses sofrem duas derrotas humilhantes, na Batalha de Cravant e na Batalha de Verneuil. Para piorar, há também muitas querelas internas na própria corte do delfim. Vendo uma situação ruim tornar-se terrível, em 1426, Iolanda de Aragão, sogra do delfim, assume o comando de seu conselho, enquanto forças inglesas se preparam para lançar mais campanhas.

As possibilidades de um reinado glorioso e triunfante parecem lúgubres para o delfim, que, com Georges de La Trémoille, seu preferido na corte, agora reside no castelo em Chinon. Por volta de outubro *de 1428, chegam relatos de que a cidade de Orléans está sob cerco. Trata-se de uma evolução desastrosa para os franceses. Se Orléans, posicionada estrategicamente no rio Loire, estiver tomada, o domínio da Inglaterra sobre a França logo será total.*

Então, o delfim frequenta a missa diariamente. E reza por um milagre.

I
• • •

DOMRÉMY, VERÃO DE 1428, SEIS ANOS DEPOIS

Véspera de São João. Uma fogueira queima. Esse ano não há roda e o fogo assume uma forma humana fantasmagórica, como um sacrifício.

O topo da cabeça de Durand Laxart bate no ombro de Joana. Ela cresceu e cresceu e cresceu, e agora está mais alta que todos: as mulheres, seus irmãos, até seu pai. Como isso aconteceu? Ninguém sabe, mas não é nada bom para Jacques d'Arc. Ele não pode mais levantar a mão para ela. Se acertá-la com o pé de um banquinho, não é o braço de Joana que vai quebrar.

Jehanne brinca:

— Sua mãe traiu o marido com um gigante, Joana? Isso explicaria muita coisa. — Então Jehanne desvia o rosto, ciente de que foi longe demais, mas Joana entende o que ela quis dizer. O tempo não fez com que ela passasse a gostar mais de Jacques. Eles ainda se odeiam. Só que ele não está mais em vantagem.

O tio cutuca o braço dela. Estão a uma boa distância da fogueira; o som de um riacho ecoa sob o crepitar das chamas.

— Em que você está pensando? — ele pergunta.

Ela está em silêncio.

— Em nada. — Ela o olha. — Nada — repete. É a sexta visita dele em seis anos.

Quando ele chegou, ela tinha uma notícia para lhe dar.

— Você vai saber por minha mãe, então quero contar primeiro — declarou, assim que colocou os olhos nele. — No início do mês, para se livrar de mim, o ignorante do meu pai tentou me casar. Eu me recusei. Então, o imbecil, o homem para quem ele me prometeu, disse que eu havia jurado casamento a ele pessoalmente e quebrado a promessa. Tivemos que ir ao tribunal. Eu! Levada à justiça por quebrar uma promessa de casamento!

— Como escapou dessa? — Durand perguntou, hesitante. — Se é que escapou! Você está casada, Joana, e eu perdi o casamento?

Ela o empurrou, mas estava sorrindo.

— Fiz um discurso digno de Jacques d'Arc. Todos ficaram impressionados. Meu pai parecia um fantasma quando terminei.

Foi a coisa mais empolgante que aconteceu com ela em seis anos. Isso e quando, três anos antes, um bando de saqueadores borgonheses e ingleses levou algumas cabeças de gado.

— Sorte que foi apenas gado — seu tio disse na época.

— Sorte que eles foram embora logo — foi a resposta dela.

Ela não gosta de guerra. Não gosta das histórias que ouve, as mesmas que ouviu a vida toda: conventos profanados, igrejas saqueadas, trigo a poucos dias de ser colhido reduzido a cinzas, animais que os agressores não conseguem levar massacrados, sangue e carne para alimentar as moscas. Já é ruim o bastante que, em alguns anos, a colheita seja arruinada pelo clima ruim. Só o inverno, ela pensa, é suficiente para desnutrir e matar. Não precisamos que os ingleses e os borgonheses auxiliem a estação. Não é o trabalho dos ingleses que faz com que um bezerro nasça morto ou que uma criança pare de respirar no berço.

Mas ela gosta da ideia de mudança. Um mundo em fluxo é um mundo em que algo pode acontecer, e para melhor. Só que não aconteceu com ela.

Às vezes, em segredo e sob o manto da noite, ela chora. Ela chora porque quem preparou manteiga uma vez já preparou centenas de vezes. Depois de vários anos, a novidade de transformar gordura de carneiro em velas fica velha. Ela não esperava que seu corpo crescesse sem parar, que se tornasse uma gigante entre os homens e mulheres de Domrémy, e que nada mais mudasse.

Na igreja, ela parou de rezar. Para quê? Quando não se sabe nem para quem se está rezando, é quase como rezar para uma parede e esperar que a cantaria responda. Então, Joana usa o tempo para descansar os olhos, e às vezes o padre a pega dormindo e fica zangado.

As chamas da fogueira estão se apagando, mas ela não consegue desviar o olhar. A vida é dura. A terra nem sempre é fértil. Em algumas partes do reino, pessoas ficariam felizes em dizer: *Todos os meus dias são iguais; vivi para ver o sol nascer e se pôr novamente.* Ela sabe que deveria se sentir grata.

Mas há uma dor em seu coração quando o fogo vai se apagando. Todos os meus dias são iguais, ela pensa. É como uma prece, dita para as últimas brasas acesas, logo esvaziadas no riacho agitado. Todos os meus dias são iguais.

❖

Pela manhã, Joana se levanta. Havia algum tempo que estava dormindo todas as noites sob o teto do pai. Nada mais de dormir sob a Árvore das Fadas. Ele não pode mais expulsá-la.

Se ela antes carregava dois sacos de grãos debaixo dos braços para o moendeiro, agora carrega seis. Boi morto? Cavalo desnutrido? Ela consegue levantar o arado com a mesma facilidade com que pega uma cabeça de repolho. Lá está Joana balançando a foice, lá está Joana batendo com o mangual. Lá está Joana agachada sobre um telhado, cobrindo um buraco com palha, cortando madeira para construir uma cerca nova. E como esquecer a vez que a carroça de um vizinho ficou presa na lama após dias de chuva forte? Ele era idoso, embora estivesse em boa forma para a idade. Por mais que puxasse com força, não adiantava nada. Mas Joana levantou um canto da carroça. Sob suas mãos, a madeira rangeu até que, com um solavanco, a carroça pareceu ganhar vida e saiu balançando pela estrada. Ela atravessou a via e voltou ao trabalho.

Nessa manhã agradável de agosto, o céu está limpo, o sol é de um amarelo-claro e o ar está perfumado com o cheiro do feno recém-cortado. Do alto das árvores: o canto de um passarinho.

Mas, por volta de meio-dia, ela sente o corpo frio e, quando toca o braço, a pele está úmida. Sobre o toco de uma árvore que seu tio transformou em mesa, ele está mostrando aos irmãos dela um truque com três copos; uma pedrinha é escondida sob um deles. Os irmãos de Joana mantêm os olhos nos copos: um erro. Ela se vira e vê Catherine ao longe caminhando na direção do santuário da Virgem, bem perto do vilarejo.

Quando tira os olhos de Catherine, tropeça; sua cabeça gira. Ela estava ladrilhando a horta da mãe, e o chão se move, se inclina de verdade, sob seus pés. Ela nunca fica doente, mas suas bochechas estão quentes, febris. Suas pernas cedem no instante em que seu tio e seus irmãos a notam. O pânico fecha sua garganta, como uma mão que estrangula, de modo que ela não consegue gritar.

Sobre ela, soam sinos de igreja, mas o momento está errado. É cedo demais para os sinos baterem as Noas.[2] Deitada no chão, ela ouve gritos. Não vêm de seu tio e irmãos. O vilarejo todo está alvoroçado. Ela se pergunta por quê. Por que está todo mundo fazendo tanto barulho por eu ter caído?

Então ela ouve: sob todos os gritos, a batida de cascos de cavalo. O som é como uma tempestade repentina, uma torrente de chuva de verão golpeando a terra. Ela ouve, ao longe, palavras que não consegue entender. A língua lhe parece estranha, os falantes da língua são ainda mais grosseiros que seu pai. Quando os irmãos levantam os braços, ela avista tochas. Tochas em plena luz do dia? Ela balança a cabeça. Não faz o menor sentido. Ela deve estar sonhando. Ainda assim, vê um homem montado em um cavalo, um homem que ela não reconhece, arremessar uma tocha como se fosse uma pedrinha em um lago, e a primeira casa do vilarejo pega fogo. As pessoas que estão lá dentro, uma família inteira, saem correndo. Ela percebe que está suando. Seu corpo e até suas entranhas tremem.

Os ingleses estão chegando, ela pensa. Eles chegaram a Domrémy, por fim. Então este é o medo que os ingleses inspiram. Joana está envergonhada porque, agora que o inimigo chegou, ela está com medo.

---

[2] Noa: hora canônica do ofício divino, corresponde às quinze horas. (N. E.)

❖

Com o restante do vilarejo, eles fogem para Neufchâteau, uma pequena cidade vizinha. As estradas se tornaram um labirinto de carroças amontoadas, carregando sacos mal amarrados e pessoas. Vestidos e túnicas foram transformados em trouxas, e já há disputas sobre o que pertence a quem. Ela também é um peso, carregada até Neufchâteau. O barulho e o balanço da carroça fazem sua cabeça doer e novas gotas de suor escorrem para seus olhos. Ela só consegue olhar para cima; seu olhar está fixo em um céu azul sem nuvens, um sol brilhante demais. Enquanto é carregada para a hospedaria pelos irmãos, Joana ouve o pai dizer:

— É claro que ela ia escolher justo este momento para ficar doente. O que mais era de esperar? Ela só sabe me causar problemas. Só problemas.

Ela tenta falar, mas não sai nada. Depois, pensa. Depois vai responder a ele com palavras duras.

Seu corpo afunda em um palete que não é seu. Do lado de fora, há uma comoção. Homens já estão contabilizando suas perdas e mães consolam crianças chorosas cantando trechos de músicas. Ela ouve o ranger das rodas quando outras carroças chegam de Domrémy.

No patamar da escada, passos sobem e descem, e Jacquemin está praguejando:

— Vou matá-los — ele declara. Sua voz é aguda. Ele está praticamente se esgoelando. Mas algo parece vazio, até mesmo falso aos ouvidos de Joana. — São uns covardes, aqueles ingleses bárbaros. Qual a dificuldade de se incendiar um casebre? Hein? Qual a dificuldade? Até uma mulher consegue fazer isso. É disso que eles se orgulham? De matar algumas galinhas! Levar alguns porcos! — Aquilo faz Joana se lembrar de outro momento em outro ano: um dia agradável como aquele. Ela pensa, antes de seu mundo escurecer: quando um garoto estava morrendo, você fez as mesmas promessas. Não pôde fazer nada na época. Não pode fazer nada agora.

❖

Quando Joana acorda, há uma nova dor a enfrentar: a fome. O céu do lado de fora da única janela está quase escuro; o que resta de luz se esvai rapidamente.

Ela ainda está zonza. O cômodo balança, como se estivesse equilibrado em uma única ponta afiada. No outro canto, perto de uma mesa baixa, ela acha que vê a forma da irmã.

Ela está cansada, mas quer conversar. Está com vontade de trocar histórias.

— Você se lembra — Joana começa a dizer — daquela vez em que eu voltei para casa e, assim que nosso pai me viu, jogou uma capa na minha cabeça e me mandou consertar um buraco nela?

Sua voz era fina na época. Ela era nova. Talvez sete ou oito anos.

— Você precisa disso agora? — ela havia perguntado em protesto.

— Agora — o pai respondeu.

Era noite e estava escuro demais para costurar. Mas ela pegou o toco de uma vela e, agachando, acendeu-a nas últimas brasas da lareira. Quando se levantou, ela sentiu a capa escapar de suas mãos. Sobre ela, Catherine disse:

— Segure a vela enquanto eu costuro para você, Joana. — Porque Catherine viu que ela queria dormir.

Então ela levantou a vela perto de onde a agulha de Catherine se movia, correndo para cima e para baixo como uma traça-dos-livros, mas não tão perto a ponto de incendiar a capa, embora estivesse tentada.

Enquanto observava, ela sentiu a vela oscilar em sua mão; os olhos fechavam, abriam, fechavam de novo. Ela estava dormindo em pé. A vela derreteu e pingou no tecido, formando uma coluna de gotas peroladas e brilhantes.

— Cuidado — Catherine alertou.

O silêncio era tanto que Joana ouvia a respiração da irmã. Nenhuma das duas falou nada, até que ela viu que a chama estava prestes a se apagar. Sua pulsação acelerou. Antes de o último fio ser cortado, Joana pensou, um desejo devia ser feito.

— Rápido — ela disse, um sussurro na escuridão quase total. — Você tem que dizer o que deseja. O que deseja mais do que qualquer outra coisa no mundo.

A irmã abaixou a cabeça como se estivesse prestes a rezar. Refletiu, depois falou baixinho, sem pressa, embora a chama já estivesse se extinguindo.

— Quero fazer um bom casamento — Catherine disse. — Filhos saudáveis. Um menino, duas meninas.

Era um desejo típico de Catherine: marido educado, bebês de bochechas rosadas; a paz no lar é a paz no reino.

Então ela se virou para Joana e perguntou:

— E você?

Na mão de Joana, a chama faiscou e se apagou. Ela não via nada, mas sentia o cheiro da fumaça.

— Eu desejo... desejo coisas demais.

Quando a capa ficou pronta, ela ouviu Catherine suspirar. No escuro, o braço da irmã era como o pescoço de um cisne. Ele envolveu os ombros de Joana e a puxou para perto. Joana sentiu o topo de sua cabeça ser beijado duas vezes.

— Tenha apenas bons sonhos — Catherine disse, antes de subir as escadas para dormir.

Na manhã seguinte, seu pai pegou a capa e examinou o lugar onde estava o furo. Ele resmungou.

— Logo você virará costureira — ele disse a Joana. E, durante uma semana inteira, não houve surras. Um recorde para Jacques d'Arc. Para ela, um pequeno milagre.

Ao terminar a história, ela espera Catherine falar, confirmar os fatos de sua lembrança ou rir por ela estar lembrando errado. Mas não há resposta.

— Pode me trazer um pouco de água? — ela pede, após uma pausa. — E tem alguma coisa para comer?

Quando vira a cabeça para olhar, o canto daquele cômodo desconhecido está vazio. Do lado de fora, a cidadezinha ficou quieta. O sol se pôs, a luz do dia se foi. Atrás da parede, em outro cômodo, ela ouve o som, como um cantarolar estranho, de alguém chorando baixinho.

II
● ● ●

Pela manhã, iniciam-se discussões e reuniões na hospedaria. As pessoas falam sobre o que foi perdido. Hortas e ervas. Uma camisa de linho extra. Uma panela com menos de três meses de uso. Um arado recém-consertado pelo ferreiro, agora em vão. Novos lotes de cerveja, feitos com lúpulo colhido e desidratado. Homens adultos lamentam a perda de porcas e ovelhas como se fossem filhos. Mas, ainda assim, eles devem se lembrar de suas bênçãos. Para aplacar a ira de Deus, também devem falar do que foi salvo. Havia muito tempo, desde que os ingleses começaram a devastar a terra com fogo, que as barras dos vestidos das mulheres eram recheadas de moedas, as economias de uma família inteira escondidas em um único corpo.

Mas há ainda coisas de que ninguém fala: a pulsação acelerada quando a ponta de uma faca é pressionada junto à pele; como há força nos números, mesmo quando a pessoa que o enfrenta é uma mulher desarmada; como, depois que o primeiro golpe é dado, ela cai e os lobos que a circundam se aproximam, admirados com a própria força.

— Eram três — Catherine diz.

Joana escuta. Ela ouve enquanto transpira de febre com um cobertor sobre os ombros. Lá fora, o dia está quente. Dá para sentir o cheiro do calor.

Os braços de Catherine estão manchados, marcados onde dedos pressionaram sua pele. No cômodo ao lado, um amigo de seu pai, um homem bruto, está lamentando a perda de uma vaca a poucos dias de dar cria.

— O que vai acontecer com ela agora? — ele pergunta. — O que você acha que vão fazer com ela? — A voz dele falha.

Mas nesse cômodo não há lágrimas. É um lugar, Joana pensa, além das lágrimas. Os olhos de Catherine estão inchados, mas secos. Do outro lado de seu maxilar, Joana nota o contorno de uma sombra arroxeada. Um tapa dado com o dorso da mão para calar seus gritos.

— Como eles eram? — Joana pergunta. — Eles se chamaram pelo nome? Você ouviu algum nome?

Catherine faz que não com a cabeça. Ambas sabem que é uma pergunta tola. A menos que se submeta o país todo a julgamento, será impossível encontrar aqueles homens.

Mas Catherine responde para que Joana tenha algo a que se apegar:

— Um deles tinha uma cicatriz longa no braço. Eles não falavam francês.

Homens que são cruéis. Homens que não falam francês. Homens com cicatrizes.

O quarto está silencioso. A mãe de Joana foi à catedral em Neufchâteau, uma construção maior e mais impressionante do que a pequena igreja de Domrémy, rezar. O pai e o tio estão cuidando de outros assuntos, incluindo discussões do vilarejo que quase viraram brigas. No caos da fuga, algumas galinhas foram pisoteadas. Agora, a questão é: Quem vai pagar por elas? Há outra família fazendo muito barulho; eles alegam que os vizinhos sabotaram sua carroça, substituindo uma roda boa por outra podre e pegando a boa para si. A defesa dos vizinhos:

— Como íamos saber que os ingleses chegariam? Estão nos chamando de traidores?

De todos os lados, emoções estão exaltadas. Se não dá para gritar com o inimigo, a segunda melhor opção é gritar com os amigos. E, pela manhã, descobriu-se que faltavam alguns suprimentos. É provável que ladrões não sintam pena, nem mesmo daqueles que perderam sua casa. Há a questão de quanto tempo vão ficar em Neufchâteau, como vão pagar pelos quartos e alimentação na hospedaria, onde vão manter os animais que conseguiram salvar. Nada disso está além da capacidade de Jacques d'Arc, mas quem, Joana se pergunta, vai cuidar do que aconteceu com Catherine? De crimes que vão além de galinhas esmagadas e rodas de carroça sabotadas? Quem vai encontrar uma solução para isso?

Ela não pergunta sobre a dor, apenas ouve quando Catherine explica que foi o tio delas que a encontrou depois que os homens conseguiram o que queriam e a largaram lá. Àquela altura, o inimigo já tinha partido; estava escurecendo. Mas, enquanto caminhavam, uma carroça passou por eles na estrada. Durand pagou alguns *deniers* para os levarem até Neufchâteau. Quando chegaram à hospedaria, ela não conseguia mais se mexer; suas pernas tinham ficado dormentes, e ele teve que a levantar e carregar para dentro. Joana estava dormindo.

— Quantas pessoas sabem? — Joana perguntou. Ela está surpresa com o teor prático de suas perguntas.

Catherine não responde. Ela abaixa a cabeça e abraça os joelhos junto ao peito. Então todos sabem.

A irmã desvia os olhos. Sua mãe e Jehanne lavaram seu corpo e ela está usando um vestido emprestado de Hauviette. Seus cabelos estão úmidos. Ela olha fixamente para um ponto no chão, onde uma aranha rasteja.

Joana se descobre e a coberta escorrega de seus ombros para o chão. Ela se levanta. Suas pernas estão instáveis, mas ela se move, apoiando-se nas paredes, até a única janela e olha para fora.

Catherine diz:

— Eu não cheguei ao santuário da Virgem, mas pensei nela.

Joana se esforça para não sacudir a cabeça. E como ela teria te ajudado? Como compaixão, temperança e misericórdia, características da Virgem, podem auxiliar contra homens como aqueles? A resposta: não podem.

No peito, ela sente uma dureza, como se a ponta de uma faca tivesse se partido e sido deixada lá dentro para infeccionar: um fragmento de aço em seu coração.

Quando olha pela janela, não vê as estradas, o céu, as bancas da feira de Neufchâteau, a torre da catedral onde sua mãe está rezando. Vê o caminho para o santuário da Virgem, perto de Domrémy, a grama salpicada de florzinhas brancas, os trechos quentes de sol pelos quais Catherine deve ter passado, alternando com trechos de sombra. Ela vê a irmã se curvando para colher flores do campo para colocar no altar da Virgem. Mas, ao longe, o perigo a aguarda. Um grupo de lobos observa, salivando.

Pensa nos anos de colheitas fracas. Nas noites em que se sentavam para comer e a comida era escassa, e Catherine dizia que não estava com fome. Ela empurrava sua tigela pela metade na direção de Joana e vivia de restos de cascas de pão e água por mais dias do que Joana era capaz de contar. Quando lhe perguntavam por que ela não comia, ela dizia que jejuava para mostrar sua devoção à Virgem, mas era Joana que comia todas as oferendas.

Ela pensa em homens que são cruéis. Homens que não falam francês. Homens com cicatrizes. Não precisa procurar esses homens. Eles estão em todos os lugares.

Atrás dela, Catherine se levanta para acender uma vela. Seus movimentos são contidos e dolorosos, mas seu rosto é como pedra e não deixa nada transparecer. Ela não vai sentir pena de si mesma.

Ao ficar em pé, meio apoiada na parede, Joana já consegue sentir sua força retornando. Ao fim do dia, sua febre terá cedido. Seus membros estarão como antes. O suor em seu corpo terá secado. Ela não sofrerá mais de calafrios e sua visão ficará mais clara.

Mas tarde demais. Tarde demais.

Ela, Joana, não está acima da autopiedade. Quando a vela tremeluz, ela pergunta, dirigindo-se diretamente a Deus: Quem mais o Senhor permitirá que eu decepcione?

Ela pensa: Talvez eu não devesse ter dormido na igreja. Talvez eu devesse ter rezado mais.

❖

Seu pai fez um acordo com a dona da hospedaria, uma mulher robusta e sorridente chamada La Rousse devido aos cabelos cor de fogo. Por um desconto na hospedagem e alimentação, ele ofereceu os serviços das duas filhas. Elas vão ajudar com qualquer coisa que precise ser feita na hospedaria.

Antes de descer para trabalhar, Joana procura Hauviette. Nada mudou desde que ela era uma criança de dez anos. Embora Joana agora esteja bem mais alta, assim que Jehanne e Hauviette a veem, Jehanne a puxa para seus braços.

Ela pede que fiquem com Catherine.

— Como um favor para mim — diz. — Não tenho nada para dar como pagamento, mas vou surrupiar o que puder da cozinha.

— Pagamento! — Jehanne grita, como se a palavra tivesse um sabor ruim. Olha para Joana e balança a cabeça. — Nem tudo se resolve com dinheiro e barganha, Joana. Você está ficando ruim como Jacques.

Quando Joana desce, La Rousse espera com seu pai, que está batendo o pé.

— E então? Onde está a outra garota, a irmã? — a mulher reclama. Seu rosto está vermelho como os cabelos. — Não me prometeram duas?

Joana olha feio para a dona da hospedaria.

— Olhe para mim — ela diz, sem nem ao menos disfarçar a irritação. — Eu sou duas garotas.

La Rousse a encara.

— Não precisa se preocupar. Vou trabalhar por duas.

E está falando sério. Primeiro, Joana recebe sacos de farinha.

— Tire os carunchos — o cozinheiro diz, erguendo o polegar. Então ela se senta em um banquinho baixo, com uma tigela aos pés, na qual vai jogando os besourinhos que se contorcem. Alguns conseguem escapar da tigela, e ela os mata com pisões. Em seguida, bate ovos até o cozinheiro levar as mãos aos ouvidos e gritar: — Basta, mulher. Basta! Vá fazer outra coisa! — Ela sova a massa, amassando com as mãos, até restar algo parecido com uma triste máscara mortuária.

Com a faca do tio, corta legumes, e os meninos pequenos contratados por dia para fazer pequenos serviços ou entregas se reúnem em volta da mesa para observá-la.

— Você é tão rápida — eles dizem em tom admirado.

— Não me distraiam — ela responde, séria. — Ou minha faca pode cortar vocês em tirinhas de carne macia para fazer uma torta. — Ela sorri para mostrar que está só brincando, e eles sorriem também.

Ela depena aves, fatia enguias e areia panelas até a palma calejada de suas mãos ficar esfolada. Lava carne de porco curada na salmoura. E, quando termina na cozinha, passa a servir, com uma jarra de cerveja de odor acre em cada mão. No terceiro dia, já desenvolveu o hábito desconcertante de aparecer ao lado dos clientes quando o copo deles está quase vazio. Acaba virando uma piada: os hóspedes gritam ou pulam de surpresa quando a veem parada ao lado deles, esperando para preencher seu copo.

— De onde você saiu? — eles perguntam com gentileza.

Ela responde:

— Não sei. Pergunte àquele homem ali. — E aponta com o queixo para o pai, que se pavoneia pela hospedaria como se ele, e não La Rousse, fosse o verdadeiro dono.

Uma vez, um hóspede reclama da cerveja.

— O que tem nessa bebida? — ele resmunga. — Está fazendo mal para o meu estômago.

Então ela volta para a cozinha, acrescenta água nas duas jarras e volta.

— Essa é de um lote novo — ela diz sem piscar. Serve um novo copo ao homem e o observa enquanto toma. — Está melhor? — ela pergunta, e o homem dá de ombros, depois faz um sinal positivo com a cabeça.

Um velho cavaleiro chega à hospedaria. Por três bebidas, contará uma história – um bom preço por meia hora de entretenimento, não acham? Antes que alguém ofereça, ela já está lá para entregar a ele um copo limpo e enchê-lo, enchê-lo e enchê-lo mais uma vez. Quer ouvir todas as histórias que ele tem para contar. Escorre cerveja de sua barba suja; é impossível matar sua sede.

Ele diz que conheceu o famoso cavaleiro Bertrand du Guesclin.

— Ah, é mesmo? — A multidão se exalta, sem acreditar nele. — Quantos anos você tem, *grand-père*? Cem? — Mas ele insiste e fica tão zangado que lágrimas escorrem de seus olhos.

— É verdade, é verdade! — ele grita. Como prova, fala sobre vitórias passadas, seu próprio nome em listas de torneio e como uma vez derrubou um homem do cavalo, e sua lança perfurou a armadura e a cota de malha, entrando na carne sob o ombro esquerdo de seu oponente, quase atingindo o coração. Fala sobre a Batalha dos Trinta. Ele não estava lá, é claro, mas ouviu histórias sobre ela na infância. Trinta *chevaliers* franceses contra trinta soldados ingleses. E, ah, a vitória francesa, cantada repetidas vezes pelos trovadores, registrada por todos os cronistas da época. Ah, bons tempos aqueles!

No meio da história, ele perde o fio da meada. Tanto a guerra quanto os torneios cobraram seu preço, e agora ele é pobre, relegado a viajar de uma cidade a outra como mendigo e fazer truques com seu cavalo, único bem de valor que lhe restou no mundo. Ele pode fazer o cavalo se curvar como se fosse uma pessoa. Pode fazê-lo dar coice para afastar lobos e agressores. Pode fazê-lo girar, formando um círculo perfeito, como se estivesse dançando.

Joana escuta enquanto se movimenta pelo cômodo, enchendo copos que não precisam ser enchidos e pegando o do cavaleiro para colocar cerveja de modo que ele não pare de falar. Quanto mais ele bebe, mais histórias conta, embora se torne mais incoerente também.

No dia seguinte, quando ele sai mancando da hospedaria, protegendo os olhos da pungência da luz do dia, descobre que há uma pessoa sentada em seu cavalo. Ele espia a figura e estreita os olhos. Não era a garota que estava sempre perto dele na noite anterior, com suas jarras de cerveja? E era uma cerveja horrível, ele pensa. Pior que urina de cavalo.

— Quem é você? Desça do meu cavalo!

— Você não prometeu me ensinar a cavalgar? — ela pergunta.

— Não prometi nada disso! — Mas ela parece muito séria e continua montada. — Quando foi? — ele pergunta de maneira mais civilizada que antes.

— Ontem à noite — ela responde.

— Eu estava bêbado?

— Se estava, ainda continuou bebendo por várias horas depois, *grand-père*. E eu servi cerca de três jarras da melhor cerveja de La Rousse para você de graça. Pelo menos mais duas pessoas na hospedaria ouviram quando fez a promessa. Devo chamá-las para testemunhar? — Ela consegue manter a expressão impassível, embora esteja blefando.

Ele passa as mãos magras pela barba, como se a resposta pudesse ser encontrada em seus pelos.

— Não grite comigo! — Ele segura a cabeça, encolhendo-se. — Estou velho. Meus ossos doem. As cicatrizes em meu corpo... se você soubesse! Um velho acabado não deveria ensinar ninguém, e já esqueci praticamente tudo o que aprendi. Cerveja demais. — Por um instante, ele parece verdadeiramente triste.

— Você me parece bem — ela responde.

Eles fazem um acordo. Em troca de comida, preferencialmente pratos com carne, ele dará aulas a ela. Se ela cair, que se levante. Se ficar aleijada ou se perder os dentes, o problema não é dele! Quando ela se distrai durante as aulas, ele bate no chão com um bastão. Observe as orelhas do cavalo! Por que você está curvada? Não puxe muito as rédeas. O que foi? Está com medo de cair? Ela dá a ele pedaços de torta de enguia, fatias de queijo e, quando não tem nada melhor, um punhado de cenouras cruas. Na outra aula, ela as cozinha e amassa, já que ele tem dentes ruins. Ela aprende, e aprende rápido. Mas, depois de uma semana, o cavaleiro vai embora, levando o cavalo junto.

Os dias são longos, e às vezes é quase hora das Matinas, duas da madrugada, quando Joana termina seu trabalho.

— Ela teve outro pesadelo — Hauviette conta a ela, acordando com um bocejo, e Joana se sente impotente. Não pode bater em pesadelos com o pé de um banquinho.

Quando sua amiga sai, ela se senta perto de Catherine. Acaricia a cabeça da irmã com movimentos rápidos e leves. Sob sua mão, Catherine suspira. Nenhum pesadelo a visita quando Joana está aqui. Mas o sono de Joana é intermitente, seu corpo nunca relaxa. Basta um leve ranger das tábuas do piso ou o barulho do vento nas janelas e seus olhos logo se abrem. Ela observa a porta, desafiando qualquer demônio que esteja atrás dela a se apresentar, enquanto seus dedos rastejam na direção do cabo da faca em seu bolso.

Ela imagina dois homens: um deles sai de uma nuvem, uma névoa com perfume de rosas; é um príncipe vestindo roupas com fios de ouro. O segundo surge das sombras. Ela o ouve antes de conseguir vê-lo; ele grita, proferindo palavras em uma língua que fere os ouvidos dela. Tem barba por fazer e rosto esburacado. Cospe no chão, passa a língua sobre os lábios, acena.

Joana reconhece esses homens. Um é dos sonhos de Catherine; o outro, de seus pesadelos. Todas as noites do mês que passam em

Neufchâteau, Joana encara esses dois homens. Ela pensa: Se eu tivesse a oportunidade, acabaria não com um, mas com vocês dois, pois os príncipes de hoje em dia são tão úteis em batalha quanto virgens encurraladas em um convento. Eu afundaria meus saltos em suas coxas. Quebraria todos os seus ossos.

A raiva dela não passa com a primeira luz da manhã. O que vê, o que sente, é claro como se fosse uma visão enviada por Deus.

III
• • •

Quando eles voltam para Domrémy no fim do verão, em uma triste procissão cabisbaixa, Joana se surpreende com o quanto estava errada. Havia pensado: O que os ingleses poderiam levar de um lugar como este? Não temos nada. Somos pobres. Algumas velas de sebo? A tigela chamada tigela da Joana? O avental de linho de uma mulher? Não temos altares de ouro, nem estátuas com olhos de esmeralda e lábios de rubi, nem um cofre secreto repleto de moedas. Mas esses homens, com tanto talento para destruição, acabaram com as hortas e incendiaram cabeças de repolho e macios bulbos de funcho; quebraram partes inteiras de casebres e queimaram os telhados de palha; roubaram as galinhas, cujas penas estão espalhadas pelo chão como um rastro de terror, e entraram nas casas das pessoas com o único propósito, ao que parece, de espatifar copos e rachar bancos, desfigurar armários e amassar caldeirões. Eles decapitaram a estátua de santa Margarida que ficava em frente à igreja e a derrubaram, de modo que a mulher que escapou da barriga de Satanás agora está caída de bruços, com a cabeça jogada a vários metros de distância, com o rosto virado para a terra. Campos inteiros foram incendiados, junto com o pasto que os animais utilizam para se alimentar. Não é o arco longo a arma secreta dos ingleses, Joana pensa. É o fogo.

Mas a igreja está intacta. E, como um testemunho de sua força, de sua natureza implacável, a casa de pedra de Jacques d'Arc também.

Quando estão sozinhos, ela diz ao tio:

— Odeio isso, essa sensação de viver como se estivesse esperando outro ataque. O que os impede de voltar? E então seremos massacrados.

Durand, que sempre tem resposta para tudo, fica em silêncio.

Com frequência, ela pensa nos três homens. Ela os imagina: barbas de um grisalho escuro, olhos apagados, punhos gigantescos. Viu os hematomas deixados no corpo de Catherine e memorizou sua forma e amplitude, criando a partir deles a imagem de como deviam ser as mãos desses homens. Se tivesse sido ela em vez de Catherine, Joana se pergunta, teria conseguido escapar?

— Eles não ficariam no mesmo cômodo que você, Joana — seu tio diz, tentando sorrir, mas fracassando. — Você os pegaria e os sacudiria até todos os dentes caírem da boca. Eles dariam uma olhada para você e sairiam correndo.

Ela não acha que seja verdade. Qualquer um é um alvo legítimo na guerra. Então por que não ela? Ela cerra e descerra o punho. Não é beleza que o inimigo quer, e sim poder.

Um mês se passa. Uma manhã, Catherine vai até Joana, não diz nada, mas seu rosto diz tudo. Seu corpo está coberto por um suor frio, como no dia em que Joana caiu doente. Ela tinha pedido para Catherine esquecer, mas esquecer não era mais uma opção. Quando contam ao pai, ele fica sem palavras; cambaleia até uma cadeira, senta-se e fica olhando fixamente para os pés. Sua mãe reza, chora, reza novamente. Durand cobre o rosto. Joana o vê levar a mão livre até o peito, ao local onde fica o coração, e a deixar ali, aturdido. Ela aprende que o corpo não sabe distinguir entre uma bagunça alegre sobre uma cama de penas e o que é tomado à força. O resultado é o mesmo.

Ela vê Catherine ficar cada vez mais fraca e se confinar no quarto delas.

— Deixe as janelas fechadas — Catherine diz. A luz lhe causa dor e ela quer manter os sons, a conversa e o barulho do vilarejo do lado de fora. E há garotas, ex-amigas de Catherine, que se reúnem embaixo da janela e acham engraçado perguntar quando será o casamento. A resposta de Joana: ela recolhe um balde de fezes de porco e o esvazia sobre a cabeça delas.

— Parece que você está diminuindo — Joana diz.

Catherine retorce os lábios. É como se quisesse mergulhar no esquecimento.

— Você pode me levar até o santuário? — ela pede. O santuário da Virgem fica no alto de uma colina e o tempo está ficando frio. Mas Catherine quer fazer uma oferenda.

Joana se contém para não dizer: "Apesar de tudo?".

— Vamos quando escurecer e levar Jacquemin junto — Catherine diz. Ela está envergonhada.

— Vamos quando estiver claro — Joana responde. — E vamos caminhar pelas estradas como se fôssemos donas delas.

No santuário, Catherine reza enquanto Joana espera do lado de fora. O santuário é pequeno, e espaços confinados fazem Joana se sentir acuada. Alguém tem que ficar vigiando. Além disso, de que adianta rezar agora? O corpo dela é forte, mas ela está cansada. Ela também está zangada. Ultimamente, sente vontade de dar ombrada em qualquer um que chegue perto demais, só para ter a chance de fazer cara feia e trocar palavras grosseiras.

Mas ela também quer dizer ao tio: Eu sei o que você quis dizer quando cobriu o rosto e colocou a mão sobre o coração. Há uma dor aqui, bem aqui, no meu peito. É como se alguém o estivesse empurrando com uma barra de ferro, e eu estivesse esperando o osso afundar.

Quando Catherine sai do santuário, parece que aprendeu uma lição com a Virgem. Seu rosto está sério e plácido como as expressões dos santos entalhados.

Ao redor delas, o outono é glorioso – folhas avermelhadas e douradas, o céu como um domo azul-acinzentado. É o tipo de paisagem que convida os olhos a se demorarem e descansarem, um sonho acordado que é melhor que dormir.

Catherine esfrega o olho; ela parece tão nova, é como uma criança se levantando da cama.

— Fiz uma oração por você — ela diz a Joana. Mas Joana não responde, apenas coloca a mão na barriga da irmã.

— Essa criança vai ser amada — Joana afirma. — E sabe de uma coisa? Vai ser bom ver nossa mãe se ajoelhar para rezar para santa Inês quando os dentes de seu bebê estiverem nascendo e ele não parar de chorar. Vai deixar nosso pai louco, e nossos irmãos também. Eles vão ter que enfiar lã nos ouvidos. Não vai ser ótimo? Mas nosso tio vai ensinar truques à criança, e eu vou colocar o bebê no joelho e balançá-lo para cima e para baixo para o fazer rir, e o ensinar, seja menino ou menina, a subir em árvores e a correr. Vamos ouvir o som de pezinhos pela casa outra vez. E, por mais que você negue e finja ser modesta, é bonita o bastante para que um dia um fazendeiro próspero ou um comerciante abastado repare em você e queira transformá-la em esposa. Então, independentemente do que acontecer, não temos nada a perder.

Ela se sente mais leve depois de esquematizar todos os planos, mas Catherine não olha para ela. A irmã se afasta, e a mão de Joana escorrega de sua barriga.

— Você já teria ido embora? — Catherine pergunta em voz baixa. — Se não fosse por mim?

Joana faz que não com a cabeça. Aquilo é apenas um sonho, ela não diz.

— Para onde eu poderia ir?

Catherine sorri.

— É melhor perguntar: para onde você não poderia ir? Você ficou tempo demais aqui, e sei que foi por minha causa.

Parece que as únicas coisas que resistiram à destruição dos ingleses são aquelas que têm um elemento de magia. A Árvore das Fadas está com cicatrizes – um brutamontes tentou botar fogo em suas raízes e rachar seu tronco –, mas ainda em pé, lar do invisível povo alado que faz travessuras, lança maldições ou concede desejos. E outro sobrevivente, o espírito em forma de gato, é Matagot. Mais velho, com os pelos acinzentados em um tom mais claro a cada ano, o gato atualmente costuma ser encontrado em uma árvore, mas nunca duas vezes na mesma. Seu espírito não é uma criatura de hábitos. Se olhar para cima e achar que alguma coisa piscou para você, provavelmente estará certo. Camuflado com um revestimento de folhagens amareladas, Matagot toma conta do vilarejo. As folhas sacodem. Uma coluna se espreguiça e uma pata, pendente de um galho de forma casual, flexiona garras afiadas como qualquer faca amolada.

❖

Pela manhã, Catherine acorda e está sorrindo. Talvez as orações, a visita ao santuário da Santa Virgem e a caminhada ao ar livre lhe tenham feito bem. Ela fica corada ao fazer sinal para Joana se aproximar.

— Quero lhe pedir um favor. Pode fazer uma coisa para mim? Mas estou com um pouco de vergonha de falar o que é. Você sabe como são as mulheres grávidas — a irmã diz, mais falante do que ficava em meses — quando colocam na cabeça que querem comer uma coisa específica. Bem, ouvi falar de um prato e gostaria de experimentar. Ensopado e pão não me apetecem. Nem mesmo carne.

Joana se abaixa para Catherine sussurrar em seu ouvido.

— Nunca ouvi falar desse prato — Joana diz. — O que é?

— Eles fazem em Vaucouleurs — Catherine responde, abaixando a cabeça. — É uma comida muito especial. Nosso tio me contou sobre ela.

— Vaucouleurs? — Joana repete.

— Pode ir até lá? Por mim?

Não é necessário dizer mais nada. Joana conta o dinheiro que tem: seis centavos. O que a preocupa é que seu pai levou a carroça, então ela terá que caminhar. A distância é de quase vinte quilômetros. Ela levará quatro horas para chegar à cidade e quatro para voltar.

Joana guarda o dinheiro e a faca no bolso e está pronta.

— Não conte ao tio — Catherine pede. — Vai ser um segredo nosso. Prometa. Tenho receio de que ele pense que você está fazendo todas as minhas vontades ou que estou sendo fútil.

Assim que Joana promete, a irmã fecha os olhos, sorrindo. Ela relaxa. Pela primeira vez desde que voltaram de Neufchâteau, Catherine parece satisfeita. Ela pega na mão de Joana.

— Vai ser uma longa espera — Joana diz.

— Vou ficar esperando — Catherine hesita antes de soltá-la. — Agora vá, Joana.

※

Ela se sente como um cavaleiro em uma missão: um príncipe com uma tarefa impossível e a princesa esperando seu retorno trancada em uma torre. Quando chega a Vaucouleurs, já é quase meio-dia. Ela para alguns transeuntes.

— Com licença — diz a cada um deles. — Sabe onde posso encontrar esse prato?

Mas a maioria a ignora e o restante nega com a cabeça e diz que nunca ouviu falar daquilo.

— É um prato especial — ela explica, paciente, quando a encaram. — E é feito aqui, em Vaucouleurs.

— Bem — uma mulher responde —, deve ser bem especial, já que não existe.

Após caminhar uma distância como aquela, a maioria das pessoas teria parado para descansar na soleira da porta de uma hospedaria ou estaria implorando para se sentar no banquinho de um comerciante para recuperar o fôlego. Mas Joana se apressa em encontrar a rua onde ficam as bancas dos padeiros. Eles ouviram falar do prato, sim, mas ainda a tratam como se ela fosse uma idiota.

— Para quem você disse que é? — perguntam. — Não vai encontrar isso em nenhum lugar por aqui.

— É para minha irmã.

— Ah, bem, então imagino que sua irmã anda jantando com lordes e ladies, não? — E a expulsam enquanto as gargalhadas os sacodem dos pés à cabeça.

Mas aquilo dá uma ideia a Joana, que para em frente aos portões da guarnição real. Ela vê, a uma certa distância, uma carroça puxada por uma mula lenta, com barris e sacas balançando na parte de trás. Calcula o ritmo e, quando chega o momento certo, entra na traseira da carroça. Agarra duas sacas, equilibrando-as nos ombros. No portão, os guardas supõem que ela seja uma carregadora que ajuda com as sacas extras de farinha.

Ainda com a farinha nos ombros, ela pergunta ao condutor da carroça onde fica a cozinha. Ele a analisa com seu único olho bom; o outro é coberto por uma camada leitosa.

— Você é nova? — ele pergunta.

Ela confirma com a cabeça.

— Vamos logo — ela diz, levantando a voz. — Preciso entregar isso, senão atrasam meu pagamento.

A cozinha está movimentada, mas ela procura o cozinheiro e consegue encurralá-lo.

— Já ouviu falar desse prato? Tem ele aqui?

O cozinheiro faz que não com a cabeça. Ele a olha dos pés à cabeça.

— Cansou de comer pão preto, é? — ele pergunta. — Bem, acho que sim, já que tem padrões tão altos.

Ela seca o suor do rosto com a palma da mão.

— Não é para mim. Por favor, já perguntei por toda a cidade.

Um dedo grosso aponta para uma pilha de toalhas de mesa em um canto.

— Lave aquelas toalhas — ele diz. — Tire as manchas, pendure-as para secar. Vou mostrar onde. Se você fizer o trabalho direito e não ficar enrolando, vou te dar uma coisa.

Então ela leva as toalhas de mesa para uma tina, já preparada com água e cinzas de madeira. Ajoelha-se, esfregando, depois bate cada uma das longas toalhas de linho. Quando termina e as toalhas estão penduradas para secar, o cozinheiro volta. Nas mãos, segura um pequeno objeto enrolado em um guardanapo.

Ele verifica as toalhas de mesa, analisando-as como se olhasse para tapeçaria fina. Vira-se para ela com um sorriso.

— Aqui está — ele diz. — Não é o que você queria, mas não podemos ficar escolhendo muito. Não em tempos como este, não é?

Ela aceita, decepcionada. Guarda o objeto no bolso, ao lado da faca e dos seis centavos.

O cozinheiro apenas ri dela. Há poucas pessoas tão altas quanto ela, ou mais altas, e ele é uma delas. Ele dá um tapinha gentil no rosto de Joana.

— Você é uma boa trabalhadora — ele diz, acompanhando-a para fora. — Se voltar, vai ter uma vaga aqui te esperando, e não vai apenas lavar panos e toalhas de mesa. Se estiver interessada em boa comida, um dia vou te ensinar a preparar aquele prato que queria. É uma promessa!

Ela vai embora com a recompensa balançando no bolso do vestido. Já está escuro quando chega à casa de pedra branca. Diante da porta, faz uma pausa para recobrar o fôlego.

O padre sai quando ela entra. Joana o cumprimenta, mas ele olha estranho para ela. Não diz nada, apenas desvia os olhos como se ela o tivesse deixado confuso.

Seus irmãos estão presentes, bem como sua mãe e seu pai. Na penumbra, ela não consegue distinguir o rosto de cada um. No alto das escadas, Durand surge das sombras e ela vai até ele, mais devagar do que de costume. Os músculos de suas pernas estão tensos e ela está com o corpo dolorido.

— Onde você estava? — ele pergunta, mas ela mal o ouve. Sua voz viaja até ela de um lugar muito distante.

Ela caminha na direção do quarto, um espaço agora iluminado por velas. Surpreendentemente, suas pernas não cedem. Ela sente que vai desmaiar, mas não desmaia. Está, apesar de tudo, sólida como uma parede.

Há um banquinho onde sua mãe e seu pai, o padre, seus três irmãos e seu tio já se despediram. Agora é sua vez.

De um lugar distante, a voz de seu tio viaja até ela, como sussurros por uma rachadura na parede.

— Foi por volta de meio-dia — ele começa a contar. — Não tinha ninguém em casa além de mim e sua irmã. Seu pai e seus irmãos tinham ido à feira. Sua mãe estava visitando Jehanne. Ela me disse que você havia saído para Bois Chenu horas antes e ainda não tinha voltado. Me pediu para ir te procurar, estava com medo de que você tivesse sofrido algum acidente. Então eu fui, e sua irmã ficou sozinha em casa. Quando voltei, eu a encontrei ao pé da escada. Onde você estava, Joana?

Ela levanta a mão sem olhar para ele. Pare. Por favor.

Está chocada, cansada demais para chorar. Ela se ajoelha, pega na mão de Catherine e a pressiona sobre o coração.

Se você morrer, ela pensa, toda a minha bondade morre com você, e isto aqui, este coração, vai ficar duro como pedra. Tenho medo do que vou me tornar. Meu coração está nas suas mãos.

Ela espera uma resposta: um movimento na mão, uma contração no dedo. Durante horas, mantém os olhos sobre Catherine, cuja beleza tremeluzente e âmbar é restaurada pela luz das velas. Mas, logo, o sono vem forte demais para resistir. Ela andou quase quarenta quilômetros, mais de oito horas, em um único dia. Lavou o equivalente a um mês de toalhas de mesa. E ainda assim falhou.

Pela manhã, o sino toca e ela se mexe. Olha para baixo. A mão da irmã está entrelaçada na dela, mas já está fria.

❖

Quando o dia clareia, Joana sai da casa. Segue para os campos queimados, arruinados pelo fogo dos ingleses.

O calor da manhã é uma ilusão; os sulcos na terra devastada estão iluminados por um sol de brilho branco que não emana calor.

Ela pensa na cama de Catherine. Depois das primeiras horas, havia adormecido. Mas achou – ou não havia passado de sua imaginação? – que tivesse sentido um movimento em sua mão e, quando acordou, que a cabeça da irmã estava virada em sua direção. As sombras do quarto, as chamas das velas, transformaram os olhos de Catherine em dois pontos de luz contrastando com a escuridão diluída, como estrelas gêmeas. Mas, quando amanheceu, a posição de seu corpo era a mesma de quando Joana havia entrado no quarto. Seu tio disse que Catherine não se mexeu nem uma vez antes de sua respiração cessar e ela morrer. Então Joana acha que deve ter sido um sonho, uma lembrança que ela mesma criou.

Ela pensa: Os padres não ensinam ninguém a rezar, pelo menos não dessa forma. É sempre ajoelhado, com as costas curvadas, cabeça baixa, mãos unidas em súplica, uma voz contida e ciente de sua humildade. Eles não instruem ninguém a se levantar, pés afastados, braços esticados, olho humano encontrando o olho do Paraíso. Não dizem para ninguém negociar com seu Deus, como se estivesse tentando baixar o preço da cavalinha com o peixeiro, para dar ordens aos anjos como se fossem ajudantes de cozinha, nem para tratar os santos como criados que se esqueceram de esvaziar os penicos de seus senhores.

Mas ela olha diretamente no olho de seu Deus. Abre os braços e expõe seu novo coração de pedra.

Dê-me forças, ela reza, e não só forças para suportar, mas mais, a força de dez, cinquenta, cem homens. Dê-me os dons que foram dados aos heróis de outrora: os dons da matança e da vitória. Dê-me uma coragem louca e sem moderação que faça os homens tremerem de medo. Torne minha carne, meu coração e minha alma invulneráveis a toda dor.

Ela diz a seu Deus: Permita-me me vingar daqueles que machucaram quem eu mais amava no mundo. Essas pessoas são as responsáveis. Esses são meus inimigos e são os inimigos da França, pois, se a guerra não fosse aqui, se tivesse acontecido em outro lugar, em outro reino e país, nada disso teria acontecido. Não comigo. Estes são seus nomes. Lembre-se deles.

João, duque de Bedford, regente da Inglaterra
Henrique, sexto de seu nome, futuro rei da Inglaterra
Filipe, duque da Borgonha

Ela hesita apenas por um instante e acrescenta o delfim. Foram a fraqueza, ela pensa, a falta de ação e o medo dele que nos trouxeram a esse ponto, que mantiveram a porta escancarada para que esses lobos pudessem entrar em meu vilarejo.

Ela repete os nomes, como se Deus fosse um aluno com dificuldade de aprendizado que precisasse ser lembrado e os anjos estivessem tentando encontrar buris e tabuletas de cera para anotá-los. Ela sente o gosto dos nomes na boca, um mais amargo que o outro: João, duque de Bedford, regente da Inglaterra. Henrique, sexto de seu nome, futuro rei da Inglaterra. Filipe, duque da Borgonha.

E quem pode esquecer: os três homens que feriram Catherine, que a levaram ao desespero. Homens que parecem lobos. Homens que não falam francês. Homens com cicatrizes nos braços. Deus, conduza meu caminho até esses homens; guie-me com Sua divina mão. Antes que essas almas vão para o inferno, permita que meu rosto seja o último que eles vejam sobre esta terra. Que a morte deles seja repleta de dor. Que eles se arrependam, mas não sejam perdoados.

Sua majestade, o delfim, Carlos, sétimo de seu nome. Rei da França. Você não sabe o meu nome. Nem ao menos sabe que eu existo, mas vou caçá-lo.

❖

No dia seguinte, antes de seu tio sair, ela pergunta a ele o que é *blanc-manger*. Isso existe mesmo?

Ele já havia trabalhado em cozinhas.

— Sim. — Ele confirma com a cabeça. — Sim, existe mesmo, mas não é um prato simples. Você precisa de carne bem cortadinha, pode ser de capão fresco ou peixe, e açúcar de boa qualidade. Tudo isso deve ser cozido em leite de amêndoas e de arroz até ficar grosso como um creme. Anis e açafrão também devem ser acrescentados. Como pode ver, não é um prato comum.

— Minha irmã me mandou para Vaucouleurs atrás de *blanc-manger* para ela — Joana explica.

O tio abaixa os olhos. Ele não diz: Então Catherine sabia muito bem o que pretendia fazer aquele dia.

O padre fica satisfeito com a explicação de que o que aconteceu foi um acidente. Joana mentiu descaradamente para ele:

— Antes de sair de casa — ela disse a ele —, esqueci de deixar uma jarra de água ao lado da cama. Ela deve ter ficado com sede e caiu.

Mas Deus, ela pensa, tudo vê.

Ela se esqueceu da recompensa que tinha no bolso, aquilo que o cozinheiro de Vaucouleurs lhe dera e continua embrulhado em um guardanapo limpo. Quando desdobra o tecido, encontra na palma da mão um biscoito dourado, como um sol em miniatura.

O tio se inclina até a ponta de seu nariz ficar logo acima de sua superfície. Ele inspira, sorrindo.

— É um aroma inconfundível — ele diz —, o cheiro da canela. — Ela volta a envolver o biscoito no guardanapo e lhe entrega. Ao pegá-lo, ele parece prestes a chorar. Ela sabe que ambos estão pensando a mesma coisa: Isso não era para você.

Ele está indo embora, e ela está ciente de que ele não vai mais voltar. Esse foi o maior período que ele já passou em Domrémy. Quantos dias ficou ao lado de Catherine, segurou sua mão e tentou fazê-la esquecer? Mas, pela primeira vez na vida, ele tinha ficado sem histórias para contar. A princesa de cabelos cor de palha, que usa vestido bordado e um par de sapatos prateados, agora é uma figura ao mesmo tempo cômica e ridícula. Ainda tem um casamento feliz em um reino muito, muito distante, com um filho novo na barriga por ano e crianças suspirando com doçura, rolando dentro de berços dourados. Mas Catherine já está morta.

Invasão, morte. Ele já viu essas coisas antes, mas não tão de perto, e elas tiveram seu preço. O vilarejo também nunca mais será o mesmo. O coração errante dele precisa seguir em frente.

Quando eles chegam ao limite de Domrémy, Joana chora. Ela o abraça, afundando o queixo em seu ombro. Os braços dela são como um aperto fatal, e ele está mais magro do que quando chegou, com alguns fios brancos entre os cabelos. Dá para sentir cada segmento de sua coluna. Ela o abraça como se ele fosse o gato Matagot.

Ele é paciente. Apenas quando as lágrimas dela cessam, quando seu corpo trêmulo se separa dele e os braços caem ao lado do corpo é que ele se afasta.

— Nós nos conhecemos há muito tempo, não é? — ele diz, e ela confirma.

Joana pensa, enquanto o tio lhe seca as lágrimas e limpa o muco do nariz (quem mais faria algo assim, tocar suas lágrimas e seu muco?): Somos soldados em uma campanha que chegou ao fim e, por mais que ambos estejamos vivos, perdemos quase tudo.

Ele sorri para ela, olhos brilhando, e ela não consegue saber o que ele está sentindo: se está contente ou triste por ir embora. Mas seu sorriso diz: O mundo é grande, mas também pode ser pequeno. Nossos caminhos talvez se cruzem de novo. Não estou preocupado com você, e você não deve se preocupar comigo.

Ele vira as costas, mastigando o biscoito. Esta é sua última lição para Joana: como encarar a vida quando se é golpeado por seus punhos. Cabeça erguida. Coluna ereta. Seu coração pode estar partido, mas você não deixa transparecer nem no rosto nem nos olhos. Você anda com passos confiantes rumo a um destino ainda desconhecido. E sua próxima refeição quente pode estar a horas ou dias de distância, sua próxima cama pode ser em uma hospedaria ou em uma trincheira úmida, mas, em sua boca, há o sabor da canela. O passado é passado, e os mortos, enterrados com suas mortalhas, devem ser deixados para trás.

IV
● ● ●

Jantar. Um deslize da mão. A tigela que balança antes de quebrar. E o ensopado, como fezes de uma ave grande, espalhado pelo chão. Sem dizer uma palavra, a mãe lhe entrega um pano. Ela não olha nos olhos de Joana, e Joana quer lhe dizer: Se a minha filha tivesse morrido há menos de um mês, eu não aceitaria em silêncio como você. Mas, de canto de olho, ela vê que o pai já se levantou e vem em sua direção.

Se ela encolhe o ombro, é porque Jacques bate nele e berra xingamentos em seu ouvido. Os xingamentos e insultos não mudaram desde que ela era uma menina de dez anos. Ele grita, como anos antes: Por que você não se afoga? Se ao menos ele pudesse encontrar um saco grande o bastante para enfiá-la. Devia existir um saco grande o bastante, ela pensa, quando ela tinha dez anos. Agora não mais.

Mas então ela se levanta. Por um instante, ele percorre todo o corpo dela com os olhos, o que leva um tempo. Ela é mais alta que ele, tem os ombros tão largos quanto os dele, o peito reto, braços e pernas mais compridos. E não tem barriga protuberante como ele.

Entre os dois, está o ensopado derramado. O luto ainda flutua na cabeça de Joana – Catherine morta, a partida do tio –, mas ela acha que o ouve ordenar que ela coma o que está no chão, o que deixou cair, para que não haja desperdício.

Houve um tempo em que ela teria feito isso. Esse tempo, no entanto, já passou.

No meio dos insultos, ele vacila. As palavras saem embaralhadas. Ela vê o rosto dele se contorcer e virar uma careta, e suas mãos voarem para o peito como se sentisse uma dor repentina. Ela reconhece o movimento e seu coração amolece. É a primeira vez que sente vontade de envolvê-lo com os braços – não para brigar, esmagar ou ferir.

Ela o observa piscando os olhos para conter as lágrimas. Ele funga, e os irmãos e a mãe de Joana desviam o rosto.

Ele diz, em um murmúrio que mal se consegue entender:

— A filha errada morreu.

Ela quer responder: Eu concordo.

— Veja só como eu fiquei — ele afirma.

Ela quer dizer: Veja só como todos nós ficamos.

Mas o momento passou. Ele se apruma e volta a ser Jacques d'Arc. Indômito. Implacável. O dedo retorna ao ombro dela. O golpe não machuca. É apenas irritante, e ela quer que ele pare. Ela segura a mão do pai. Não esconde o prazer que sente ao vê-lo reagir com surpresa. Ela o empurra – com delicadeza.

É quando ela vai pegar o pano sobre a mesa para limpar a bagunça que vem o golpe: um tapa na boca com o dorso da mão. Uma pausa. Então Joana segura a parte da frente da túnica do pai com as duas mãos, e ele começa a se contorcer como uma enguia. Ela ouve a mãe e os irmãos gritando:

— Largue-o, Joana! Largue-o!

Quando ela o solta, ele cambaleia. O corpo enorme dele faz uma dança embriagada e se choca contra a parede oposta.

Ela joga o pano sobre a poça no chão. Nem precisa dizer: Limpe você mesmo.

Seus braços estão tremendo quando ela sai. Quando agarrou o pai pela roupa, deixou-o com os pés balançando e nem teve que se esforçar. Está pensando na força que tem. Está pensando: Não há nada mais aqui para mim.

❖

Quando volta, na manhã seguinte, ela encontra Jacques sentado à mesa, jogando uma bolsinha de uma mão para outra. De um lado da cabeça, um pequeno galo. Fora isso, nenhuma diferença: está de cara feia e mau humor. Ele estava esperando Joana voltar.

Eles não se falam; nem mesmo trocam um bom-dia constrangido e sem entusiasmo. Ela vê o pai esvaziar a bolsinha e moedas caírem com um ruído agudo e metálico. O barulho é alto demais em meio ao silêncio que existe entre eles. Dez, no total.

Ele conta o dinheiro devagar, de modo que ela possa ver cada moeda e saber que ele não a está enganando, guardando alguma no bolso ou escondendo na manga. Quando termina, devolve o dinheiro para a bolsinha, aperta o cordão e a empurra na direção de Joana.

— E meus irmãos? Minha mãe? — Joana pergunta. Tenta manter a voz firme, mas sente a garganta apertar.

— Trabalhando — o pai responde.

Ele se levanta. Rapidamente, os dois se entreolham.

— A falta de Catherine será sentida — ele afirma. — A sua não.

Jacques sai da sala e fecha a porta.

Ela pega a bolsinha, reconta as moedas (em se tratando de Jacques, é sempre melhor conferir) e guarda o dinheiro no bolso.

Há uma única estrada para sair do vilarejo e ainda está cedo. Ela vai perder o casamento de Hauviette, que será em poucos dias. Sua amiga vai se casar com um viúvo de outro vilarejo que tem dentes podres, mas muitos hectares de terra boa e dois filhos pequenos que precisam ser cuidados por uma mãe. Mas Joana nunca foi de casamentos ou festas.

Ela está caminhando pela história de sua vida, passando pelo riacho no qual empurrava os garotos que atormentavam os passarinhos. As paredes que consertou, os telhados. A Árvore das Fadas e, ao longe, Bois Chenu. Ela vê, também, como sua vida poderia ter sido. Ali, seis anos depois, no pasto: uma criança correndo e Joana indo atrás, enquanto Catherine espera um pouco distante, observando-as. Ela pega a criança nos braços, balançando seu pequeno corpo no ar.

— Cuidado! — a irmã grita. E ela pensa que há também um cachorrinho, um vira-lata que encontraram tremendo em uma vala, enrolaram em um pano e salvaram. Outro Salaud, mas não vão dar esse nome a ele, porque agora tem uma criança na casa. Ela ouve o cachorro latir, e o som vai direto a seu coração. Ela para. Precisa se esforçar para conter as lágrimas.

A seus pés, algo passa por ela. O pelo roça em seu tornozelo e ela quase tropeça.

É Matagot, que desceu de uma árvore para se despedir dela. O gato, agitando o rabo, permite-se ser segurado uma última vez. Ao acariciar seu pelo, ela ouve a voz de Catherine:

— Agora vá, Joana.

Ela se lembra de quando pegou a cabeça de santa Margarida caída no chão e a observou, passando os dedos sobre as sobrancelhas, maçãs do rosto, nariz e queixo. O livro dos santos vai contar a história de Margarida. Eu vou contar de onde ela veio, de um lugar chamado Antioquia, e o que aconteceu com ela: depois de ser abandonada pelo pai devido à sua fé cristã, ela foi pastora de ovelhas, recebeu uma proposta de casamento de um governador de província romano, recusou e foi torturada. Entre suas muitas provações, foi engolida por Satanás.

— Como ela saiu? — Joana havia perguntado ao padre.

— Com uma cruz que mantinha sempre por perto — ele respondeu.

Joana fica pensando nisso, em como seria estar na barriga de Satanás, com uma cruz de madeira pequena o bastante para caber na palma da mão como única ferramenta. Ela já viu o interior de animais: as entranhas de uma ovelha, a bexiga de um porco. Então se pergunta: Como Margarida encontrou a saída? Em meio a vísceras e sangue. Por um labirinto de intestinos e poças de bile ácida. O livro dos santos não entra em detalhes sobre o tempo que demoraria para uma cruz – talvez Margarida tivesse afiado as pontas em um pedaço de osso encontrado no estômago de Satanás, restos de uma refeição anterior – perfurar pele e escamas de serpente.

Mas ela imagina o momento em que a santa saiu, arrastando-se, ensopada dos pés à cabeça e cuspindo líquido. Imagina sua primeira respiração profunda; como ela, Margarida, deve ter enchido os pulmões com o cheiro de terra, como deve ter olhado com admiração para o céu, vendo uma única nuvem passageira, um pardal voando até sua próxima árvore.

Atrás de Joana, o vilarejo vai ficando cada vez menor até os contornos das casas se tornarem uma mancha marrom. Ela olha para trás uma vez só. O declive das colinas acinzentadas e dos campos amarelo-claros encobriu Domrémy. Ela não existe mais. Joana inspira: a primeira respiração profunda em um novo ar. Para e tira uma pedrinha do sapato. Caminha.

V
• • •

O dia em que Joana deixa Domrémy é o dia em que volta para a cozinha da guarnição de Vaucouleurs.

— Cheguei — ela anuncia para o cozinheiro, que se lembra dela. Ele dá uma batidinha amigável na cabeça da garota e sorri.

— Então, ainda quer aprender a fazer *blanc-manger*? — ele pergunta.

Ela dá de ombros. Quer ficar em Vaucouleurs não pelo *blanc-manger*, mas porque é perto de soldados e armas. Porque os ingleses tentaram tomar Vaucouleurs e fracassaram, então ela acha que eles podem tentar e fracassar mais uma vez e, se fracassarem, ela quer estar ali para presenciar, ver seus inimigos fugirem e chorarem. E, em caso de invasão, ela poderia ajudar com... Bem, ela não sabe, mas acredita que pode ser útil. A guerra não é só a meia hora de luta, o cerco de sete meses; é aprovisionar suprimentos; é conduzir mulas e construir e cavar; limpar estábulos, emprestar dinheiro, recolher impostos, fazer a limpeza depois que termina o derramamento de sangue, identificar e nomear os mortos dignos de nota. Se os ingleses fossem a Vaucouleurs, ela poderia ferver água para encher os caldeirões e virá-los sobre a cabeça dos inimigos. Poderia carregar baldes de óleo quente até os baluartes. Ou, se houvesse um perponte e um elmo sem dono no meio da luta, quem saberia que uma garota da cozinha os estava usando? Um espeto, um prato, um pernil de carneiro curado no sal podem ser armas. E há também seu sonho de infância: a banca para polir espadas e escudos. Apenas clientes franceses, é claro.

O trabalho na cozinha faria qualquer outro jogar os braços para cima e gritar para o cozinheiro: "Eu me demito, você é um explorador!". Mas ela já está acostumada. O tempo que passou em

Neufchâteau trabalhando para La Rousse não foi em vão. Codornas são depenadas, e as penas voam como se Joana fosse uma raposa que entrou no galinheiro. O peixe é limpo e filetado. A carne é virada no espeto. O chão é lavado. Panos e toalhas de mesa são lavados e batidos. Bacias são esfregadas.

E ela aprende. Aprende a identificar a qualidade da enguia pelo tamanho da cabeça, que deve ser pequena, a grossura do corpo e o brilho da pele. Ela consegue dizer se perdizes estão frescas só de olhar para as penas.

No meio do dia, com um filão de pão que ela mesma sovou e assou, vai assistir aos soldados treinando; os cavaleiros e escudeiros lutando; os pajens correndo para pegar merendas para os mestres. Ela vê os *destriers*, os grandes cavalos de guerra, fazendo seus exercícios, com crinas ondulando como bandeiras brilhosas. Há mais besteiros que arqueiros, que são poucos, mas ela os observa praticar, encerando e colocando as cordas em seus arcos de teixo; conta quantas flechas eles conseguem atirar em um minuto e nota que não costuma passar de dez ou onze. A postura deles está gravada em sua memória. Enquanto observa, ela imita os movimentos com um arco e flecha de ar.

Ela vai permanecer até ouvir um berro: o som de seu nome. É o cozinheiro. Ela é uma boa trabalhadora, ele diz, uma das melhores que já teve, mas nunca está por perto quando ele precisa. Ele amarraria suas pernas e a prenderia a uma cadeira se isso a fizesse permanecer no lugar. Repetidas vezes, ele a encontrou parada, como uma órfã triste, perto dos estábulos ou do pátio onde os soldados treinam.

— Está de olho em alguém? — ele pergunta com gentileza. — Eles são jovens de boa família, então suas chances de sucesso não são altas — ele explica —, mas nunca se sabe. Coisas estranhas já aconteceram no curso da história. Se continuar a fazer seu trabalho, vou te dar um prato de tortas Parma quentes para levar ao seu amado, assim ele pode corresponder ao seu amor.

Ela resmunga e cruza os braços.

— Não amo ninguém — declara, mas percebe que o cozinheiro não acredita nela. De certo modo, ele chegou perto da verdade. Ela está apaixonada. Não pelos homens – os escudeiros ou cavaleiros –, mas por seu trabalho, suas armas, seu ruído. Está apaixonada pelo cheiro dos cavalos e do suor dos cavalos.

À noite, o cozinheiro ordena que Joana vigie a despensa. Ele reclama de ladrões, que talvez sejam seus próprios empregados, pois sempre faltam ovos frescos, uma lebre que pretendia preparar para o jantar do capitão da guarnição (ninguém menos que Sir Robert de Baudricourt – quando Joana fica sabendo disso, começa a gargalhar) desapareceu e até mesmo um ganso inteiro e um pedaço de lúcio sumiram. Seu palete é posicionado diante da porta e ela dorme profundamente, mas não tanto a ponto de não acordar com o barulho de passos ou mesmo de camundongos. Ela dorme, inclusive, segurando uma frigideira.

Uma semana se passa. E mais outra. E então um mês. A dor em seu peito é pesada, mas não tanto quanto antes. Ela cede um pouco, depois um pouco mais, e há dias em que se sente capaz de respirar novamente, sem um peso dentro de si. Na barra do vestido, havia costurado o anel do duque da Lorena. Era de sua irmã. Agora pertence a ela.

O cozinheiro canta enquanto trabalha. Ele ensinou a ela uma música listando os nomes dos pratos com carnes e queijos. A canção é parte de um conto sobre um camponês que se depara com o banquete de um lorde e come tudo, mas, em vez de puni-lo, o anfitrião o deixa ir embora.

Um dia, Joana ouve uma segunda voz cantando junto. A voz, ela se surpreende ao descobrir, é sua.

✦

Mas aquilo não pode durar – a paz, um dia sucedendo o outro, exatamente igual ao que veio antes.

No portão da cozinha, há pedintes – entre eles, uma criança, a mais suja que Joana já viu. O menino está tão imundo que os outros mendigos abrem um pequeno espaço para ele e fazem alarde, tampando o nariz. Pão queimado, pão que não cresceu direito ou um filão mordiscado por ratos são distribuídos em pedaços para pedintes em troca de suas orações. Ela vê que a criança não consegue pegar o que está sendo oferecido e a deixa entrar. Uma maltrapilha com apenas um dente reclama com Joana:

— Ah, se eu soubesse que bastava rolar em bosta de porco para ser favorecida, teria feito isso.

É tarde. O cozinheiro está cochilando na cadeira em frente ao fogo. Ela coloca diante do menino um prato com vísceras de boi cobertas com molho de lampreia. A comida está quente demais, mas ele come com as mãos, engolindo pedaços inteiros sem parar para mastigar, e, quando ela lhe oferece um guardanapo, ele fica com vergonha de aceitar e limpa as mãos na parte da frente da camisa.

Antes de ele sair, ela lhe oferece uma pera lavada e fatiada. Ela o vê colocando a língua para fora, tocando com a ponta a parte branca em forma de lua crescente e mordendo a fruta devagar, mastigando lentamente. Agora que está com a barriga cheia, consegue sentir o gosto, saborear. Ele sorri para ela e coloca o restante no bolso. Quem diria que o mundo podia produzir coisas tão doces?

Mas logo a porta se fecha, o guardanapo não utilizado é dobrado e devolvido à pilha – mais um dia de trabalho finalizado – e ela ouve um grito.

Do lado de fora, segue a trilha de fatias de pera derrubadas até um pátio onde um guarda abaixou as calças do menino e o está açoitando. O menino chora, o que faz o guarda golpear com mais força.

— Ladrão! — ele grita. O traseiro do menino já está vermelho. — Veio da cozinha, não é? O que mais você roubou? O que mais?

Mas o pulso do guarda de repente está na mão de Joana. E, quando ele resiste, debatendo-se como um peixe que foi pescado, quando tenta acertá-la com o outro braço, ela aperta até ouvir a compressão do tendão, um músculo rígido junto ao limiar do osso. Ela o vê se contorcer, chegando cada vez mais perto do chão, até que... *crack*. Ele grita, um berro agudo que ecoa. Só então ela afrouxa os dedos; solta-o e ele cai, quase desmaiando.

O menino veste as calças. Ainda está chorando quando sai correndo – mas, como não é de desperdiçar comida, recolhe as fatias de pera que deixou cair quando o guarda o pegou, enfiando todos os pedaços na boca.

Ela deixa o guarda choramingando e segurando o pulso quebrado. Seus dedos se contraem quando ela caminha de volta para a cozinha, mas ela não sente dor. Não lhe preocupa ter deixado um dos homens da guarnição fora de ação, mesmo que de forma temporária. Existe glória em açoitar os inimigos da França, mas não em transformar em vítimas aqueles que são indefesos. Ela lembra mais uma vez: Não só os ingleses são cruéis. Basta pensar no próprio pai.

Sua força não a surpreende mais. É, Joana acredita, resultado natural da infância que teve. De que outra forma teria sobrevivido se não ficasse forte? Durante a vida toda, ela esteve lutando. Os pajens podem iniciar seu treinamento com apenas sete anos, mas o que conhecem da dor? Lutar tem tanto a ver com suportar a dor quanto com infligi-la. Aos cinco anos, ela já sabia o que era ser coberta de pancadas. E sempre trabalhou duro. O trabalho também se provou algo inato a ela. Aos dez anos, tinha mãos calejadas como as de trabalhadores braçais.

O que um pajem sabe sobre a contração de um músculo que precede um soco? Do brilho frio no olho de um homem que está prestes a atacar? Mas ela cresceu com esses sinais e os reconheceria em qualquer um. Aos oito anos, foi imobilizada pelos irmãos mais velhos enquanto os amigos deles riam. Eles afundaram a cabeça dela em um riacho, mas Joana prendeu a respiração. Naquele dia, aprendeu: quando um homem bate em você, isso encoraja outros a tentarem fazer o mesmo. As pessoas conseguem sentir o cheiro da fraqueza. Só a força as mantém afastadas.

Ela se lembra da carroça atolada na lama que ergueu em Domrémy e do toco de árvore podre no pátio da igreja, que teve que ser desenterrado e retirado. O padre havia solicitado a ajuda de três homens fortes, mas, quando voltou com eles, encontrou Joana no pátio, envolvendo o toco com os braços como se tivesse feito um novo amigo e o estivesse abraçando. Das raízes emaranhadas, caiu uma cascata de terra e pedregulhos. Ela perguntou, olhando para o padre boquiaberto:

— Onde devo colocar isto?

Outras pessoas do vilarejo perguntaram a ela: Por que se interessa tanto por lutas, Joana? (Pois ela sempre parece desconfiada e pronta para brigar.) É verdade o que seu tio disse? Que, na feira de

Vaucouleurs, você foi direto para a banca dos armeiros e fabricantes de elmos? Por que trata histórias de batalhas e cercos como se fossem canções de ninar?

Quando para e pensa nessas questões, as respostas que encontra são: Porque apanhei a maior parte da vida, e surras não estão entre as coisas que melhoram com o tempo; porque não quero que o que aconteceu com Catherine aconteça comigo; porque as chances de alguém ser morto hoje em dia são altas, e não quero dizer que morri de costas para o inimigo, fugindo; porque gostaria de pensar que é possível ser forte sem ser cruel.

Depois de seu feito no pátio da igreja, o padre lhe mostrou o livro dos santos mais uma vez. Explicou que existem a força do corpo e a força da fé, e apenas a última é indestrutível. Mas Joana olhou para a imagem de santa Catarina. Viu a cabeça decepada em uma poça de sangue, olhos ainda abertos. E pensou: A fé não salvou a vida dela, e prefiro ter a força que me mantém viva para viver um novo dia.

Na noite seguinte, três amigos do guarda foram fazer uma visita a ela. Eles pensam que, por ser tarde, ela estará dormindo. Mas não conseguem escapar da cozinha rápido o bastante; protegem-se com as mãos, já com marcas de frigideira aparecendo no rosto e na cabeça. Eles fogem, vendo estrelas.

Esses homens ficam com muita vergonha de admitir o que aconteceu com eles. Quando alguém pergunta, resmungam:

— Dei de cara com uma porta.

— Estava bêbado e caí da cadeira.

— Me envolvi em uma confusão na hospedaria, uma briga como outra qualquer.

Mas as paredes têm olhos, e um criado relata o que viu ao capitão da guarnição, Sir Robert de Baudricourt.

— Foi uma garota — ele diz. — Ela trabalha na cozinha. Eu vi quando ela agarrou a mão do guarda e esmagou como alguém esmagaria uma flor. Mal acreditei no que estava vendo, mas aconteceu! Eu juro!

Joana é chamada da cozinha. Ela se lembra bem de Sir Robert, mas Sir Robert não se lembra dela. Ela acha que os anos não o mudaram nem melhoraram. Nem um pouco. Ele ainda é muito atlético, muito bonito e apaixonado por si mesmo, como no dia da feira em que tentou – e não conseguiu – subir no pau de sebo. Está até usando botas de qualidade muito parecidas com aquelas em que ela pisou quando era uma criança de dez anos. Isso a faz sorrir.

Por um instante, Sir Robert fica desconcertado. Arregala os olhos brevemente e logo os estreia. Fica claro que pensou que ela seria alguém que ele poderia assustar facilmente com sua estatura imponente. Que ameaça uma garota de dezesseis anos poderia representar, afinal? Mas, ao olhá-la de cima a baixo e depois no sentido contrário, suas certezas parecem diminuir.

— Já vi você antes em algum lugar? — ele pergunta, observando o rosto dela.

Joana dá de ombros.

— Eu trabalho na cozinha.

Ele explica por que ela está ali. Depois do relato do criado, o primeiro guarda foi questionado e finalmente revelou o que havia acontecido. Sim, era ela, aquela criada da cozinha, que havia quebrado seu pulso. E, logo que ele confessou, seus três amigos se apresentaram, mostrando onde tinham sido acertados por sua frigideira. Mas Sir Robert diz:

— Não acredito em uma palavra do que disseram. Acho que o criado que me contou sobre você está mentindo. Todos eles estão mentindo. É impossível. Você é uma maria-ninguém, uma mulher. Mas por que estão mentindo? Com que finalidade? É isso que quero saber.

— Pode acreditar no que quiser — ela responde.

Ele a ignora e continua a falar, andando de um lado para o outro no cômodo. Acusações deveriam ser feitas contra o garoto pedinte que roubou da cozinha. Ele será multado e, se não puder pagar a multa, o que é muito provável, será açoitado, sua mão será decepada ou as duas coisas. Sir Robert dá tapinhas no queixo, pensativo.

— O que você preferiria se estivesse no lugar dele? — ele pergunta.

— Ele não é ladrão — ela responde, aproximando-se. Ela pensa no trabalho que ainda tem por fazer e que, todos esses anos depois, está perdendo tempo com o mesmo idiota bem-vestido e com boas botas. Só Deus sabe por que seus caminhos voltaram a se cruzar. Ela se irrita.

— Eu dei a comida a ele.

— Então você também é ladra — ele diz —, porque você não era dona da comida para dá-la a alguém.

Uma pausa. Ela vê uma mudança no rosto dele.

Ele dá uma risadinha e abre um meio-sorriso. E seu sorriso é exuberante, como o de um pai segurando pela primeira vez o herdeiro homem aos berros ou de um noivo recém-casado prestes a se deitar com sua jovem esposa. A qualquer momento, ele pode começar a abraçar a si mesmo. Ele atravessa o cômodo e para ao lado das janelas que davam para a área de treinamento, mas ela acha que ele só foi até lá porque sabe que a luz permitirá que se exiba melhor.

— Preciso saber se meus guardas e o criado estão mentindo para mim — ele diz. — E, se você também estiver, prometo que vou ridicularizar todos. Além disso, os últimos dias têm sido tediosos. Isso vai ser um bom entretenimento para minhas tardes. — Ele cruza os braços e se apruma. É um apostador. — Vamos tornar isso interessante. Se conseguir fazer o que eu pedir e provar que meus homens não mentiram, vou retirar as acusações contra você e o menino. Dou minha palavra.

Ela percebe que ele acredita que vai ganhar. Esse, Joana pensa, é o problema de ter memória curta. Ele esqueceu que ela já ganhou dele antes. Quem disse que não vai ganhar de novo? Mas dessa vez, se ela ganhar, vai garantir que ele se lembre.

— O que devo fazer? — ela pergunta.

Ela respondeu com tanta rapidez, sem hesitação, que ele é pego de surpresa. Inclina a cabeça. Por um instante, parece estar em busca das palavras certas.

Então diz:

— Você vai descobrir. Temos que testar sua força. Ver se é realmente capaz de quebrar os ossos de um homem com as próprias mãos. — Ele encosta na parede, rindo da imagem que criou na cabeça (enquanto ele ri, ela o encara e boceja alto). Quando ele termina, acrescenta, em tom de escárnio: — Mas, se não conseguir, vou ordenar que seja açoitada em público, diante de todos os meus homens. E o menino também.

Ele não dá tempo para ela responder.

— Venha comigo — diz e, sem cerimônia, leva-a para fora, para o lugar onde os arqueiros estão treinando. Ela se dá conta de que ele já havia elaborado esse plano de antemão. Há um espaço e um único arco já preparado: com corda de cânhamo, o teixo encerado.

O peso de tração da corda é de cem libras, talvez um pouco mais, ele diz a ela. Este arco, um arco longo, foi tirado da mão de um arqueiro inglês, que está morto. Naquele lugar, ele explica, até camponeses sabem atirar. Seus reis dizem que todos os homens com boa saúde devem pegar o arco e praticar, inclusive nos dias de descanso. Então, é isto que ele propõe: se um camponês inglês consegue empunhar isso, por que não você?

Uma multidão se formou – uma mistura de pajens e escudeiros que haviam sido avisados sobre o espetáculo. Ela reconhece o rosto deles, que se acotovelam e riem.

— Uma giganta — ela os ouve dizer. — E deve ser burra como eles.

— É ali que deve acertar a flecha — Sir Robert anuncia, apontando para um pequeno alvo, uma mancha clara de cor, bem ao longe. Ele fala como se estivesse pedindo a ela que carregue uma travessa até o outro lado da sala. Até aquela mesa, bem ali, ele poderia ter dito. — Vamos ser pacientes e dar um pouco de tempo para você se preparar.

— E o senhor? — Joana pergunta. Ela mantém os olhos fixos no alvo. — Por que não atira primeiro e me mostra como se faz?

— Ah, não está mais tão confiante, não é? Bem, não devo ser rude, não com uma moça. Vou chamar nosso melhor arqueiro para auxiliar você, e podemos fazer um pequeno concurso. Ele não é francês, mas o arco era seu brinquedo na infância. E, quando cresceu, o arco cresceu com ele, até ele se tornar um mestre.

Sir Robert se vira e olha para trás, para alguém parado em uma fila não muito atrás dele, e acena com a cabeça.

Do meio da multidão, um homem se aproxima e pega o arco.

Ela o observa: a postura, o posicionamento das pernas, o ângulo de que atira e a tensão momentânea que cruza seu rosto quando seus dedos puxam a corda para trás.

A flecha voa. Há homens esperando perto, mas não perto demais, do alvo, e alguém grita:

— Belo lançamento! — A multidão aplaude, vibrando.

Sir Robert inclina a cabeça para ela e sorri. *Sua vez*, a expressão dele diz.

É a primeira vez que ela pega um arco, que tem quase a mesma altura que ela.

Mais tarde, ela vai tentar descrever o momento e não vai conseguir. Como, por um instante, apenas um instante, seus olhos vagaram e ela avistou a igreja ao lado da fortaleza, o campanário com a cruz fina elevando-se para o céu limpo. Era tarde demais para rezar; não havia tempo para murmurar nem mesmo uma ave-maria, mas ela havia notado a cruz e, quando desviou os olhos, quando ergueu o arco e a flecha, a cruz ainda estava em seu olho, gravada em sua visão, sobrepondo-se ao alvo de palha. O arco pareceu leve em suas mãos. Um vento suave soprou uma mecha de cabelo sobre sua orelha.

Ela não ouviu a reação surpresa da multidão quando puxou a corda tão facilmente quanto um remo na mão de um barqueiro experiente. Mas ouviu a flecha voar. Seu som parecia uma respiração profunda. Ela sentiu uma energia vibrar por seu corpo, logo acima do coração, a sensação de algo duro se desfazendo.

Um silêncio. O silêncio começa a se prolongar.

Sir Robert fica impaciente. Seu pé, batendo mais uma vez, parece fazer uma dancinha sobre a grama.

— E então? — ele grita para os homens ao longe.

Nenhuma resposta.

— Tragam o alvo! — ele ordena.

Um criado ofegante corre, chega mais perto carregando o alvo para que possam ver. Esta é a primeira flecha, ele relata com honestidade. Aquela é a da criada da cozinha.

A multidão não tinha sido tendenciosa. Quando gritou em apoio ao amigo, não mentiu. Foi um belo lançamento, foi dos melhores, como depois diria Sir Robert, para consolar seus homens.

Mas o dela... o dela tinha mergulhado no meio do círculo mais central, a pupila da íris do olho. Ao ver isso, Sir Robert fica boquiaberto. Ele está suando e, com a mão trêmula, toca a testa úmida e solta um som parecido com um soluço. Faz o sinal da cruz, e outros espectadores seguem seu exemplo.

Joana solta o arco, agradece-o em silêncio e olha para Sir Robert. Ela pergunta em voz baixa, embora também esteja chocada com o que aconteceu:

— Lembra-se de mim agora, meu senhor? Já é a segunda vez que nos encontramos.

❖

A história se espalha por meio de palavras sussurradas em segredo, rumores, e vai crescendo cada vez mais. Chega ao duque da Lorena, que tem, ao que se constata, uma memória melhor que a de seu subordinado. Sir Robert teria preferido manter o incidente em segredo, mas histórias como essa viajam rápido. Para o duque, seis anos não é tanto tempo. Ele se lembra de Joana. Quando a vê, é como se, em toda Vaucouleurs, só ele não estivesse surpreso.

— O pau de sebo, é claro — diz, sem vivacidade, após chamá-la para falar com ele. Seu sorriso é um dos segredos que ele mantém restrito. — Então não foi a medalha da mulher santa que ajudou você aquele dia.

Com isso, ele quis dizer: *Foi Deus*.

Da barra do vestido, Joana tira seu anel. Ela o mostra a ele.

— Quer de volta? — ela pergunta, falando sério. Explica: — Dei para minha irmã, e ela está morta. Agora não tem mais serventia para mim.

Ele pega o anel, e depois a mão dela, em suas mãos de duque. Soldado experiente, ele esteve nas Cruzadas. Sua pele, no entanto, é lisa como pergaminho novo. Se já teve cicatrizes e calos, já desapareceram há tempos. Quando ele puxa as mãos, ela olha para baixo. O anel não foi feito para ela, mas serve perfeitamente.

Cartas são escritas sem o conhecimento dela. Um mensageiro real da corte de Iolanda de Aragão, sogra do delfim, chega a Vaucouleurs. Ninguém conta a Joana; ela só descobre devido aos molhos condimentados e tigelas de amêndoas açucaradas preparadas para as refeições dele.

Ela continua a trabalhar na cozinha, mas agora, quando sai para observar as lutas, os treinamentos com cavalos e os tiros, os homens a olham como vacas no campo. Os arqueiros abaixam os arcos; os pajens a encaram. Apenas dois dias após a chegada do mensageiro a Vaucouleurs, ela é chamada da cozinha por Sir Robert. Imagina que ele pretende causar-lhe mais problemas, mas o mensageiro real, um homenzinho esguio e vigoroso, diz que ela deve ir com um pequeno grupo, formado por um cavaleiro, um escudeiro, um arqueiro e ele próprio, a Chinon. Até o delfim. Um rei tem muitos lares, e o castelo em Chinon é um deles. É o refúgio preferido de sua majestade, muito bem situado. Do lado de fora, a vista de um rio, o Vienne, de fluxo suave. E, por todos os lados, está cercado pelos esplendores silenciosos do vale do Loire, o mensageiro lhe informa com gentileza, como se ela tivesse ganhado um prêmio.

Na realidade, a viagem tem quase quinhentos quilômetros e é perigosa, então ela recebe trajes de homem: uma túnica cinza e culotes, um gibão preto e um chapéu para proteger o rosto. Ela corta o cabelo na altura das orelhas, de modo que, de longe, pode ser confundida com um jovem que deixou o cabelo crescer. O duque a presenteia com uma égua escura e forte de seus estábulos, para ela cavalgar disfarçada pela noite. O idiota bem-vestido, Sir Robert, de má vontade, oferece a ela sua segunda melhor espada, embora ela ainda leve no bolso a faca do tio.

É a primeira vez que Joana empunha uma espada de verdade. Ele a observa, petulante, admirando-a. As últimas semanas foram inesquecíveis para ele, mas não no bom sentido. Ele insistiu em testá-la e retestá-la.

— Deem um outro arco para ela. Troquem a corda. Me deixem verificar aquela flecha, para ter certeza de que é sólida. — O resultado nunca muda. Mas Sir Robert vocifera, desesperado: — Ela sabe montar? — A essa altura, está suando; manchas escuras aparecem em seu sobretudo e debaixo dos braços. E a resposta é sim, ela sabe.

Último encontro dos dois: a espada dele está na mão dela. Ela resmunga um agradecimento, como se ele fosse um cavalariço encarregado de selar seu cavalo. Ele se contém, mas não tanto a ponto de não murmurar algo.

— Quê? — ela pergunta.

— Nada — ele responde rapidamente. Sua voz é baixa. Ele apertou o pulso quebrado do primeiro guarda para verificar o que ela havia feito. O homem uivou de dor, e Sir Robert não quer abusar da sorte, não com Joana. Todas as vezes que a flecha dela encontrava o alvo, ele levava para o lado pessoal e ficava olhando para cima, perplexo, como se o céu estivesse zombando dele. Uma manhã, ele ouviu as risadas dos anjos e pensou que finalmente havia enlouquecido; mas eram apenas seus próprios homens tentando não rir de suas expressões de desespero. Ela não é um cavaleiro de uma história, e coisas assim não deveriam acontecer. São, na verdade, inéditas.

— Boa sorte — ele diz a Joana. — Você vai precisar.

Antes de partir, ela encontra o garoto que foi açoitado encurvado em uma viela úmida e suja. Como Joana está vestindo roupas de homem e o cabelo dela está curto, ele não a reconhece de imediato. Ela precisa lembrar a ele de onde se conhecem. Da cozinha. Vísceras de boi com molho de lampreia. Uma pera doce. Ele olha de perto para ter certeza de que é a mesma pessoa antes de dar a mão para ela. Joana o leva para a cozinha e, quando ele fica tímido e tenta se esconder atrás de suas pernas, ela o empurra de leve na frente do cozinheiro.

— Ele não me parece grande coisa — o cozinheiro diz, incerto.

— Tem um ótimo gosto para molhos — Joana responde. — E gosta de peras frescas. Ou seja, aprecia boa comida.

— Eu nunca te ensinei a preparar *blanc-manger*, não é? — o cozinheiro diz a ela. Parece triste com sua partida. Ouviu a história sobre seus feitos. (Sua reação foi indiferente: Joana é boa em tudo; se é capaz de destrinchar um peixe com destreza, por que não seria boa com o arco?) Seu mundo é a cozinha. O que acontece no restante da guarnição não lhe diz respeito.

— Não, mas pode ensinar a ele, não pode?

Então ela parte. Se tudo correr bem, a viagem não vai levar mais de duas semanas, em sua maior parte por terras inimigas. Durante o dia, eles dormem enquanto dois do grupo ficam de vigia. À noite, cavalgam. Toda manhã, Joana sonha com a luz do sol nos olhos.

Ela havia perguntado ao duque:

— Por que vou para Chinon?
— Para se encontrar com sua majestade, o delfim.
— Por que vou me encontrar com sua majestade, o delfim?
— Porque pode ser útil a ele.
— Como posso ser útil?

Ele suspirou. Sua expressão dizia: Que os santos me deem força.

Mais tarde, durante a viagem, o mensageiro real explica com a cadência de costume, como se falasse com uma criança:

— Às vezes, um lorde dá um presente ao rei para lembrá-lo de sua lealdade. Às vezes, o presente é um belo livro. Outras vezes, um baú de tesouro, um filhote de leão ou a pena da asa de um grifo.

— Não sou nenhuma dessas coisas — Joana diz.

— Bem, se não agradar, provavelmente podemos arrumar um trabalho para você na cozinha — ele responde. Pela expressão no rosto dela, ele percebe que Joana ainda está confusa.

— Estou sendo levada para Chinon para trabalhar na cozinha? — ela pergunta, e o mensageiro resmunga.

É durante esses dias, onze no total, que o cavaleiro Bertrand de Poulengy e o escudeiro Jean de Metz ensinam Joana a lutar. Ensinam a ela quais são as várias partes da armadura e as divisões de um castelo, descrevem armas estranhas de que ela nunca ouviu falar, armas com nomes "como aspersório de água benta" e chicote de armas. Eles mostram a ela como empunhar a espada de maneira adequada.

No primeiro dia, ela apanha dos dois homens que a treinam. Primeiro o escudeiro, depois o cavaleiro, derrubam-na no chão. Mas, se ela está sem fôlego, eles também estão. Isso os deixa confusos. Uma vida toda de treinamento contra alguém que nunca lutou: obter vantagem deveria ser fácil, então por que não é? E ela se recupera rápido. Está ávida por aprender mais, mesmo que para isso tenha que sentir dor. Eles a instruem a usar os ombros e todas as partes da espada, até mesmo o cabo. Dizem para ela usar os punhos, se isso ajudá-la a vencer a luta. E é o que ela faz.

Do segundo ao quarto dia, ela ainda apanha, mas a tarefa – ela vê no rosto de seus instrutores – ficou mais difícil. É um desafio derrubá-la.

No quinto dia, ela supera o escudeiro pela primeira vez.

No sexto dia, ela deixa o cavaleiro cambaleante. Além disso, parece ter uma afinidade com cavalos. Quando assobia, não só sua própria égua mas os cavalos dos outros homens vêm correndo.

Do sétimo ao décimo primeiro dia, ela já venceu os dois homens mais vezes do que eles são capazes de contar. O arqueiro, que testemunhou suas habilidades com o arco, testa Joana. Ele amarra um pedaço de tecido preto em uma bétula distante, com a intenção de fazer uma brincadeira. Há outras árvores na linha de visão dela, mas ela vê – e seu arco também – apenas seu alvo. Mais tarde, o tecido rasgado é passado pelo círculo de homens para que possam inspecioná-lo. Eles deslizam e agitam o dedo pelo buraco, balançando a cabeça. Murmuram baixinho: Como é possível? Os dois criados incumbidos de carregar e vigiar os suprimentos acham que pode ser bruxaria. Mas o cavaleiro e o escudeiro acreditam que os dons dela vêm de Deus.

Uma viagem é uma passagem a um novo lugar. É uma chance de esquecer. No último dia, Joana sobe uma colina. Está amanhecendo; a luz lança uma névoa, como um feitiço, sobre a terra, e ela está em silêncio enquanto observa a vista lá embaixo. Durante quase duas semanas, ela viveu como um morcego, mas agora seus olhos estão abertos a coisas novas. Seu corpo é o mesmo, mas também está diferente.

Ainda assim, é impossível abandonar o passado. Sobre a colina, ela sente a mão de alguém tocar em seu braço. Mas, quando olha, não há ninguém. Ela ouve uma voz que parece falar no ar:

— Agora vá, Joana.

No castelo de Chinon, o mensageiro real a escolta a uma sala vazia com uma única janela. Ele a convida a sentar-se.

Outro Robert, não Sir Robert, mas um Robert mais importante, está parado perto da janela, banhado por uma luz azul-celeste. Esse Robert é membro da corte, conselheiro de confiança de sua majestade, o delfim, e lhe mostra, com a forma com que a saúda com um leve aceno de cabeça, que estava esperando sua chegada.

VI
• • •

CHINON, MARÇO DE 1429

A capela é pequena, mas há uma alcova em um andar superior onde Joana está com o cortesão e ex-chanceler da França Robert Le Maçon. Onze anos antes, Le Maçon estava com o delfim quando Paris foi tomada pelos borgonheses. Ele deu ao delfim seu cavalo para que o príncipe, então um adolescente cheio de espinhas no rosto, pudesse fugir e salvar sua vida. Ele não é mais chanceler da França, mas, na corte do delfim, sua palavra ainda tem peso.

A capela é uma câmara de pedra branca e vitrais. Com a luz certa, o vermelho vivo da túnica de são Jerônimo e o azul-celeste do manto da Santa Virgem recaem sobre um painel distante na parede, ou sobre um bloco quadrado no chão, e é possível entrar em uma poça de cor e rezar em cores, como se estivesse envolvido no manto da própria Virgem. No altar, o delfim, usando veludo escuro, ajoelha-se, esperando para receber o corpo de Cristo.

Joana ouve um sussurro em seu ouvido e Le Maçon murmura, na ponta dos pés:

— Regnault de Chartres, arcebispo de Reims, confidente de sua majestade. — Depois resmunga: — Atual chanceler da França. — Com isso, ele quer dizer: a pessoa que ocupa o mais alto posto judiciário do reino. Com isso, quer dizer: não é um posto hereditário, então pode ser concedido e tirado de acordo com a vontade do delfim, e quem quer que o ocupe tende a ser o preferido do rei.

Ela vê o arcebispo, um homem esguio coberto de paramentos. Homens como ele raramente sorriem. Ele se curva e coloca a hóstia na ponta da língua do delfim. Em um instante, o corpo de Cristo desaparece dentro do corpo do rei francês.

Ela meio que espera que o peito dele infle um pouco, uma onda de confiança, conforme o espírito de Cristo passa pelos membros do rei e é absorvido por seu sangue real. Mas, pelo contrário, o delfim parece se esvaziar. De ombros curvados, ele reza, como se ser ouvido por Deus exigisse um ato de intenção concentrada. Deve-se focar enquanto a oração sobe cada vez mais alto nos níveis dos céus até chegar à Sua mão divina.

Finalizadas as orações, ele se levanta devagar. Um aceno de cabeça para o arcebispo, uma última genuflexão para o altar, e então ele se vira. Não está sozinho. Cortesãos surgem como besouros de trás das colunas da capela. Um se destaca em particular, um besouro especialmente grande e bulboso vestindo camadas opulentas de roxo, que segue bem atrás dele.

— Georges de La Trémoille — explica Le Maçon. Ela ouve uma outra coisa em sua voz: amargura, inveja? — Preferido da corte. — Ele tosse. — E amigo pessoal do arcebispo. Os dois são pedras no meu sapato. — Ele observa o delfim com atenção. — A qualquer momento. A qualquer momento, sua majestade vai olhar para cá. Informei a ele que estaríamos aqui hoje, então prepare-se para se ajoelhar quando eu disser.

Muito tempo atrás, o tio de Joana havia lhe contado uma história sobre o delfim. Ela se pergunta se o delfim também pensa nessa história toda vez que passa por uma porta. Ele disse que, sete anos antes, sua majestade havia entrado no palácio do bispo para uma visita. Tudo estava em paz, a manhã estava tranquila; apenas um murmúrio de conversa agradável podia ser ouvido quando um rangido estranho percorreu toda a extensão do salão. No instante seguinte, o chão não estava mais onde deveria estar. O delfim não teve tempo de se levantar, muito menos de correr. Ele se viu caindo pela escuridão, onde pouco antes a luz do sol se espalhava pela laje. Depois, disse aos cortesãos, que contaram às esposas, que comentaram entre si e foram ouvidas pelos criados, que foi como se o diabo tivesse se apoderado de sua alma e estivesse voando com ele para as profundezas do inferno. A sensação tinha sido tão nítida, tão vívida. Ele tinha visto as saias de sua túnica tremularem ao redor das *poulaines* enquanto mergulhava no espaço vazio, como um pequeno animal na bocarra de uma grande fera. Ele sentiu cheiro de enxofre e fumaça. Ouviu os gritos de homens e mulheres que estavam bem acima dele e também, ele acreditava, abaixo dele, a sacudidela doentia e fragmentada da madeira desintegrada e das pedras estilhaçadas, o som de um pilar de mármore caindo sobre cabeças e canelas.

É notório. Até mesmo os melhores palácios, os mais belos castelos e torres podem desmoronar, e nem sempre furacões, terremotos ou ingleses são os responsáveis. Um dia, uma sala é uma sala, e os melhores construtores vão dizer que ela é sólida; no dia seguinte, o teto desaba como gelatina que desandou. No entanto, muitos consideram o incidente um milagre, pois o delfim foi um entre apenas três que sobreviveram para contar a história. Portanto, como qualquer sobrevivente, sua majestade ainda está um pouco hesitante, como se não confiasse que o chão é capaz de aguentar seu peso, embora ele seja um homem magro e suas roupas pesem mais do que ele. Ele caminha pela câmara, mas com passinhos indecisos. Por andar devagar, seus cortesãos acabam sendo obrigados a se conter atrás dele, e Joana quase ri alto ao ver a impaciência no rosto deles, a inspiração comedida, a contagem constante até cinco, a expiração gradual.

De repente, ao lado dela, um sussurro. O delfim pausou sua passagem pela capela e, com uma rapidez inesperada, como se quisesse surpreendê-los, olhou para eles.

— Ajoelhe-se, Joana, ajoelhe-se! — Le Maçon sussurra. Ele quase dá uma cotovelada nela.

Ela cai de joelhos, apoiando a palma das mãos na pedra fria. A capela fica em silêncio. Um instante se passa, depois mais outro, e ela espia pelos balaústres da alcova, como por entre grades de uma jaula, o delfim abaixo.

Ele ainda a está olhando, sem expressão, como se ela fosse uma parte da parede. O besourão, o cortesão chamado La Trémoille, inclina-se para a frente para sussurrar no ouvido dele, mas o delfim levanta a mão e o dispensa. Acima, ela ouve Le Maçon rir.

O delfim coça a lateral do nariz como as pessoas normalmente coçariam a cabeça, tentando solucionar um problema. Ele se vira. Dá uma última olhada para trás e segue em frente. A porta da capela se fecha com um ruído quando o último cortesão vagaroso sai atrás dele.

Joana se levanta. Ela não tira os olhos do espaço onde estava o delfim.

— E agora? — ela pergunta, limpando a poeira do corpo.

Le Maçon sorri. Ele conhece o delfim bem o bastante para notar quando o interesse de seu mestre foi aguçado. Sua expressão diz: *Você viu como ele espantou aquele besouro roxo? É um sinal a nosso favor.*

Ele coça a barba.

— O que mais? — ele diz. — Esperamos até sua majestade mandar chamar você.

❖

Joana se lembra do primeiro encontro com Robert. Eles estavam sozinhos em uma sala de pedra. Não era como ela imaginava que seria uma sala em um castelo; parecia mais a cela de uma prisão com uma cadeira para ela se sentar, e ele ficou andando de um lado para o outro, circundando-a enquanto falava. Sua fala era divagante – às vezes pessoal, outras vezes como se estivesse praticando um discurso para uma aula na Sorbonne. Ele perguntou sobre a infância dela; quis que ela descrevesse o vilarejo de Domrémy, seu pai e sua mãe, a igreja, os sermões do padre, com que frequência ela rezava e se confessava. Não reagiu diretamente a nada que ela disse, mas ficou falando sem parar sobre reis e o que significa ser rei, sobre o reinado dos grandes reis franceses, o avô do delfim, Carlos, quinto de seu nome, conhecido como o Sábio; um Carlos anterior, o maior dos Carlos, cujo nome era Carlos Magno; são Luís, rei Luís IX, que foi canonizado menos de trinta anos após sua morte. E, quanto ao atual, o delfim... Ele interrompeu a fala, pigarreou e mudou de assunto. Bem, temos nossas esperanças, concluiu. Rapidamente, abordou acontecimentos recentes: apenas três semanas antes, uma batalha havia acontecido em Rouvray, e o povo já está chamando de Batalha dos Arenques, devido aos barris de peixe salgado que foram alvo de disputa. Outra perda, embora os franceses estivessem em número muito maior que os ingleses; outro corte no corpo de nosso reino e, por ser recente, o ferimento dói demais.

— É difícil não sentir compaixão pelo delfim — Le Maçon disse, pensativo. — Ele é filho legítimo de seu pai e estaria reinando em paz há sete anos se não fosse por essa guerra. Você deve ter ouvido falar que o finado rei concordou com os termos do Tratado de Troyes, mas isso é uma fraude. Sua majestade estava doente, e foi a mãe do delfim que entregou a herança do próprio filho. Ela viu em que direção o vento estava soprando e se aliou a Henrique e ao duque da Borgonha para retirá-lo da linha de sucessão. Bem, nós, que reconhecemos sua majestade como único herdeiro do trono, como governante e soberano dos ducados da França, não concordamos com os termos daquele tratado. Nós nos recusamos a chamar o fedelho, filho de Henrique, uma mera criança na Inglaterra, de rei. Mas nossos inimigos tomam nossas cidades. Eles tomaram Paris, e não é incomum agora neste reino que uma cidade seja francesa pela manhã e, depois de um longo dia de luta, caia nas mãos dos ingleses e borgonheses antes de o sol se pôr. Esse é o problema. Depois de tantas derrotas, sua majestade ficou desencorajada, e ele sempre foi um jovem sensível. Sente que o mundo está trabalhando contra ele, que o destino está conspirando para desgraçar seu nome e tirá-lo de seu trono, e ele não teve uma vida fácil. Ele teme que tudo o que toque dê errado e, por isso, é receoso. Não ousa fazer nada que possa desequilibrar a balança.

Então, Le Maçon parou. Ele disse, como se fosse algo que tivesse acabado de lhe ocorrer:

— Sabe por que está aqui, Joana? Você é a quarta. Quem veio antes de você foi um garoto que apresentava estigmas como os de são Francisco de Assis e alegava que um anjo aparecia em sua cama toda noite para sussurrar profecias em seu ouvido. Acontece que o anjo não era anjo, mas a mãe e as irmãs do menino, contando a ele o que dizer. O segundo foi um monge, um desastre que nem vamos mencionar. A número um, a primeira que chegou a nós, era uma moça santa, uma noviça com não mais de doze ou treze anos. Uma abadessa de Lyon nos falou dela. Ela nunca havia tido um quarto só para si ou tomado banho de água quente. Comia muito e nos dava respostas vagas para todas as perguntas que fazíamos, até que nos demos conta de que ela sabia muito pouco além do pai-nosso e podia nos oferecer ainda menos. Tivemos que dizer à abadessa que nos recomendou a moça: Ser simples não deve ser confundido com santidade.

"Então — ele concluiu —, agora que fui transparente e expus os fatos, posso dizer que não tenho muita esperança em você. Por que você, como número quatro, seria diferente do garoto, do monge e da moça santa? Ainda assim, estamos desesperados. Precisamos tentar de tudo para despertar o delfim de seu... Como posso descrever a condição de sua majestade? Seu torpor? Sua melancolia? Seriam formas gentis de dizer. A sogra dele, Iolanda de Aragão, já tentou e falhou. E ela é a melhor lady da corte, a mais sábia de todos nós. Sabe, eu me ajoelhei ao lado da fina flor da nobreza francesa e supliquei que ele salvasse a cidade de Orléans, ainda que eu mesmo tivesse que empunhar uma espada; eu, que já completei sessenta e quatro anos. Argumentei com sua majestade de todas as formas possíveis – com franqueza, em segredo, rindo para não chorar – que, se Orléans cair, estamos perdidos. Está ciente disso, meu senhor? Essa guerra amaldiçoada é como um jogo de xadrez, e os antepassados do delfim estão jogando há noventa e dois anos. Houve épocas em que o jogo esteve empatado e épocas em que a Inglaterra esteve envolvida em seus próprios problemas e pareceu que íamos vencer. Mas agora estamos perdendo. Estamos perto demais de perder tudo."

Joana ouviu. O que ele disse não a surpreendeu. Ainda há lugares e pessoas leais ao delfim, mas todos na França – as prostitutas que sopram beijos das janelas, os menestréis, os padeiros, os curtidores, os açougueiros e os criadores de porcos – sabem que não é o suficiente para virar a maré da guerra.

— Mas, antes de falarmos em vitória — Le Maçon continuou —, devemos voltar nossos pensamentos a Orléans. Sem Orléans, tudo está perdido, e a cidade está sitiada desde outubro, sem acesso ao rio, o que significa que não está recebendo suprimentos.

Ela estava perdendo a paciência rapidamente com o cortesão idoso. Por que tinha sido levada àquele lugar só para ter uma aula?

— Acha que não sei disso? — ela perguntou. — O senhor ficaria surpreso, acharia incrível, ao ver como os nomes da realeza correm por nossas línguas camponesas. Em Domrémy, não confundimos um João com outro, um Carlos, ou Filipe, ou Luís com seus antepassados ou herdeiros. Ficamos sabendo do apuro em Orléans e, antes de Orléans, das perdas em Verneuil, tão terríveis quanto Azincourt, um lembrete do que significa ser humilhado. Conhecemos todas as grandes derrotas: como Meaux caiu, Ruão foi privada de alimentos, um ex-rei da França foi capturado em Poitiers e Calais foi conquistada. — A mente dela está retrocedendo no tempo e riscando batalhas, a maioria delas derrotas francesas: mais histórias de seu tio. — Devo continuar?

Ela então se levantou da cadeira e o encarou.

— Mas o que vocês querem de mim? Não sou profeta. Minhas mãos e pés não sangram. Nunca fui visitada por anjos.

Ele deu um passo na direção dela. O topo de sua cabeça alcançava apenas o queixo dela, mas ele não recuou.

— Há momentos para ser humilde, Joana, e este não é um deles. Perguntei aos homens que acompanharam você até aqui – o cavaleiro e o escudeiro, o mensageiro real. Ouvi os elogios que o duque da Lorena fez a você e li uma carta do capitão da guarnição de Vaucouleurs, Sir Robert de Baudricourt, um homem leal e confiável, que pediu que concedêssemos uma audiência entre você e sua majestade. Chamaria esses homens de mentirosos pelo que relataram a seu respeito? Diria que são impostores?

Em um tom de voz quase suave, ele acrescentou:

— Todos nós estamos com medo de fracassar, mas ainda assim devemos tentar. Nunca houve tanto em jogo. Tanto a perder. Pois estamos usando nossas últimas peças, alguns peões espalhados, um punhado de cavalos e o delfim, que tem tanto medo de ser lembrado como o rei que entregou a coroa da França a seu inimigo ancestral que nem se move mais, nem mesmo as peças que ainda estão no tabuleiro. Ele vai à missa três vezes ao dia; é devoto de seu protetor, são Miguel, e passa a maior parte do tempo rezando, então alguns de nós pensamos: Talvez Deus possa lhe dar coragem; talvez só Deus possa lhe dar a força necessária para lutar e vencer essa guerra. E como Deus fala conosco se não por meio daqueles que Ele favorece, aqueles que são indicados como Seus mensageiros? Por isso a moça santa, o monge, o garoto com mãos e pés ensanguentados. — Le Maçon abaixou a cabeça. — E, agora, você.

VII
• • •

Eles estão em uma sala privativa, iluminada e quente. Um fogo forte queima. Velas de cera de abelha tremeluzem, iluminando, sobre a escrivaninha, um par de anjos dançarinos em prata brilhante. Na parede oposta: uma tapeçaria da Árvore da Sabedoria. Antes de Joana abaixar a cabeça e se ajoelhar, ela vislumbra Adão e Eva, encolhidos para se abrigar da primeira nuvem de tempestade que visita o Paraíso. A tapeçaria está pendurada atrás de uma porta, e é essa porta que leva à câmara onde o delfim dorme todas as noites, com um criado à disposição ao pé de sua cama e um par de guardas armados do lado de fora.

Mas agora ela e o delfim estão a sós. A visão de Joana demora-se sobre um tapete, um turbilhão de tintura azul e vermelha sob a cadeira do delfim. Em sua visão periférica desfocada, uma figura se destaca da cadeira e se levanta. Um movimento rápido e indiferente com a mão indica que ela pode se levantar. Ele a intimou apenas poucas horas após seu encontro inicial na capela. Um bom sinal, segundo Le Maçon.

Seu olhar passa do tapete felpudo para o indivíduo da realeza coberto, apesar do calor, com túnicas de veludo pesadas, de um vermelho intenso, golas e mangas arrematadas com pele preta. Ele mudou de roupa depois que recebeu a comunhão na capela. Constrangido, ele se afasta da tapeçaria arrastando os pés, como se dissesse: *O que aconteceu ali não tem nada a ver comigo. Não posso responder por todos os problemas da humanidade, apenas pelos problemas deste reino cristão, e isso também me aflige.* Ele vai até o par de anjos dançarinos, apoia a mão sobre a cabeça dos dois, como se tivessem sido feitos para isto: para serem acariciados, para sustentarem o peso da palma lisa e sem marcas da mão de um príncipe.

Le Maçon havia alertado Joana: não encare. O delfim não gosta de sentir que está sendo observado. E quem, a menos que seja um indivíduo muito vaidoso, gosta? E sua majestade é sensível quanto a seu aspecto, sua aparência e seus trajes, desde que as circunstâncias o obrigaram a tornar Chinon seu lar. Sim, Chinon é um lugar bonito. Você pode se perguntar: O que mais um monarca poderia querer? Mas estaria errado. O vale do Loire ostenta algumas das mais belas terras da França. Seu solo é rico; seus vinhedos são exuberantes. Só Deus sabe como o ar fresco daqui supera o esgoto fedorento e o lixo, com dejetos tanto de humanos quanto de animais, de Paris. Mas a própria ausência de esgoto não é um lembrete de que Chinon não é Paris? Este castelo, por mais grandioso que seja, não é o Louvre. Não é o Palácio de Fontainebleau, localizado cerca de cinquenta quilômetros ao sul da capital, outro favorito dos reis, mas agora fora do alcance de sua majestade.

O delfim não diz nada, então o olhar de Joana passa para a cobra na tapeçaria. Sua língua bifurcada toca o calcanhar branco de Eva, como uma única chama. Mas, mesmo sem se dirigir a ela, o delfim exige que toda a atenção seja voltada a ele. Então ele pigarreia de leve. Agita a manga e, virando-se de lado, oferece a Joana um perfil para observar e admirar, o proeminente nariz dos Valois que, alguns argumentam, é a melhor forma de reivindicar o trono francês e prova física de que ele é realmente filho de seu pai. Ele inclina a cabeça, e o brilho da vela ilumina a maçã de seu rosto, faz sua pele reluzir em um dourado líquido e sedoso, como se todas as suas feições estivessem prestes a ser derretidas e esculpidas do zero no estilo românico clássico de beleza. O efeito dura um segundo. A chama da vela muda de direção e, quando ela olha de novo, ele não está mais brilhando, mas escurecido, até mesmo um pouco caído sob o peso combinado das túnicas e da pele preta. Ele é alto, um homem esguio de vinte e seis anos de idade, e suas roupas, apesar da opulência, dão a impressão de terem sido herdadas do pai ou de um irmão mais velho. São costuradas para uma pessoa com ombros mais encorpados, um peito mais largo, alguém com um apetite saudável e barriga arredondada, protuberante, não alguém reto como uma placa de madeira. De uma torre de tecido vermelho, o pilar estreito de seu corpo, um rosto se projeta como uma lua pálida.

Joana pensa: Talvez o delfim não pareça ser rei porque nunca foi transformado em um. Não como deveria. Le Maçon disse a ela que, quando seu pai morreu, o delfim foi nomeado rei por sua própria corte em Mehun-sur-Yèvre com a primeira coroa apropriada que o arcebispo conseguiu encontrar. Mas o óleo sagrado, que batizou o primeiro Clóvis quase um milênio antes, não estava presente na cerimônia. Assim como Joyeuse, a espada de Carlos Magno, e sua coroa. Apesar disso, ela não sabe se alguma dessas coisas faria o delfim ficar menos caído, se preencheriam seu corpo de modo que suas túnicas não ficassem parecendo tanto lençóis secando ao vento.

Ela também acha que ele parece cansado, e é por isso que está bocejando. Espalhou-se um rumor de que ele está considerando se mudar para a ensolarada Castela, ao sul da fronteira do reino. E Castela o receberia de braços abertos, seria seu refúgio até o fim de sua vida natural. Mas não toque nesse assunto, Le Maçon havia alertado Joana. Queremos que ele fique onde está.

Mais uma vez, o delfim suspira. Ele esmorece, e ela lê seus pensamentos quando ele volta a olhar para a cadeira, para a almofada macia. Ele está se perguntando se deveria permanecer em pé ou se sentar. O resultado é um meio-termo. Ele se aproxima da cadeira, mas fica em pé.

Assim que saíram da capela, Le Maçon a sentou para mais uma aula: O humor de um rei é capaz de mudar mais rápido do que o clima, então deixe-o desenvolver seus ataques de mau humor ou explosões repentinas de tristeza. Não o bajule. Não o convença a adotar um estado de espírito mais doce ou animado, a menos que ele convide você a fazer isso. Se a audiência parecer chegar a um impasse, seja paciente. Um rei pode suspirar. Ele pode esfregar os olhos ou levar um tecido de linho ao nariz ou aos cantos da boca. Pode pegar um livro de repente e o abrir, e começar a ler a partir de um verso, como se achasse que você já saiu do cômodo e ele está sozinho. Pode comer uma uva e mastigar devagar, e, quando você pensar que ele finalmente emergiu do devaneio, quando o vir se inclinando para a frente como se fosse retomar os assuntos do reino, ele pode dedilhar as cordas de uma harpa e começar a tocar uma música. "E todo esse trabalho em uma única manhã", ele talvez diga com orgulho. Se o fogo estiver fraco, ele espera que você o alimente. Se uma vela apagar, esteja preparada para acendê-la para ele, mesmo que exista uma dúzia, não, duas dúzias, de outras velas iluminando o cômodo.

— Você pode considerar esse comportamento estranho — Le Maçon explica, dando de ombros —, mas só é estranho porque não está acostumada, porque cresceu cercada de ovelhas. Pode achar instável, grosseiro ou até mesmo cruel. Mas não é nada disso. É apenas a realeza.

Então Joana ao mesmo tempo olha e não olha para o delfim. Ela acha que Le Maçon o conhece bem, pois, no momento, sua majestade não está fazendo nada além de mordiscar o canto de uma tortinha açucarada tirada de uma pilha sobre uma bandeja de prata. O que ele está fazendo além de mastigar lentamente e olhar pela janela arqueada do cômodo, admirando a bela vista noturna com luz de tochas e torres, como se Joana fosse invisível? Quando termina de comer a torta, ele leva um guardanapo limpo aos lábios e às pontas dos dedos que seguraram a comida. Pega um livreto na mesa, segura-o em uma das mãos como se fosse um acessório e ele estivesse prestes a ser pintado, devolve-o para a mesa. Volta a se sentar, acomodando-se sem pressa sobre a almofada macia e recoberta de veludo, e vira-se para sua convidada, como se dissesse: *Agora, e apenas agora, podemos começar. Você tem minha total atenção.*

Uma coisa que não se pode dizer sobre o delfim é que ele seja um desses lordes de sangue real que nunca conheceram sofrimento ou dor. Deus sabe, toda a Europa sabe, que ele teve sua cota de sofrimento. O infortúnio parece segui-lo, acompanhá-lo mais de perto que sua própria sombra. Deve haver alguma coisa em um governante que passou por tanto. É possível abrir o livro do sofrimento em qualquer página, apontar para uma palavra aleatória, e o delfim provavelmente dirá: Sim, eu passei por isso. Infância infeliz: sim. Mãe que me odeia: sim. Irmã casada com um rei inimigo: sim. Rivalidade na corte, meus preferidos expulsos ou assassinados debaixo do meu nariz: sim. Receber notícias dos piores tipos – ou seja, outra batalha perdida para os ingleses; descobrir que seu pai morreu e você está proibido de ir ao funeral; ser deserdado de seu trono por meio de um tratado fraudulento e chamado por seus inimigos de maior ofensor da lei de Deus desde que Judas Iscariotes traiu Cristo por trinta moedas de prata: sim, sim e sim. Trata-se de um príncipe que sabe o que significa fugir e se esconder, olhar pela janela e ver não a vista agradável do lado de fora, mas tudo o que foi perdido. Ele vive há anos sem saber ao certo se sairá dessa guerra monarca ou prisioneiro.

Os pensamentos de Joana retornam ao presente. Ela acha o quarto pequeno demais para uma lareira tão grande; toda a superfície é banhada em luz, como se seu ocupante tivesse medo do escuro e cada vela servisse para afugentar um demônio que escapou do inferno. O delfim é um homem assombrado. Não é preciso ser cortesão, ter educação, ser fluente em latim, ter citações romanas na ponta da língua como se fossem canções populares para ver que isso é verdade.

Ela se pergunta: Quanto tempo se passou desde que ela entrou naquele cômodo? Cinco minutos? Dez? A sensação é de que está ali há anos; de que, se ela colocar a cabeça para fora da janela, um guarda vai gritar para avisar que a guerra terminou oficialmente. Todos podem sair agora, destrancar as portas, abrir as cortinas e as janelas, deixar o ar fresco entrar. Quanto a ela, pode voltar para Domrémy para ajudar seus pais no campo, ou pode se casar, ter vários filhos saudáveis, o que quer que queira fazer. Só que não pode. Ela nunca poderá voltar.

Enquanto ela pensa tudo isso, o delfim se mexe.

— Me contaram de você — ele diz. Sua voz, quando ele fala, é áspera no início, como a de alguém que acabou de acordar de uma soneca. Ele não espera Joana confirmar ou negar e continua: — Há quem a defenda na corte; não fosse por isso, é improvável que eu lhe concedesse esta audiência. Você viajou uma boa distância para chegar até aqui.

Uma boa distância. Se cerca de quinhentos quilômetros é uma boa distância, então sim, sua majestade tem razão. Ela confirma com a cabeça.

— Vim de Vaucouleurs — ela afirma, levantando os olhos.

O delfim inclina a cabeça. Está pensando. Vaucouleurs, Vaucouleurs, onde em meu reino anteriormente vasto fica esse lugar? Ele encontra a resposta. Parece sorrir ou, possivelmente, é o brilho da luz de velas esticando as pontas de seus lábios.

— Eles permaneceram leais a mim — ele diz. Então talvez tenha sido um sorriso o que ela viu. — Sir Robert é um capitão hábil. Os ingleses tentaram tomar essa cidade e fracassaram. Eu me lembro das cartas informando sobre a tentativa. Você é nascida em Vaucouleurs, então?

— Não, sou nascida em um vilarejo chamado Domrémy. Duvido que vossa majestade tenha ouvido falar dele. Vivi a maior parte da vida ali.

Mais uma vez, ele inclina a cabeça, agora na outra direção. Os olhos piscam, contabilizando ducados, cidades, rios, cidades menores, enquanto o mapa da França vai virando.

— Um pouco perto demais da Borgonha — ele finalmente diz.

— Domrémy é leal a vossa majestade — ela responde.

Faz-se uma pausa, preenchida pelo crepitar do fogo. Quando ele fala em seguida, é um novo começo.

— Que proteção recebeu para a viagem de Vaucouleurs a Chinon?

Ela cita o nome dos homens que foram seus guardas: o cavaleiro, Bertrand de Poulengy; o escudeiro, Jean de Metz; e Richard, o arqueiro. Menciona Colet de Vienne, mensageiro real a serviço da sogra de sua majestade, e os dois criados de Poulengy e de Metz que os acompanharam, encarregados de vigiar os suprimentos, embora todos se revezassem nessa função.

— Viajamos à noite e nos mantivemos fora das estradas principais — ela diz. — À luz do dia, nós nos refugiávamos em igrejas e mosteiros, e, se não encontrássemos nenhum, árvores e arbustos nos protegiam para não sermos descobertos. Foi a forma mais segura.

— Quanto tempo durou a viagem?

— Vários dias. Onze no total.

Ficam registrados: o perigo, as noites sem dormir, o medo da traição. Com base no livro do sofrimento, o delfim acena com a cabeça, reconhece a experiência compartilhada. Então é possível saber o que ele está pensando quando responde:

— Uma viagem rápida, pensando bem.

Está resgatando uma lembrança não tão distante, onze anos antes, ele adolescente montado em um cavalo, os pelos dos braços magros e da nuca arrepiados. Aquela noite, independentemente do quanto ele cavalgasse, os gritos de Paris nunca ficavam suficientemente para trás. Escorria sangue pelas ruas quando João Sem Medo tomou a capital para si.

O delfim suspira. Parece cansado. O que é uma década, menos onze anos, quando tão pouco mudou?

Ela se pergunta: É por isso que o delfim memorizou a forma e as linhas da França? Seus vales, seus rios e lagos, suas principais cidades, suas áreas rurais com casebres de pau a pique, suas florestas, campos e pastos, seus charcos e pântanos, suas cavernas e recantos, os caminhos pelas montanhas? Gravado em sua mente está um mapa com bandeiras em miniatura, como o plano de batalha de um general. Vermelho para a Inglaterra, meu inimigo. Azul para a França, meus amigos. Ele traçou, com um bastão de carvão imaginário, várias rotas de fuga. Se isso e aquilo estiverem bloqueados, ainda podemos fugir para tal e tal lugar, que permaneceram leais a mim e a meus antepassados. E, se os ingleses estiverem atrás de nós, podemos escapar por esse afluente, que deságua nesse rio. Se todas as outras opções se esgotarem, podemos pular em barris e confiar na correnteza.

— Fico satisfeito por Deus ter favorecido sua viagem — ele afirma. E não diz: Porque ultimamente Ele parece favorecer muito pouco a França. — Fico satisfeito por você e aqueles que a acompanharam terem chegado a Chinon em segurança.

Ela sente uma mudança no ar. As cortesias terminaram, a conversa fiada chegou ao fim.

— Ainda não nos está claro, no entanto, quais serviços você poderia fazer em nosso benefício — ele diz, suspirando mais uma vez.

Por um instante, ela se admira com a transição suave, a rápida mudança de pronomes, o pessoal "eu" trocado pelo real "nós". Para um rei, trocar de pele é o equivalente a trocar de chapéu: o elegante *chaperon*, com seu *liripipe*, a cauda de tecido, trocado pela pesada coroa. Em um instante, o corpo mortal se transforma em algo menos definível: uma parte homem de carne e osso, outra parte soberano cujo poder deriva nada mais, nada menos, do que do Divino.

— Você alega ser uma mulher santa? — ele pergunta quando ela hesita.

Ela nega com a cabeça.

— Não. — A palavra cai como um peso.

Uma ruga se forma na testa do delfim. Sua expressão diz: *Fui informado de que me serviriam salmão hoje à noite, pelo qual estava ansioso, e agora nem ao menos reconheço o que foi colocado diante de mim.*

— Mas você teve visões — ele diz, insistindo. Ele se inclina um pouco para a frente. — Não teve? O duque da Lorena não me informou isso em uma carta? Bem, em várias cartas. Ele disse que você estava parada em um campo uma manhã e Deus falou com você, que executou feitos impossíveis, milagres.

É do feitio do velho duque exagerar, ela pensa.

— Acredito que o que ele disse à sua graça é que era eu que falava com Deus.

— Sobre o quê?

— Fiz um pedido. Vários pedidos.

Ela lembra: Sua majestade estava em minha lista de nomes. E, se fosse um príncipe melhor, rei, seja lá como se denomina, todos estaríamos vivendo em um mundo diferente.

Mas algo a impede de dizer e ela sente, mesmo sem poder ver, o toque da mão da irmã em seu ombro. *Não seja tão dura, Joana.* Isso a surpreende. Não houve comoção de ódio quando ela viu o delfim pela primeira vez na capela. Ela reconheceu o andar incerto. A cabeça baixa. A pausa antes de se levantar após as orações. Era um homem com medo. Ela sentiu – e isso a deixou perplexa – pena dele. Deu-se conta de que sua lista de inimigos era a mesma que a dele. Então talvez pudessem ajudar um ao outro. Quando ela o vê agora, só pensa: Você não parece grande coisa. Todos os lordes e príncipes não deveriam ser leões entre os homens? E, ainda assim, aqui estava apenas uma pessoa, um homem magro, desprovido de beleza, com sombras escuras sob os olhos, provavelmente, ela imagina, por dormir mal e ter pesadelos. Um rosto como o dele poderia ser encontrado vendendo panelas em uma feira – e ainda por cima sem muita eficiência. Com a sorte que tem, é provável que voltasse para casa com menos dinheiro no bolso do que havia iniciado.

— E eles foram atendidos? — ele pergunta, interrompendo os pensamentos dela.

— Ainda não sei.

Para surpresa dela, ele não a pressiona por detalhes. Não ordena que ela fale. Ela o ouve se mexer na cadeira. Dos buracos largos de suas mangas, surgem duas mãos finas como papel, que se unem como se o momento pedisse uma oração. Mas ele não está rezando. Está olhando para ela e pensando.

— Então, se você não tem o dom da profecia, como certas mulheres santas que honraram nossa companhia; se não é astróloga e não tem a habilidade de ler a sorte de nosso reino no movimento de estrelas e corpos celestes; se não é erudita, nem filósofa, nem embaixadora versada em estadismo e religião, é um mistério como acha que pode servir à nossa causa.

Ele fala com educação, como uma pessoa que está dando más notícias a alguém despreparado para o golpe. Mas está ficando entediado. Brevemente, o delfim fecha os olhos e solta mais um suspiro.

— O duque escreveu dizendo que seus dons são tamanhos que só podem ter vindo de Deus — ele continua, como se inventasse desculpas para o silêncio dela. — Então, pergunto mais uma vez, o que você pode fazer por nós? Tenho conselheiros que foram contra a ideia de eu recebê-la. Não gostaria de dizer a Le Maçon, um homem de minha confiança, que eles estavam certos.

Ela se pergunta: Por que é tão difícil dizer o que eu sou capaz de fazer? Por que, se tenho força física, ela deve estar ligada à santidade? O duque usou essas frases para descrevê-la: *Adorada por Deus; tocada pelo Divino; favorecida por nosso Senhor, essa simples criada.* Por que não podem simplesmente dizer...

Em um ponto da base do pescoço, ela sente o sangue pulsar. Os nervos se agitam. Ela só tem esse momento, essa oportunidade. Se quiser ir até onde estão seus inimigos, não pode ir sozinha; precisará de ajuda. Atrás das costas, os dedos de sua mão direita se fecham em punho.

Chegou sua vez de surpreender o delfim. Ela dá um passo à frente, chegando à beirada do tapete, e volta a se ajoelhar; seus olhos veem uma rosa de lã, os espinhos parecem pequenos caninos verdes.

Nunca ficou decidido o que ela deveria dizer se ele lhe perguntasse. Le Maçon a havia instruído, repentinamente nervoso antes da audiência dela com o delfim: Não se comprometa com nada! Seja vaga. Não se gabe. Embora você não faça parte de nenhuma ordem sacra, nosso Senhor também não era apenas um pastor? E você disse que às vezes cuidava de ovelhas em Domrémy. Então talvez, por mais que não deva dizer que suas preces são mais eficazes que as nossas, pudesse dar a entender que é verdade? Só nessa primeira audiência? Compreenda, nunca lidamos com ninguém como você antes. Não sabemos ainda o que você *é*.

Ela não dá ouvidos a Le Maçon.

— Majestade — Joana diz em voz baixa. — Eu sei lutar.

Tribulações pessoais instruíram o delfim na arte da paciência, na arte real da tolerância. Le Maçon diz que esses são seus atributos positivos. Ele não é o tipo de príncipe que bate em um criado simplesmente porque está zangado ou porque pode. Ele não tira conclusões precipitadas. Foi uma dura lição que o ensinou primeiro a pensar, depois a falar, e por fim a agir – isso quando ele age, o que ultimamente é bem raro. Porque se João Sem Medo, pai do atual duque da Borgonha, estivesse vivo, como as coisas seriam diferentes para ele, para a França... Mas não é bom se ater aos pecados do passado.

O delfim deixa as palavras dela se assentarem em sua cabeça. Ele exerce uma serenidade digna de um bispo. Exceto pelo desaparecimento momentâneo de seu lábio inferior, sua expressão não se altera.

Mas ele deve dizer. Deve dizer em voz alta, para avançar na conversa, o que precisa ser dito, pois, se esse obstáculo não puder ser ultrapassado, não há motivo para continuar.

— Você é mulher. — Pronto. Inclinando levemente a cabeça no final, como se aquilo pudesse ser uma pergunta. Mas está dito, e, ela nota, ele está sentado com o corpo um pouco mais elevado na cadeira.

Ela concorda com ele. Confirma com a cabeça.

— Eu sou... mulher.

Mandando que ela se levante, ele a observa.

— Você não é uma flor delicada. Com isso vou concordar.

Os olhos do delfim viajam devagar pela extensão do corpo dela, da cabeça aos pés. Ele parece tentado a testar sua robustez cutucando o braço dela, mas não há nenhum criado a postos com uma bacia com água de rosas e uma toalha para lavar sujeira e suor de camponês de suas mãos.

— E é alta, mais alta até que a maioria dos homens. É visível que goza de boa saúde. Ouvi dizer que às vezes é assim com aquelas que trabalham na terra, que são de origem humilde — ele diz com facilidade. — Mas mesmo uma mulher forte não é igual a um homem. Isso é sabido desde a Antiguidade. A força não é um atributo natural feminino. Não está na composição corpórea das mulheres. Essa característica é, e sempre foi, procedente dos homens.

Ela está em silêncio. Tem vontade de dizer: Não no meu caso. E acrescentar: E não no do senhor também, ao que parece.

As mãos do delfim desaparecem dentro das mangas compridas e largas. Sua expressão é questionadora, mas pelo menos ele não está rindo dela.

— Está sugerindo que recebeu treinamento?

— Lutei com o cavaleiro e com o escudeiro que viajaram comigo. Quando trabalhei na cozinha em Vaucouleurs, assistia ao treinamento dos soldados. — Ela não acrescenta: Quebrei o pulso de um homem com uma mão só. Dei conta de três homens fortes com uma frigideira.

Ele balança a cabeça.

— Não me parece suficiente. Um cavaleiro inicia seu treinamento ainda na infância.

— E, antes de fazer essa viagem, eu brigava todos os dias com meu pai. Ele era famoso em Domrémy por seus punhos e me odiava mais do que odiava os ingleses e os borgonheses. Não estou exagerando quando digo isto: se todos os soldados de seu exército fossem como meu pai, um Jacques d'Arc em altura, peso e temperamento, essa guerra teria terminado na época de seu pai e estaríamos vivendo tempos de paz. Ele teria colocado o rei da Inglaterra para correr como um serviçal açoitado por derrubar a concha da sopa.

Ela nota que o delfim não consegue se conter. Ele sorri ao imaginar a cena.

Mas aponta o dedo cheio de anéis para ela, como se a tivesse desmascarado.

— Então era uma criança indisciplinada, se seu pai batia em você.

Ela hesita.

— Acho que uma criança não precisa ser indisciplinada para ser odiada pelos pais.

O delfim olha para baixo. O sorriso em seu rosto desaparece. É mais uma página do livro do sofrimento que ele vivenciou. Ele assente com a cabeça.

— Antes de eu nascer, meu pai fez uma aposta. Apostou que eu seria seu terceiro filho homem e perdeu uma boa soma de dinheiro. Desde então, não soube o que fazer comigo.

— E sua mãe?

— Minha mãe devia ser uma freira enclausurada em um convento. Ela vive com medo do meu pai e subsiste de orações, em vez de comida e bebida.

— Mas você é bem robusta. — Não é uma descrição, ela pensa, que agradaria muitas pessoas de seu gênero. — Para ser tão alta, deve ter sido bem nutrida ou, no mínimo, bem alimentada.

Por um instante, uma lembrança toma conta dela e ela se esquece de si, de onde está, com quem está falando.

— Meu tio costumava brincar com estranhos: "Joana precisa comer uma vitela inteira para saciar seu apetite".

— E você comia? — A expressão do delfim é séria.

— Não. Eu comia tigelas de ensopado e pão preto, como todo mundo. E, quando a colheita não era boa, pulávamos uma das refeições e ficávamos com fome. Eu não era exceção.

Outro rumor: Sua majestade não consegue pagar a conta do açougueiro. Não será mais concedido crédito ao castelo de Chinon. Nem mesmo as batalhas do lar, da cozinha, ele consegue vencer ultimamente.

O delfim apoia a cabeça no punho. O brilho de um anel, um rubi brilhante, faz parecer que ele tem um furúnculo na ponta do queixo. Ele parece contemplar o que está diante dele, como se um escriba tivesse anotado em pedaços de pergaminho os vários atributos dela: alta, jovem, mulher, robusta, diz que sabe lutar.

Então, parece uma continuação de seus pensamentos quando ele diz:

— Diga-me o que sabe sobre guerra.

Era essa a pergunta que ela estava esperando.
— Majestade — ela diz —, vou contar o que eu sei.

❖

Ela conta a ele sobre um quarto. É o quarto em que ela e sua irmã dormiam. Descreve o teto baixo e inclinado, a janela fechada, o ar parado e com cheiro de mofo porque nenhum vento ou luz entrava. E, ao seu lado, a forma de Catherine na escuridão. O som do choro baixo. Ela se lembra das partículas de poeira como fadas, iluminadas por pequenos feixes de sol que entravam pelos vãos das persianas, e das teias de aranha que cresciam e aumentavam com as horas e os dias, tecendo cortinas cinza em miniatura nos cantos do quarto.

— Não deve ser novidade para o senhor — ela diz ao delfim — ouvir que os ingleses queimaram nossos campos, que estavam prontos para a colheita. Pode não ser nada especial para o senhor saber que recolhi os caules pretos do trigo arruinado e, sob a ponta dos dedos, senti o grão se esfarelar como cinzas. Vi a boneca de palha que uma criança tinha deixado cair esmagada no centro da pegada de bota de um inglês, e uma mulher entrar em sua casa não pela porta, mas pela lateral do casebre, pois uma parede inteira tinha sido derrubada. — Por saber que sua majestade reza com frequência, ela conta a ele sobre uma estátua de santa: profanada.

E o sofrimento não termina quando se consertam as cercas, se refazem os cercados ou se coloca a cabeça de santa Margarida de volta sobre os ombros. Não. O sofrimento também deve completar seu ciclo, seguindo as estações. No outono, o alimento é escasso. Mas, no inverno, com os pastos arrasados, os animais passam fome. Ela viu os cavalos e os bois ficando abatidos. Testemunhou o instante de colapso quando eles não podiam mais aguentar. Nada podia ser desperdiçado. Qualquer animal que morresse era transformado em carne, embora pouco pudesse ser aproveitado. Ela extraiu um bezerro recém-nascido, molhado e brilhoso devido ao muco e ao sangue, apenas para segurar sua cabeça no colo enquanto ele morria, porque não havia leite sobrando e a mãe dele já não estava mais lá. Ela se perguntou: Para que tudo isso? Trazer uma nova vida ao mundo e extinguir sua luz tão cedo, com apenas uma hora de consciência na terra? Que lição pode ser aprendida com isso?

E, sem o cavalo e o boi, o arado deve ser puxado por um homem e sua esposa, embora ambos estejam famintos e doentes. Até os corvos corriam o risco de virar refeição.

Ela diz a ele: A guerra não se resume a planos de batalha. Não se resume aos proeminentes *chefs de guerre* reunidos ao redor de uma mesa, distribuindo ordens para provisões e discutindo formações de ataque. Não se resume aos vários instrumentos de guerra: a espada, a adaga especial que executa um cavaleiro derrubado – sobre a qual aprendeu com o homem que a treinou. Não se resume às fronteiras mutáveis de um reino, às torres e muralhas que mudam de nomes e de mãos e de lado em poucas e violentas horas. Para ela, não se resume nem aos mortos em um campo de batalha, às baixas, jovens, homens de meia-idade e velhos, que sabem que ser abatido é o que acontece quando se escolhe defender sua posição contra aqueles que desejam tomá-la à força.

E não se trata de direitos ancestrais, pois ela não acredita, nem por um segundo, que os ingleses realmente se preocupem com a França ou com acrescentar novos súditos à sua pequena e triste população. É um rei inglês que usa a desculpa de uma reivindicação ancestral porque olhou para o outro lado do Mar Estreito, para o horizonte escuro e nebuloso, e viu uma imagem de si mesmo como o homem mais rico e poderoso da cristandade. No fim, tudo se resume a dinheiro, ao acúmulo de riqueza e terras. Trata-se de tornar os cavaleiros ingleses ricos com tesouros franceses para que possam construir mais castelos na ilha cinza e verde, onde, ela ouviu dizer, nunca para de chover e até os bosques e prados são úmidos e pútridos como pântanos. Pois, com riqueza, é possível comprar conforto. É possível comprar prestígio, é possível comprar cultura: tapetes sobre os quais andar, livros decorados com safiras, tapeçarias, esculturas, um segundo castelo, um terceiro castelo, algumas casas de campo. É possível comer carne de pavão, carne de cisne e salmão fresco todo dia, em todas as refeições. Por que não? É o que os ingleses se perguntam ao acordar, antes de pilharem, incendiarem e destruírem. E, diz ao delfim, desde a morte de Catherine, ela é capaz de ouvir dentro dos próprios ouvidos esta mesma pergunta que os ingleses se fazem todas as manhãs: "Por que não?".

Para ela, a guerra se transformou em outra coisa, e é aí que está o problema. Quando reis vão à falência por conta de despesas de guerra, quando não conseguem pagar as tropas, e os soldados ficam com fome e sentem que colocaram a vida em risco por nada, por menos que nada, acontecem os saques. Acontecem os assassinatos. Acontecem os estupros.

— Acredito que Deus criou o som do grito de uma mulher — ela diz — para penetrar no coração e testar nossa humanidade. Se ainda a temos ou se a deixamos para trás. Mas, para alguns homens, o grito de uma mulher é como um punho que ricocheteia na armadura. Já parei para pensar: Que chance de vingança uma mulher tem? De justiça? Pois não podemos apenas rezar. Não suporto as orações de minha mãe. Não podemos esperar quietas. Não vou viver dessa forma – não mais. Então, quando falei com Deus aquela manhã, decidi que, se for para eu gritar, que seja em batalha. Não existe chance de paz senão na ponta de uma espada.

Ela faz uma pausa para retomar o fôlego. Um silêncio se forma entre eles. Como sua majestade receberá essa lição? E ainda mais vindo de alguém como ela?

Mas a expressão dele não muda. Ele pigarreia e diz, com a mesma calma de antes:

— Você fala bem. Isso eu devo admitir.

Sem olhar para ela, ele levanta a mão cheia de joias e faz um sinal.

— Venha — ele diz. E, quando ela hesita, ele repete: — Aproxime-se.

Ela pisa no tapete de rosas de lã. Uma distância de pouco mais de meio metro os separa. Dali, é possível ver que ficariam ombro a ombro.

— Você deve saber que minha irmã mais velha se chama Catarina, quase o mesmo nome de sua irmã — ele diz. — E, embora ela esteja viva, está perdida para mim como se estivesse morta. Ela se casou com Henrique, o finado rei da Inglaterra, e teve um filho com ele. Se a Inglaterra e a Borgonha vencerem essa guerra, esse menino, meu sobrinho, vai se declarar rei tanto da Inglaterra quanto da França. Ele vai usar minha coroa. Então, veja só, não há esperança de nos reconciliarmos, considerando o lado a quem ela é leal e — ele faz uma pausa — minha posição excepcional. — É como se ele estivesse recitando um trecho de seu próprio livro do sofrimento e aquilo tivesse se tornado uma competição entre eles. Eu já passei por tudo o que você passou, e mais. — Se formos falar de família – irmãs, irmãos, tios, primos, amigos, meu pai –, tantos deles já se foram. Compreendo a perda em todas as suas formas.

A vez de Joana falar terminou. Na bandeja de doces, há um espaço, como um dente perdido, onde antes estava a tortinha consumida. Ele tira um único biscoito dourado de um anel de confeitos, tortas e flores açucaradas. Posiciona-o sob o nariz e sente seu aroma. Fecha os olhos de prazer.

— Canela — diz, e ela sente o coração parar por um segundo. Pensa no pássaro da canela, em seu tio, e abaixa a cabeça.

"Estes biscoitinho, o *oublie*, não é nada menos que uma forma de arte — ele conta a ela. — Os gregos também o preparavam, mas não como nós. Não conseguiriam atingir tamanha perfeição. Já fui à cozinha pessoalmente observar os cozinheiros e seus ajudantes, embora seja possível comprar um *oublie* em qualquer rua da França. Os ingredientes são extremamente simples, por incrível que pareça. Apenas um pouco de farinha e água.

"Mas acho que um *oublie* bom de verdade é uma obra de arte. Está vendo aqui... — Ele aponta para a parte da frente do biscoito. — Meu cozinheiro gravou uma imagem nele porque sabe que sou devoto de são Miguel. É Miguel matando Satanás."

Ela chega mais perto. No biscoito, vê o contorno nítido de dois corpos, um alado, empunhando uma espada, o outro, uma enorme serpente se retorcendo. O cozinheiro deu ao anjo uma coroa e cabelos ondulados até os ombros. Vestiu-o com poucas roupas e em estilo romano, com uma túnica drapeada na altura dos joelhos musculosos. O pé, calçando sandálias, está apoiado sobre a cabeça da serpente, que está de boca aberta, presas à mostra.

Ele oferece o biscoito a ela.

— Pelas adversidades por que passou — diz quando ela aceita.

O delfim a observa com atenção.

— Esse biscoito traz alguma lembrança? Ou já comeu antes?

Ela não responde. Ao redor deles, a bruma da luz de velas transforma-se em lembrança. Ela está pensando em outro biscoito envolvido em um pedaço de tecido de linho, em *blanc-manger*, um prato intangível como um sonho.

— Mas você é como eu — ele continua, ainda a observando. — Não permitimos mais que nossas lágrimas corram.

Uma pausa. Então, quando Joana sai, a voz do delfim chega até ela na porta:

— O tempo dos milagres que não podem ser vistos já passou. Se você é realmente abençoada por Deus, isso deve ser provado. Você será testada.

❖

Le Maçon deu a ela um quarto em Chinon, com uma cama, uma mesinha, uma cadeira e uma janela que dá para o vale estrelado abaixo. À noite, o quarto é trancado e guardado por dois homens empregados por ele mesmo.

— Por que ficarei presa? — ela perguntou em protesto, mas ele balançou a cabeça.

— Você está enganada. É para sua proteção, não para a proteção dos outros. — Ele está pensando em seus rivais na corte e nos homens que trabalham para eles: os atuais favoritos de sua majestade, os homens que Joana viu aquela manhã na capela. — E não venha me dizer que não precisa de proteção! — ele exclamou, antecipando a resposta dela.

Na cama, ela sente o aroma do biscoito, segurando-o sob o nariz como o delfim havia feito. Por um instante, é como se tivesse entrado no corpo do rei francês. O aroma é diferente de tudo – flores, ervas ou seiva de árvore – que ela já tivesse sentido. Ela dá uma mordida, e seus dentes roçam no alto dos cachos ondulados de são Miguel. O calor viaja pela superfície de sua língua. Ela não consegue conter um sorriso.

O delfim havia dito ao lhe dar aquele presente: "Pelas adversidades por que passou". Ela pensa que pode haver alguma verdade nisso, embora acidental. Talvez tudo pelo que ela tenha passado desemboque nos segundos que se leva para comer um único *oublie*. Talvez as adversidades, mais cedo ou mais tarde, transformem-se em alguma outra coisa, como as poucas linhas da poesia de um trovador destilam as dores e os segredos do amor.

Em uma outra época, em uma noite sem nuvens, de Lua como uma hóstia perfeita, ela havia sonhado em experimentar, pelo menos uma vez, a especiaria dos pássaros da canela. Agora isso aconteceu.

VIII
• • •

Os testes vêm em diferentes formas, muitos dos quais mais parecem exercícios de paciência do que testes de santidade. Quanto Joana aguentaria antes de voltar para seu vilarejo?

— Está nas mãos do arcebispo e de La Trémoille — Le Maçon diz com uma careta.

— Por quê? — ela pergunta.

— Acham que serei tendencioso nessa questão.

— E eles não?

Ela imagina que vão jogá-la em um rio (se for o caso, não está tão preocupada, pois sabe nadar) ou que vão lhe dar um texto sagrado para ler em voz alta (isso seria um problema), mas não fazem nada disso. Um menino a leva até o estábulo real, dirigindo-se a ela com respeito. Enquanto espera que o delfim e seus conselheiros deliberem sobre o que fazer com ela, Joana pode ser útil. Ele lhe entrega uma pá. E, se não gostar do cheiro de esterco de cavalo, já não trabalhou em cozinha? Ela pode colocar um avental e limpar os espetos e caldeirões. O cozinheiro ficaria grato pela ajuda extra.

Sua resposta: Posso ajudar o cozinheiro depois que terminar aqui.

O menino, que trabalha para La Trémoille, espera encontrá-la se arrastando. Mas, quando volta ao estábulo, está tudo limpo. Os cavalos estão escovados. Ele acha Joana cortando fatias de maçã para uma égua alazã. Ela diz ao mensageiro de olhos arregalados:

— É melhor fechar a boca antes que engula uma mosca.

No dia seguinte, ela é levada para a área de treinamento. Ah, finalmente, pensa. Mas não, o mesmo mensageiro a leva até um banquinho posicionado diante dos que estão treinando com cavalos e lutando. Aqui está um peitoral de armadura. Manoplas, um par de grevas e escarpes. E aqui, diz o menino, estão uma escova, um pouco de areia, vinagre e panos.

Ela tem vontade de contar ao menino sobre sua banca de polimento de espadas. Quer falar: Sabe, esse era um sonho meu quando eu tinha dez anos. Mas não diz nada, porque teme que ele mude de ideia se vir que a tarefa lhe dá prazer. No fim do dia, um outro homem aparece para inspecionar seu trabalho. Ela recebe um cozido aguado e um pedaço de pão seco para jantar.

Na manhã seguinte, é encarregada de rolar barris cheios de areia para limpar cota de malha. E, no dia subsequente, está de volta ao estábulo para remover esterco de cavalo. Depois, para limpar os canis dos cães de caça. Dois homens a encontram sentada no chão coberto de palha abraçando os galgos do delfim. Seu rosto está molhado pelos beijos dos cachorros; eles a amam tanto quanto Salaud amava. Ela pergunta aos homens, tentando eliminar o tom de súplica da voz:

— Posso voltar aqui amanhã?

Depois de uma semana, ela pergunta a um dos criados de La Trémoille:

— Vou ser paga por algum desses serviços?

O rosto do menino se ilumina.

— Ah, então você quer dinheiro? — Ele pensa que ela é como os outros impostores – a primeira mulher santa que chegou, o monge – e quer ficar rica. Se for o caso, um suborno pode ser negociado e ela irá embora.

Mas ela faz que não com a cabeça.

— Só queria saber se não devo receber o que o cuidador dos cachorros ou o cavalariço recebem por dia de trabalho. — Não lhe faria mal ter alguns centavos na bolsa. — Estou fazendo o mesmo serviço que eles.

Eles acharam que ela estava ali para colocar os pés para cima e jantar perto de uma lareira confortável, que ela reclamaria de trabalhar muitas horas e receber como alimento pouco mais que os pedintes no portão. Mas é uma outra coisa, algo que não conseguem compreender: Nós a alimentamos com quase nada, apenas o mínimo, e damos os trabalhos mais duros. Então por que ela não sente fraqueza nem reclama de dor nas costas, nos braços e pernas? Por que ela nunca se cansa?

Durante as noites, Le Maçon a visita. Leva um quadrado de tecido perfumado ao nariz.

— Você está fedendo, Joana. — Mas seu rosto não está despreocupado. Será que ela já se cansou de tudo isso?

Bosta de cachorro dos canis. Bosta de cavalo do estábulo. Ela olha para ele: Que cheiro espera que eu tenha? De um jardim de rosas?

❧

Está tarde, mas a porta de seu quarto se abre com um estrondo. São três homens. Dois são empregados de La Trémoille; o terceiro ela reconhece como o mensageiro que viajou com ela desde Vaucouleurs. Esperam encontrá-la dormindo, mas ela acordou ao primeiro som de passos.

Eles a levam para fora, onde há quatro cavalos e um menino tomando conta deles.

Antes de montarem, ela pergunta:

— Para onde estamos indo? — No bolso: a faca do tio. Na cintura: a segunda melhor espada de Sir Robert.

Os homens dizem a ela, sorrindo e sem nem piscar os olhos:

— Vamos matar um dragão na floresta. — Apenas o mensageiro real desvia o rosto quando eles dizem isso.

Ela sabe que recusar significaria fracassar. A notícia voaria diretamente aos ouvidos do delfim. Mas, se eles colocarem a mão nela, nem que seja por acidente, ela os matará.

Durante todo o caminho, os homens de La Trémoille falam sobre o dragão, que aparece só à noite. Tem mais de quinze metros de altura. Não, mais de trinta metros, o outro diz. Com escamas duras como diamante e dentes do tamanho da cabeça de um homem. Um deles volta a olhar para ela. Uma lavadeira entrou na floresta; dizem que se encontraria com seu amante. Bem, após procurar um pouco, ela acabou encontrando: seu corpo feito em tiras pelas garras do dragão, o rosto queimado até virar cinzas.

— E como ela soube que era ele? — Joana pergunta. Ela manteve o rosto impassível, como se fosse de pedra.

Eles a ignoram e continuam falando. Os caçadores encontraram cervos destroçados.

— Não foi obra de urso nem de lobo — eles dizem a ela com entusiasmo quando chegam à floresta.

— Está com medo? — um deles pergunta. — Podemos voltar se estiver. Mas seremos obrigados a informar nosso mestre.

Ela olha em frente. As luzes de tochas piscam como olhos de demônios no escuro. Esquerda, depois direita. Agora eles parecem estar refazendo seus passos e andando em círculos antes de ir mais a fundo.

Ela pensa ter ouvido o mensageiro real dizer aos outros, em voz baixa:

— Não tão longe.

— Nós é que vamos decidir a distância — um dos homens de La Trémoille retruca.

Eles chegaram a um riacho.

— Aqui. Vamos parar aqui. — O mesmo homem entrega um cantil de couro a ela. — Pegue um pouco de água para nós. Estamos com sede.

Joana alterna o olhar entre seus acompanhantes, pega o cantil, desmonta do cavalo. Ela se movimenta devagar. Sob seus pés, o chão é sólido, mas está escuro. A única luz é a chama trêmula das tochas. Os homens estão sérios. São como carrascos que devem executar uma tarefa.

Quando ela se ajoelha para pegar a água, ouve um assobio vindo de trás. Vira-se a tempo de ver os homens de La Trémoille indo embora, levando o cavalo dela junto.

Apenas o mensageiro real para. À luz das tochas, seus olhos se encontram. Ele parece assustado.

— Boa sorte, Joana — ele sussurra antes de fugir.

Ela está sozinha e não consegue enxergar nada, nem mesmo as próprias mãos. A lua está fraca. Ela tateia, procurando a abertura do cantil, enche-o de água e toma um gole para se estabilizar. Sente uma leve dor no peito, onde o coração bate rápido.

Quando ela era uma criança de cinco anos, seu pai a levou a Bois Chenu. Ela já esqueceu qual havia sido a transgressão, mas o que quer que tivesse feito foi grave o suficiente para ele considerar inadequadas as punições de costume. No vilarejo, as crianças eram ensinadas a ter medo da floresta, e Joana não era exceção. Ela se lembrava de estar nas costas de seu pai e ficar olhando para o céu. O sol já estava sumindo no horizonte. Logo estaria escuro.

Agora, enquanto se movimenta ao longo da margem, ela pensa que, se os homens esperavam ouvi-la gritar, ficarão decepcionados.

Seu pai a arrastou bosque adentro até estarem distantes o bastante para ela não conseguir ver de onde vieram. Ele disse para ela se sentar e não sair da clareira onde haviam parado. Se tivesse tempo de manhã, ele poderia voltar para pegá-la ou poderia deixá-la lá para sempre.

Ela se lembra de como o medo deixou sua pele úmida. Quando uma raposa regougou em sua toca, ela se molhou toda. Cada besouro que passava, cada cauda ou cobra que sacudisse um arbusto disparavam seu coração até ele parecer sair do lugar, escorregar por seu corpo, batendo junto das costelas.

Mas então uma hora se passou. E mais uma. E, pela terceira ou quarta hora, ela já havia esgotado todo seu medo. Seus olhos começaram a pesar e ela fez o chão gramado de travesseiro.

Ela aprendeu: Tudo muda quando se entra em uma floresta. Não existe concepção de passado ou futuro, não há noção de tempo. Cada instante carrega em si a mesma urgência que o momento que o antecedeu diretamente. Não é possível ver além do próximo passo e, às vezes, não dá para ver nem isso. Ainda assim, você se sente vivo, seu corpo mede as chances de sobrevivência não em dias, semanas ou anos, mas segundo a segundo.

Conforme ela avança, não consegue mais ouvir o riacho. Deposita sua confiança em seu corpo, na voz que lhe diz para virar à esquerda, seguir adiante e então virar à direita. Você se lembra dessa clareira? Sim, sim, eu me lembro. E aqui, sua mente retrocede. Demos a volta neste ponto, o que significa... Ela leva apenas um instante para desvendar o labirinto de passos e virar a sequência ao contrário, como uma dança.

Mas a viagem é longa. Ela chegou até ali a cavalo, agora está a pé.

A escuridão é para refletir. Ela havia dito ao delfim o que sabia sobre guerra. Mas não contou a sua majestade: desde que Catherine morreu e o tio partiu, passaram-se dias inteiros em que ela se sentiu sem propósito. Ela se pergunta se ele se sente assim também. Joana odeia os ingleses, os borgonheses, qualquer inimigo da França, mas seu coração está cansado. E, desde sua chegada a Chinon, ela se pergunta o que está fazendo, por que está ali. Não é o esterco de cavalo que a incomoda. São esses jogos.

Ela faz uma pausa para descansar e tomar mais um gole de água, segurando o líquido frio na boca antes de engolir. Suas mãos tateiam um tronco sólido e ela escorrega até o chão.

O ar é refrescante. Quando Joana fecha os olhos, está só um pouco mais escuro do que quando os deixa abertos. Logo, pega no sono com a mão no cabo da espada. Ela sonha com Domrémy, sonha que voltou para a casa do pai e lá, na soleira da porta, duas mulheres a chamam pelo nome. Uma tem o rosto parecido com o de sua irmã; ela já a viu antes em um livro. A outra parece a estátua que ficava na frente da igreja. Dizem para Joana se sentar e lhe oferecem água fresca, um pedaço de pão. Elas se movimentam com rapidez e, onde quer que pisem, uma luz parece acompanhá-las, fazendo seus corpos brilharem. Joana bebe a água. Ela devora o pão e fica surpresa. Um único pedaço a deixa saciada. Pergunta se o pai vendeu a casa, se seus pais e irmãos se mudaram do vilarejo, e elas sorriem. Ela não está entendendo nada, a expressão delas diz, e elas explicam que a conhecem desde sempre, desde antes de ela nascer.

Joana acorda. Ainda não amanheceu; dormiu no máximo duas horas, mas a floresta já está mais clara. Sua mente retoma de onde havia parado, mas agora ela consegue enxergar melhor. A voz diz: Preste atenção àquele toco de árvore, Joana. Vire aqui. Você se lembra dessa árvore? Seu tronco era retorcido. Você notou sua forma estranha quando a tocha a iluminou. Sim, sim, eu me lembro. E, a partir da árvore, ela lê o caminho com a facilidade com que viraria as páginas de um livro de trás para a frente.

O primeiro raio de luz do sol recai a seus pés. Ela levanta os olhos. Adiante, uma abertura estranha de luz clara. Sua saída.

É uma noite de pequenos milagres. Quando sai da floresta, ela ouve um farfalhar sobre o ombro. Perde o fôlego. Quando olha para trás, vê a silhueta nítida de um cervo, observando. As coroas dos animais não são menos gloriosas que as dos reis. O cervo está emoldurado pela névoa da manhã, como um anfitrião que chegou para se despedir dela e não sai do lugar até ela tomar seu rumo.

Os guardas que ficavam na porta dela foram subornados para deixar o posto, Le Maçon explica depois. Ele já os dispensou, mas La Trémoille os contratou, então o que adiantou?

— Foi um teste cruel — ele diz. — Quando você voltou?

Cedo. Os sinos ainda não tinham batido para a Prima. Eles – os dois homens de La Trémoille, o mensageiro real – ouviram roncos no quarto dela quando passaram pela porta. Encontraram-na na cama, as roupas cheirando a musgo e carvalho. Ela se mexeu, sentou-se e olhou para eles. Pareciam mais cansados que ela, por motivos que Joana não consegue compreender (afinal, eles estavam a cavalo). Então, pensa que eles devem ter se perdido ao retornar ao castelo.

Le Maçon diz:

— Minhas fontes disseram que o mensageiro, Colet de Vienne, acompanhou os homens de La Trémoille apenas para garantir que nada... inconveniente acontecesse.

Se ela pudesse dar um conselho a seus oponentes na corte, diria: Informem-se. Mas supõe que não seja possível, a menos que façam uma viagem especial a Domrémy e interroguem seu pai.

Porque seu pai diria a eles: Ah, mas não é assim que vocês vão conseguir enganar Joana. Tentei isso quando ela era uma criança de cinco anos! Fazer minha filha de burro de carga? Também não vai adiantar! Ela tem mais força que qualquer boi ou mula.

Ela está com dezessete anos agora. Doze anos antes, ela dormiu no bosque como as crianças costumam dormir, um sono profundo e sem sonhos. Ao primeiro sinal de luz, levantou-se da cama de musgo e deixou a clareira para trás. Caminhou por Bois Chenu, saiu do bosque e foi até a única casa de pedra no vilarejo de Domrémy, logo abaixo. A porta se abriu e seu pai saiu. Quando ele a olhou com os olhos arregalados, ela bocejou.

Agora ela pensa, sorrindo para si mesma: É por isso que, quando os homens a viram pela manhã, a expressão deles lhe pareceu tão familiar. Ela já tinha visto aquela cara antes.

❖

São as Noas. Três horas da tarde. Em um pátio grande: alvos de palha em vários estados. Alguns decapitados. Outros estripados. O chão está repleto de sangue de palha, e cavalariços foram chamados para limpar a bagunça.

Le Maçon balança a cabeça, que, ao contrário da dos alvos, ainda está firme sobre os ombros. Sua majestade foi testemunhar a demonstração. Ele observou cada lança e flecha acertarem seu alvo. E a observou cavalgando.

Era a primeira vez que o delfim via o que os outros – o duque da Lorena, Sir Robert de Baudricourt – consideraram façanhas. Milagres.

Le Maçon achou que o delfim ficaria satisfeito. Aqui, pela primeira vez, está alguém que não é um impostor. Mas, no quarto de Joana, ele está andando de um lado para o outro.

— Fiquei sabendo que sua majestade está abalada — ele afirmou. Há um tremor em sua voz. — Fiquei sabendo que ele disse ao duque de Alençon, seu primo: "E daí? E daí que ela consegue arremessar uma lança? E atirar melhor do que a maioria dos homens? Como isso me ajuda?".

Joana coça a cabeça. Mais piolhos? Ela espera que não. E gostaria de oferecer uma pequena correção a sua majestade: *Todos* os homens. Ela atira melhor do que *todos* os homens.

Ela acha que talvez ele não consiga acreditar no que viu, pois ela mesma às vezes não acredita.

Diz a Le Maçon:

— Dê tempo a sua majestade.

Mas Le Maçon logo responde:

— Orléans está sitiada há quase seis meses. Nosso tempo está acabando.

IX
• • •

Quando Colet de Vienne vê Joana de novo, sorri. Um sorriso acanhado. E parece que ele está com um pouco de medo, como se Joana fosse pegá-lo e jogá-lo do outro lado da sala feito uma pilha de aniagem.

— Venha por aqui — diz sem demora, atravessando a antecâmara.

Ela é levada para um cenário saído diretamente das histórias de princesa de seu tio. Uma mulher vestindo seda azul-esverdeada está sentada em uma cadeira parecida com um trono, com uma peça de roupa escura sobre o colo. Como se estivesse encenando, sua mão está suspensa com uma única agulha, a linha pendurada. Ao seu redor, como o expositor de ornamentos de um mercador, quatro damas de companhia vestindo verdes vistosos e amarelos suntuosos, mangas pendentes e adornos de cabeça repletos de pérolas e enfeitados com pedras de granada do tamanho de olhos de boi estão sentadas em almofadas. Duas examinam um baú de ferro, dispondo joias sobre uma bandeja. Uma se debruça sobre um toucado grande como um cisne; outras costuram.

Por um instante, Joana perde o fôlego. Os cavaleiros podem ter peitorais de armadura de aço e camisas de cota de malha, mas essas mulheres cobrem o coração com broches cravejados de rubi e enfeites em forma de estrela. Os cavaleiros têm seus elmos, mas essas mulheres usam chifres. De sua cabeça, projetam-se *hennins* como torres, e de cada torre flui uma bandeira da vitória, um véu translúcido e cintilante, tão fino que é possível passar a mão através dele, como ar.

Diante de tal reunião, Joana se sente encabulada. Ainda está vestindo as mesmas roupas que usava quando deixou Vaucouleurs. Só então nota uma mancha horrorosa em sua túnica cinza. Pode ser uma mancha de grama ou resquícios de excremento de cachorro ou cavalo. E, como Le Maçon disse, ela está fedendo. Após fazer uma reverência, ela dá um passo para trás; não sabe o que fazer com as mãos e os pés, que agora parecem inadequados e grandes. E torce para as mulheres não começarem a gritar, para não a confundirem com uma ogra desajeitada.

As mulheres parecem saber o que ela está pensando. Olham para ela e elevam sutilmente as sobrancelhas finas, sorrindo discretamente.

Mas, então, um momento de cor. O movimento repentino de uma manga azul-esverdeada como uma asa aberta, e as damas de companhia se levantam em silêncio das almofadas e saem.

— Muito bem! — diz Iolanda de Aragão, deixando a peça de roupa no chão e se levantando. Le Maçon havia dito a Joana: A mulher que você vai conhecer é uma lady de muitos títulos. Sogra do delfim. Rainha dos Quatro Reinos: Aragão, Sicília, Jerusalém e Chipre. Ela também é duquesa de Anjou e condessa da Provença, e houve uma época em que foi também regente daquele belo lugar.

Um único dedo, com uma pedra vermelho-escura sobressaindo dele como uma articulação inchada, faz sinal para ela.

— Deixe-me dar uma olhada melhor em você — ela diz.

Joana se aproxima. Se o delfim tinha alguma reserva sobre pegar doenças ou piolho dela, a sogra dele não tem nenhuma. Mãos macias se estendem e dão tapinhas nos ombros de Joana.

— Que ombros! — exclama Iolanda.

Ela levanta o rosto e sorri para Joana. É um belo rosto: olhos de um verde luminoso, a boca reticente e pequena como a de uma criança, e a testa lisa como uma cúpula de mármore.

— Que maxilar! — acrescenta um pouco depois. — Levante a mão para mim — Iolanda pede, e Joana obedece. Ela encosta a palma da mão na de Joana, como se fossem começar a dançar. Um instante é gasto analisando a diferença de tamanho e rigidez, calosidades e cicatrizes, as quais, naturalmente, a mulher mais velha não tem. Joana aguarda ansiosa. Então Iolanda diz: — São ótimas mãos.

Joana sente o rosto corar.

— Ah, você ainda é uma menina nova, se fica tão corada. — Uma gargalhada gutural se segue. — Você é, é claro, o assunto da corte. Ouvi dizer que a área de treinamento fica cheia de espectadores todos os dias, e os pajens não obedecem mais a seus mestres porque, assim que amanhece, precisam reservar seu lugar perto das barreiras para observar você. Quantas flechas consegue atirar em um minuto? Alguém contou?

Ela tem a resposta na ponta da língua.

— Doze, vossa alteza. — Ela não diz: Às vezes um pouco mais. E eu nunca erro.

— Doze! — Iolanda repete, apertando as mãos, fascinada. — Isso é... maravilhoso. Pobre menina, está corada de novo. Se meus elogios a deixam corada, imagino como vai se sentir quando conhecer o duque de Alençon. Minhas damas de honra desfalecem sempre que ele entra na sala, e tenho que dar um pequeno pontapé nelas para que se recuperem. Ele também é um bom homem, corajoso e leal. Você conheceu sua majestade?

Ela faz que sim com a cabeça.

— E o que acha dele?

Ela hesita e faz uma mesura profunda.

Iolanda ri. Mais uma gargalhada alegre.

— Tão ruim assim?

— Eu...

Mas a anfitriã levanta a mão para interrompê-la.

— Você não consegue me enganar, menina, então nem tente. Mas deve compreender que sua majestade é querida por mim como se fosse um filho. Como se eu tivesse dado a vida a ele, e não Isabel. Você não o conhece. Ele é uma pessoa difícil de se compreender mesmo depois de uma vida inteira de convivência.

Iolanda se afasta, abaixando-se para pegar a peça de roupa que deixou cair. Joga o tecido de qualquer jeito sobre uma cadeira.

— Isabel nunca se preocupou com ele. Ela tratava todos os filhos como peças de xadrez, jogava com cada um em momentos diferentes e os descartava quando não lhe serviam. Ela só amava a si mesma. Uma mulher vergonhosa. Para ela, ser mãe não é muito diferente de ser rainha. Quando se está em uma posição muito alta, é fácil ser favorecido por todos. Alguém assim pode viver a vida toda sem nunca saber o que significa ceder, sacrificar-se. E ela ainda não sabe.

"Desde muito cedo, eu me interessei por Carlos. Via como ele era negligenciado. Ninguém cuidava dele; ninguém se importava se ele estava presente ou não. Uma vez, quando era um menino dessa altura – ele era bem pequeno quando criança –, perguntei: Quanto tempo faz que sua mãe não abraça e beija você? Quanto tempo faz que ela não o chama de querido e diz que quer devorá-lo como um prato de maçãs cozidas com açúcar? Estávamos em uma barca, viajando para o sul do reino. Era a primeira vez que ele via as paisagens verdes e belas do interior. Ele disse, sem tirar os olhos da terra que, na época, não sabia que um dia seria sua: 'Faz três meses que minha mãe não me abraça'. E meu coração se partiu por ele. Envolvi seu corpo magro com os braços e lhe disse: De agora em diante, Carlos, você tem duas mães. Sua mãe natural e eu, Iolanda. Meus filhos vão ser tão próximos de você quanto seus irmãos, ou ainda mais. E, depois daquele dia, ele sempre me chamou de sua 'boa mãe' e tornou-se um outro irmão para meu segundo filho, René. Eles liam poesia juntos e desenhavam. Eu pegava o que ele fazia, o que ele escrevia, e fazia questão de mostrar seu trabalho para todos os artistas e poetas famosos que visitavam a corte. A atenção o deixou assustado no início. Já era esperado. Mas depois ele aprendeu a rir. E a ficar à vontade com seus verdadeiros amigos. Quem diria que viraria rei da França? Dois de seus irmãos mais velhos não eram crianças quando morreram; já eram homens. Mas a doença os levou, que Deus os tenha, e então meu doce filho tornou-se delfim."

Iolanda suspira. Ela não precisa de incentivo. Diz, olhando nos olhos de Joana:

— Como acha que uma mãe se sente quando vê um filho sofrendo? Meu coração se parte todos os dias. Porque estamos todos esperando, desde mim, a boa mãe dele, até o último criado do castelo. Estamos esperando para ver que rei ele vai se tornar, e eu não tenho ilusões. Meu Carlos pode ser um grande rei, como o avô, ou um rei apenas bom, mas esperamos que não seja como o pai, que era louco, nem um rei terrível como Ricardo, da Inglaterra. Não o primeiro, mas o segundo, de quem, acredite se quiser, quase fiquei noiva. Mas, para se tornar qualquer uma dessas coisas, primeiro ele deve aceitar o manto que lhe foi passado. Ele deve *agir* para mostrar a seu povo e ao mundo que rei vai ser.

Joana observa Iolanda deslizar de volta em sua direção como uma visão azul. Joana gostaria de saber como os tintureiros conseguiam capturar aquela cor. Quando ela olha para baixo, encara as próprias botas velhas e desgastadas, com uma das fivelas quebradas. Sente as mãos serem apertadas.

— Sei o que está pensando — Iolanda diz. — Você vê tudo isso, me vê e pensa: Ah, o que uma mulher sabe sobre a corte, sobre reis, além dos deveres como esposa e mãe? Se não estou enganada, você passou mais tempo na companhia de homens na infância. Então, me vê nesse cômodo elegante, com minhas costuras e damas de companhia, e acha que pedi que viesse até aqui só para me admirar com seu tamanho e sua força e para lhe dizer o quanto amo sua majestade. Você imagina que, por eu ser mulher, sou capaz de apelar apenas para seu coração, seus sentimentos. Está vendo? Estou certa! Você está ficando corada de novo, Joana!

"Mas vou lhe informar, se Le Maçon já não contou, que não me casei aos treze ou catorze anos, como é de costume para uma mulher de minha posição. Aos dezenove, eu me casei com meu Luís. Ele era um homem que não pensei que poderia amar, mas amei. Após dezessete anos de um casamento feliz, ele me deixou viúva, e este vai ser meu décimo segundo ano sem ele ao meu lado. Mas minha sogra, Maria de Blois, me ensinou tudo o que eu precisava saber. Quando Luís estava lutando guerras em Nápoles por seu reino, eu governei Anjou e governei a Provença. Coletava os aluguéis, repreendia lordes quando brigavam como crianças e protegia minha renda. Ficava de olho em todos os números dos navios e comércio na região, e sabia o nome de todos de minha casa, além de tudo o que entrava e tudo o que saía, até a última cesta de verduras. Acredita que, quando o castelo em Angers estava sendo atacado pelos ingleses, viajei para lá como parte de minhas responsabilidades como duquesa? Destaquei um exército de seis mil homens e fico satisfeita em dizer que os ingleses não conseguiram tomar o que era meu. E agora... meu trabalho está longe de acabar."

Ela movimenta o braço para a cena às suas costas, as almofadas onde as mulheres estavam sentadas com suas agulhas e linhas.

— Acha que minhas damas estavam costurando, que estavam simplesmente admirando minhas joias? — Ela pega uma bandeja de prata ao lado de uma das almofadas. Sobre ela, algumas pérolas pequenas, uma grande esmeralda cintilante. — Bem, não é nada disso. Estamos fazendo um inventário do que eu tenho e separando tudo o que é de valor. — Com o pé, ela bate no toucado, que agora brilha apenas pela metade; a outra metade está lisa. — Já penhorei minhas pedras preciosas antes, quando meu marido precisou, e farei de novo por meus filhos. No mínimo, o açougueiro do delfim precisa ser pago, não acha?

Joana fica em silêncio. As almofadas, o próprio quarto, assumiram um aspecto diferente. O adorno de cabeça parece um cofre esvaziado. Chegou mesmo a esse ponto?

Iolanda continua:

— E dei a Carlos dinheiro de meus próprios fundos para sua guerra, pois quero vê-lo coroado rei, não com uma coroa retirada de um armário, não em qualquer capela real, mas na catedral de Reims, como todos os reis franceses que o antecederam. Quero ver minha filha Maria, esposa dele, tornar-se rainha. Então agora chegamos a este ponto, este momento em que o destino de tantos depende...

Ela vai até uma mesa, sobre a qual está um maço de papéis. Reúne a pilha e para diante de Joana.

— Você vai aprender que tomo minhas decisões com rapidez. — Ela pega uma página e entrega a Joana. — Dou a você suprimentos: grãos, gado e peixe salgado para alimentar o povo de Orléans...

Ela pega outra página.

— Dou a você armas: barris de flechas, arcos, aríetes, bestas, martelos de guerra...

A última página.

— E dou a você um exército...

— O quê? — Joana quase derruba as folhas.

— Você é um instrumento de Deus — Iolanda diz, colocando a mão no rosto de Joana. Ela precisa se inclinar para a frente para alcançar. — No instante em que fiquei sabendo de você pelo duque da Lorena, enviei meu mensageiro para procurá-la. Agora sei que fiz a coisa certa. Acredito que Deus se manifesta não só em palavras santas, orações e sermões, mas em... talento. Ouvi dizer que, depois que os pajens assistem a lutas suas, ficam em silêncio como se tivessem participado de uma aula. E, quando um criado meu perguntou a um garoto de não mais de seis ou sete anos por que estava tão quieto, ele respondeu que não sabia que aquelas coisas eram possíveis e sentia muito por você ter passado tanto tempo polindo armaduras e trabalhando no estábulo. Ele tinha ficado envergonhado.

Iolanda abaixa a mão; o perfume de pétalas de rosas recua.

— Eu não sou ninguém — Joana diz. Ela tenta devolver as páginas para Iolanda. — Ninguém vai me dar ouvidos. A senhora esquece que não sou ninguém.

Sua anfitriã considera.

— Sim... sim, você não é ninguém, e ninguém vai dar ouvidos a uma camponesa, isso é verdade. Uma mulher pobre e sem instrução que tem que fugir de casa, sem família para protegê-la. O que ela é? Nada! Mas todos vão dar ouvidos a um instrumento de Deus.

Joana olha para as páginas. Para ela, poderiam ser até cartas de amor.

Ela pensa no passado, pensa em Domrémy. Reflete: Meu maior desejo era ficar grande o bastante para bater no meu pai. Na igreja, eu fechava os olhos não para rezar, mas para descansar. Era o único lugar em que meu pai se controlava, então eu dormia durante os sermões. Quando penso em minha mãe, sinto apenas desdém... impaciência. Ela usava a religiosidade como um vestido novo e era vaidosa quando se tratava de sua devoção a Deus. Mas a religiosidade não salvou sua filha mais velha, e Deus deve ter deixado passar as preces de minha mãe. Apenas pense, o trabalho de uma vida toda: desperdiçado.

Para ela, isso não faz sentido. A santidade é para as pessoas do livro dos santos do padre. É para as mulheres que esfregam cinzas em seus ferimentos, para monges que rezam até ficarem roucos, para freiras que jejuam e ficam tão fracas de fome que veem anjos. É para pessoas que sofrem, e sofrem em silêncio.

Ela sempre pensou: Meus dons vêm de mim mesma. Estão incrustados em mim. É só isso. Se foi Deus que me deu essa força e esses dons, é o mesmo Deus que também está ajudando os ingleses a vencer e os borgonheses a ganhar cada vez mais cidades. É o mesmo Deus que deixou Catherine morrer.

E ela preferia colocar a culpa nos homens, não em espíritos de ar. Podem chamá-la de tola, mas ela acredita que essa guerra não tem nada a ver com Deus. É motivada pelo dinheiro. Por terras. Esses homens que vieram para a França, sejam reis ou soldados comuns, escolheram virar ladrões e assassinos. São obra de suas próprias mãos. E eu... eu não sou diferente. Eu também sou obra de minhas próprias mãos.

Ainda assim... o fato de ela estar aqui, diante de uma rainha. Como isso aconteceu? Como é possível?

Iolanda diz:

— Não me considero uma mulher santa, mas tive uma visão do que você vai se tornar. Eu visualizo... — Ela levanta os braços. — Um estandarte branco, pintado com flores-de-lis. Possivelmente anjos. São Miguel ou a imagem de nosso Senhor. Talvez os dois. Temos que ver se tem espaço suficiente. Imagino uma espada famosa. E uma armadura branca, bem lustrada. Você vai se tornar uma guerreira santa.

Há uma pausa, e Joana faz uma careta. Quase sacode a cabeça, mas não seria apropriado fazer isso diante de sua anfitriã. Parece excessivo, ela gostaria de dizer. Um desperdício de dinheiro.

— Já tenho uma espada — ela afirma. — E o duque da Lorena me deu um cavalo.

— Ah, achei que você seria um pouco mais esperta! — A anfitriã produz um som, um leve resmungo impaciente. — Você ainda é uma mulher, como eu sou. Acha que os capitães da França vão se alinhar atrás de uma camponesa, uma menina? Suas habilidades, seus talentos e dons não são o bastante. Você não tem renome, não tem títulos. Não é nem filha de um homem livre.

"Considere o que as pessoas vão pensar ao ouvir isto: Uma mulher em um campo de batalha. Uma mulher lutando em um exército. Uma mulher enviada para libertar uma cidade do cerco. É risível, não é? E já tem muita gente na corte rindo. De você, de mim, do pobre Le Maçon, apesar de todos os argumentos que ele tem a seu favor. Estão rindo também do delfim por tê-la recebido. Mas vou lhe dizer uma coisa que aprendi em meus quarenta e oito anos. Uma mulher precisa ser elevada acima da cabeça dos homens ou será esmagada sob os pés deles. Então devemos elevar você bem alto. Devemos elevar você à altura do Paraíso, no mínimo. Devemos vestir você com o manto de Deus. Compreende, Joana? Ou preciso chamar Le Maçon para explicar?"

Se não souber o que dizer, apenas se curve. Então Joana se curva.

— Falta só uma coisinha — Iolanda diz, sorrindo. Ela está satisfeita. — Agora você deve convencer sua majestade, meu belo filho, a lhe dar permissão para acabar com o cerco em Orléans. Eu cuido do resto.

Joana pensa: Ah, é só isso?

Virando-se, Iolanda pega na cadeira a peça de roupa que estava costurando e a sacode. É um gibão masculino em veludo roxo-escuro.

— Experimente isto — Iolanda diz. — Vamos.

Joana passa os braços por dentro das mangas forradas de cetim. O tecido é tão suave que parece acariciar seus braços. Iolanda ajeita a parte da frente. Ajuda Joana a fechar os botões, como uma mãe faria com uma criança, e dá um passo para trás para ver melhor.

— Está um pouco apertado — ela fala, franzindo o cenho, a primeira ruga naquela testa perfeita. — Infelizmente, Luís, meu filho mais velho, não tem ombros como os seus. Pior para ele. Esse gibão era dele, mas vamos ajustar o tamanho. Mando para você assim que estiver pronto. Achei que precisaria de roupas novas e, veja só, estava certa. Olhe para essa túnica imunda! Ah! — Iolanda agita a mão diante do nariz.

Depois, olhando para a frente, ela sorri.

— Sinto dizer, mas poderíamos vestir você com o mais belo vestido de toda cristandade e não adiantaria muito. Mas isso... isso combina com você. Então, veja, as pessoas devem vestir as roupas para as quais foram feitas. E logo você deve vestir o manto de Deus.

O mensageiro aparece com a cabeça no vão da porta. Ele está ali para levá-la embora.

— Esse pode ser nosso único encontro — Iolanda diz em tom suave. — A menos que você salve Orléans e retorne vitoriosa, é improvável que nos vejamos de novo. Assim, espero que Deus abençoe seus esforços. Espero que os mil santos e anjos deste reino cristão estejam com você, protegendo-a e guiando seus passos em todos os aspectos. Vou rezar por você em minha capacidade de rainha, de nobre do reino da França, mas também como ex-esposa, mãe que ama seus filhos, uma humilde serva da Santa Virgem. Uma mulher.

Quando Joana sai, as quatro damas de companhia voltam para seus lugares. Elas se acomodam sobre as almofadas e retomam o trabalho.

Atrás dela, Joana ouve o som de pérolas sendo retiradas e contadas. Ouve o barulho das pedras que pagarão o custo da guerra.

X
● ● ●

É hora de o sol se pôr, e o delfim está esperando perto do rio Vienne. A água brilha como uma bacia de ouro fundido; o céu é um teto arqueado com nuvens cor-de-rosa e azuis.

Eles estão a sós, ou tão a sós quanto um rei pode ficar em um espaço aberto. O anel de guardas cria uma clareira para eles. Os homens desviam o olhar e fingem indiferença enquanto ficam mexendo no cabo das espadas.

O delfim toca a lateral de um grande chapéu de seda. Enquanto se ajoelha, Joana pensa: Assim como o mais belo vestido de toda a cristandade não faria muito por mim, o melhor chapéu não adianta nada para você. Ele não se vira, apenas olha de relance (menos, ao que parece, com os olhos do que com o nariz proeminente) para onde ela está ajoelhada antes de fazer sinal para que se aproxime.

Eles ficam quase lado a lado, mas ela permanece um pouco atrás dele. Um intervalo de silêncio. Sua majestade parece estar devaneando. Quando fala, ele olha fixamente para a água.

— Meu pai uma vez esteve aqui. — Ele junta as mangas cobertas de pele, envolvendo o corpo magro com elas para ficar aquecido. — As pessoas que só falam mal dele estão erradas. Houve dias em que sua mente estava lúcida e ele voltava a ser quem era. Ele queria seguir o exemplo estabelecido por meu avô. E tentou. Mas ninguém sabia quando ele se afundaria na loucura nem o que poderia acontecer se um de seus filhos estivesse por perto quando ele tivesse um surto. Então nenhum de nós, nem eu, nem meus irmãos e irmãs, ficava muito com ele. Mas tínhamos direito a visitas, e uma dessas visitas aconteceu aqui, em Chinon.

O delfim aponta para o rio dourado, com sua correnteza leve.

— Foi neste lugar, nesta estação e neste momento do dia. Eu era criança, mas me lembro do frio, do vento batendo como um chicote em meu rosto. Eu estava assustado, pois só havia encontrado meu pai algumas vezes antes. E meus irmãos mais velhos tinham me falado: Nosso pai esconde adagas no próprio corpo e tem a força de Héracles, então tenha cuidado! Foi Le Maçon que me trouxe até ele. Ele segurou minha mão e disse: Vá com seu pai. Seja gentil com ele. Eu, apenas um menino, sendo instruído a ser gentil com o rei. Mas eu estava com medo. Vi o rio e temi que ele me jogasse na água. Ele ficou de costas para mim, e eu me lembro de rezar: Por favor, não permita que meu pai me jogue no rio, pois não sei nadar e não quero me afogar.

Esse é um problema que nunca tive, Joana pensa. Obrigada, tio.

— Ficamos como você e eu estamos agora. Por um bom tempo, não falamos nada nem reconhecemos a presença um do outro, por mais que eu estivesse tremendo. Se pessoas passassem por ali naquele momento e não soubessem quem éramos, poderiam pensar que se tratava de dois estranhos admirando o pôr do sol. Mas então meu pai se virou para mim, exatamente assim.

Como se encenasse o momento, o delfim encara Joana.

— Ele olhou para mim, e todos os meus medos, quaisquer reservas que eu tivesse, desapareceram. Eu me senti calmo. Soube que meus irmãos haviam me enganado, pois vi que aquele homem nunca me jogaria na água, da mesma forma que Iolanda ou Le Maçon jamais pensariam em me ferir. E, quando ele me perguntou quem eu era e o que estava fazendo ali, percebi que ele estava com mais medo de mim do que eu estava dele. Disse que era seu filho e que ele era meu pai. E ele não respondeu nada, mas buscou em meu rosto indícios de que eu estava falando a verdade. De que eu de fato era seu filho. Por fim, deve ter encontrado alguma coisa, pois colocou a mão em meu braço e me puxou para mais perto dele.

"Ele se ajoelhou para ficar na mesma altura que eu e beijou o alto de minha cabeça. Ele me abraçou e disse: 'Como sou abençoado por ter um filho, e um filho tão bom quanto você. Por que ninguém me disse que o trono da França já tinha seu filho e herdeiro? Por que fizeram segredo sobre você?'. Ele tinha esquecido os outros filhos, que eu não era o herdeiro, que eu já tinha não um, mas dois irmãos mais velhos. E, por mais que eu fosse jovem, tinha uma resposta na ponta da língua. Disse que era porque ele tinha preocupações suficientes na corte e que a rainha, minha mãe, e o resto de seus conselheiros não queriam incomodá-lo até a França finalmente estar em paz. 'E a França está em paz agora?', meu pai perguntou, ainda me abraçando. 'Está', respondi, mesmo sendo mentira, 'porque o senhor é o rei e conquistou isso.' 'Aqueles homens malditos', ele disse, 'os ingleses. Todos eles já se foram, meu filho?' E eu disse: 'Sim. O senhor não se lembra de ter participado da batalha com sua armadura, empunhando a espada? Em questão de horas, o mar estava repleto de navios ingleses içando as velas para ir para casa'. Ele acreditou em mim, e lembro que ele ficou todo aprumado, como se renovasse a fé em si mesmo. Segurou na minha mão e permanecemos assim, sem dizer nada. Juntos, observamos o pôr do sol até escurecer, e Le Maçon voltou e me levou embora. Foi a última vez que meu pai e eu compartilhamos um momento assim. Foi a última vez que ele reconheceu que eu era filho dele."

O delfim pisca os olhos devagar. Com a ponta da bota, Joana empurra um pedregulho. Ela sente uma dor sutil no peito.

— Meu pai está morto há sete anos. Não é estranho? Quase não tenho lembranças dele, mas ainda assim sinto sua falta.

Joana quer dizer: Sinto falta de minha irmã. Sinto falta de meu cachorro.

— Não podemos trazer os mortos de volta, vossa majestade. Se pudéssemos, Deus sabe que eu o faria.

Ele olha para ela. Seus olhos, ela observa, são pequenos e úmidos. O nariz está vermelho e escorre devido ao frio. Um fio de muco pende da ponta, tremulando. Ela lhe ofereceria um lenço, mas não tem. Pensa: O delfim é apenas um homem que sente falta do pai. É filho e irmão, assim como eu sou filha e irmã. Então, por que deve permanecer meu inimigo se ambos fomos prejudicados pelas mesmas pessoas? Tirando o sangue real, é possível que sejamos mais parecidos que diferentes e, para conseguir o que queremos, precisamos um do outro. Ela desvia os olhos. De sua lista, risca o nome do delfim. Ela suspira e a dor alivia.

— Meu filho vai fazer seis anos este ano — ele continua. — Há menos de três dias, sua ama o levou aos jardins, onde eu caminhava. Estava cedo. Eu queria ficar sozinho, pensar e fazer planos para o futuro. Mas meu filho se aproximou de mim e se curvou. Não o peguei nos braços, como deveria ter feito. Não o consolei. Como se diz a um filho, que também é seu herdeiro: É possível que em breve tenhamos que fugir de nossa casa e deixar tudo para trás? Como eu poderia dizer: Posso perder o que é seu de direito, e talvez nunca mais voltemos a este reino? Então o deixei ali parado e ouvi seu choro mesmo quando já estava bem longe.

O que tem nossa infância, Joana pensa, que é capaz de deixar marcas indeléveis? Um tapa, um soco, uma sacudida violenta permanecem na lembrança de uma criança como grãos plantados em terra nova, e dessas sementes às vezes brotam amargura, às vezes violência, outras vezes medo. Pois o que é colocado no coração de uma criança nunca vai crescer ali espontaneamente. Então devemos ter cuidado. Devemos, se possível, ser gentis.

— Conheci um menino — Joana diz quando surge a oportunidade. — Ele era um ano mais velho que seu filho. Tinha um pai e uma mãe que o amavam. Uma irmã mais velha e uma avó loucas por ele. Gostava de animais e tinha um gato que ele alimentava com comida de seu próprio prato. — Ela conta a história de Guillaume, do verão e do canto dos pássaros no ar; de como ele morreu nos braços dela, de um ferimento na cabeça, ensopando de sangue a parte da frente de seu vestido.

"Meu irmão havia me dito antes da briga: 'Procure pedras afiadas, Joana. Pedras que se encaixem bem na mão'. Eu dei a mais afiada para esse menino. Enquanto sangrava, ele devolveu as pedras para mim. Não tinha arremessado nenhuma para salvar sua vida.

"Ele morreu por vossa majestade, como qualquer um de seus soldados no campo de batalha."

Ela pensa: minha irmã também morreu pelo senhor. E abaixa a cabeça ao se lembrar de Salaud. Por que são sempre os bons que são sacrificados?

O rio está tão brilhante que parece estar em chamas, uma correnteza de fogo. O sol atinge o delfim de modo que ele fica metade na luz e metade na sombra, um ombro iluminado em dourado, o outro na escuridão. Em suas veias, corre o sangue dos velhos reis, de Carlos Magno e são Luís, de seu avô Carlos, o Sábio. Ela pensa nas palavras de Iolanda, em como estamos todos esperando para ver quando e como essa linhagem vai se manifestar, esperando, quase sem respirar, ele passar da antessala do principado para a câmara dos reis ungidos da França, pegar o reinado nas mãos como se pega o orbe e o cetro no trono. Que tipo de rei vai se tornar? Um grande rei, um bom rei ou um rei terrível – ele deve decidir, e logo.

Ela faz uma pausa, hesitando. Não é membro da corte. Como se convence um homem, ainda mais um príncipe, a agir contra sua natureza, a simplesmente agir? Mas ela deve falar.

— Eu também tenho medo — ela começa dizendo. Embora mantenha o rosto virado para a frente, vê que o delfim olha para ela. — Tenho medo de muitas coisas. Quando era mais nova, tinha medo do meu pai e de sentir dor. Tinha medo de ficar para sempre no mesmo vilarejo, de só ver um pedaço de céu e de terra. E ainda tenho medo. Tenho medo de que um dia aconteça comigo o mesmo que aconteceu com minha irmã. Tenho medo de, por ser forte, me transformar em uma pessoa bruta como Jacques d'Arc. Tenho medo de decepcionar aqueles que confiaram em mim: Le Maçon, o duque da Lorena, sua boa mãe. Tenho medo de morrer. — Ela olha para baixo. Não diz: Tenho medo de que minha força venha de Deus, de que Ele possa tirá-la de mim, de que eu perca minha força como aconteceu no dia em que os ingleses atacaram Domrémy e caí doente. Isso é o que mais me assusta. Pois não sei como minha flecha sempre acerta o alvo, só sei que o arco, a espada e a lança parecem certos em minha mão. Não sei por que um cavalo fica calmo assim que me aproximo quando segundos antes havia disparado para longe de seu cavaleiro. Não sei como consigo quebrar o pulso de um homem adulto com uma mão só, apenas apertando-o. Ou como consigo me localizar no escuro sem ver onde estou pisando. Não consigo explicar nenhuma dessas coisas.

Ela tentou ser branda, mas agora deve ser dura.

— Melun — ela diz, e o sangue se esvai do rosto do delfim. — Vossa majestade tinha dezessete anos, mesma idade que tenho agora. Tinha um exército e seu primo, o conde de Vertus, para defender a cidade sob ataque dos ingleses. Mas seu primo ficou doente e morreu, e o senhor considerou como um presságio...

Os olhos do delfim se enchem de raiva. Sua mão direita se cerra em punho.

— Como ousa...

Ela continua falando:

— Quantas armaduras encomendou para se preparar para a batalha? Ouvi dizer que foram duas, o melhor trabalho do melhor armeiro que moedas de ouro poderiam comprar. Teve sua chance de tomar a frente, de liderar seus homens. Em vez disso, dissolveu seu exército. Quinze mil homens se dispersaram. Vossa majestade escapou para um lugar seguro e Melun se rendeu, embora centenas já tivessem morrido, principalmente de fome.

Ela o encara como encararia um cavalo nervoso. As mãos dele, ela nota, estão tremendo, e não é de frio.

— Gostaria que o senhor pudesse ter evitado o destino do menino do meu vilarejo, o menino que se chamava Guillaume. Vossa majestade tem pedras, e talvez sejam pedras melhores do que as que a Inglaterra e a Borgonha têm nos bolsos. Então deve usá-las.

Ela diz:

— Envie-me a Orléans.

Ele faz que não com a cabeça.

— Se Orléans cair, eu perco tudo.

— E, se vossa majestade não agir, vai perder tudo. — Ela se aproxima um pouco mais dele. — Como podemos conhecer nosso destino? Penso no dia em que o senhor foi obrigado a fugir de Paris. Não sabia, não tinha como saber enquanto cavalgava pela escuridão, com medo no coração, que também estava cavalgando na direção de seu destino. Pois está aqui, e eu estou aqui. Contra todas as probabilidades, o destino nos uniu. O senhor, futuro de seu reino, e eu, que não sou ninguém.

— Ela olha para a outra margem do rio. — Mas não podemos ficar para sempre nesta margem, tremendo de frio. Devemos entrar na água e atravessar o rio, e é possível que cheguemos a um lugar melhor e vivamos em um clima mais agradável do que aquele em que estamos atualmente. Existe uma chance. Suplico que vossa majestade a aproveite.

— Você esquece que não sei nadar — ele diz, sem olhar para ela. Tenta sorrir.

— Mas não será preciso. Mande-me para lá primeiro, para Orléans, e vou conseguir uma barca para levá-lo com conforto rumo a tudo que lhe pertence: seu direito de primogenitura, sua coroa.

— E se você fracassar? O que vai acontecer?

— Se eu fracassar, não vou mais voltar. Vou estar morta. Vossa majestade nunca mais vai me ver.

Ele olha feio para ela.

— E o que eu ganho com isso? Ainda terei fracassado. Se Orléans for tomada, praticamente terei perdido meu direito de primogenitura, minha honra e minha dignidade.

As palavras saem antes que ela tenha tempo para pensar:

— E isto, agora, é dignidade? É isso que vossa majestade chama de honra?

Ele olha diretamente nos olhos dela. Seus punhos, que estavam cerrados, se abrem e ele alisa a parte da frente da roupa, como se tentasse apaziguar o próprio temperamento.

Ele se afasta para criar uma distância entre eles. Quando fala, muda de assunto. Não está mais pálido e sua expressão é melancólica.

— Conhece a história deste lugar? — ele pergunta. Eles levantam a cabeça para olhar juntos. O castelo é como um dragão adormecido, descansando sobre uma colina, indiferente e belo. Quase dá para ver as torres que formam suas costas arqueadas, subindo e descendo a cada respiração silenciosa.

Joana escuta enquanto ele lhe conta a história de Chinon. Foi um rei inglês que construiu a maior parte dos castelos – sim, inglês, não francês. Seu nome era Henrique II da Inglaterra, ou Henrique Plantageneta, e ele foi o segundo marido da bela Leonor de Aquitânia. Chinon era um dos lares preferidos dele. Henrique Plantageneta era também duque da Normandia e conde de Anjou e Maine. E ele tinha quase tudo para governar. Embora não lhe faltassem castelos, Chinon sempre foi seu preferido. Então seu filho mais novo, um péssimo rei inglês chamado João Sem Terra, perdeu-o para os franceses.

Mas um castelo não é só um lugar agradável, Joana pensa. Não é apenas um lar.

Um castelo é também suas torres e muralhas, suas pontes levadiças, suas paredes, suas *meurtrières*, ou seteiras, que os arqueiros podem utilizar para mirar ou observar em segredo os movimentos dos inimigos. Um castelo é seus balestreiros para derramar tonéis de piche fervente e água escaldante na cabeça dos inimigos. É um espaço de truques e armadilhas, portas que só abrem por dentro – uma fortaleza de instrumentos de cerco com os quais arremessar pedras grandes e pilhas de sujeira nos que estão acampados do lado de fora. É isso que é um castelo. Não corredores repletos de ornamentos e arte móvel, mas portões tão robustos que são capazes de suportar o golpe do aríete.

— Dá para entender por que ele preferia Chinon — afirma o delfim, interrompendo os pensamentos de Joana. — É um lugar fácil de amar.

— Mas é preciso lutar pelo que se ama — ela responde. — Ou não vai ser difícil que outros tomem para si.

Joana pensa: Aprendi isso do jeito mais difícil.

— Se os ingleses chegarem amanhã e tomarem Chinon — ela continua —, não vão acabar com o castelo. Seria algo precioso demais para destruírem. Eles viveriam nele, como outros também já viveram. E um idioma diferente preencheria os corredores, a língua desagradável dos ingleses, por mais que muitas outras coisas permanecessem iguais. Os músicos tocariam seus instrumentos para os nobres. Artistas passariam e entreteriam durante as festas. Ainda existiriam belas damas trabalhando em seus bordados, cavaleiros para cortejá-las e banquetes todas as noites: pratos de cisne, salmão e cervo. E criados para lavar as latrinas, espalhar junco fresco no chão. Novos cavalariços para cuidar dos cavalos. Novos caçadores para organizar as caçadas.

"Mas vossa majestade sabe que não seria a mesma coisa. Em seu coração, sabe que seria diferente. O que aconteceria com nossas canções? Nossas baladas? *A canção de Rolando* se tornaria a canção dos derrotados."

Ela faz uma pausa.

— O que aconteceria com o *oublie*, presente que vossa majestade me ofereceu? Será que os ingleses saberiam capturar o sabor do

Paraíso em um biscoito? Eles se preocupariam com o que levou anos, décadas, até mesmo séculos para ser aperfeiçoado?

— Está se esquecendo de seu lugar — ele diz. — Você, que não é ninguém, ousa me dar lições como se eu fosse uma criança diante de um tutor.

— E ousaria muito mais — Joana afirma, mas não acrescenta: *Por minha vingança, o ódio por meus inimigos, aqueles que me machucaram de uma forma que jamais poderei perdoar.*

O delfim fecha os olhos. Ele inspira e prende a respiração; parece estar contando mentalmente.

Ela vê o momento lhe escapando. Nos ouvidos, ouve as palavras de Iolanda. Seu coração acelera. Precisa tentar de novo.

— Lembre-se da noite em que fugiu de Paris — ela diz. É como se uma voz estivesse sussurrando em seu ouvido, ditando sua fala. Ela não precisa pensar; as palavras fluem de sua boca como água.
— Em uma única noite, quantos foram mortos? Os borgonheses haviam tomado tudo. Mas o senhor escapou. Vossa majestade sobreviveu. Lembre-se do dia em que o piso do palácio do bispo cedeu sob seus pés. Entre todos os cortesãos e criados que o acompanhavam, o senhor foi um dos poucos que sobreviveu, e sem nenhuma lesão. E agora...

Ela tem a sensação de estar falando com La Rousse em Neufchâteau. Olhe para mim, eu sou duas garotas. Vossa majestade, olhe para mim: eu sou um instrumento de Deus.

— Agora que a derrota está tão próxima, agora que há tanto a perder, sou enviada para cá por Deus para auxiliá-lo. Sou a pedra que deve jogar em seu inimigo. Eu lhe peço mais uma vez: mande-me para Orléans. Entregue-me seus fardos, seus pesadelos, seus medos. Entregue-me também suas esperanças, as que colocaria apenas em suas preces para Deus. Vou carregar tudo isso nos ombros.

É como persuadir uma criança pequena a ser feliz de novo. Ele não consegue se conter. No canto de seus lábios, um sorriso se forma. Ele gosta da ideia de desejos e preces serem atendidos.

— E que ombros você tem — o delfim diz com leveza. Ele se vira e olha para ela com olhos de rei. — Que dons recebeu. Isso é impossível negar. O menino que mencionou, sinto muito pela morte dele. E pela morte de sua irmã.

Um momento de silêncio, talvez para lembrar os mortos. E então:

— Vá. — O comando é um sussurro dito como um segredo. — Vá com nossa bênção, e vejamos se é realmente o que diz: um instrumento de Deus. Vá e liberte Orléans. Que Deus lhe ajude, Joana, se fracassar.

É a primeira vez que ele diz o nome dela. Ela abaixa a cabeça, ajoelha-se.

O que se vê e como se vê é capaz de mudar uma vida. A destreza da mão. Uma mudança de perspectiva e, de repente, alguém se transforma em um instrumento do Divino.

Três semanas antes, ela havia chegado àquele lugar. Quando entrava em Chinon, os sinos da igreja marcaram a hora da Prima. Mas hoje há alguns – tanto na corte quanto na cidade, o número é cada vez maior – que diriam que os sinos soaram para ela.

Parte três

Durante quase duas semanas, Joana é testada por clérigos em Poitiers. Ao fim dessas sessões, eles concordam que o resultado em Orléans – seja a vitória, seja o contrário – será visto como um sinal que indicará se ela foi ou não enviada mesmo por Deus.

Joana então viaja para Orléans, passando por Tours e Blois para reunir homens e suprimentos. No fim de abril, entra na cidade com um exército e provisões, incluindo gado e grãos. Música acompanha sua chegada; uma procissão de sacerdotes cantando "Veni Creator Spiritus".

Agora o centro do conflito mudou para Orléans, sitiada há quase sete meses. Não será tarefa fácil libertar a cidade e expulsar as já arraigadas forças inglesas.

I
∘ ∘ ∘

ORLÉANS, INÍCIO DE MAIO DE 1429

A manhã está amena, a luz é suave. As janelas do quarto de Joana estão abertas para deixar o ar fresco e o vento morno entrarem. Não parece uma manhã em que homens devem morrer.

Duas mulheres a vestem dos pés à cabeça. Em volta dos tornozelos, amarram grevas, a parte da armadura que protege as canelas, e entrelaçam as tiras de couro que mantêm as placas nas pernas dela.

Perto do ombro, Joana ouve alguém pigarrear. Uma das mulheres faz sinal para ela levantar os braços. Precisam prender o peitoral. Logo, todas as partes de seu corpo estarão cobertas de aço.

A outra mulher segura uma manopla, e Joana escorrega a mão para dentro da luva. Ela vê sua mão de carne e osso desaparecer, a palma se transformar em couro duro e metal.

Uma armadura custando cem libras *tornois* foi confeccionada com suas dimensões precisas. Um estandarte foi pintado e será carregado por alguém da companhia. No estandarte: um campo branco enfeitado com flores-de-lis e dois anjos. Uma imagem do Rei dos Céus liderando o mundo.

Estudiosos também foram contratados para localizar profecias em manuscritos antigos. Uma das profecias é a seguinte: a França será derrubada por uma prostituta e salva por uma virgem. Acredita-se que a prostituta seja Isabel, mãe do delfim; a virgem é Joana. Eles encontraram algo do mago Merlin que podem usar: "Uma virgem que surge nas costas dos arqueiros". Outra, do Venerável Beda, descreve apenas "uma donzela carregando estandartes". Como a maioria das profecias de sucesso, elas são vagas. Podem significar ao mesmo tempo tudo e nada.

A comitiva de Joana é composta dos seguintes membros: dois pajens, ambos com sete anos de idade, chamados Louis e Raymond; um escudeiro, Jean d'Aulon; um capelão para ouvir suas confissões; e três criados para atendê-la – embora, como logo descobrem, raramente precisem fazer alguma coisa, pois ela está acostumada a se cuidar sozinha. Então ficam ociosos. Dizem que ela é a melhor senhora que já tiveram.

※

Quando chegou a Orléans, Joana viu que Iolanda havia feito seu trabalho. As pessoas acreditavam que ela era uma mulher santa indicada por Deus. Achavam que sua mera presença as salvaria.

Ela rapidamente percebeu: não havia um exército para chamar de seu e que se reportasse a ela, e ela não tinha título nenhum. Seu status era tão amorfo quanto a profecia de Merlin. Seus pajens, seu escudeiro, cada pessoa que lhe foi designada – ela se pergunta: será que tiraram na sorte? – dava de ombros e coçava a cabeça quando ela perguntava o que deveria fazer. Ela recebeu um quarto na casa do tesoureiro da cidade, onde seria servida pelas mulheres. Os outros capitães da França também estavam hospedados ali, mas ninguém se preocupava com o que ela fazia com seu tempo. Joana podia ficar em seu quarto dormindo. Se lhe desse vontade, podia rezar. Ela não era comandante de nada, mas ninguém a comandava também.

Os *chefs de guerre*, líderes do exército francês, achavam que ela era uma piada sem graça. João de Dunois, irmão ilegítimo do duque de Orléans, recusava-se a mirá-la. Quando ela entrava na sala, ele olhava para o outro lado. La Hire, o famoso bandoleiro transformado em capitão, olhou para Joana e uma bola de catarro lhe subiu pela garganta. Seu cuspe não parou muito longe dos pés dela.

Em sua porta, alguém deixou uma pilha de roupas imundas. Sua resposta: diante dos homens, ela chutou a pilha pelas escadas.

Os soldados de infantaria também ficariam mais felizes se ela fosse substituída por uma mula cansada e uma carroça de suprimentos. Uma mula e suprimentos pelo menos teriam utilidade. A maioria não conseguia deixar de encará-la, embora alguns fossem além: balançavam a cabeça quando ela passava por eles. Achavam que sua presença era errada, até mesmo ofensiva. Por que seus cabelos eram raspados e aparados na forma de tigela em voga entre os homens da nobreza? Por que ela usava gibão masculino? Ela nunca poderia ser cavaleiro, então por que tinha um escudeiro, pajens e criados?

Mas eles não a conheciam. Não sabiam que, quanto mais a encarassem, mais Joana agiria como se fosse ela, e não Iolanda, Rainha dos Quatro Reinos, que pagava os soldados.

Ela não se importava com ser ignorada; podia suportar em silêncio os olhares feios, os gestos negativos de cabeça, mas La Hire foi um pouco além. Logo depois que chegaram a Orléans, ele se aproximou dela, palitando os dentes de uma forma que lembrava seu pai. Ela queria dizer a ele que qualquer coisa que lembrasse Jacques d'Arc a deixava irritada.

Ele a olhou de cima a baixo.

— Não tem lugar para você aqui — ele disse. — Você, uma mulher? Uma roceira, uma pastora de ovelhas que só sabe apertar as tetas de vacas e ovelhas para tirar leite, que saiu de algum buraco, de alguma vala nos confins do reino, e agora se autodenomina uma virgem guerreira? Meu Deus, mulher, você não vai durar cinco minutos no campo de batalha. Não interessa se é grande. Nosso príncipe, rei, seja lá o que ele for, ficou louco como o pai, e, se você pensa que eu não diria isso na cara dele, eu lhe gritaria nos ouvidos se achasse que seria ouvido. Tolerei o garotinho com mãos e pés ensanguentados, e até mesmo aquele monge lascivo. Deixe que digam que são profetas. Deixe que durmam até meio-dia e comam carne e tortas. Que mal podem fazer? Mas isso? — Ele bate no peito, encolhendo-se diante da força do próprio punho. — Sua simples presença me ofende, como ofenderia qualquer soldado de verdade aqui. Agora, deixe o cabelo crescer e coloque um vestido!

Ele era alguns centímetros mais baixo que Joana, então ela o olhava de cima. Deu um passo à frente, cobrindo-o com sua sombra.

— E eu o conheço, La Hire — ela respondeu. — Ah, sim, fiquei sabendo de sua reputação. Você é um trapaceiro e um mentiroso, um mercenário da pior estirpe. Ouvi dizer que, anos atrás, foi convidado de honra de um duque. E o que fez quando a visita chegou ao fim? Trancou seu anfitrião em sua própria masmorra e exigiu que ele pagasse resgate para ser solto. Se não estivesse do lado de sua majestade, eu arrancaria sua cabeça de cima dos ombros agora mesmo.

O fato de ela ter retrucado pareceu pegá-lo de surpresa.

— Gostaria de ver você tentar — ele resmungou.

— Tentar? — ela repetiu. — Eu nem teria que tentar.

Eles estavam cara a cara. Ele zombou:

— Ah, fiquei sabendo do que você é capaz de fazer no treinamento. Mas o campo de batalha não é um cercadinho, querida. Não é um pátio vazio com um alvo de palha como oponente.

Dunois se colocou entre os dois.

— Deixe-a em paz — ele ordenou, encarando La Hire e a ignorando. — Logo ela vai descobrir a diferença por conta própria, embora possa não sobreviver para contar a história. E o delfim vai enxergar seu erro de julgamento.

— Lorde Dunois — Joana disse. Era a primeira vez que se dirigia a ele. — Como está seu ferimento? Está cicatrizando bem?

Ele se virou para ela com o lábio retorcido.

— Que ferimento?

— Seu ferimento de Rouvray, na Batalha dos Arenques — ela respondeu. — Os franceses, ao que me lembro, perderam aquela luta, mesmo estando em maior número que os ingleses. E o senhor foi obrigado, eu acho, a fugir para se salvar. E, então, como esse ferimento está cicatrizando, meu senhor?

— Sua vadia anormal — La Hire disse antes que Dunois pudesse responder. — Eu não me deitaria com você nem que fosse a última puta no último bordel deste reino.

Joana sorriu. Já estava arregaçando as mangas. Só vou transformar este aqui em exemplo, e aí eles vão ver, ela pensou.

— Se tentasse se deitar comigo — ela disse com satisfação —, estaria morto antes de suas calças tocarem o chão. Isso eu posso jurar.

Dunois olhou para o amigo e o empurrou, e Joana e La Hire se afastaram um do outro, como dois cães raivosos adiando uma briga.

As mulheres da casa, a esposa do tesoureiro e sua filha, haviam testemunhado a cena. Da escadaria, ficaram boquiabertas. Joana estava apenas um pouco arrependida. Provavelmente não era assim que uma mulher santa, um instrumento de Deus, deveria se comportar. Mas, diante daqueles idiotas, que escolha tinha? Ela olhou para o teto. Deus, dai-me paciência!

❖

Uma tosse educada afasta Joana de seus pensamentos. Uma das mulheres está lhe oferecendo algo: um elmo. Ela recusa. Quer que os homens – ingleses, franceses, não lhe importa de que lado estejam – vejam seu rosto. Quer que se lembrem dele.

— Você está tremendo, Joana — diz a ela a mesma mulher.

Ela não fala. Tem medo de que, se falar, sua voz trema também.

Nem nesse dia, uma manhã agradável de maio, alguém a acordou. Ninguém lhe informou que os capitães da França lutariam na fortaleza de Saint-Loup, um dos portões da cidade, que esse era o dia de sua primeira batalha. Mas ela engoliu o insulto.

As mulheres se afastam um pouco para olhar para ela. Finalizada sua tarefa, abaixam os olhos e sussurram uma prece diante da figura de aço que prepararam para a batalha. Normalmente, o escudeiro a teria vestido, mas as mulheres da casa quiseram ter essa honra. É como se Joana já pertencesse a elas: às mães, filhas, esposas e irmãs da cidade que esperam que ela acabe com o cerco. Os homens vão libertar os homens, mas você vai nos libertar.

Um criado abre a porta da frente, e ela sai para a luz do sol. Seu escudeiro está a postos com o cavalo. Ele a ajuda a montar. Os pajens correm com sua espada.

Uma semana antes, uma espada foi retirada da catedral em Sainte--Catherine-de-Fierbois, uma relíquia que, dizem, foi empunhada pelo grande príncipe dos francos, Carlos Martel. Mas a espada de setecentos anos não poderia ser usada; os monges descobriram que o estojo continha apenas um pedaço de metal enferrujado. Então, uma cópia exata foi feita com uma decoração de cinco cruzes na lâmina. Os monges, benditos sejam, também acharam que ficaria muito bonito, muito vistoso, se Joana carregasse em batalha uma bainha feita de tecido de ouro. Tecido de ouro para uma bainha? E se a espada perfurasse a trama? Ela quase gargalhou. Então uma nova bainha foi feita em couro simples, porém resistente.

Quando ela pega as armas, todos ficam em silêncio. Seu escudeiro cavalgará atrás dela com o estandarte. Os pajens ficarão para trás. Sua mão, agora a mão de um gigante metálico, faz o sinal da cruz sobre o peito de aço, sobre o coração protegido por uma placa.

A esposa do tesoureiro está olhando para Joana como se ela fosse sua própria filha. Mesmo com essa armadura, essa espada, ninguém acha que ela voltará viva. Não acreditam que seja suficiente contra homens que são também monstros.

Mais um instante. Uma última oração. Joana fecha os olhos, mas não é uma prece que lhe vem à mente, e sim uma lembrança, como uma pena caindo da asa de uma pomba. É uma cena de paz na casa de pedra branca, sua irmã ainda viva, remendando uma camisa. Seu tio estava perto de Catherine, observando suas mãos ligeiras. Ele disse alguma coisa que fez Catherine rir. Aos seus pés, Salaud corria em círculos. Mas, quando Joana entrou na sala, eles levantaram os olhos. Salaud colocou a língua para fora, abaixando as orelhas.

— Não posso ficar — Joana disse a eles. — Prometi consertar o portão do padre.

— Aquele homem deveria te pagar — respondeu o tio. — Mas acredito que todas as dívidas dele sejam pagas por Deus.

— É nossa Joana — falou Catherine, enquanto a agulha mergulhava e emergia pelo tecido da camisa. — Ela está sempre indo e vindo. Não consegue ficar parada. Nunca sabemos onde está ou onde estará, se pode ser encontrada no bosque ou no campo de algum vizinho. Uma vez, quando chamei seu nome, sua voz veio de cima de minha cabeça. Ela estava em uma árvore, comendo uma maçã.

Durand levantou as mãos, fingindo desamparo.

— O que podemos fazer a esse respeito? — ele perguntou.

Catherine olhou para ele, pensativa. Voltando a atenção para o tecido, balançou a cabeça. Ela sempre foi a imagem da delicadeza, sua irmã.

— Nada. Não há o que ser feito, e por que ela deveria mudar? Ela é nossa Joana.

Quando Joana abre os olhos de novo, é recebida pelo mundo real.

Seu coração é a batida do tambor que a acompanha para a guerra. Atrás dos ombros, ouve o tremular do estandarte que indicará sua chegada à batalha. Um vento leve esfria o suor que corre pelas laterais de seu rosto.

Quando passa pela catedral de Orléans, murmura uma oração, uma última palavra para Deus, mas uma figura chama sua atenção. Ao lado de uma das portas, em um pedestal – seria sua imaginação? –, ela encontra uma estátua, a mão tocando uma roda. Já viu aquele rosto antes, primeiro em um livro e depois em um sonho, e seus olhos a estão observando. Mesmo quando Joana olha para trás, os olhos ainda parecem observá-la.

Quando, cavalgando, ela se aproxima do conflito, homens já estão fugindo da batalha. Levam as mãos aos ferimentos, deixando rastros de sangue enquanto cambaleiam. Seus rostos estão congelados em uma expressão de dor, como máscaras.

Seus últimos pensamentos são os seguintes: As pessoas que um dia estiveram naquela sala, em sua lembrança, já se foram. Não lhe resta nada além disso.

❖

Ela tem a sensação de estar se movimentando no tempo. Sobrejacente a esta batalha: uma clareira. Homens são substituídos por meninos. Espadas e achas de armas são substituídas por pedras. Quase fora do alcance da visão e da audição: um menino grita e cai. Qual a diferença? Homens adultos fazem mais barulho. Há mais sangue.

Alguém está se jogando contra o cavalo dela. *Tum. Tum.* Joana olha para baixo; é a primeira vez que vê um inglês tão de perto. Olhos escuros encontram os dela. Um rosto cheio de ódio; uma longa cicatriz esbranquiçada ao longo do maxilar.

Homens com cicatrizes. Homens que são cruéis. Homens que não falam francês. Foi você?, ela gostaria de perguntar. Você se lembra do rosto de Catherine?

Mas sua mão se movimenta antes que a boca possa formar as palavras, e ela mal registra o lampejo de aço. Quando ergue a espada, vê que a beirada está coberta de sangue.

Ela não tem tempo de pensar no que fez. Bem ali, a menos de um metro de distância, dois homens estão lutando como seu irmão lutou com o capitão ruivo de Maxey. Mas, no lugar de Jacquemin, está o corpulento La Hire. E Joana não está mais correndo com um galho na mão fazendo as vezes de um porrete. Está cavalgando na direção deles com uma espada.

Um instante. Quando a cabeça do inglês é decapitada, ela voa formando um arco perfeito no ar. La Hire se desvencilha do corpo agora sem vida.

Ele olha para cima e a reconhece. Passa a mão sobre um corte em seu queixo e estreita os olhos.

— Eu não precisava da sua ajuda — ele diz, embora pareça que está tentando não sorrir, não gargalhar diante do rumo que tomaram os acontecimentos. Então dá meia-volta e acerta um soco na cara de outro soldado.

Quanto tempo dura uma batalha? Ela não sabe. Em sua cabeça, uma voz interroga cada homem que ela mata: Foi você? As respostas que recebe: gritos, gemidos, silêncio. Mas o que ela quer é uma confissão, mesmo que não haja perdão.

Aqui, também, está uma outra cena que ela sabe que já vivenciou. Está ajoelhada. A mão revestida pela manopla toca a lateral da cabeça ensanguentada de um homem que tem o rosto momentaneamente mascarado por outro rosto muito mais jovem: o de um menino de sete anos. Mas, ela pensa, ele também é jovem. Dezesseis? Dezessete? Talvez seja um Guillaume mais velho. Ela se lembra dele: desse homem que chamou de Guillaume. Quando passou pelos campos, ele estava no meio de um grupo de soldados que ficaram olhando para ela com cara de bobos. Joana tinha feito cara feia para ele. Está olhando o quê? E ele havia abaixado a cabeça, constrangido. O momento teve sabor de vitória, por menor que fosse. Essa batalha também fora uma vitória. Mas ele havia perdido em ambas as vezes. Ela nota: o Guillaume mais velho não tinha morrido com nenhuma arma na mão. Então com o que estava lutando? Com os próprios punhos?

Ela sente alguém tocar suas costas cobertas pela armadura. Mesmo através do aço, encolhe o ombro. É La Hire.

— O garoto está morto — ele diz. Sua voz é estável. A visão da morte não significa nada para ele, um soldado experiente. Mas mesmo La Hire o chamou de garoto. Enxerga o quanto ele era jovem. — Deixe-o, Joana.

Ela o deixa. Os mortos permanecem mortos.

❖

Joana está pegando seu jantar para levar para o quarto e comer sozinha quando ouve alguém pigarrear atrás dela.

Estão todos presentes. À cabeceira da mesa: João de Dunois, o Bastardo de Orléans. À sua esquerda, sentado de um lado: Gilles de Rais, Jean Poton de Xaintrailles e Raoul de Gaucourt. Do outro lado: La Hire, Ambroise de Loré e Jean de la Brosse. Os capitães do exército francês, todos reunidos.

Joana está prestes a passar por eles com sua tigela de cozido quando La Hire tosse em sua direção. O quê? Mais insultos?

No canto da mesa, na quina onde é ruim de se sentar, alguém colocou uma cadeira extra.

— É para você — afirma Dunois, dirigindo-se para o teto. Ele aponta para a cadeira como se espantasse uma mosca. — Por que não se senta?

Os homens estão em silêncio, mas ninguém se coloca na frente dela nem estica a perna para ela tropeçar. Ela se senta. A quina da mesa incomoda sua barriga. Ela parte um pedaço de pão e molha em uma taça de vinho diluído que La Hire lhe serviu. Quando levanta a taça, verifica seu interior primeiro. Nenhum inseto. Nenhum rato morto. Ela bebe.

La Hire, que a observa, estala a língua.

— Você não confia em ninguém — afirma.

— Não, não é bem assim — ela responde. — Só não confio em você. — Eles já estão se provocando.

Todos estão em silêncio, exceto pelo som da mastigação. Parecem ter ficado acanhados de repente, como crianças que são colocadas juntas para se apresentar e fazer amizade. Joana mantém a cabeça baixa. Um prato de pernil surge perto de sua tigela. Ela mastiga, fingindo não notar. Mas o pernil vai chegando cada vez mais perto, como se tivesse criado pernas. Quando levanta os olhos, ela vê a mão de Dunois empurrando o prato. Ele a observa.

— Onde você aprendeu... — ele começa a falar. Não consegue terminar a frase. Para e respira. — Onde aprendeu a lutar daquele jeito?

Ela poderia se fazer de modesta. Poderia perguntar: "De que jeito?". Mas sabe exatamente de que momento ele está falando. Ela tinha sido derrubada do cavalo. O pânico fez seus membros ficarem rígidos, ela começou a suar frio. Do chão, viu um cavaleiro inglês indo para cima dela com seu cavalo. Sobre a cabeça, ele rodava uma maça; a ponta afiada da arma brilhava, refletindo a luz. Ele não estava distante, mas ela não recuou. O homem deve ter pensado que ela estava aturdida, incapaz de se mover devido ao medo, mas estava errado. Conforme o cavaleiro se aproximava, os ouvidos dela se enchiam com o som de cascos de cavalo, com seu ritmo devastador. Todos os outros barulhos, de gritos e lutas ao seu redor, haviam se transformado em um sussurro. Ela preparou a lâmina. Respirou fundo. Mais uma vez. Quando o cavalo estava quase em cima dela, a maça do cavaleiro já girando na direção de sua cabeça, ela se moveu com rapidez, agachando. A espada abriu a parte de baixo da barriga do animal. Ela inalou o vapor do bicho, a poeira que ele levantou, e sentiu, a centímetros de distância, o tremor do músculo. Tinha sido por pouco. Joana se levantou, respingada com sangue de cavalo, o rosto molhado e quente, o odor de matança fresca irritando o nariz. Chegou até onde o cavaleiro tinha ido parar antes mesmo de ele conseguir se ajoelhar. Teve apenas que virar a mão para a ponta da espada encontrá-lo. Quando a poeira baixou, ela olhou em volta.

Viu que alguns homens haviam parado de lutar. Tinham visto o que ela fizera: cavalo e homem abatidos juntos. Não muito tempo depois, a batalha havia terminado.

— É uma longa história — ela responde. E depois: — E sinto muito por ter feito piada com seu ferimento.

Ele assente, aceitando as desculpas. Sorri, e ela sorri também.

— O que vai acontecer com os mortos? Eles vão ser sepultados? — ela pergunta.

Com isso, os homens levantam a cabeça e olham para ela. Apenas La Hire responde:

— Não haveria coveiros suficientes, minha pequena pastora.

A maior parte do pernil já se foi quando ela fala de novo. Tem outra pergunta:

— E agora?

Chegaram notícias pelo mensageiro: reforços ingleses estão a caminho de Orléans, liderados por Sir John Fastolf, capitão que derrotou os franceses na Batalha dos Arenques. O rumor é que seu exército tem muitos recursos e a força de milhares de homens.

— Devemos esperar reforços — Dunois afirma — antes de lutarmos de novo.

— Por quê? — ela pergunta. Está naquela mesa há menos de quinze minutos e já está falando como se esses homens fossem seus irmãos. Irmãos podem ser pressionados; é possível gritar com eles. — Por que esperar? Devemos ir até onde os ingleses estão em maior número.

Ela pega o prato de pernil e a jarra, posicionando-os lado a lado. Carne e água são transformadas em torres com ameias: as duas principais fortalezas da cidade, Les Augustins e Les Tourelles.

— É só tomar esses dois e recuperar Orléans — ela diz. — Eu vi os mapas — Joana acrescenta.

— Como assim? Quando? — La Hire vocifera.

— Quando você os deixou expostos para qualquer um ver — ela berra em resposta.

Dunois toca o ombro, seu ferimento de Rouvray. Alterna o olhar entre o pernil, a jarra e Joana. Sob a mesa, bate o pé perfurado por uma flecha em Verneuil.

— Eu falei, Dunois — La Hire diz. — Eu falei que era melhor não abrir espaço à mesa para ela. Em alguns dias, ela vai querer se sentar no seu lugar também. — Mas ele não está mais zangado com Joana. Está sorrindo.

❖

Há uma noite muito, muito longa pela frente. Seus pajens, Louis e Raymond, estão cheios de perguntas, e seu escudeiro, Jean, está escrevendo uma carta à luz de velas, uma mensagem para Le Maçon, que, tendo em vista que contém boas notícias, chegará às mãos perfumadas de Iolanda. Pela primeira vez no que parece uma eternidade, o resultado é *victoire*. Vitória. La Hire está sentado diante do fogo, bocejando. Ele acompanhou Joana até o quarto dela após o jantar, tirando as botas e se acomodando. Como uma batalha pode mudar um homem. É como se sempre tivessem sido melhores amigos.

Joana precisa ser sincera. A guerra é terrível, ela diz aos pajens. E está falando sério. O barulho, por exemplo. Os gritos dos moribundos, homens e animais. Ossos quebrados. O baque nauseante de corpos colidindo, da cabeça de um cavalo batendo na cabeça de outro. Aço contra aço. Não se pode olhar para baixo; ninguém nem ousa. O que se vê no chão vira o estômago do avesso, então é melhor não comer nada antes. O nervosismo mantém as pessoas em pé. La Hire tem razão: treinamento é diferente de batalha.

Ela descreve o espaço: tão largo e grande quanto um pátio, mas os mortos estão espalhados como junco pelo chão. Alguns parecem estar dormindo. Outros parecem paralisados, com os músculos rígidos, como se pudessem se levantar a qualquer momento. Uns parecem chocados. A morte pegou esses homens de surpresa. A maioria morre de olhos abertos, mas Joana acha que um cadáver piscou para ela. Às vezes, não dá para distinguir quem está do seu lado e quem está do outro. São apenas homens.

Sob seus pés, o solo estava encharcado, mas não de chuva nem de lama. Quando a batalha terminou, ela parou e colocou a mão sobre a barriga de metal. Vomitou diretamente sobre uma poça de sangue.

Ela diz aos jovens pajens: Quando vocês reclamam dos exercícios ou ficam doloridos depois de uma corrida, pensem no que significa lutar durante três horas sem descanso, sem intervalo, sentindo o cheiro do suor e com poeira na boca. Não dá para lembrar o momento da vitória, mas vão se lembrar de todos os outros momentos, de pequenas coisas, de como o sangue não é nem um pouco parecido com água ou vinho, mas gotículas solidificadas que se grudam à armadura; vão se lembrar da fileira de dentes tortos que se dispersam como ervilhas secas sobre o dorso da manopla quando se acerta o rosto de um homem; da forma estranha como alguns homens morrem, como se tentassem se curar, fechar um tórax totalmente aberto, um crânio rachado.

Ela pega os pajens pela mão. Pergunta a eles com seriedade:

— Têm certeza de que não preferem entrar para o sacerdócio? — E eles se entreolham, incertos. Da escrivaninha, o escudeiro esconde um sorriso.

— Mas? — La Hire grita da cadeira.

— Mas também é uma sensação incomparável — ela afirma. — Nada faz alguém se sentir tão vivo quanto estar em batalha. Quando se sentem todas as veias do corpo pulsando, como a corda esticada de um arco, energia transbordando na ponta dos dedos...

— A necessidade de mijar esquecida segundos após um ataque — La Hire acrescenta.

— Quando se vivencia tudo isso... — Joana não termina a frase. Ela sorri. Um sorriso normalmente reservado a um bebê recém-nascido ou um jardim florido na primavera. Ela mostra as mãos a eles. — Minha espada não era mais só uma espada. Não sentia seu peso ou seu tamanho, pois era como se estivesse empunhando minha própria alma.

La Hire se inclina para a frente na cadeira.

— E então, rapazes? — ele pergunta aos pajens, ambos sorrindo. — O que acham do sacerdócio agora?

❖

Eles não podiam simplesmente vestir Joana com uma armadura e levá-la para Orléans.

Após seu último encontro com o delfim, ela foi levada para uma outra cidade: Poitiers. Lá, dezoito clérigos reunidos pelo arcebispo de Reims e avaliados por Iolanda a interrogaram. Não era só o delfim que havia perdido seu lar. Esses homens também tinham sido desalojados pela guerra. Depois que Paris foi tomada, eles perderam sua excelente universidade, perderam suas sés e suas fontes de renda, seus papéis oficiais confortáveis e lucrativos. Esses servos de Deus eram homens zangados. Com seus lares, também haviam perdido o senso de humor.

Em uma sala pequena demais para tão ilustre reunião, esses homens a encararam, carrancudos e implacáveis, como fileiras de sapos cansados, alguns esqueléticos e estreitos, à maneira dos ascetas, outros superalimentados, com queixos que pendiam, formando papadas. Um bispo chegou montado em uma mula; outro, seu bom amigo, veio de uma cidade vizinha balançando perigosamente sobre um cavalo de guerra. É claro que ela pensou que o cavalo de guerra poderia ter melhor uso do que servir de montaria para um bispo obeso.

No entanto, para eles era também um encontro de homens carecas e com manchas senis, já que esses célebres doutores em teologia passavam os dias contemplando as cinco provas da existência de Deus de Tomás de Aquino. E agora haviam sido chamados para contemplá-la.

Juntos, eles lhe fizeram perguntas, às vezes falando um sobre o outro, outras se perdendo em seus próprios discursos prolixos, de modo que ela não conseguia ouvir e eles precisavam se repetir. Quantas vezes por dia ela rezava? Que orações conhecia? Qual tinha sido a última vez que havia se confessado, recebido a comunhão, jejuado? Ela era filha de Deus? E, se honrava pai e mãe – eles não gostaram das respostas que ela deu nessa parte, e outras pareceram ambivalentes –, por que havia saído de casa sem ninguém para acompanhá-la? Por que viajara sozinha? E por que motivo mencionava seu tio – ao que parecia, um indivíduo inescrupuloso – mais do qualquer outro membro da família?

Ela sabia qual era o objetivo deles: revelar os tocos dos chifres do diabo em seus cabelos, descobrir as escamas de pele de serpente debaixo de sua túnica e de suas meias, a cauda pontuda que imaginavam que ela mantinha enrolada e escondida entre as coxas.

Mas Le Maçon lhe disse para não se preocupar. A conclusão dos procedimentos já tinha sido decidida. Ela passaria. Então, qual o sentido?

— Pensei que não houvesse tempo a perder — ela disse, e Le Maçon corou. Mesmo assim, a ordem correta das coisas precisava ser seguida, ele explicou. Perto do fim das sessões, ela começou a gravar formas e figuras na mesa com a faca do tio. Uma nuvem. Um triângulo. Um chifre de unicórnio. Isso zangou os padres, mas nenhum deles ousou tirar a faca dela, pois tinham ouvido falar do que ela podia fazer com uma arma, qualquer arma.

— Ela é uma mulher orgulhosa, mais orgulhosa que um príncipe — disse um bispo. Joana não conseguia se lembrar qual; àquela altura, seus rostos estavam indistintos. Mas ela teria respondido, se pudesse, que não era nada pessoal. Só estava entediada. Ao concluírem o interrogatório, redigiram um documento e circularam entre si. A decisão: ela, Joana, é uma boa garota que conhece as orações. Não encontramos nenhum pecado nem qualquer forma de influência demoníaca nela.

O exame pelas mulheres veio logo depois. Iolanda havia indicado essas mulheres, que pediram que Joana se deitasse em uma cama e abrisse as pernas. A mais velha de todas tocou seus joelhos e olhou entre eles, estreitando os olhos até finalmente ver algo ali que a deixou satisfeita. Uma jovem a substituiu, também encarando, e depois uma terceira, uma matrona de rosto sério, que suspirou alto de alívio entre as pernas de Joana, o que a fez se contorcer. Quando terminaram, ela já tinha começado a sentir saudade dos bispos; ficou olhando para um ponto do teto e tamborilando com os dedos sobre a barriga lisa. Inquieta, cutucou uma ferida no pulso esquerdo. O rosto das mulheres apareceu sobre sua cabeça. Elas olharam para ela e fizeram um sinal positivo com a cabeça.

— Você é casta — anunciou a mais velha em tom grave. — Uma verdadeira virgem.

Ela quase disse: Verdade? Eu não sabia.

Depois de cada sessão em Poitiers, ela ia direto para o estábulo e para o pátio de treinamento.

Os cavaleiros mantinham distância, mas os pajens, os meninos mais novos entre sete e doze anos, não conseguiam esconder a curiosidade enquanto ela voltava a rechear com palha os alvos que havia perfurado. A princípio, fingiam que não a notavam. Assobiavam e ficavam chutando feno enquanto olhavam de relance na direção dela. Depois iam se aproximando, formando um grupo. Piscavam para ela, que olhava de volta para eles: o futuro do reino, os jovens filhos da nobreza, embora não lhe parecessem diferentes dos garotos da cozinha que a observavam cortar legumes em Neufchâteau. Ela sorria para eles, e eles sorriam também.

A partir de então, eles a viam atirar, espiando entre os pilares do portão. Observavam quando ela montava e cavalgava, e se revezavam para tocar e erguer sua espada. Rasparam e cortaram os cabelos dela em forma de tigela e os lavaram, muitas pequenas mãos sobre sua cabeça, como um batismo coletivo. Como fazem as crianças, cada um guardou uma mecha de cabelo para dar sorte e porque acreditavam que lhes daria força.

Depois de Poitiers, ela viajou a Orléans, parando em Tours e Blois para pegar suprimentos. Achou que haveria luta assim que chegasse a Orléans, mas seu escudeiro lhe informou que, embora os ingleses estivessem em grande número, não tinham homens suficientes para cobrir todos os portões da cidade. Então, pelo portão de Saint-Aignan, ela chegou com sua pequena comitiva. Um comboio de suprimentos a acompanhava. Já estava escuro, mas a cidade, iluminada com tochas, era clara como uma manhã. Algumas pessoas seguravam velas, os últimos tocos que tinham no armário, para iluminar seu caminho. Pais levantavam crianças, com os olhos turvos de sono, para vê-la. Ela viu um homem balbuciar a palavra "anjo" no ouvido da filha. Viu que eles estavam famintos, que alguns estavam doentes e que estavam cansados de viver sitiados, com os ingleses à espreita. Queriam algo em que acreditar e estavam prontos para crer em qualquer coisa, até em profecias ancestrais do mago Merlin e do Venerável Beda. Ela viu que eles estavam prontos para acreditar nela.

II
• • •

Notícias da vitória em Saint-Loup se espalham, e na manhã seguinte uma multidão de homens se reúne para ouvir Joana falar. Não são soldados, mas cidadãos de Orléans: padeiros e ferreiros, alfaiates e ourives, sapateiros, advogados, curtidores, açougueiros e seus aprendizes. Ela os encara vestindo a armadura que seus pajens poliram, de modo que as placas brancas de aço refletem o sol e ela brilha como uma estrela de fogo.

Ela está de igual para igual com esses homens. Sem tablado. Sem plataforma. Sem cavalo. Caminha entre eles enquanto fala. Toca seus ombros magros, segura em seus braços esqueléticos e olha dentro de seus olhos fundos. Orléans é uma cidade de mais de trinta mil habitantes. Os suprimentos e animais que ela havia trazido quase uma semana antes não chegam nem perto de ser suficientes.

— Vocês são homens da cidade de Orléans — ela diz. — Uma grande cidade. Uma das melhores do reino. E sei que estão com fome. Sei que estão doentes e aflitos de preocupação por sua família, seus amigos, seus vizinhos. Eu também já passei fome. No dia em que os ingleses invadiram meu vilarejo, fui acometida por uma febre. Cheguei perto da morte. E não pude fazer nada para defender minha casa. Quando minha família fugiu do vilarejo, eu nem conseguia andar. Havia me tornado um fardo para aqueles que amava.

Ela para e olha à sua volta, olha nos olhos de todos os homens. Aprendeu que um discurso feito para um rei pode ser adaptado para um homem comum sem perder a eficácia. Continua:

— Se os ingleses atravessarem as muralhas de Orléans, eles podem poupar a vida de vocês, podem se apossar de seus bens, incendiar algumas casas e humilhar vocês. Mas, quando a cidade estiver aberta e os moinhos d'água forem reconstruídos, vocês vão retomar a força. Vão acordar de madrugada e não haverá mais cerco do outro lado dos portões. Não haverá mais soldados. Nenhuma flecha sendo atirada sobre as muralhas da cidade. Vocês receberão um beijo de bom-dia de sua esposa e de seus filhos, e tudo será praticamente como era antes. Trabalhar. Levar mercadorias para vender no mercado. Sentar-se à noite para um jantar substancioso. Orar antes das refeições e antes de dormir. Um dia, vocês poderão voltar a sorrir e gargalhar. E ainda assim...

Ela faz uma pausa. Sua voz ecoa sobre a cabeça deles; ergue-se de seu âmago.

— Ainda assim, já lhes digo que será diferente. Uma porta, embora ainda possam abri-la; uma janela, pela qual podem olhar para fora; o próprio ar que respiram não será o mesmo, por mais que estejam vivos. Não conheço esta cidade como vocês. Não conheço os sermões pregados a vocês e suas famílias nessa grande catedral. Não conheço os cômodos onde seus pais os carregavam no colo quando eram crianças e onde vocês, como pais, carregam seus filhos. Não conheço as ruas em que homens bons, homens com mãos e mentes habilidosas, fazem coisas belas e se orgulham de seu trabalho. Não conheço os céus noturnos que cobrem esta cidade, a vista do Loire ao nascer e pôr do sol. Apenas vocês, o povo de Orléans, conhecem essas coisas.

"O que sei é o seguinte: por mais que sua vida e a vida de sua família sejam poupadas, por mais que possam retomar o trabalho e o comércio, será como ter um jugo invisível em volta do pescoço. Vocês vão sentir um peso que não vão conseguir explicar a nenhum médico ou boticário. E não vão ser capazes de se livrar desse fardo quando morrerem, pois ele será passado para seus filhos e filhas até ficar leve a ponto de seus filhos, e os filhos de seus filhos, passarem a carregá-lo com facilidade. Uma geração, duas gerações, e eles não vão mais sentir, pois aí já será comum batizar os filhos em homenagem aos governantes da Inglaterra, curvar-se não ao próprio rei, mas a um rei do outro lado do mar. E, assim, o nome de seus netos será Henrique e Ricardo, e não Carlos, Filipe ou Luís."

Ela apoia a mão no ombro de um idoso.

— Vocês já perderam seu duque, Carlos de Orléans. Em Azincourt, catorze anos atrás, ele foi levado pelos ingleses e é prisioneiro até hoje em uma torre na cidade de Londres. Então pergunto: de que vai adiantar pagarmos esse resgate, levantarmos fundos para libertá-lo, se não libertarmos Orléans? Seu lorde terá um lugar para voltar se vir as bandeiras de são Jorge tremulando nas torres e ameias, e não as dos santos padroeiros de sua própria cidade, Aniano e Euverte, e as flores-de-lis douradas de seu reino?

Ela para. Exibe a armadura, o corpo coberto de aço.

— Se até um vilarejo provinciano, um grupo de casebres no meio do nada, um vilarejo de que ninguém vai se lembrar ou amar daqui a cem anos é capaz de produzir alguém como eu, o que Orléans pode gerar com suas dezenas de milhares de cidadãos? Que heróis pode encontrar entre seus homens? Então peço que lutem ao lado dos lordes e capitães da França. Peço que lutem ao *meu* lado.

Ela nem precisa estender a mão. Eles se aproximam dela, centenas de dedos tocando armaduras e armas que ela distribui. A aclamação é ensurdecedora. Da próxima vez que fizer um discurso, ela considera colocar um pouco de lã dentro dos ouvidos.

Mas alguém pega em seu braço. É o idoso cujo ombro havia servido de apoio para a mão de Joana.

Ele se curva até quase fazer uma reverência.

— Confesso que antes não acreditava — ele diz. — Achava absurda essa conversa de enviarem moças santas e virgens para nos salvar. Mas agora acredito. Vejo que as profecias a seu respeito... são todas verdadeiras.

Aquela noite, Joana dispara uma flecha no campo inimigo. A flecha leva uma mensagem simples, escrita na caligrafia elegante de seu escudeiro.

"Abandonem seu posto. Recuem. Última chance." É cinco de maio, Dia da Ascensão, quando Cristo subiu aos céus, e, portanto, dia de descanso. Mas, se não é permitido lutar, ainda se pode recrutar homens fortes. Ontem ela havia lutado em Saint-Loup. Amanhã – ela se lembra do prato de pernil e da jarra que tinha colocado lado a lado sobre a mesa de jantar – haverá outra batalha.

— Les Tourelles — seu escudeiro diz. Jean fala como uma criança que está aprendendo palavras novas, bem devagar. — Uma batalha que será lembrada. Mas como posso descrever o que aconteceu de uma forma que vocês consigam compreender? — Ele se dirige aos pajens, aos criados, às mulheres da casa. Velas estão acesas na sala abarrotada. Já se passaram duas noites. É sete de maio, e ele está com lágrimas nos olhos.

"Ao primeiro sinal de luz, a luta começou. Ela, Joana, era como um penhasco no mar, e os ingleses que haviam testemunhado o que ela foi capaz de fazer em Saint-Loup, sua primeira batalha, foram para cima dela em ondas. Sabiam que, se fosse derrotada, nosso entusiasmo morreria junto com ela. Então atacaram seu corpo, sua armadura. Todas as vezes, ricocheteavam e se dispersavam como espuma do mar a seus pés. Então outra onda de homens se formava e acabava se quebrando mais uma vez. O corpo dela era como uma parede de pedra; ela atravessava os ingleses como um penhasco que se sobressai na água, apartando cada ataque. Um movimento de seu braço: *bum*. Um inglês morto cai sobre o homem que está atrás dele, e este sobre o que está atrás, até uma fileira inteira ser derrubada pela ressonância do punho dela. Foi assim."

Ele coloca a mão sobre o peito. Fecha os olhos e continua:

— Passaram-se horas de luta pesada. Eu tinha acabado de ajudar a erguer uma escada. E, enquanto Joana subia, nossa sorte virou. Uma flecha a atingiu... aqui. — Ele toca a base do pescoço, mostra aos espectadores horrorizados a pele branca e delicada, a veia azul pulsante a poucos centímetros da garganta. — De baixo, vi a cabeça dela se projetar para trás, como se alguém tivesse lhe acertado um golpe. E, em cima da escada, seu corpo tremeu antes de ela cair. A colisão foi terrível. Uma queda de pelo menos... — Ele faz uma pausa dramática. — Uns seis metros.

"Nem precisei gritar por ajuda. Se mil homens, não soldados, mas o povo comum de Orléans, haviam respondido à sua convocação às armas, então pelo menos cem defenderam seu corpo. Nenhum inglês ousou chegar perto dela. Nenhuma segunda flecha dos céus poderia liquidá-la sem acertar um de nós antes. Mas uma aclamação surgiu entre os inimigos, e sentimos os arrepios da ruína bem de perto, às nossas costas.

"Eu me lembro de pegar seus pés, La Hire pegar os braços, tudo isso enquanto ela sangrava. Sua enorme força se esvaiu dela, que lutava para conseguir respirar. Estava se engasgando com o próprio sangue. Nós a carregamos para a periferia do conflito, e lorde Dunois chegou a cavalo. Ele perguntou: 'O que aconteceu?'. Então viu sobre quem estávamos debruçados. 'Ela está morta?', questionou. E ninguém respondeu, nem mesmo La Hire, que não fica quieto em ocasião nenhuma. Mas depois ele disse: 'Com os ingleses, são sempre flechas. Eles não têm coragem de enfrentar um homem, então precisam matar de longe'. Eu nunca tinha ouvido aquele velho soldado falar com tanta ternura, como se lhe doesse dizer em voz alta cada palavra.

"Removemos a maior parte da armadura e a camisa de cota de malha para ver o tamanho do estrago. A flecha tinha penetrado cerca de quinze centímetros. Lorde Dunois desceu do cavalo e segurou a mão dela. Enquanto ele rezava, alguém correu para buscar o padre. Quando ela viu quem estava agachado ao seu lado, esforçou-se para levantar a cabeça e sussurrou para ele: 'Cabelos escuros, na altura do ombro, mais velho do que você'. — Jean imita a voz áspera, apertando a garganta. — Nós nos viramos uns para os outros, perplexos. Não entendemos o que ela quis dizer, então ela acrescentou: 'Acho que vi o idiota comemorando com os amigos'. Aí, fechou os olhos. La Hire apertou meu ombro e disse: 'Às vezes, é assim. Nem todo soldado vive até uma idade madura'. Suas palavras eram pragmáticas, mas ainda assim sua voz saiu trêmula. Acho que o velho brutamontes tinha começado a se afeiçoar por ela.

"Desviei os olhos. Fiquei olhando fixamente para a mão dela se contorcendo, até parar de se mexer. E, embora o som da batalha ainda estivesse próximo, nós nos aproximamos. Ouvimos juntos seu estertor."

Jean suspira, e, por três segundos inteiros, é como se ele também tivesse passado para o outro mundo.

— Mas seu último suspiro não veio, e de repente ouvi lorde Dunois gritar. Senti a cabeça girar quando vi a mesma mão que tinha perdido a força se arrastar até a haste da flecha na base do pescoço e puxar. Ouvimos o som de carne se rasgando. Os olhos dela estavam alucinados. Dava para ver o rosto tremendo de dor. Ela travou o maxilar, rangendo os dentes, e, com uma última torção, um puxão agonizante, a flecha se soltou. Ela a jogou de lado e, respirando com dificuldade, conseguiu se sentar e levou a mão ao ferimento. Vi que estava pálida como os mortos, que a camisa estava manchada de sangue e a grama em que estava deitada tinha ficado completamente ensopada, como a tina de um tintureiro. Ela chamou meu nome e eu quase desmaiei. Apenas Dunois manteve a calma e aplicou banha de porco para conter o sangramento. Mas, quando ela se levantou, sentimos nossas entranhas se revirarem. Os primeiros passos foram cambaleantes. Era notável que ainda estava zonza, mas foi direto para o cavalo de Dunois, guardado por seu escudeiro. Quando o homem não saiu de seu posto – ele também estava perplexo –, ela o empurrou de lado. Corri com a espada dela, e ela a empunhou. Não ouviu os protestos de La Hire nem os gritos de Dunois. "Ela vai sangrar até a morte se voltar para lá", La Hire gritou. "Aquele cavalo é meu!", Dunois reclamou. Mas ela montou no *destrier* e nem teve que me pedir para acompanhá-la. Eu já estava cavalgando atrás em outro cavalo, carregando seu estandarte no alto. Nenhuma palavra foi trocada entre nós enquanto retornávamos à batalha.

Jean suspira de novo. Ele mantém a mão sobre o coração.

— O pôr do sol nunca espera a conclusão das batalhas, e já estava ficando escuro. Sabe, depois da primeira batalha em Saint-Loup, Joana me disse que havia conseguido levantar uma carroça inteira que estava atolada na lama, sem a ajuda de ninguém. Bem, em Les Tourelles, ela passou por uma fileira de homens, soldados de infantaria e cidadãos. Estavam empurrando um aríete na direção da porta da fortaleza quando duas rodas quebraram. Não foi nenhum ardil, apenas falta de sorte, bem no pior momento. Havia horas que estavam lutando, cavando, gritando a plenos pulmões. Os homens estavam cansados, e as notícias tinham chegado rapidamente. Eles souberam que uma flecha inglesa a havia atingido, que tinha perfurado seu pescoço. Então acharam que ela estava morrendo, se já não estivesse morta. Imaginaram que todos os seus esforços haviam sido em vão. E assim, quando as rodas do aríete cederam pouco antes de chegarem à porta da fortaleza, acreditaram que Deus não permitiria que vencessem. Não hoje.

"Quando corremos para auxiliar esses homens, entreguei o estandarte a outro soldado e disse: 'Espalhe a notícia. Diga a todos que ela está viva e bem'. Depois fui atrás dela. Ela agiu com rapidez, pegando uma ponta do aríete e direcionando os outros para seus lugares. Eles disseram: 'É impossível. Duas rodas estão quebradas. Não vamos conseguir chegar até a porta e vamos precisar de mais gente'. Ela respondeu apenas: 'Não vamos precisar de mais ninguém'. E, enquanto eles hesitavam, ela afirmou: 'Voltei dos mortos para auxiliar vocês. Então não me decepcionem'. Dava para ver na cara deles que não estavam olhando para ela, mas para o ferimento. Ainda escorria sangue do buraco no pescoço.

"Ela empurrou e fez os pelos de meus braços e nuca se arrepiarem ao ver a arma de cerco se movimentar vários centímetros para a frente. Sim, vários centímetros. Sou capaz de jurar diante do altar da catedral de Orléans. Os homens também não conseguiam acreditar. Ficaram de olhos arregalados quando o mecanismo que seguravam começou a sair do lugar enquanto eles ficavam ali parados. 'Não fiquem só olhando', ela gritou. 'Me ajudem a empurrar!' Os homens escutaram, e o rosto de todos ao redor dela ficou tenso. Os homens coraram em um tom de vermelho horripilante devido ao esforço. Os olhos saltavam, até que ouviram os primeiros estrondos de trovão e o aríete avançou rangendo, chegando cada vez mais perto da porta. E mesmo quando, por algum milagre, chegamos à porta, ela estremeceu, mas não cedeu. 'De novo!', berrou. Sua voz era uma outra espécie de trovão. 'De novo!'

"A porta estremeceu pela segunda vez, mas ainda não rachou. 'Não me importa se vamos ficar até amanhã para derrubar essa porta', ela gritou, olhando no rosto de cada um dos homens. 'Vão desistir agora? Vão me decepcionar?' Com isso – um último empurrão –, a porta se rompeu, tombou com o ruído que pareceu uma explosão de tiro de canhão. Meu coração foi parar na boca, pensei mais um vez que meus joelhos fossem ceder, mas também soltei um grito de guerra, que perdeu apenas para o dela.

"Vi Joana escalar muros. Eu a vi sacudir os ingleses sobre as ameias e os jogar para os franceses, soldados e cidadãos, que aguardavam embaixo com espadas, lanças e martelos pelo que caísse a seus pés. Eu a vi se movimentar mais rápido, pois ficava mais leve sem armadura, e nenhuma lâmina ou flecha conseguia acertá-la, apesar de ela já estar ferida.

"Dava para sentir o medo no ar, meus amigos. O medo também tem um cheiro singular. Diante dela, os ingleses ruíam. Tropeçavam uns nos outros. Tremiam ao ver que o ferimento dela era real: o buraco da flecha, os resquícios de sangue ainda por secar na frente da camisa. Ela arrancou os preciosos arcos de teixo das mãos deles. Quebrou-os ao meio sobre a coxa. *Crack*. Era como passar com uma arma de cerco por um rebanho de ovelhas. As ovelhas não tinham a mínima chance. Eles fugiram. Ela tinha gravado medo na alma deles. 'Bater em retirada!', eles gritavam.

"Mesmo assim, ela não descansou. Quando a batalha terminou, cuidou do ferimento, pois devia estar sentindo dor. A essa altura, o estandarte já havia sido devolvido para mim, e vi que ela tentou alcançar o tecido. Falei: 'Não, Joana, pare! Vamos encontrar outra coisa para usar!'. Mas ela pegou o estandarte e o rasgou em tiras compridas para enfaixar os ferimentos dos homens que ainda estavam vivos. E é por isso que o estandarte está rasgado – não pelas mãos dos ingleses, mas porque as partes estão espalhadas entre os soldados e cidadãos feridos. Aqui, a asa pintada de um anjo para estancar o sangramento da perna de um homem. Ali, uma flor-de-lis dourada envolvendo um corte na cabeça."

As mulheres da casa estão sorrindo. Os pajens e criados estão em silêncio. Todos fazem o sinal da cruz e sussurram uma prece. E ela, Joana, escuta do outro lado da sala. Está na porta, com uma visão parcial do orador e seus espectadores. Eles achavam que ela estava descansando, mas ela jamais perderia a chance de ouvir uma boa história.

O escudeiro exagerou, como costuma acontecer quando se conta qualquer história – mas não muito. O que ele deixou de fora: Depois da batalha, ela procurou La Hire e Dunois. Caiu exausta nos braços deles, que a seguraram, sustentando seu peso. Eles a abraçaram como abraçariam um homem – não com gentileza ou cuidado com seus ferimentos. Apertaram seus ombros e comprimiram sua coluna até os ossos estalarem. E ela deixou neles a marca do ferimento de flecha, similar à impressão de uma mão ensanguentada, que eles tocaram como se tivessem recebido uma medalha santa.

Jean permaneceu afastado, segurando o estandarte rasgado. Foi paciente. Esperou até seus superiores a soltarem e então se aproximou dela como um suplicante. Sussurrou em seu ouvido:

— Sozinha, você foi a salvadora desta cidade, e não há homem que tenha visto o que fez aqui hoje que não estaria disposto a segui-la até o fim do mundo, até a morte.

O que o escudeiro não poderia saber: ela acredita que morreu. Deitada no chão, com a flecha enfiada no pescoço, houve um momento em que tudo escureceu e o mundo ficou imóvel. Sua respiração, já irregular, cessou. Mas sua alma não deixou o corpo. Não subiu aos céus nem desceu para algum outro lugar. Não houve explosão de luz. A morte era um sono profundo e desprovido de sentidos. E, quando ela acordou, teve a sensação de ter despertado de um longo descanso, mas um tempo muito curto havia se passado, não mais de quinze minutos. No entanto, estava revigorada. Queria se mexer, terminar o que havia se determinado a fazer. Queria vencer.

Sem que ninguém note, Joana volta para o andar de cima. Pela janela do quarto, ouve os sinos da cidade tocarem. Júbilo. Os pajens levam seu jantar na cama, um prato fumegante de fígado de boi, e a observam enquanto ela come. Com lágrimas nos olhos, tentando não chorar, mas chorando, eles a veem molhar o pão recém-assado no molho e comer porções grandes o bastante para dois homens. As mulheres que a vestiram para a batalha de Saint-Loup entram para beijar suas mãos, para conversar. Ela respira, e respira com facilidade.

❖

No início da manhã seguinte, Joana olha para as fileiras de ingleses do outro lado de um campo amplo. Os inimigos recuaram de Les Tourelles, mas ainda não foram embora. Pelo contrário, estão ávidos por um último reagrupamento, um último confronto.

Ela tinha dormido bem e o lençol sobre o qual estava deitada amanheceu limpo. O sangramento havia cessado. Mas o pescoço ainda estava inchado. Não dava para colocar a armadura, então as mulheres a ajudaram a vestir um gibão, aquele que havia pertencido ao filho mais velho de Iolanda. Deixaram os botões do colarinho abertos quando viram que ela estava sentindo dor. Era o que alguém usaria para uma noite de festividades, para um jantar agradável com amigos, não para uma batalha. Mas o que se pode fazer?

Ela chega um pouco tarde, espada na cintura, montando seu melhor cavalo de batalha. Os capitães a saúdam com um aceno de cabeça. O fato de ela não estar usando armadura não os surpreende. Na noite anterior, não havia cavalgado para o calor da batalha com a túnica ensopada de sangue?

Ao longe, os ingleses são pequenos como formigas, e Joana cobre a linha do horizonte com uma só mão. A largura da palma e dos dedos bloqueia metade da força inglesa de seu campo de visão, da existência.

Seu escudeiro está logo atrás, carregando o estandarte rasgado no alto.

Ela abaixa a mão e parece uma criança que acabou de fazer um desenho na terra com os dedos. Onde estava o polegar, a linha de formiga de ingleses oscila, como se tivesse sido borrada. E, então, se quebra.

— Eles estão virando. — Ela ouve Dunois dizer ao seu lado, impressionado. — Estão recuando sem nem lutar.

— Ah, se todas as batalhas fossem assim tão fáceis. — La Hire suspira. — Mas aí ficaríamos sem trabalho.

Ninguém diz: A linha se partiu apenas quando você chegou, Joana; eles estavam prontos para lutar até você aparecer. Mas ela sabe que é o que estão pensando. Ela fica em silêncio. É um momento para ser saboreado. Aprende: Nem sempre são exércitos que vencem uma batalha. Às vezes é o medo. O medo é capaz de conter um inimigo antes que uma única espada seja desembainhada.

— A manhã está linda — Joana diz para ninguém.

Ela olha para o céu. Está passando pelas lembranças como se passa por trechos iluminados em uma floresta escura. Sete anos antes, quando voltou de uma noite passada em Maxey, a manhã não estava diferente desta: quente, tingida de dourado. Seu cachorro estava morto, mas o sol ainda brilhava; uma cotovia cantava uma nota aguda do alto de uma árvore. O céu é o mesmo, ela pensa, mas a diferença para aquela manhã é enorme. A diferença para aquela criança chorosa sobre uma colina é enorme. Ela não dominava nada naquela época. Não podia controlar nada. Agora homens fogem quando a veem.

❖

Mais tarde, no quarto de Joana, La Hire caminha devagar até ela.
— A propósito... — Sua voz assume um tom encabulado. — Dunois e eu fizemos uma aposta. Ele disse que existem pessoas no mundo – é raro, mas existem – que são, na verdade, ao mesmo tempo homem e mulher. Têm seios, mas têm pênis também.

Joana olha para ele, mantendo uma expressão séria.
— E eu que pensava que você e lorde Dunois usavam o tempo com sabedoria, planejando batalhas, organizando o exército francês, sendo os distintos capitães deste lado da guerra.
— Ah, fizemos isso nos primeiros cinco minutos de conversa.
— Logo se vê — ela responde.
— Você é mulher, não é? — ele pergunta. Está quase corando. — É que... eu vou querer minhas cinco libras se for. Mas, se não for, vamos manter em segredo entre nós, porque já gastei todo o meu dinheiro.
— Perdeu outra aposta? — ela pergunta.
— Está fugindo da pergunta — ele diz, sorrindo para ela. — Portanto, está sugerindo que pode ou não ter um pênis. Bem, devo dizer a Dunois que há chances de ele estar certo, então.
— Não deixe essa dúvida tirar seu sono à noite, meu amigo.
— Só quando minha cama está vazia — ele responde —, o que é muito raro ultimamente. Todo mundo gosta de um vencedor. — Depois de uma pausa, ele acrescenta com seriedade: — Mas é seu nome que o povo grita. É "Joana" que está na boca de todos, não "La Hire".

Você é como a guerreira Yde, a moça que fugiu do pai e se tornou cavaleira. Conhece a história? Ela vencia todos os torneios até um anjo transformá-la em homem porque uma princesa tinha se apaixonado por ela.

Não havia nenhuma semelhança entre La Hire e Durand Laxart. Um tem a compleição de um canhão colérico; o outro, de um junco que se curva a qualquer brisa que passa. Mas ainda assim ela tem a sensação de que poderia ser seu tio ali ao seu lado, a postos com mais uma história para contar. E se pergunta o que ele, Durand, estaria fazendo agora. Que truque estaria tramando. Por um instante, sente certo pânico. Espera que ele tenha um palete para dormir, um teto sobre a cabeça. Espera que não esteja passando fome. Então lembra: ele é um sobrevivente muito melhor do que ela jamais será. Se passar um dia sem jantar e sem uma cama, no dia seguinte, estará batendo na barriga cheia e assobiando uma canção. Estará admirando um novo par de botas digno de um lorde.

E ela não é como Yde, pois prefere continuar sendo mulher. Yde já era uma ótima cavaleira antes de o anjo a transformar, então por que mudou?

— O que eu ganharia sendo homem? — ela pergunta. — Um pênis, uma voz mais grave, pelos no peito. Eu não ficaria mais forte. Já sou forte.

E, ela pensa, eu herdaria as diversas fraquezas da natureza masculina: a luxúria, a agressividade sem limites, o desejo de domar tudo o que toca – os animais do campo, a terra, mulheres. Pois um homem não pode ver nada no mundo sem desejar exibir como um troféu, denominar-se senhor daquilo. Para ela, é isso que significa ser homem.

Ela jura que não será assim. Se vai destruir, então também vai nutrir. Vai matar, mas vai curar. Vai gritar com seus homens em batalha e os constranger para que encontrem sua força e façam melhor, mas vai se sentar ao pé do leito dos doentes e moribundos para contar aos que estão fracos demais para se levantar que sua cidade foi libertada. A alma deles fará a viagem até o Purgatório como homens do reino da França livres.

— Ah, então você não tem pênis? — La Hire pergunta, animado. — Então ganhei minhas cinco libras, e acho bom Dunois me pagar.

— Me dá metade? — Agora ela está falando como o pai.

— De jeito nenhum — ele diz. — Faça suas próprias apostas.

Ele dá uma risadinha, depois diz:

— Uma vez, a ponta de uma espada me cortou aqui. — Ele mostra a Joana uma cicatriz na parte de baixo do olho. — Achei que eu fosse um homem morto. "É o fim, La Hire", eu disse a mim mesmo. "Você teve uma boa carreira, não a melhor, mas foi longa e, vez ou outra, digna de mérito. Mas acabou para você, e sua alma pertence ao diabo." Mas sobrevivi. E agora, quando não tenho nada para fazer, quando estou sentado em uma cadeira, com os pés para cima diante da lareira, digo: "La Hire, é hora de encontrar outra guerra". E saio correndo. Pergunto aos vizinhos, aos cervejeiros, às serviçais – que, por algum motivo, não conseguem tirar as mãos de mim: "Onde tem guerra? Pois devo ir para lá".

"Você começou a seguir essa estrada, Joana, e deve saber que é um caminho sem volta. A guerra é como uma caixa. Depois de aberta, não há como fechar de novo, desver o que já viu. Às vezes, outras pessoas vão mostrar o que fizeram enquanto você estava em campanha. 'Veja, esculpi uma estátua; é a melhor estátua do mundo', podem dizer. Ou: 'Pintei o mais belo retrato do rei, e ele me recompensou com um baú de moedas'. E você sorri para elas como se fossem crianças que fizeram um círculo com pedrinhas ou um colar de margaridas. Você responde: 'Mas eu estive na guerra. Lutei em tal e tal lugar, nessa parte do reino ou em um reino muito distante. Vi milhares de homens morrendo. E matei alguns também'. E elas arregalam os olhos. Ficam sem palavras, pois sabem que você viveu coisas que elas jamais vivenciaram em seus quartinhos e choças confortáveis. E provavelmente jamais vão vivenciar. Você desviou da morte, pregou uma peça na rainha suprema. Tirou a vida de um homem, sentiu-o tremendo na ponta de sua lâmina ou talvez nas próprias mãos. Como isso se compara a uma estátua, um quadro ou um livro? Você se equilibrou na beirada de túmulos – o seu e os de outros homens – e nunca mais será a mesma depois de voltar de um lugar como esse. Você ficaria surpresa. Para um velho soldado, vencer importa menos do que se imagina. A vitória não passa de um prêmio. Vencer é sobrevivência. Vencer é continuar respirando até o início da próxima batalha."

Joana deixa um instante passar. Ela se vira da janela para La Hire.

— Estou procurando três homens. Eles estiveram em meu vilarejo no verão passado.

— Não vai encontrá-los — ele responde de pronto. — Eu soube por Dunois, que soube por Le Maçon, o que aconteceu em seu vilarejo. A essa altura, todos na corte já conhecem a história, mas sua busca não vai dar em nada. Esses homens, sejam quem forem, já podem até estar mortos. Podem estar em qualquer lugar, ser qualquer um.

— Então vou para todos os lugares — ela responde — e vou matar todos os ingleses que encontrar.

Ele ergue uma sobrancelha. Vai dar algum trabalho, ele parece dizer.

— Esta manhã foi a primeira vez que me ajoelhei e rezei — ele diz. — Não rezava há anos. Para quê? Os anjos nunca pareceram dar importância às preces da França. A Inglaterra agora é a filha preferida de Deus. Mas disse a mim mesmo: Dessa vez, Deus merece o agradecimento de La Hire, pois Ele julgou por bem nos conceder um milagre. E esse milagre é você. Que você nunca pare de lutar, pequena donzela. Que sempre existam batalhas enquanto você respirar.

— Vou parar de lutar quando os ingleses deixarem a França. E quando a Borgonha se curvar ao rei.

La Hire sorri.

— Ah, eu acho que não vai. Sempre haverá batalhas: batalhas por terra, por poder, pela glória de Deus. A alma conhece seus desejos. Você nasceu para isso, pequena donzela. Ouvi dizer que todos estão chamando você assim agora. *Pucelle*. Uma virgem. A mais pura entra os puros.

Joana coloca a língua para fora e finge sentir ânsia de vômito.

La Hire vai até a janela do quarto; lá embaixo, uma multidão se reuniu. Ele abre uma fresta das persianas. Alguém solta um grito. Ele fecha as persianas; a aclamação cessa. Abre de novo. Mais gritos, mais vibrações ensurdecedoras. Ele fecha as persianas. O barulho para, substituído por resmungos de decepção.

A boca de Joana se contorce pouco antes de o quarto estremecer com a gargalhada dos dois.

As pessoas de Orléans a convidaram para entrar na casa delas e orar com elas, conhecer seus filhos, compartilhar o pouco de comida que têm nos armários. Elas lhe dão bebês para segurar e benzer com um beijo. Ela é nomeada madrinha de qualquer criança recém-nascida, e todas as meninas que nascem recebem seu nome. Ouve dizer que o rapaz que teve o braço enfaixado por ela com uma tira de seu estandarte anda pela cidade dizendo às pessoas que levantou dos mortos pela mão de Joana. Ela não questiona o rumor, apenas explica aos interessados em ouvir seu lado da história que talvez ele não estivesse tão perto da morte como imagina.

Solitude e silêncio são raros. Nas ruas, "Te Deum Laudamus" é cantada todas as horas do dia, e essas mesmas multidões a seguem para onde quer que ela vá. Quando se aproxima, os homens tiram os chapéus. As mulheres abaixam a cabeça e fazem uma mesura para ela, como se fosse uma grande dama. Ela nunca os ignora e, além disso, os cumprimenta, o que deixa as pessoas em êxtase.

É possível que La Hire tenha razão: depois de levantada a espada, é difícil voltar a abaixá-la. Ela se lembra da flecha que acertou seu pescoço. Pensa: Quando voltei para a batalha, eu me esqueci dela, de minha irmã. Em minha cabeça, estava apenas fazendo o que ainda precisava ser feito. Em minha cabeça, estavam apenas o pensamento e o desejo de vencer. E quando, na manhã seguinte, as fileiras inglesas se dispersaram sem derramar uma gota de sangue, ela também não pensou em Catherine. Em sua mente, não havia vingança, mas *la gloire* com que se regozijava. Glória.

❖

Na catedral em Tours, o delfim aguarda. De ambos os lados, estão cortesãos, alguns rostos familiares e sorridentes, outros duros como pedra. À direita: Le Maçon e o mensageiro de Iolanda. À esquerda: La Trémoille e o arcebispo de Reims, que parecem querer chutar Joana pelas escadas.

O delfim veste um conjunto novo de túnicas nas cores da Casa de Orléans, um elegante veludo verde entremeado com carmesim, e um chapéu grande com borlas verdes e escarlates. Anéis adornam os dedos: um cabochão vermelho do tamanho de um olho de tigre, uma esmeralda reluzente que brilha como um demônio travesso praticando sua magia. *Agora você me vê, agora não me vê mais.*

Ele deveria esperar, permanecer perfeitamente imóvel enquanto ela se aproxima, mas perde a paciência. Caminha até ela, diminuindo a distância entre os dois, o que deixa os cortesãos boquiabertos, alguns satisfeitos, outros consternados. Quando ela se ajoelha, ele se curva – se curva de verdade – para levantá-la. Mantém a mão nos ombros dela e se inclina para a frente para beijá-la: um beijo em cada face.

Ela ouve a respiração surpresa de La Trémoille e vê que o arcebispo não está olhando; está mexendo nas pedras de seus anéis. Le Maçon está sorrindo para ela, orgulhoso como um pai. No entanto, se ele fosse seu pai, provavelmente estaria redigindo um contrato com várias testemunhas. Quer usar minha filha para suas batalhas? É claro que é possível, podemos dar um jeito, mas quanto está disposto a pagar por essa honra?

O delfim, ela pensa, cheira a livros e tintas. Cheira a coisas doces, leite de amêndoas e confeitos de anis. E canela.

— Agora devemos passar um tempo em oração — ele anuncia, seguido de alguns aplausos. Fracos à direita, entusiasmados à esquerda.

Na capela, ela se ajoelha ao lado do delfim. O restante dos cortesãos deve agradecer a Deus a uma certa distância. Mas sua majestade não parece ter a oração em mente. Outra definição de oração, ao que parece, é a conversa.

— Cinco dias — ele diz, assim que seus joelhos tocam as almofadas preparadas para recebê-los. — Cinco dias para libertar Orléans. — Ele se vira para ela. — Mal pude acreditar quando Le Maçon me deu a notícia. Rezei por vocês: os capitães, todo o meu povo. Frequentei a missa não menos que três vezes ao dia assim que soube de sua chegada à cidade. Devo ter feito cem orações ou até mais. — Ele faz uma pausa. Agora, Joana, é sua vez de dizer algo agradável.

— As preces de vossa majestade chegaram a Orléans — ela diz. Pela manhã, tinha recebido outra aula de Le Maçon antes de encontrar o delfim: na companhia de príncipes, é prudente ser humilde. Não leve todo o crédito ou talvez não leve nenhum. Deixe-os tirarem as próprias conclusões sobre o quanto foram bem servidos.

Ele fica radiante. Sua mão paira sobre a dela. Não há nenhum criado com uma bacia de água de rosas por perto, mas dessa vez ele se permite pousar a mão, cobrindo a pele áspera dela como um pedaço de pergaminho imaculado.

— Agora vejo que estava errado ao ficar ofendido da última vez que conversamos. Por isso, e por minha hesitação, eu me repreendo. Mas não pensei que a veria de novo. — É a forma mais educada possível de dizer: achei que era uma impostora. Achei que estaria morta.

Ela abaixa a cabeça.

— Fico feliz em ver vossa majestade.

Ele assente.

— Você viu que... — Sorrindo, ele mostra o chapéu listrado verde e vermelho com borlas. — Preparei este traje especialmente para sua chegada. É a primeira vez que uso. Achei que seria apropriado para celebrar nossa vitória.

Joana olha para trás. Vê que, na verdade, ninguém está rezando. Com os olhos semicerrados, La Trémoille a observa, e Le Maçon, a dois cortesãos de distância, observa La Trémoille.

— Gostou? — o delfim pergunta.

Ela fica corada. Quer dizer: Prefiro uma armadura. Mas, em vez disso, diz, sem pensar:

— Não são roupas que fazem um rei.

O delfim franze a testa: Tente novamente.

Ela improvisa:

— Só quis dizer... vossa majestade poderia usar uma capa de mendigo e ninguém lhe daria uma única moeda. Logo veriam que o senhor é um príncipe com sangue real, nascido para usar uma coroa. — Melhor assim?

Ele faz um sinal positivo com a cabeça. Melhor assim. Volta a colocar a mão sobre a dela.

Ele volta os olhos para o altar, como se reconsiderasse orar.

— Cometi erros. Houve noites em que fui dormir e me senti amaldiçoado pela mão de Deus. Ele sabe muito bem como fui testado.

Perguntei em minhas preces: "Por que devo passar por tanta coisa? Quando meu coração voltará a ser leve?" e não recebi resposta.

Ele acaricia as borlas do chapéu. Apesar do clima de celebração, quer um momento de autopiedade.

— Não sabe como é ser odiado pelo mundo. Não só pelos ingleses. Não só pela Borgonha de meu primo, que quer ver minha cabeça em uma estaca. Meu próprio povo me despreza. Veem a que fui reduzido e riem pelas minhas costas. Como um rei pode governar quando sua soberania vai só até onde acaba o lugar onde ele se refugiou? É por isso que me chamam de rei de Bourges. Mas eu diria a eles que tenho planos, e não são apenas planos para retomar meu trono e meu reino. Eu gostaria de construir... — Sua voz falha. Ele suspira.

— Essa história ainda não terminou — ela diz. — É possível que um dia as pessoas falem do rei da França que acabou com essa guerra. Muitos eram contra ele. Ele estava cercado de inimigos por todos os lados, mas, no fim, derrotou aqueles que ficaram em seu caminho e saiu vitorioso. Ele unificou o reino. Então seus jantares desprovidos de carne serão algo glorioso para recordar. Os dias de privação, quando não podia comprar uma camisa nova e o alfaiate se recusava a atendê-lo porque não havia quitado suas dívidas – o senhor pode refletir sobre esses dias e eles serão as joias que farão sua coroa mais brilhante do que a de qualquer um de seus antepassados.

— Isso não passa de um sonho.

— Tudo começa com um sonho. O que é uma prece senão um desejo? Vossa majestade tem sorte. É servido por aqueles que, como tecelões, vão pegar o tecido de seus sonhos, de suas preces, e transformá-lo em realidade. É verdade. Há muitos que desejam ver o seu fracasso, mas o senhor também tem amigos, como Le Maçon e Dunois. Tem Deus ao seu lado. Tem a mim.

Ele sorri. O sorriso vacila. Ele olha para ela com seriedade.

— Ouvi sobre suas façanhas em Orléans. Você matou homens. Diga-me, sente alguma culpa pelas vidas que tirou?

Eles estão na casa de Deus. Ela olha para o altar, volta a olhar para ele. Uma breve pausa.

— Não.

O delfim aguarda.

— Sou uma soldada — ela diz. — Fiz o que tinha que fazer. E vossa majestade é rei. Um rei deve fazer o que é necessário para reinar.

A resposta dela o satisfaz, e ele continua:

— De que outra forma você vai nos servir?

Ela finge parar para pensar, embora já tenha uma resposta preparada.

— Jargeau. Meung. Beaugency. Essas cidades foram tomadas pelos ingleses dias antes do cerco de Orléans. Se as retomarmos, como retomamos Orléans, podemos libertar todo o vale do Loire.

— Mais batalhas? — Ele solta um suspiro agitado.

— Vossa majestade perguntou como eu poderia lhes servir.

— E depois?

— Permita que lhe entregue os lugares que mencionei primeiro. Depois voltamos a conversar.

O delfim se apruma. Abaixa a cabeça, concede a aquiescência real.

— Restitua o vale do Loire a nós, Joana, e receberá tudo o que pudermos dar. Não haverá homenagem que você não vá merecer. Eu juro.

Ela olha para o altar. Então o homem que uma vez considerou inimigo agora é seu aliado.

— O apoio de vossa majestade já é mais do que um presente. — É o tipo de frase que Le Maçon lhe ensinou: a linguagem dos cortesãos.

— Amizade, Joana. Quem Deus envia para me auxiliar é meu amigo.

Quando ele se levanta da almofada, ela faz o mesmo.

— Majestade, será que me permitiria lhe dar um conselho? Da próxima vez que rezar, faça exigências. Negocie. Levante a voz para Deus e Seus anjos. Diga a Ele o que mais deseja do fundo do coração. O senhor é o rei da França, designado por Deus. Diga a Ele ao que faz jus: o trono, seu direito de primogenitura. Diga que a dívida deve ser paga, e Ele ouvirá.

— Só você ousaria dizer uma coisa dessas — ele diz, embora esteja sorrindo de novo. Das dobras da túnica, tira um pequeno objeto, uma estatueta. Oferece a ela. — Foi presente de minha mãe. Não Iolanda. Minha outra mãe.

O objeto passa da mão dele para a dela.

— Veja, é a imagem de meu pai. Ela me deu de presente quando ele estava vivo. Ele está rezando. É como ainda gosto de imaginá-lo: orando, mas com os olhos abertos como se esperasse ver anjos, ver Deus. Então você deve levar isso consigo. É um pedaço de mim, assim como meu pai é um pedaço de mim. Você deve levar para dar sorte, e será como se eu estivesse com você e com o restante de meu exército em espírito. E depois... — Duas manchas cor-de-rosa colorem suas bochechas. — Você terá que voltar, pois quero que me devolva.

Não parece ocorrer ao delfim que ninguém leva para a batalha peças artísticas delicadas e frágeis. Mas nosso rei é um intelectual, um poeta, um músico. Seu coração é suave. Ela vai manter a estatueta em algum lugar seguro. E ele a chamou de amiga. É uma sensação calorosa, como se abrigar do frio: saber que tem amigos de novo, que existem pessoas que a querem viva, que gostariam de vê-la bem-sucedida, rica, melhor do que era antes. Meu escudeiro. Meus pajens. Le Maçon. Iolanda. La Hire. Dunois. E agora vossa majestade. Esses são meus amigos.

Ela diz a ele: O livro do sofrimento e seus muitos capítulos, eles nos unem da mesma forma que o futuro está ligado ao passado, da forma que um súdito está ligado a seu rei, da forma que um rei está ligado a seu Deus. É uma corrente de elos sagrados; é indestrutível.

Majestade, o senhor tem a mim, Joana, a seu lado. Então expulse o medo de seu coração.

III
● ● ●

VALE DO LOIRE, JUNHO DE 1429, UM MÊS DEPOIS

Em Jargeau, os ingleses fizeram uma oferta a Joana. Vamos nos retirar, prometeram; não há necessidade de sangue, de vidas perdidas de nenhum dos lados. Mas nos dê um pouco de tempo antes de irmos.

Ela riu, mas parou quando se deu conta de que o mensageiro enviado para negociar não estava brincando.

— É uma cilada — ela disse a Dunois, a La Hire. — Nosso inimigo deve achar que somos ingênuos. Estão tentando ganhar tempo porque sabem que reforços estão chegando: um exército liderado pelo inglês Fastolf. Está claro para vocês tanto quanto para mim, não está?

A oferta foi rejeitada. Entre as ameias, ela viu que cabeças a espiavam, mas a visão dessas cabeças, covardes e pequenas, não inspirava clemência. Agora que vocês estão na defensiva, ela pensou, agora que os expulsei de Orléans e não estão mais em vantagem, estão com medo. Mas seu medo chegou tarde demais.

Em Jargeau, a batalha durou quatro horas. Mas ela vive dias em que sabe que a vitória é sua, mesmo antes de a primeira besta ser disparada.

Ela costumava achar que toda criança que apanhou, que não recebeu carinho e amor cresceria como ela: forte e destemida, com uma grande tolerância à dor física. Achava que a guerra e o fato de nunca ter vivido um ano de paz a tornou daquele jeito: alguém rápida nas respostas, desconfiada, que tem as mãos cerradas em punho e prontas para brigar se uma discussão não puder ser resolvida com palavras. Mas estava errada. Ela é singular. Dunois diz que ela tem dois pais. O primeiro é Jacques d'Arc. O segundo é Deus. Se Jacques d'Arc não lhe deu nada, então Deus lhe deu tudo. Ele mostra Seu amor infinito por você, Joana, por meio de dons que não são criação humana.

Ele explica, vendo que ela está cética:

— Sei do que estou falando, pois não há muitos no mundo capazes de apenas olhar para um alaúde e já criar música com suas cordas. E, quanto aos poetas, ouvi dizer que suas melhores obras chegam quando estão dormindo, por sonhos, como uma voz que fala diretamente em seus ouvidos. Ou que versos inteiros se materializam do nada, em um lampejo de percepção. Isso não pode ser explicado, então nem tente. É simplesmente talento.

Dê qualquer arma a Joana, e ela saberá como usá-la. Depois de uma hora, será capaz de superar rapidamente os mestres da acha, da maça, da besta, armas que nunca sequer pegou nas mãos antes. Agora ela compreende que nem mesmo um homem adulto que treina desde criança consegue chegar aos pés dela. Não é muito justo, mas quem disse que a vida é justa? Diferentes palavras são usadas para descrever sua condição. Ela é talentosa, especial, notável, uma guerreira incomparável. Dunois diz que nunca mais existirá alguém como ela – pelo menos não nessa era. Joana é abençoada.

— Quando aprendeu a lutar? — La Hire perguntou.

É difícil dizer.

Mas ela se lembrou de um dia – muito, muito tempo atrás – de clima bom, ameno, céu aberto. Tinha treze anos. Depois da igreja, um garoto, um dos amigos de Jacquemin, começou a perturbá-la. Estava entre aqueles que riram quando seus irmãos a afundaram no riacho, que fazia questão de tampar o nariz sempre que ela passava. Quando ela olhava diretamente para ele, o menino gostava de fechar os olhos: para se proteger, dizia, da feiura extrema dela. Mas, naquele dia, ela não estava disposta a ser azucrinada. "Joana, Joana", ele cantarolava e dizia que nenhum homem ia querer ficar com ela. *Que bom*, ela pensava. *Ótimo*. Como era possível ela ter saído do mesmo útero que sua irmã? Com isso, ela concordava. Mas aí ele foi mais além. Disse que tinha sonhos com Catherine. Sonhava que entrava escondido no quarto enquanto ela dormia, acariciava seus belos cabelos e pescoço e a beijava – *pof*! Antes de se dar conta do que havia feito, o punho dela acertou o queixo do garoto. O golpe o desestabilizou, fez com que parecesse leve como uma almofada, e ele caiu, como um acrobata executando um salto mortal para trás com perfeição. Com um estrondo, ele foi parar no chão, com o maxilar e o nariz em um ângulo distinto do restante do corpo. Foi necessário chamar não só os irmãos dele, mas também o padre, para levantá-lo.

Atrás dela, Joana havia escutado uma risadinha, que fez com que se virasse. Catherine? Não, a irmã estava franzindo o cenho, descontente com o que ela havia feito. E não tinha ninguém atrás, apenas a estátua de santa Margarida que ficava na frente da igreja. Mas ela podia jurar ter ouvido a risadinha de novo quando foi embora, esfregando uma das mãos nos ossinhos dos dedos da outra.

Ela instrui os pajens, sabendo que é sua responsabilidade supervisionar o treinamento deles.

— Às vezes, uma batalha é vencida antes mesmo de começar — ela diz a eles. — É uma questão de postura diante das coisas — explica perante rostos curiosos. Eles têm no colo placas de armadura para polir, das quais já se esqueceram. — Quando tiverem idade para ir para batalhas, quero que olhem ao longe e visualizem os obstáculos que encontrarão pelo caminho: as torres, as pontes, as casas de guarda, as muralhas. E quero que imaginem como vão superá-los. A visão sempre deve chegar antes do acontecimento. Assim, quando for a hora, vocês vão saber o que têm que fazer. Vão saber, assim que colocarem os pés no campo, que o dia é de vocês.

Depois de Jargeau, eles continuaram, tomando uma ponte em Meung, e deixaram soldados ali para defendê-la antes de seguir viagem para Beaugency. Quando venceram ali também, o que restava do exército inglês fugiu na direção de Patay.

Patay foi a batalha dos sonhos de Joana. Um campo aberto sob céu azul. Chão firme o bastante para cavalgar, coberto com grama viçosa e flores do campo. E o ar calmo, sem nenhuma brisa que pudesse ameaçar o trajeto das flechas. Foi em Patay que os ingleses fugidos se juntaram ao aguardado exército de Fastolf. Juntos, tinham a força de vários milhares de homens. E a maioria dos homens levados por Fastolf era formada por arqueiros habilidosos, equipados com arcos longos. Centenas desses arqueiros posicionaram-se na floresta. Sob a cobertura das árvores, esconderam-se enquanto esperavam os franceses chegarem. Poderia facilmente ter sido outra Azincourt, uma segunda Verneuil, mas alguma coisa deu errado. Os arqueiros assustaram um cervo, que começou a saltar no meio dos homens até que se formou um tumulto, gritos se seguiram e o exército se desorganizou e entregou sua localização.

Da vanguarda, Joana viu o cervo sair ileso. Mas, quando olhou de novo, ele não estava mais lá.

Na primeira meia hora, os ingleses estavam dispersados. Foi mais um massacre que uma batalha, a vingança cumulativa das derrotas passadas ainda frescas na memória dos franceses. Ao cavalgar, ela não sentia mais o peso da armadura. Não sentia mais seus membros, seus batimentos cardíacos, o subir e descer do peito ao respirar. Estava transfigurada. Tinha se tornado um espírito, e seu cavalo era uma criatura alada. O brilho metálico da espada refletia a luz, era um raio de sol dourado em seu punho de metal.

Dunois disse depois que era mais comum as batalhas serem como a de Jargeau, ou a de Saint-Loup, em Orléans. Horas de empurra-empurra. Difíceis para o corpo. Raramente, ou nunca, acontecia uma batalha como aquela. Se todas as batalhas fossem como a de Patay, todos os homens se alistariam para ser soldados. Nem seria necessário fazer recrutamento. Primeira estimativa: dois mil ingleses mortos. É isso que acontece quando uma batalha acaba em debandada.

— Quero que entendam para que estejam preparados — ela diz aos pajens após a batalha de Patay. — A guerra é uma coisa imprevisível.

Em Jargeau, um soldado grande a derrubou de uma escada jogando uma pedra sobre a muralha. A pedra acertou seu elmo; ela viu estrelas, perdeu o equilíbrio e caiu. O impacto foi tão grande que, quando ela chegou ao chão, levantou nuvens de poeira. Joana ouviu a comemoração ensurdecedora dos ingleses, que não durou muito.

Quando a poeira baixou, ela já estava em pé, subindo a escada novamente, por mais que suas pernas tremessem como pudim.

Talvez seja sorte. Talvez seja apenas a vitalidade da juventude aliada a uma boa armadura. Ou talvez seja a graça de Deus.

Mas também existem fatores que podem ser controlados. Ela os instrui: Quando estiverem feridos, há um momento em que é preciso decidir o que fazer com a dor. Pois, quando ela chegar, não vão querer fazer mais nada além de se encolher como uma bola. Então precisam ser mais rápidos que a própria dor. Precisam atacar ou focar o objetivo seguinte antes de serem contidos pela dor ou que ela os deixe com medo de perder a vida, pois o instinto do corpo é preservar, e não necessariamente ser corajoso. O que quer que tenham quebrado, o que quer que tenha acontecido de errado com seu corpo, vocês podem resolver depois. Sempre depois, nunca durante. Com cada batalha, vem o remanso de empolgação nas horas seguintes, quando seus membros e músculos saltam, e até mesmo a pulsação, tão irregular quanto os batimentos cardíacos, fica acelerada. Então você fica acordado a noite toda e vê o sol nascer do alto da fortaleza ou do telhado de uma hospedaria. E pensa consigo mesmo: Eu mereci essa manhã como vou merecer todas as manhãs depois dessa. As glórias do dia seguinte sempre serão maiores, e o que sofri hoje será devolvido multiplicado por cem em forma de bênçãos no futuro. Vocês devem ter fé de que assim será. Devem lembrar ao corpo que as dores de seu coração serão curadas.

Ela pega os dois pajens nos braços e dá um beijo na cabeça de cada um. Amor, carinho. São coisas que uma criança deve ter, mas que não a protegem.

Ela não conta a eles do garoto que conheceu em Patay depois que a batalha terminou. De longe, avistou a agitação de uma mão se debatendo, como os espasmos da perna de um coelho preso na armadilha de um caçador.

Aproximando-se, viu que era inglês. Por instinto, ela levou a mão à espada. Chegou mais perto. Ele era jovem, mais ou menos de sua idade: dezessete anos.

Quando ele notou que ela estava chegando, assustou-se e arregalou os olhos. Soluçou. E então se acalmou. Já estava morrendo.

Não havia nada que ela pudesse fazer com ele que já não fosse acontecer em poucos minutos.

Por algum tempo, ela ficou em pé ao lado do corpo, apenas observando. Gotas de suor escorriam pela testa dele. Ele sabia quem ela era e talvez estivesse desejando morrer um pouco mais rápido.

— É você. — Um francês mal falado chegou aos seus ouvidos, e ela piscou.

— "Você" quem? — Joana perguntou, mas sua voz saiu mais suave do que esperava.

— Temos muitos nomes para você — ele respondeu.

Ela tentou manter uma expressão de indiferença.

— Acho que já ouvi alguns — ela respondeu sem dificuldade —, mas tento ignorá-los. — Uma brisa fez seus cabelos curtos esvoaçarem, e ela tirou a mão da espada para afastar algumas mechas dos olhos.

Ele tentou esboçar um sorriso. Em vez disso, fez uma careta.

— Se eu fosse você, acho que faria o mesmo.

O campo estava silencioso, com exceção de alguns insetos zumbindo. No alto, um ocasional bater de asas pretas. Ele ainda não havia perdido os sentidos. Ouviu o zumbido, as asas batendo. Uma expressão de pânico. Ele abriu a boca.

— Meu corpo... eu não quero... — Ela não entendia a língua dele muito bem, então ele optou por gesticular. Apontou o dedo na direção dos pássaros que o rodeavam.

Ela olhava para eles quando levou a mão de volta à espada. O rosto dela estava tranquilo; se fosse embora, ele morreria de qualquer jeito, mas queria dar cabo dele. Joana pegou no punho da espada com mais força. Bastaria um golpe... E o que importava para ela o que ele queria ou não queria? Quando outro merecedor de clemência desejasse ser poupado, quem daria ouvidos a ela? Ainda assim, sentiu no peito as correntes de aço sacudirem. Sentiu uma pequena fechadura se abrir, e, de dentro, deslizou... uma pergunta.

— Qual o seu nome? — ela perguntou.

— William.

Guillaume. William. Ele deve ter achado que ela estava fazendo cara feia para ele, mas ela estava tentando não chorar. Não eram lágrimas por ele, mas por si mesma. Ela tinha pedido um coração de pedra a Deus, então o que era aquilo? Como poderia se vingar se ainda se compadecia do inimigo?

Mas ela se ajoelhou, cedendo a uma parte sua que considerava morta havia muito tempo. Levantou a cabeça do garoto do chão, e seu braço de aço se transformou em um travesseiro sobre o qual ele poderia descansar.

Viu onde e como ele tinha sido ferido. Uma perfuração no peito, a poucos centímetros do coração. Ainda escorria sangue do corte. Talvez pudesse ter sido salvo se tivesse recebido tratamento imediato, mas já era tarde demais. Ela se surpreendeu ao notar que sua mão aplicava pressão para retardar o sangramento, que o sangue do inglês passava pelos dedos da manopla.

— Fui eu que...? — Ela não conseguiu completar a pergunta, mas ficou olhando fixamente para o corte. Tinha boa memória, mas eram muitos os rostos na batalha. Não conseguiria se lembrar de todos.

— Não. — A resposta dele foi fria, com um quê de orgulho. — Foi outro. Um de seus capitães. Eu nem queria ter vindo — ele disse sem que ninguém tivesse perguntado. — Não queria lutar. E agora...

Ele olhou para baixo, para o próprio sangue, com os dentes cerrados.

— Por favor... — Ele apontou de novo para o céu. — Meu corpo...

Ela se perguntou: Se não fosse mulher, será que ele teria ousado esperar tamanha compaixão? Teria suplicado para ser enterrado se fosse o rosto de La Hire, ou o do escudeiro dela, olhando para ele?

Ela concordou e, em seus braços, sentiu o alívio percorrer o corpo dele.

O garoto ficou em silêncio enquanto se concentrava em morrer. Ela desviou o rosto apenas por um instante, mas, quando voltou a olhar para o garoto, sentiu o coração apertado. Os olhos dele estavam turvos. Ela passou a mão sobre as pálpebras para fechá-los. Para si mesma, contabilizou: dois mil e um mortos.

Joana não conta a seus pajens que, sete anos mais tarde, tudo mudou e, no entanto, nada mudou. Um campo pequeno é substituído por um campo maior. Um menino é substituído por um homem. Mas o fim da história é idêntico. Às vezes, com a conclusão de batalhas, vem uma clareza. O coração acelera, mas as cores – o azul de uma sobreveste, o vermelho de uma bandeira pisoteada – tornam-se mais vivas. Por algumas horas, fica-se com olhos de águia, todos os sentidos afiados. Mas, quando ela saiu de Patay, sentiu um embotamento, como se tivesse traído a si mesma.

Ela não contou a ninguém quando voltou para o campo para cavar uma única cova, talhar uma cruz improvisada com dois pedaços de madeira amarrados com um barbante para fazer as vezes de uma lápide simples. Mas La Hire viu suas mãos, feridas e esfoladas de tanto cavar. No dia seguinte, apareceriam as bolhas, e as palmas arderiam quando ela pegasse no cabo da espada. Ela conhecia bem seu corpo. Não é possível viver uma vida toda coberta de dores sem compreender como as partes acabam se curando.

— Você tem um coração terno, pequena donzela — ele disse a ela. — Tome cuidado com isso.

Ela quer perguntar a alguém em quem confia, seu escudeiro ou Dunois: Com o que pareço quando estou lutando? Com o que pareço depois que a batalha termina? Com um anjo ou uma gárgula? Gostaria de saber. Quando respinga sangue em mim e a água que lava meu rosto fica vermelha na bacia, minha aparência os assusta? Assusta Raymond e Louis? Nesse caso, talvez eu devesse me lavar antes de vê-los. E temos certeza, certeza absoluta, de que meus dons vêm de Deus, e não de outro lugar?

Ela compreende como Deus pode inspirar poetas e artistas. Consegue imaginar anjos soprando doce música nos ouvidos do trovador adormecido. Mas um talento para matança também conta como dom divino?

Ela confidencia isso a Dunois, que responde:

— Você não esteve em Azincourt ou Verneuil, onde aconteceu o oposto de Patay. Só conhece a vitória em batalha. Mas, se tivesse testemunhado nossas derrotas, nossas muitas perdas, entenderia como o campo em Patay foi abençoado. A maré está virando finalmente a nosso favor.

"Foi um cervo que nos avisou onde os ingleses estavam escondidos na floresta — ele continua. — Uma criatura majestosa, com frequência associada a Cristo. Por que não uma raposa? Ou um javali? Acredito que Deus tenha enviado esse cervo para você, Joana. Agora vejo que Ele não vai tolerar vê-la fracassar. Se Ele se digna a amar o reino da França, somos abençoados com Seu amor por meio de você."

❖

Jargeau. Meung. Beaugency. Patay. Quando chegam notícias da vitória, o delfim começa a... decorar. Em Chinon, ele separa um quarto para Joana. Rejeitando a sugestão de seus cortesãos, entre os quais La Trémoille, recolhe três das melhores tapeçarias do castelo. Ignora os protestos dos mesmos cortesãos, que temem que ele se machuque, e ergue a estatueta de um anjo, colocando-a em um canto do que nos próximos dias se tornará o quarto de Joana. Ele explica, levantando as mãos como se quisesse emoldurar o momento para toda a eternidade: A luz vai bater nas asas assim que o sol nascer, e, desse ângulo, Joana vai ver a estátua todas as manhãs quando acordar. Não conseguem imaginar? Eu consigo. Ele ri. A arte de montar um quarto agradável é um de seus muitos talentos, e, se a arena de Joana é o campo de batalha, a dele é aqui.

Ele contrata um exército de pintores, mestres e seus aprendizes de avental para decorarem as paredes. Sob sua direção, desenham colinas, um sol com rosto sorridente, florestas repletas de cervos saltitantes, castelos apropriados para gigantes, pois as damas e senhores em seus cavalos são quase do tamanho das torres. Ele olha para trás enquanto os aprendizes misturam as tintas; aplicam um tom de verde na parede e olham para a cara dele esperando um sinal de aprovação, mas ele faz que não com a cabeça: Não, não, o verde deve ser mais escuro, muito mais escuro. De onde está vindo a luz? Veja, o sol está aqui! Portanto, as sombras devem ficar desse lado! Por fim, ele pega um pincel de um dos mestres – é cheio de surpresas, esse rei – e aplica um ponto de azul-celeste em uma das bandeiras do castelo. Afasta-se para apreciar seu trabalho. La Trémoille resmunga e balbucia:

— Isso é uma total perda de tempo. Tem uma guerra acontecendo ou não?

Mas Le Maçon aplaude. O velho cortesão exclama:

— Que talento! Vossa majestade é um artista nato.

O delfim indica onde devem ser colocadas cadeiras e, quando almofadas são trazidas por um criado, seleciona uma aleatória e a aperta com o dedo para testar sua maciez.

— Acho que não — afirma com seriedade e manda o menino sair e encontrar almofadas melhores, mesmo que já pertençam a outra pessoa.

E quando, no fim de um longo dia, os pintores exaustos estão guardando seus materiais – trabalharam sem parar, sabendo que poderiam não receber o pagamento no prazo ou talvez nunca –, sua majestade tem outra ideia. Quer o teto todo decorado com estrelas.

— E anjos também? — La Trémoille pergunta com gentileza, embora pareça estar prestes a engasgar.

— E anjos também — responde o delfim.

Quando vê Joana, está eufórico como um menino que comeu uma tigela cheia de açúcar. Ele a conduz a seus novos aposentos, observando com atenção o rosto dela em busca de expressões de surpresa e gratidão. O percurso é extenso. A cada poucos passos, param para admirar um novo detalhe.

— E aqui um par de castiçais — o delfim diz — de prata laqueada.

— Obrigada, vossa majestade — ela responde. À sua direita, Le Maçon acena para ela com a cabeça. Ela pega os castiçais e faz questão de observá-los com cuidado. — São castiçais realmente maravilhosos.

— Meu Deus! Vamos passar por todos os itens desses malditos aposentos? — La Trémoille reclama, enquanto Le Maçon solta uma gargalhada.

Mas o delfim se enfurece e faz cara feia.

— Georges, se não gosta, deveria sair. Ninguém o está obrigando a ficar aqui, e sua companhia não é nem um pouco necessária neste momento e lugar. Além disso, não blasfeme.

Joana passa da antessala para a câmara seguinte. Senta-se na cama de plumas e sorri para o rei, que, por um instante, parece que gostaria de se encolher na cama ao lado dela para ouvir suas histórias.

No decorrer da semana seguinte, chegam presentes dos apoiadores do delfim. Do conde da Provença, filho mais velho de Iolanda, Joana recebe um cálice de ouro com figuras de santos gravadas na base: são

Martinho com seu manto, são Paulo com uma espada, santo Huberto vestido para a caçada.

Os pajens de Joana são encarregados de uma nova tarefa: separar os presentes. Qual mensageiro veio em nome de quem e com que mensagem. A delfina, filha de Iolanda, manda um anel de safira com a volta de prata adornada com cruzes. O anel não é novo e não foi feito para Joana, mas tirado do dedo da própria delfina quando ela soube das vitórias de Joana em Orléans. A pedra traz boa sorte, sua majestade jura, pois ela usou nos meses em que estava grávida de seu filho e ele é um garoto saudável e inteligente que, acima de tudo, herdou o famoso nariz do pai.

O segundo filho de Iolanda, René, também manda um presente. Ele chega em um estojo de couro simples, carregado por dois de seus criados uniformizados. Um deles diz que seria uma grande honra para seu senhor se ela mesma abrisse o estojo, pois eles devem informá-lo sobre sua reação. Assim, Joana levanta a tampa e espia lá dentro, lembrando-se de demonstrar surpresa ao puxar a capa de cetim. É um modelo menor, eles explicam, do famoso Relicário Santuário, outrora comprado pela rainha Isabel da Polônia. A caixa tem a forma de uma catedral em miniatura. Quem a abre é recebido pela peça em destaque: o altar onde está a Virgem vestida de dourado segurando o menino Jesus. As laterais da caixa são cobertas de painéis, e cada um deles, pintado para imitar vitrais, é singular.

Ela recebeu relíquias em caixas cravejadas de joias. Aqui, cortesia do conde de Vendôme, um pedaço da Vera Cruz, que teria pertencido a são Luís. E um grampo de cabelo de Brígida da Suécia, menos improvável do que o presente anterior, Jean observa, uma vez que a santa havia morrido cerca de sessenta anos antes, em comparação aos cento e sessenta de são Luís. Joana abre uma caixa minúscula com detalhes em prata. Um objeto duro, descolorido e amarelado, de ponta afiada, cai em sua mão.

Raymond pega a carta correspondente.

— É uma garra do leão que são Jerônimo amansou quando curou a pata da fera.

Ela coloca a garra de volta na caixa.

— Nunca vi um leão — ela diz.

— Se quiser um, acho que podemos escrever para sua majestade e pedir — Jean sugere.

O conde de Clermont enviou a ela um broche de cisne com bico dourado; o cisne foi esculpido em marfim, cada detalhe das asas parecia ter sido entalhado com a ponta de uma agulha fina. O broche, ele escreve, pertenceu a sua mãe. Seu único pedido: que ela lhe faça a honra de usá-lo preso ao manto da próxima vez que participar de uma batalha pela França.

Estes são os presentes preferidos de Joana: um par de luvas de pele de ovelha azuis do arcebispo de Embrun; uma manta tecida pelas mãos da priora de Poissy; dois *destriers*, ambos inteiramente pretos, do duque de Alençon. Dunois a presenteara com uma adaga de lâmina curva comprada de um cavaleiro que havia estado nas Cruzadas. O punho é esculpido com grandes rosas abertas; a guarda é uma serpente verde e sinuosa.

La Hire, sempre pragmático, tira as próprias botas e as entrega a ela durante uma visita.

— Calçamos mais ou menos o mesmo número — ele diz com afeto.
— E as botas terão mais serventia que relíquias sagradas.

O arcebispo manda um livro de horas, pequeno o bastante para guardar no bolso; ou ela poderia fixá-lo, ele sugere, ao cinto, de modo que possa ler o volume a qualquer momento e rezar. Ah, mas ela não sabe ler, sabe? Que pena! Le Maçon lhe oferece um saltério com páginas douradas e capa esmaltada, guarnecida com carbúnculos. Sua mensagem: Um dia, ela deve aprender as letras. Ele não está preocupado. Ela aprende rápido.

De La Trémoille, ela recebe uma bolsa de moedas, uma almofada bordada e um odre de vinho malvasia, importado especialmente de uma região chamada Friuli Venezia Giulia. Ela já ouviu falar de Friuli Venezia Giulia?, o mensageiro enviado por ele é encarregado de perguntar. Talvez ela já tivesse experimentado esse vinho quando se sentava para jantar em seu pequeno vilarejo. Domrémy, não é?

— Por favor, informe a seu mestre que bebíamos isso o tempo todo em Domrémy — ela diz ao mensageiro com a expressão séria.

Uma bandeja de *oublies* generosamente salpicados com canela e cardamomo chega de Iolanda. Cada *oublie* é gravado com o brasão dos Valois: um escudo de flores-de-lis flanqueado por dois anjos que seguram, entre eles, uma longa corrente dourada. Sobre o escudo, há uma enorme coroa. Seus pajens gritam quando os doces chegam nos braços das damas de companhia de Iolanda, que deslizam para dentro da sala, um único corpo aveludado de cetim claro e véus de seda.

Três escreventes emprestados por Le Maçon compõem agradecimentos floreados para todos que a presentearam. Nas cartas, são prometidas orações para variadas enfermidades e aflições. Sim, Joana terá uma conversa com Deus. Uma conversa particular. Em seus aposentos, esses escreventes recebem escrivaninhas e banquetas. Suas penas voam sobre a página. Vivem ficando sem tinta, então assistentes precisam ser contratados para preparar tinta para eles e buscar filões de pão branco quando estão cansados, com o pulso dolorido.

O delfim agora a visita todos os dias. Algo mudou em seu relacionamento, uma mudança tão sutil que quase não é sentida. Ela não precisa mais se ajoelhar quando ele se aproxima. Se estiver sentada, basta se levantar; se estiver em pé, uma reverência é suficiente. Uma manhã, enquanto lava o rosto com água de rosas e o delfim já está no cômodo ao lado degustando *oublies*, ela se dá conta. Está à vontade com seu rei. Eles são aliados que se ajudaram. São amigos. E a amizade, ela descobre, não corrói o coração como a raiva, como a vingança. Não pesa na alma, e sim a deixa mais leve.

O delfim inspeciona os presentes enquanto mastiga. Folheia o livro de horas do arcebispo. Sente o peso da bolsa de La Trémoille nas mãos e está tentado a contar as moedas em seu interior. Apenas sua dignidade o impede.

Ele franze a testa quando vê o modelo do Relicário Santuário.

— Pedi isso para René anos atrás — ele diz a ela, acariciando o telhado dourado como se fosse a cabeça de um gato. — O avarento se recusou a me dar, até mesmo como presente de casamento. Em vez disso, ganhei um livro.

— Então vossa majestade pode ficar com ele agora — ela diz.

O delfim pisca os olhos, abre um sorriso lento. Finge que alguma coisa entrou em seu olho e se vira para esfregá-lo. Ela também teve um dedo nisto: a nova alegria de sua majestade.

— Vivi tanto tempo com esse peso que não estou acostumado a essa leveza repentina. — Seus dedos, as pontas grudentas devido aos doces que estava degustando, pairam sobre o coração. — Quando Le Maçon me contou sobre Orléans, os guardas me viram cambalear. Tiveram que me segurar em pé para que eu pudesse ouvir o restante do relato. E então, quando ele terminou, mandei chamar minha rainha. Pedi que ela me trouxesse Luís. Beijei minha esposa. Segurei meu filho nos braços. Você tornou essas coisas possíveis de novo, Joana.

❖

Abrir presentes. Ir para a cama e se levantar bem depois do nascer do sol. A semana que sucede a batalha de Patay é composta de dias com longas horas de luz e ar doce. Joana está caminhando por um jardim. O gibão de segunda mão que havia sido do filho mais velho de Iolanda foi repassado mais uma vez, está nos ombros de seu escudeiro. Ela agora não usa nada de segunda mão. Veste uma camisa de seda amarela cintilante. Sobre ela, um gibão creme com recortes nas mangas, forro rosado como a língua de um gatinho e botões prateados, gravados com uma cabeça de leão. Usa meias de duas cores, uma perna vermelha, a outra branca, e botas de couro de bezerro ainda não laceadas. Não tem espelho para se admirar, mas acha que as botas ficam melhor nela do que naquele idiota bem-vestido de Vaucouleurs, Sir Robert.

O mundo está sorrindo para ela, o sol brilha, mas não ofusca. La Hire, Dunois e Jean caminham mais adiante, e suas gargalhadas flutuam pelo ar até ela. De longe, La Hire e o escudeiro de Joana parecem estar se abraçando. Na verdade, estão brigando para ver quem é mais forte, mas rindo demais para empregar força. A impressão é que ambos estão embriagados, dançando.

Eles nunca fariam o mesmo com ela: as lutas, os empurrões que terminam com alguém esticando o pé atrás de um arbusto. Fora do campo de batalha, longe dos cadáveres e poças de sangue, eles mantêm certa distância. Não quer dizer que não sejam seus amigos de verdade – eles são –, mas só são irmãos de armas quando ela está de armadura. Eles a veem com mais clareza quando está coberta de sujeira e tripas, quando seus movimentos são acompanhados do som do aço e a abraçam no fim de batalhas vencidas a muito custo. Aqui, nesse espaço perfumado por sol e flores, o mundo é diferente. Ninguém gosta de pensar em morte em um lugar assim. Vestindo seda ou não, a lembrança do que é capaz de fazer é inseparável dela. É possível provocar Joana. Entretê-la e contar piadas. Mas alguém teria coragem de enfiar o dedo no olho da giganta? Alguém ousaria aplicar um mata-leão e testar sua paciência? Então, eles estão sorrindo, mas com cautela. Sentem-se mais seguros em sua companhia quando os ingleses estão atacando.

O delfim surge em seu campo de visão, encostando o régio nariz em todos os botões de rosa. Quando ele se vira, eles veem que uma borboleta pousou em seu imenso *chaperon* xadrez em preto e dourado, com um *liripipe* posicionado com maestria sobre o ombro.

— Vossa majestade é perfumada como uma flor — La Hire observa.

Joana se inclina para a frente e espanta a borboleta do chapéu do delfim.

— Ah, Joana, você a matou — La Hire diz. Ele gesticula no ar de maneira dramática. — Veja como ela está confusa e titubeante com uma asa só. Acabe com esse sofrimento, e rápido.

Pode ser o calor do dia ou a sensação da seda sobre a pele, com a qual ela ainda não se acostumou, mas Joana ri. Juntos, eles caminham por um bosque sombreado em que cada ramo é uma guirlanda carregada de flores, as folhas são de um verde-esmeralda encerado, como se os criados tivessem subido em escadas para lustrá-las. Quando ela olha para seus companheiros, vê vislumbres de sombra no rosto deles; a expressão de todos os homens parece estar em processo de se transformar em outra coisa.

O delfim colhe uma rosa branca, gira-a entre os dedos como uma pena. Faz uma parada para escolher outra rosa e a oferece a ela.

— Eu não ganho uma? — La Hire pergunta.

— Só quando ganhar mais batalhas — é a resposta do delfim.

Um criado traz vinho, e Joana pega o cálice com dedos pesados. Eles reluzem com anéis: a safira da delfina, o rubi do bispo de Poitiers, um diamante de uma condessa cujo nome ela esqueceu no momento. Ah, mas o dia está tão bonito para se perder tempo lembrando nomes, mesmo que pertençam a uma condessa!

La Hire pisca os olhos diante das pedras.

— Meu Deus, Joana — ele diz, sem se conter. — Que pena que não nasceu com uma dúzia de dedos em cada mão, pois assim poderia usar os tesouros do reino todo no corpo. Venha, deixe-me ver aquela linda joia azul, quero admirá-la...

Ele pega na mão dela.

— Muito bonita. Mas eu não recomendaria usar isso em batalha.

— E dizem que não se deve beber antes de uma batalha também — ela responde —, mas... — Ele olha para baixo. — Devolva o rubi. Achou que eu não perceberia que você pegou meu anel, La Hire?

Os outros homens caem na gargalhada. São como meninos pregando peças em uma irmã.

Sua própria casa se expandiu. Ela agora tem escreventes, e seus escreventes têm assistentes. Tem dois pajens extremamente satisfeitos, engordando de tanto comer doces, e um escudeiro presunçoso, que anda entre os outros escudeiros como se fosse o maioral. Tem cinco criados, alguns dos quais lavam sua roupa, outros buscam água para sua bacia e varrem o chão de seus aposentos; e jovens ágeis que mandam e recebem recados, executam pequenas tarefas a qualquer hora do dia e da noite e cuidam de seus cavalos – nada menos que quatro.

Vinho terminado, eles jogam uma partida de bocha de grama – as regras são bem simples, e ela aprende rápido. O delfim ganha, pois, La Hire sussurra no ouvido dela, esteve praticando enquanto guerreavam por ele. Outro criado leva toalhas limpas e um prato de damascos e ameixas fatiados, e eles separam a maior parte dos damascos, fruta preferida de sua majestade, para o delfim. Depois caminham, ainda sentindo a doçura na boca, até o jantar. La Hire cabriola ao redor deles. Chega de fininho ao lado de Jean e o assusta.

Mas logo ele e Dunois voltam a trocar piadas grosseiras.

— Conhecem alguma outra? — Joana pergunta. — Já ouvi essas antes. Em Orléans. E por todo o vale do Loire.
— Dunois, La Hire — o delfim diz. Ele pigarreia e estufa o peito.
— O que desagrada os ouvidos de Joana desagrada os meus.
— Aaah! — La Hire exclama com satisfação.
No jantar, eles comem torta de carne e lampreias assadas em molho ferrugem com cravos e galanga. Saboreiam flãs de leite de amêndoas com açafrão. Mas, quando o prato chamado *blanc-manger* é levado à mesa, uma sombra passa sobre o rosto de Joana.
— Joana, está olhando para a comida como se quisesse matá-la — La Hire diz. — Se não estiver com apetite, podemos ajudar.
Tenta-se deixar o passado para trás, mas não é possível. Do túmulo, a mão fria de Catherine toca a nuca de Joana. Ela para de comer.
Agora sabe por que prefere batalhas a jantares à luz de velas. Na guerra, não há tempo para pensar em seus próprios mortos. Só o barulho já basta para abafar os gritos do Purgatório.
Todos os homens estão saciados, dando tapinhas na barriga, e ela quer lhes contar uma história. Quando não era muito mais velha que seus pajens e vivia das histórias de guerra do tio, havia contado a seu irmão Jacquemin que preferiria ser soldada, marchar com um exército, a viver no campo. Era só conversa fiada, mas Jacquemin contou o que ela havia dito ao pai deles. O pai achou que por soldada ela estava querendo dizer seguidora de acampamento e prostituta. Disse a Jacquemin e aos irmãos dela:
— Afoguem essa daí se algum dia nos desonrar.
Ela se contém, mas gostaria de perguntar a eles: O que vocês, qualquer um de vocês, sabem sobre conquistar seu lugar no mundo? Vocês tiveram tudo na mão. Nasceram para ser o que são hoje: príncipe, lorde, capitão. Com esses títulos, acharam que o restante viria com facilidade, então não é de estranhar que estejam perdendo a guerra. A vitória na batalha não leva em consideração o *pedigree*. Quando sangue da realeza é derramado, é igual ao de qualquer soldado de infantaria. Agora sei que sempre haverá essa divisão entre nós. Mesmo que eu lute ao lado de vocês, nunca serei como vocês.

— E agora, Joana, parece que quer nos matar — La Hire diz. Ele coça o queixo.

— Amanhã — ela diz —, há trabalho a fazer.

Cada rosto ao redor da mesa parece perplexo. Por que falar de trabalho quando estamos prestes a saborear a sobremesa? Quando acabamos de desfrutar de uma caminhada pelo jardim e sua majestade nos mostrou suas habilidades na bocha de grama? Mas ela está impaciente para sair dali e voltar a seus aposentos.

Em sua companhia, a conversa é restrita. Ela vê no rosto de La Hire, de Dunois, até mesmo do delfim. Eles querem falar – do que mais poderia ser? – de mulheres, das fofocas da corte, que sempre são sobre quem está dormindo com quem, mas não podem. Não na frente dela. Então ela pede licença. De volta a seus aposentos, ignora a mesa de oferendas. Há uma longa lista de nobres por quem orar: tal pessoa tem gota; outro lorde acredita que esteja morrendo de desgosto. Ela tira o gibão, a camisa de seda e veste uma túnica limpa de linho branco. É capaz de dormir vestindo qualquer coisa. Nos dias em que viajaram de Blois a Orléans, ela dormiu no chão, de armadura. Quando se levantou, os membros retiniam com o som do aço.

Um criado aparece como uma sombra se destacando da parede e se aproxima dela com uma mensagem. O recado é de Iolanda. Ela está prestes a chamar Jean, já que não sabe ler, mas, quando abre o bilhete, não há palavras. Iolanda é capaz de pensar em tudo.

O luar contorna a janela ao lado da qual Joana se encontra. No papel, como um rabisco infantil, há o desenho de uma coroa. É a forma de Iolanda dizer a ela: "Esta é sua próxima missão: coroar um rei".

IV
• • •

Quando Joana visita Iolanda, outra pessoa já está lá. Ao entrar, ela vê a princesa das histórias ganhar vida. Até o último detalhe, os cabelos cor de palha e o vestido bordado com fios prateados, a cintura fina, os braços destinados a envolver os ombros de um rei. Você não era apenas uma invenção de meu tio, Joana pensa. Você existe de verdade.

Mas a princesa não é mais princesa. É, ou deveria ser, a rainha da França. É Maria, filha mais velha de sua mãe de muitos títulos e esposa do delfim. Ela levanta os olhos verdes para ver a convidada e relaxa a boca de botão de rosa em um sorriso ao ver a joia azul no dedo de Joana, usada de forma tão proeminente. É um sorriso capaz de derreter aço.

A delfina equilibra um livro grande com figuras no colo. Aos seus pés, o farfalhar de tecido: movimento. Uma criança pequena de vestido salmão olha fixamente para Joana.

— Minha filha — diz a delfina, apresentando-a. — Ela se chama Radegunda.

Joana não sabe bem como saudar uma princesa criança, então se curva. A criança abre e fecha a boca, continua olhando para ela.

Iolanda se levanta da cadeira. Acena para Joana, e seus dedos cheios de anéis refletem a luz.

— Como você mudou! Da última vez que nos encontramos – não quis ferir seus sentimentos –, você parecia um menestrel triste que havia sido expulso de um banquete com as cordas do alaúde estouradas e o arco quebrado. Ah, aquela túnica estava imunda. E você estava fedendo também. Mas agora com toda essa seda. Chega de lã grosseira para você! E seu perfume, bem, você cheira como uma de nós! —

Ela dá uma risadinha, esticando o polegar para sentir o forro da túnica verde de Joana.

— Ganhei de sua graça, o duque de Orléans — Joana diz. — Ele contratou um alfaiate e mandou o material.

Iolanda faz um gesto de aprovação com a cabeça.

— Se um criado se aproximasse de você por trás, ele se ajoelharia e diria: "Meu lorde". E só se daria conta do erro quando você se virasse. Você poderia passar por... bem, acho que é melhor que algumas coisas permaneçam não ditas. — Iolanda se afasta para examiná-la, tocando o queixo. — Parece que não se cansa de vencer ultimamente. Ouvi dizer que o número de ingleses mortos em Patay chegou a dois mil! Um belo número. Não é um ótimo número, Maria?

— Quem dera fosse mais — a delfina responde simplesmente, colocando o livro de lado e pegando a filha no colo para se juntar a elas. — Quem dera fossem seis mil ingleses mortos. Isso nos deixaria muito satisfeitos.

Iolanda gargalha.

— Está vendo, essa é minha filha. Não se deixe enganar por sua aparência doce. Só um lado de seu coração é macio como um travesseiro de plumas. O outro é mais afiado que uma adaga. Ela também é maravilhosa com um livro de contabilidade. Dê a ela qualquer livro-razão, de qualquer ramo do reino, que ela consegue entender. Não é verdade?

A delfina sorri. É verdade.

— Você é a nova preferida de sua majestade — Iolanda diz a Joana, que olha para a delfina. Como ela vai reagir a isso? Mas a expressão da mulher não se altera. Sua expressão é tão serena quanto inescrutável. — Você não erra nunca. O reino todo está em dívida com você. Sabia que os italianos já estão escrevendo sobre você? Uma pastora milagrosa, é como a chamam! Ah, não fique tão horrorizada. Sei que não cuidava de ovelhas em Domrémy. É só porque sabem que você veio de um vilarejo pequeno, e, quando as pessoas imaginam vilarejos, acho que pensam em criaturas lanosas. — Iolanda dá de ombros, como se dissesse: *Que diferença faz?* — Alguns ouviram tantos relatos diferentes sobre você que me escreveram em busca de esclarecimentos. E, de uma carta do caro João de Castela, que até poucos meses atrás achava que a melhor opção de Carlos era deixar a França para sempre, eu cito: "Parece que vocês poderão ficar em seu adorável castelo em Chinon e, quando se mudarem novamente, pode ser para voltar ao Louvre, em Paris. Todos desejamos que Deus pudesse enviar anjos para preservar nossos tronos". Certamente é algo para se perguntar: quantos amigos a França tem agora que as coisas estão indo bem? Dos lábios de Carlos, só ouço: "Joana, minha milagrosa Joana!". Ele só fala de você ultimamente. E é de admirar? Tínhamos nos esquecido do sabor doce da vitória e agora estamos todos embriagados com esse vinho.

Uma pausa: para molhar a garganta, para tomar um gole de uma taça adornada com pedras.

— Mas há mais trabalho a ser feito. Reims — Iolanda diz, como se estivesse propondo um novo ponto de bordado. Não surge oportunidade de interrompê-la. — Carlos nunca foi coroado lá e precisa ser decretado rei. Oficialmente. Na catedral daquela cidade, ungido com o óleo sagrado, pois como alguém pode ser rei e não ser ungido? E Maria deve ser decretada rainha. Minha filha já deu à França um belo filho e herdeiro, assim como uma princesinha. Maria deve ser decretada rainha. Oficialmente.

— Sua majestade não foi a Orléans — Joana afirma. — Por que a senhora acredita que ele arriscaria a vida para viajar uma distância ainda maior até Reims para ser coroado?

— Ah, mas ele dará ouvidos a você. — A voz da delfina pega as duas de surpresa, como pássaros que começam a cantar nos galhos de uma árvore sobre a cabeça de alguém. É delicada e melodiosa. Ela redistribui o peso da criança entre os braços e afunda o nariz nos cabelos da filha para sentir o perfume. — Não estou pensando em mim, compreendem? Mas em meus filhos. Quero que a França esteja restaurada quando meu filho for nomeado rei. *Ele* não será privado disso. Não vou admitir que ninguém, seja príncipe ou duque da Inglaterra ou de qualquer outro lugar, ria de meus filhos e questione seus títulos. Meu filho deve aprender com os erros do pai.

— Maria, deixe Joana segurar Radegunda — Iolanda diz.

— Você é boa com crianças? — a delfina pergunta a Joana.

— É claro que é. Joana é boa em tudo.

Mas a delfina não se mexe. Só quando Joana confirma com a cabeça e sorri é que ela passa a criança, devagar e com cuidado, para os braços dela. Na altura do rosto, a princesa toca no queixo de Joana. Ela fica admirada, com a pequena boca aberta.

— Veja, nem sua filha consegue acreditar que ela é humana — Iolanda diz, rindo.

As mulheres a acompanham até a porta. Quando ela está para sair, sente alguém pegar em seu braço, segurando-a.

— Não tem outro jeito — Iolanda afirma. — Para uma coroação, o rei precisa comparecer de corpo presente, não apenas em espírito, como em Orléans.

"Você substitui até La Trémoille nas preferências de meu filho, coisa que nunca achei que seria possível — ela continua. — Mas ele não vai ficar quieto, nenhum dos preferidos de Carlos vai, e algumas das guerras mais sangrentas são combatidas não no campo, mas na corte. Cuidado com seus pensamentos. Quando achar que uma sala está vazia, saiba que nunca está sozinha. Atrás de cada porta ou parede, pode haver um ouvido colado, ouvindo com atenção, esperando que cometa seu primeiro erro. Não confie em ninguém. Nem sempre é possível ver seu inimigo correndo até você de longe, pois na corte somos mestres do ilusionismo. Aqui, tudo são sombras e astúcia, algumas palavras venenosas pingadas em um ouvido aberto. A antipatia de La Trémoille por você já é conhecida. Ele deixou clara sua posição, mas eu deixaria um conselho: não confie nem no amigo dele que ocupa um alto cargo. É, espero, desnecessário ser explícita quanto à identidade dessa pessoa."

Joana assente. O arcebispo de Reims.

— Não estou interessada em política de corte — ela responde — e, contanto que lorde La Trémoille não fique em meu caminho no campo de batalha, não terei motivos para o considerar meu inimigo.

— Que visão simplista da guerra você tem, menina — Iolanda diz. — Ela aperta as mãos. — Não é só "nós" e "eles". Você não compreende que a guerra é governada por linhagens que remontam a centenas de anos; que um casamento arranjado durante um mero jantar pode poupar cinco mil vidas. Um único presente, um livro adornado com pedras preciosas ou um cavalo premiado, pode paralisar a mão de um príncipe enfurecido determinado a se vingar por algum rancor qualquer. Você não sabe, como eu sei, que às vezes o nascimento de um príncipe saudável é comemorado de um lado do mar, mas lamentado na margem oposta. As balanças estão mudando a cada momento, a cada hora.

— Sei quem são meus amigos — Joana diz.

Iolanda abaixa a cabeça. Ela reflete por um instante antes de falar.

— Sim, você tem seus apoiadores na corte. E esses apoiadores, e eu me incluo entre eles, vão permanecer sendo seus amigos e aliados, mas apenas em um tipo de situação: quando o clima estiver bom, o sol brilhar com suas vitórias e a brisa leve soprar pelos campos e vales da França. Vamos permanecer sendo seus mais leais amigos enquanto você continuar a vencer.

— E deve vencer. É a melhor no que faz — diz a delfina. Seu tom é definitivo. Ela pegou Radegunda de volta no colo. — Da próxima vez que matar um inglês, Joana, quero que pense em mim. Pense em meu filho, que um dia assumirá o lugar do pai e usará sua coroa. Pense em minha filha, que esteve em seus braços.

Uma pausa. Não de hesitação, mas para santificar o momento. Então:

— Pensarei.

❖

Le Maçon a leva para uma sala em que ela nunca esteve antes. O cômodo é grande, com várias mesas e cadeiras como as usadas por escribas para copiar seus manuscritos. No momento, as mesas e cadeiras estão vazias, todas as penas e tinteiros estão guardados. Junto às paredes, ela vê estantes feitas de madeira escura. Cada estante, Le Maçon lhe informa, contém cerca de cinquenta livros, então há quase cento e cinquenta volumes apenas naquela sala. Ele mostra que os livros são acorrentados no lugar com uma argola de ferro fixada na beirada da capa. Como ela não sabe ler, ele diz o que são alguns dos livros: poemas franceses de Cristina de Pisano, crônicas do historiador romano

Lívio, incluindo *Ab Urbe Condita Libri*, e uma Bíblia pessoal que havia pertencido ao avô do delfim, presente de sua santidade, o papa.

Ela hesita diante desses volumes. A princípio, toca apenas as correntes presas aos livros, como se estivesse inspecionando itens de joalheria.

— Qual acha mais interessante? — ele pergunta. — Porque segurar um livro, até mesmo abri-lo, é uma experiência por si só. Se visse uma bela tapeçaria como as que estão penduradas em seu quarto, não gostaria de passar os dedos pelo tecido? Não ficaria admirada com o nível de detalhes, a cabeça de um cervo atrás de um arbusto, os dentes de um sabujo tecidos à perfeição? Não é diferente com livros. Eles são obras de arte.

Joana parece indecisa, então ele escolhe por ela. Pega uma chave e destranca a Bíblia, e ela estende a mão para receber o volume, como fez com Radegunda. É grande e pesado como uma bigorna de ferro. Como uma suplicante, ela carrega o livro até uma mesa e o abre. O frontispício, um céu de estrelas, a saúda. O céu é do azul do lápis-lazúli triturado. As estrelas são folhas de ouro.

Le Maçon conta a ela que foi outro Carlos, o avô do delfim, que construiu uma biblioteca em uma torre que antes abrigava falcões no Louvre, em Paris. Os que esquecem o que ele fez pela guerra dizem que se trata de seu maior legado. A biblioteca continha quase mil manuscritos, incluindo obras de Aristóteles – *Ética*, *Política* e *Economia*. A Bíblia de são Luís ficava na mesma biblioteca, além das traduções francesas da obra do estudioso italiano Giovanni Boccaccio e *O romance da rosa*. Nos três andares da torre, havia livros sobre todos os assuntos que se possa imaginar, tudo organizado e categorizado de maneira impecável. A importância dessa biblioteca não era apenas o número de manuscritos que continha, mas o fato de abrigar tantas obras em francês, não só em latim ou grego. O rei havia encomendado essas traduções e encarregado os melhores estudiosos do reino de executá-las.

Mas aquela biblioteca não existe mais, ele diz. Não podemos mais chamá-la de nossa.

— Foi incendiada pelos ingleses? — Joana pergunta. Mas ele faz que não com a cabeça. Foi vendida a João, duque de Bedford. O conteúdo daquela biblioteca agora está em Ruão, capital da Normandia, em território inglês. O duque de Bedford a comprou a um preço que seria vergonhoso dizer, e levará anos até vermos outra coleção assim neste reino, se é que haverá.

Eles ficam em silêncio. Ela fecha a Bíblia e a entrega a Le Maçon, que acorrenta o livro de volta no lugar com cuidado, como um pai colocando uma criança para dormir. Seu rosto está encoberto, mas ela sabe, sem precisar olhar, que ele está chorando. Joana quer colocar a mão em seu braço, dizer em um tom suave: "Quando a guerra terminar, talvez possamos recuperar a biblioteca também". Mas de que serviria?

— O delfim será decretado rei — ela declara. — Entre Chinon e Reims, há muitas cidades, pequenas e grandes. Vamos retomá-las com o exército de sua majestade. Com o *meu* exército.

— E depois?

— Paris. — A palavra escapa de sua boca quase sem pensar. Retomar a capital; tomar o reino todo.

Nos campos, aquele dia em Domrémy, ela pensa, fiz um acordo com meu Deus. A boa comida que como, os doces e especiarias que agora me são tão familiares não tornaram aqueles nomes menos amargos em minha boca. João, duque de Bedford, regente da Inglaterra. Filipe, duque da Borgonha. Henrique, sexto de seu nome, futuro rei da Inglaterra. Esses são meus inimigos e inimigos do delfim. A viagem a Reims só nos deixará mais próximos.

Eu, Joana, estou indo atrás de vocês.

❖

São as Noas, e o delfim está em seu jardim com La Trémoille e o arcebispo. Ele diz aos amigos logo após colher uma flor fresca:

— Vou à capela para rezar.

Mas, quando as portas se abrem, ele leva a mão à boca e a flor cai no chão como uma pena. Ele dá um salto para trás e se choca com a barriga saliente de La Trémoille. No espaço estreito da capela, vê fileiras e fileiras de seus súditos ajoelhados, uma grande reunião da nobreza, dos capitães do exército. Dunois está ao lado de La Hire, ajoelhado próximo a Le Maçon. Na primeira fileira, o delfim avista seu primo, o duque de Alençon, e perto dele, encabeçando todos esses rostos, vestindo um manto roxo com um broche cravejado de pedras, está Joana.

À chegada dele, outros surgem de uma entrada lateral: Iolanda, a delfina com a filha no colo, seguida do filho.

Não há tempo para La Trémoille ou o arcebispo perguntarem o que está acontecendo. Os olhos de Iolanda e a carranca da princesa os silenciam. Joana se levanta. Não diz nada ao passar um objeto para a mão do delfim.

Ele olha para baixo. Um presente? Sua majestade gosta de surpresas. Mas é algo que tinha esquecido nas semanas felizes desde a batalha de Patay. Na palma de sua mão, está a estatueta esmaltada de seu pai. Só que tem uma pequena diferença. Alguém fez para o finado rei uma coroa em miniatura de ouro pintado com joias coloridas; o detalhe é tão delicado que deve ter sido feito com um pincel de cerda única.

O delfim alterna o olhar entre Joana e a nobreza ajoelhada, seus cortesãos e amigos que, desde a vitória em Patay, tinham todos, em um momento ou outro, solicitado uma audiência com ela. Enviaram presentes a ela, pratos de cisne e salmão, especiarias muito apreciadas. Removeram anéis dos próprios dedos, tirado bolsinhas de ouro dos seus baús e ofertado a ela. Ouviram-na falar e se autodenominam seus seguidores.

Dizem que a guerra começou com uma cena não muito diferente dessa. Na corte inglesa, Eduardo, terceiro de seu nome, estava em conflito em relação à decisão de lutar pela coroa francesa. Era um homem que se zangava com facilidade, mas também era racional. Sabia do custo de se iniciar uma guerra, tanto em vidas quanto em dinheiro. E conhecia a força da França, seu longo histórico de grandeza no campo de batalha. Nada era páreo para sua cavalaria, para a força e destruição de seus ataques. Mas, à sua própria mesa, um homem inconveniente e encrenqueiro chamado Roberto de Artésia lhe serviu um prato de carne de garça, pássaro que simboliza a covardia, e o gesto o humilhou tanto que ele concordou em ir à guerra. O ano era 1337, noventa e dois anos antes, e trata-se da mesma guerra que lutamos atualmente.

Mas aqui não há nenhum inconveniente. Joana diz:

— Rogamos que vossa majestade escute aqueles que o amam. É hora de o rei legítimo da França receber sua coroa.

Ele passa os olhos pelas fileiras de pessoas e vê a delfina se aproximar com Luís, um menino de rosto redondo que esfrega o nariz protuberante com o punho rosado. Uma ama carrega Radegunda, que não está olhando para o pai, mas encarando Joana. A distância entre eles é pequena.

Atrás, Iolanda levanta a voz:

— Não vou me ajoelhar, Carlos. Não trouxe nenhuma almofada, e meus pés já estão doloridos de tanto esperar por você.

Joana pensa no dia que passaram no jardim. Na penumbra, viu o rosto do delfim mudar, intercalando entre sombra e luz do sol enquanto o vento agitava as folhas. E ele está mudando agora, primeiro pálido, depois rosado de constrangimento. Mas logo a cor se esvai de seu rosto. Os olhos ficam fixos em Joana, que não desvia o rosto. Eles são da mesma altura. O canto da boca de sua majestade se contorce.

— Para Reims, então — ele diz. A voz dele é baixa quando se dirige a ela. — Foi Deus que construiu a estrada que trouxe você a Chinon e a mim. Agora compreendo que só aqueles que olham para trás, para o passado, podem discernir com clareza o padrão dos acontecimentos, sua sequência e verdadeiro significado. Nossos caminhos andam juntos, como linhas paralelas, pelo vazio de nosso desespero. Como crianças perdidas, viajamos muitos quilômetros da estrada que leva à saída da floresta escura. Mas Deus tudo vê. E Ele vê você, Joana, com Seu olho notável e de profundidade imensurável, com Sua visão divina e perfeita, de que ninguém compartilha, nem mesmo os anjos do Paraíso. No momento em que seu rei da França mais precisou de você, Sua sabedoria nos uniu.

Passa-se um outro instante. Quando Joana se vira para acompanhar o delfim, as fileiras de cortesãos ainda estão ajoelhadas. Há um momento – breve e fugidio – em que parece que estão ajoelhados por ela.

V
• • •

Nas semanas anteriores à partida deles de Chinon, espalha-se uma história pela corte. Começa, como muitas histórias, na cozinha. Um menino sai para executar uma tarefa. Ele vê o delfim pela primeira vez. Ah, sua majestade estava muito bem-vestida, o menino anuncia, sentindo-se importante, e descreve o que viu a seu senhor. Como os dias estavam quentes, ele usava um gibão leve amarelo vivo e meias da mesma cor.

— O que sua majestade estava fazendo? — o senhor pergunta ao menino.

— Reunindo seus homens, preparando o exército — ele responde.

O menino é perdoado por se demorar durante a tarefa. Ele faz um relato completo do que testemunhou: sua majestade falou com soldados de alta e baixa patente. Deu tapinhas nas costas de seus homens, comendo e rezando com eles. Enquanto uma enorme multidão observava, suas régias mãos fizeram um cataplasma para um humilde soldado de infantaria, ferido em Patay, cujo ombro o mantinha acordado durante à noite de tanto que doía. Ele se comportou sem arrogância, o que surpreendeu a todos.

De onde o menino parou, um outro criado continua a história. Por volta das duas da tarde, sua majestade havia promovido uma reunião com trinta ou quarenta soldados e solicitado ideias sobre o que poderia ser melhorado. Esses homens compartilharam seus descontentamentos com o delfim: nunca recebem o pagamento no dia certo; a comida é ruim, a carne é rançosa e os legumes e verduras, escassos; espera-se que marchem de estômago vazio; não há organização, e eles nem sempre respeitam os responsáveis, pois seus superiores são cruéis, incompetentes ou ambas as coisas. Três escreventes acompanharam o delfim para tomar notas detalhadas sobre as condições dos equipamentos, desde as alabardas e balas de canhão até a robustez das carroças que as carregam, e o próprio delfim verificou todos os canos e rodas, agachando-se até o chão quando o momento pedia inspeção. Ele pegou um virote de besta e, ao sentir a ponta afiada, disse às massas que o acompanhavam:

— Isso logo vai estar no coração de um inglês. — E a multidão vibrou.

Mas tem algo errado nesse relato. O delfim esteve o dia todo em seus aposentos. Seus criados pessoais, que também ouviram a história e quase não saem do lado dele, levam a mão à boca para rir. Sua majestade? Caminhando entre os homens do exército? Você está louco ou ainda embriagado do vinho de ontem?

De um ouvido a outro, a história corre de modo que as identidades se confundem. Mulher vira homem, uma camponesa se torna príncipe. É uma história divertida, uma piada. Alguns mal-entendidos são tão ridículos, tão inconcebíveis, que se tornam engraçados, Le Maçon explica a Joana quando ela volta com seus escreventes, que estão com os braços repletos de anotações. Ele ri quando ela limpa a poeira da parte da frente do gibão amarelo. Mas ela nota que ele também está um pouco inquieto. Se essa história chegar aos ouvidos do delfim, o que ele não duvida que aconteça, será que sua majestade vai rir também? Talvez ele devesse estar por perto para amenizar qualquer prejuízo. Le Maçon deixa Joana. De repente, parece preocupado.

Embora não faça um ano que ela saiu de casa, seu passado já parece algo de outra vida. Nesse lugar encantado, lordes e seus criados a cumprimentam. Os mais respeitosos tiram o chapéu. Mulheres da nobreza e suas damas de companhia se apressam para ter um vislumbre dela, com seus enormes *hennins* oscilando sobre as testas lisas. Ela não tem títulos. Tecnicamente, não é ninguém. Ainda assim, elas são tímidas demais para olhar em seu rosto. Acreditam que ela seja algo sobre-humano.

Enquanto ela pratica tiro, seus escreventes leem cartas em voz alta. Compilam listas de suas despesas, que são revisadas com cuidado antes de serem repassadas a seus benfeitores. Os custos de sua casa são divididos principalmente entre Iolanda e Le Maçon, ainda que não seja incomum que aqueles que se consideram seus apoiadores e lhe mandam presentes também recebam uma cobrança, cortesia da duquesa de Anjou. Por outro lado, Iolanda explica aos seguidores mais ardentes de Joana: Pensem nisso como um investimento de alto risco, mas com potencial enorme de retorno. Quando a França for libertada, os homens da Inglaterra vão fugir de volta para seu reino insular, física e financeiramente enfraquecidos pela guerra. E então lembrarei de sua gentileza neste momento difícil. Falarei bem de vocês no ouvido de sua majestade, que é, como já sabem, o rei mais generoso da cristandade.

Os escreventes de Joana a ensinaram a segurar a pena do jeito certo, e ela está aprendendo a ler e escrever. Em um feixe de papel amarrado com um barbante, escreveu e reescreveu seu nome e os nomes e títulos do delfim e da delfina. Os escreventes apontam seus erros com gentileza. Elogiam seu progresso constante e observam pacientemente enquanto, com a língua enrolada sobre o lábio superior, ela copia novas palavras.

— Logo você vai ser capaz de compor poesia — eles dizem, sorrindo. Ela é tão aplicada com o buril e a tabuleta quanto com uma espada.

Todos os dias, centenas chegam a Chinon para se juntar ao exército, mesmo não sendo feito nenhum esforço para encontrar esses homens. Não é mais necessário bater de porta em porta para localizar aqueles que desejam ser chamados de soldados. Eles ficaram sabendo dos milagres realizados em Orléans e durante a campanha no vale do Loire. Agora a história diz que *cinco* mil ingleses, e não dois mil, foram mortos em Patay. Eles chamam sua viagem de peregrinação, mas não vieram para agradecer à Santa Virgem, e sim para oferecer seus serviços à virgem guerreira da França.

Joana visita os novos recrutas: os ferreiros, os vidraceiros, os carpinteiros, os açougueiros, os tecelões, os sapateiros e os comerciantes que deixaram seus postos ou fecharam seus negócios para lutar sob o comando dela. Pergunta o nome deles e se senta com eles. Dá a chance de voltarem, pois, uma vez que partissem para Reims, não queria que desertassem.

— Vocês são homens habilidosos — ela diz —, e servir no exército é um trabalho difícil. — Não é raro que mesmo um homem forte desmaie de exaustão no campo de batalha. Ela já viu acontecer. Joana mostra a esses novos recrutas sua espada, que, explica, não é de fato a espada de Carlos Martel, apenas uma cópia. Por que deveria enganá-los? Conta a eles a história da Batalha de Tours, que o príncipe dos francos liderou contra o exército sarraceno, e eles ouvem quando ela explica que não são sempre números que importam, mas determinação e, é claro, boa estratégia. — Meu pai dizia — e toda vez que ela faz esse discurso, o que agora acontece pelo menos duas vezes ao dia, não consegue acreditar que está repetindo algo que saiu da boca de Jacques d'Arc — que, embora não devamos nos comparar com figuras de real grandeza, como o príncipe dos francos, Carlos Magno ou são Luís, é possível que estejamos caminhando sobre o mesmo pedaço do reino que eles pisaram centenas de anos antes de nós. Este reino chamado França. — E os homens acenam com a cabeça. Olham uns para os outros; pensam: Isso faz sentido. Nenhum deles deseja se tornar súdito de um rei inglês, e ela diz para se orgulharem de sua terra, que Deus ama os mais humildes entre eles mais do que qualquer inglês aspirante ao trono, e que Ele está com vergonha do duque da Borgonha, sedento de poder, por mais cheios de ouro que sejam seus cofres.

    Ela não se esquece dos soldados que já serviram, os homens que a acompanham desde Orléans. Pede a Jean que tome providências para que ela faça refeições diárias com eles, para que estejam sempre se lembrando dela e saibam que ela os estima. Por mais que esteja vestida com as sedas de um nobre, com gibão e meias longas, é importante que a vejam comendo com entusiasmo de uma tigela de ensopado e compartilhando pedaços de arenque salgado, cuspindo as espinhas com a mesma rusticidade que eles. Ela é madrinha dos filhos de vários desses homens, e pequenas quantias de dinheiro são desembolsadas em seu nome. É um grupo diferente todo dia, mas ela se dirige a cada um pelo nome e se lembra de sua ocupação. Ela se recorda, também, do nome das esposas e dos filhos, e de onde são. Sua memória, os homens lhe informam, é maravilhosa. Depois da refeição, ela tira o gibão e o entrega para um garoto segurar, mesmo ele estando com as mãos sujas de terra, enquanto ajuda a carregar uma carroça. Distribui perpontes e faz os sapadores experimentarem as peças, junto com chapéus de ferro. Entrega facas, mas primeiro as testa com o polegar e, se a lâmina estiver cega, não há momento melhor do que o presente para afiá-las em uma pedra de amolar. Cestas gigantescas são trazidas do pomar do delfim, e maçãs são distribuídas. A fruta, Joana diz, é o presente de sua majestade para todos os homens que empunharão uma espada em nome de seu legítimo rei.

Ela diz, estendendo o braço para pegar na mão manchada de azul de um tintureiro:

— Vocês são o coração do exército francês. Não deixem ninguém dizer o contrário. Se forem menosprezados ou maltratados por alguém, devem guardar o nome dessa pessoa, fazer um registro e me dizer diretamente quem os constrangeu. Não vou tolerar crueldade, não entre os nossos.

Após outro dia de trabalho finalizado, ela volta a seus aposentos. É quase hora do jantar: hora de se lavar e trocar de roupa. Na meia hora antes de a comida ser servida, ela passa tarefas para Jean executar. Teve uma visão. E não, não foi uma visão em que um anjo apareceu para sussurrar profecias em seu ouvido. Ela não viu nenhuma luz branca, não viu o arcanjo Miguel com sua espada flamejante nem a Santa Virgem. Mas teve a visão de uma nova e vitoriosa França.

Ela diz a ele: Precisamos de mapas melhores, então encontre cartógrafos. Não adianta nada não sabermos como é nosso reino. Além disso, sonde quais dos artilheiros e engenheiros de cerco têm mais habilidade para explodir e derrubar coisas. Quem quer ideias novas só precisa procurar. Talento não é algo raro neste reino, e habilidade pode ser encontrada nos lugares mais inesperados. Ela mesma não é uma prova disso? Seu escudeiro já está a meio caminho da porta, mas ela o chama de volta. Fora isso, você também pode marcar uma hora para eu me encontrar com o tesoureiro real? Ela quer saber quanto custa tudo, quanto tempo os armeiros levam para produzir, o preço do perponte, da mula, do barril de flechas, da camisa de cota de malha, do elmo, de um corte de carne, o valor dos grãos da estação. E quer que sejam feitas listas. Quer saber o nome de todos os sargentos de armas e entender quem é responsável por qual coisa, quais carroças carregam os fornos portáteis do delfim, seu guarda-roupa, quais levam as achas e os paveses, grandes placas de madeira que servem como escudo enquanto estão recarregando as armas, e quais carroças transportam os barris de carne e peixe salgados. Ah, e o tesoureiro real, seja quem for, pode vir até aqui falar comigo.

Ela janta com seus convidados e os convidados de seus convidados. Para acomodar o número cada vez maior, duas mesas precisam ser juntadas. Tabuleiros de madeira são dispostos para os personagens de sempre: Dunois, La Hire, Le Maçon e, com muita frequência, o delfim sai de sua mesa mais bem abastecida e chega pela hora do jantar, como um errante seguindo o aroma do pão fresco. Os únicos dois nobres que nunca a visitam são La Trémoille e o arcebispo de Reims.

À mesa de Joana, a conversa é sempre sobre trabalho. Se o delfim não estiver presente, as discussões giram em torno de suprimentos e métodos de arrecadar fundos. Ela compartilha novas ideias e histórias contadas pelos soldados: relatos de maus-tratos, de fome.

— Gostaria que fossem feitas mudanças — ela diz.

— Que mudanças? — La Hire pergunta de boca cheia.

Ela não está preocupada com santidade, mas com o que vai sustentar um exército em movimento por centenas de quilômetros, o que vai manter os instintos dos soldados aguçados e sua mente alerta quando entrarem em combate. Um ferreiro não acenderia o fogo se estivesse embriagado, então por que um soldado deveria tropeçar nos próprios pés, após uma noite de farra, na manhã da batalha?

— Quero proibir apostas. Quero proibir prostitutas e bebedeira. E quero que todos os homens estejam adequadamente equipados. Chega de homens chegando com podões e cutelos adquiridos no ferreiro local. Quero que eles saibam por que estão aqui, qual é sua missão. Quero informações divulgadas com regularidade, ninguém desinformado, todos os homens valorizados. Quero mais confessores, padres para rezar missas aos soldados, absolvendo-os de seus pecados e os escutando. Vai ajudar a elevar o moral, acreditem. Esses homens precisam ser ouvidos, precisam de um ouvido solidário. Já sofreram demais. Querem falar. Por mim, quase toda cidade da França teria um arsenal e, com ele, uma guarnição. — *Eu quero, eu quero, eu quero...*

— E onde vai arrumar dinheiro para tudo isso, pequena donzela? — ele pergunta.

Ela olha para Dunois, para os membros da nobreza ao redor da mesa. Alguns são recém-chegados. Pensa em Iolanda e seus baús de joias. Quanto será que vale um broche de diamantes?, ela se pergunta.

— Com vocês? — ela sugere.

Mas, se o delfim estiver presente, a conversa passa a ser sobre o dia de sua majestade, o que ele fez, como dormiu, sua digestão, se está boa ou ruim. Ele está de bom humor ou está aflito (de novo)? Pois, se estiver aflito, deve ser consolado – o que, dependendo do rumo da discussão, pode levar horas. Às vezes, sua majestade chega com um criado que carrega seu alaúde, e o delfim toca uma canção. La Hire ou Dunois cantam.

O delfim por vezes convida Joana para caçar com ele, mas ela sempre recusa o convite. Sua resposta:

— Vim para auxiliar vossa majestade a matar as feras chamadas ingleses, não um cervo ou javali.

Antes de dormir, Joana se lembra da colina onde esteve uma vez com a irmã, vendo a beleza do outono se estender sob elas como uma tapeçaria. "Você ficou tempo demais aqui", Catherine disse, "e sei que foi por minha causa".

Do outro lado do quarto, ela ouve o som de uma porta se abrindo e um criado entrando em silêncio para recolher a bacia de água de rosas em que havia lavado as mãos e o rosto.

Já se passaram vários dias em que ela não pensa nem na irmã nem no tio, e ideias crescem em sua mente como fruta madura no pé. Seus olhos estão repletos de futuro: o que é possível, o que ela deveria fazer no dia seguinte ou dentro de uma semana. Sua memória armazena listas de itens que devem ser verificados e reverificados. Ela se imagina à frente de uma grande corrente, uma corrente em que ela é a geradora de pensamentos e seus escreventes, seu escudeiro, Le Maçon e todos de seu círculo mais íntimo compõem os elos. O espaço que ocupa é cheio de vida, de mudanças – e, ela acredita, mudanças para melhor. Não há mais espaço para os mortos.

❖

Joana está dormindo um sono leve quando o farfalhar de tecido faz seu ouvido se contrair. Um criado? Mas está tarde, todos os criados já se recolheram. Então ela abre os olhos. O quarto está escuro demais até para distinguir sombras. Deitada de lado, de costas para a porta, ela consegue sentir cheiro e escutar. E sabe que não está sozinha.

Na cama, seu corpo permanece imóvel, mas a mão que está sob o travesseiro desliza devagar de uma extremidade à outra, alcançando o cabo da arma que mantém escondida. É a adaga que Dunois lhe deu de presente, e seus dedos tocam o punho cravejado de pedras. Eles roçam na cabeça da serpente sinuosa com olhos de carbúnculo.

Ela respira fundo. Sente cheiro de... comida. Cerveja, carne e, ela acha, um leve cheiro de queijo azedo aproximando-se. Ela sente uma pequena pulsação sob o olho esquerdo. Conta cada minibatida. O cheiro, como um prato de sobras que se aproxima, fica mais forte.

Uma mecha de cabelo cai sobre sua orelha. Seu pescoço se contrai. Ela prende a respiração para ouvir, para estimar distância, posição e movimento. Nota outro farfalhar de tecido, desta vez a poucos centímetros de distância, diretamente atrás de sua cabeça.

Gira o corpo. Um borrão em movimento. Ouve o som de tecido rasgando – a colcha de sua cama – quando uma arma afunda bem no meio. Ouve um grito, mas o grito não vem de sua garganta. Sua mão, a faca que ela segura, cortou em um movimento ascendente; sua ponta tirou sangue, e ela sente gotículas mornas salpicarem seu pulso. Uma arma é largada, e seu som, como o de um sino, ecoa por todo o quarto. No escuro, sua própria respiração preenche seus ouvidos, e seus olhos captam um movimento indistinto. Passos aterrorizados cambaleiam na direção da porta, que se abre, e o brilho azulado de uma janela aberta recai sobre a mão da figura. Dedos ensanguentados. O vislumbre de um anel de sinete dourado usado no dedo mindinho. O corpo é grande, está coberto por um manto, a cabeça escondida sob um capuz. Mas, em um instante, tudo termina e seu agressor já se foi.

Ela nem precisa chamar ajuda. Dois criados já entraram correndo. Seu escudeiro está logo atrás, seguido dos pajens. Velas são acesas. Uma mão lhe oferece uma taça de vinho aquecido.

Ela olha para a cama. Onde estava dormindo, há um corte longo na colcha de cetim. No lugar do sangue, um monte de penas de ganso.

Jean pega a arma e aperta os lábios ao passá-la para Joana.

— Uma misericórdia — ele diz, embora não precisasse dizer o nome da adaga. Ela mesma já usou uma. É uma adaga longa e fina para passar pelos respiradores dos elmos, entrar pelos vãos das armaduras e executar cavaleiros que já estejam feridos ou morrendo.

O que Iolanda havia dito? "Nem sempre é possível ver seu inimigo correndo até você de longe, pois na corte somos mestres do ilusionismo. Aqui, tudo são sombras e astúcia." Seu coração está tão acelerado que ela se pergunta se as outras pessoas que estão no quarto conseguem ouvi-lo. Talvez consigam, mas não querem constrangê-la.

É véspera da partida deles para Reims.

❖

As preces de Joana são mais atualizações das últimas notícias do que pedidos para Deus.

— Alguém tentou me matar ontem à noite. Acho que foi um dos homens de La Trémoille — ela diz, ajoelhando-se na capela. — Por sorte, tenho sono leve. Não se preocupe — ela diz a Deus. — Sei me cuidar.

Deus fica em silêncio, o que ela interpreta como anuência.

Ela diz a Ele: Entre minhas preocupações, está o tempo ruim, que vai atrasar a viagem até Reims e consumir suprimentos, pois o exército é muito maior do que podemos sustentar. Estou preocupada com as cidades onde devemos passar, algumas das quais são inglesas, outras, borgonhesas. Se não quiserem abrir os portões para nós, vamos ter que montar cerco, e cercos consomem tanto tempo quanto recursos. Estou preocupada com dinheiro. Não, não dinheiro para mim, ela esclarece, mas dinheiro para pagar por todas as coisas que quero que sejam feitas, dinheiro para pagar os soldados, para manter seu moral elevado. Sabe o que soldados que não são pagos fazem?, ela pergunta a Deus, como se Ele não soubesse. Voltam-se contra seu próprio povo. Não são só ingleses e borgonheses que incendeiam vilarejos franceses. São homens descontentes, homens desgovernados de qualquer reino, incluindo a França. Estou preocupada que, no primeiro jantar frio, no primeiro espasmo de dor de estômago, sua majestade reclame e deseje não ter ido. E às vezes fico preocupada que minhas preocupações estejam começando a parecer preocupações de gente da corte, como as de Le Maçon.

Atrás dela, Joana ouve um pequeno movimento, outro farfalhar de tecido. Ela se levanta rapidamente. Quando se vira, encontra-se cara a cara com um rosto pálido, longo e estreito. Um par de olhos opacos piscam para ela. É o arcebispo de Reims.

Ele parece não notar a reação dela, só assente e se aproxima.

— Já nos vimos em várias ocasiões, mas nunca conversamos — ele afirma. — Vou me juntar a você em prece esta manhã. É um dia importante.

— Prefiro rezar sozinha.

Rapidamente, duas manchas vermelhas tomam conta do rosto dele, mas logo somem.

— Você é uma pessoa difícil de encontrar — ele diz, dando de ombros. — Tentei três outros lugares antes de encontrá-la aqui, na capela particular do delfim. — Ele mostra três dedos com anéis. Ela observa suas mãos: lisas, sem cicatrizes. Então o arcebispo não sai por aí entrando em quartos à noite, tentando matar pessoas, mas talvez simplesmente peça a outros que tornem suas preces realidade. — Seus aposentos. O estábulo. O canil.

— Existe certa vantagem, eu acho, em ser difícil de encontrar — ela diz.

Seus olhos se encontram. Ele solta um pequeno suspiro.

— Acho que você tem razão. — Seu tom de voz é de tédio, como se tivesse apenas afirmado um fato. — Pelo que estava orando agora? — ele pergunta.

— Isso é entre mim e Deus.

— Ah, se fosse verdade, eu logo ficaria sem trabalho.

Ele sorri e passa por ela, aproximando-se do altar.

— Minha posição impede que eu me engane quanto à natureza dos homens... e das mulheres — ele continua. — Rezar... é apenas desejar, não é? Ambos sabemos disso. E o que os homens desejam além das coisas de sempre? Poder. Dinheiro. Amor. Ficar livre de doenças. Ascender ao Paraíso sem morrer de verdade. — Ele ri. É uma gargalhada crepitante, como o salto de um sapato pisando na concha delicada de um caracol. — Sempre queremos algo de Deus. Mesmo que seja algo nobre. Estudiosos desejam iluminação; poetas, um melhor jogo de palavras; médicos, uma cura para a praga. Confesso que tenho tendência às mesmas ambições. Em meu coração, tenho muitas esperanças. Rezo todos os dias pela boa saúde do delfim, por minha própria saúde e por *sua* saúde também. Espero que os ingleses desapareçam em uma grande nuvem de fumaça e que enviem grandes baús de dinheiro para restituir todo o mal que nos fizeram. De certo modo, vivemos quase o tempo todo em oração. A lavadeira, que deve estar acordando neste exato momento – você provavelmente é capaz de imaginá-la muito bem, talvez já tenha sido uma no passado? –, desce correndo um lance de escadas e espera não tropeçar e quebrar o pescoço devido à pressa. A esposa, cortando legumes para o jantar do marido, decide manter a faca firme na mão, de modo que não corte um dedo. Antes de bebermos de qualquer taça, vivemos, por um instante, na expectativa de que o que estamos prestes a tomar nos nutra e dê prazer, e não nos envenene nem nos faça cair doentes e morrer.

— Vossa excelência é capaz de evocar imagens muito adoráveis — ela diz. Não sorri.

— Ah, mas uma oração diz tanto sobre um homem. Muito pode ser aprendido: seus pontos fortes, suas falhas. Um comerciante que engana os clientes e abusa dos funcionários ainda pode ser um pai carinhoso para os filhos e um marido fiel para a esposa. Pode encomendar uma missa em intenção de sua mãe. Você ficaria surpresa com a natureza conflitante do coração dos homens. Vaidade com sensibilidade. Ambição e arrogância com generosidade e caridade. Desde que você chegou a Chinon, observei-a com atenção. E fiquei me perguntando, desde aquela manhã em que a vi olhando para todos nós com Le Maçon, o que você deseja... aqui. — Ele aponta para o coração. — Poder? Dinheiro? — Ele hesita, tenta mais um vez: — O amor de sua majestade?

Se essa conversa fosse com La Hire ou Jean, ela faria uma careta: colocaria a língua para fora e fingiria estar com ânsia de vômito. Por um momento, eles se encaram, mas é uma competição que ele vai perder. Ele desvia os olhos, inclina a cabeça. Une as mãos como se fosse rezar.

— Ah, mas é claro — ele diz. — Esqueci que foi designada por Deus. Uma guerreira santa. Uma donzela casta. Uma virgem testada e comprovada. É por isso que a chamam de *La Pucelle*. "Por Eva veio a morte, por Maria veio a vida." Não é um dos trechos que a duquesa de Anjou desenterrou para você antes da ida a Orléans? Então suponho que não seja amor. Nenhum homem no mundo é capaz de tentá-la. Mas e poder? E o dinheiro que costuma acompanhar o poder? E ouro e pedras preciosas?

— Vou dizer uma coisa, embora não espere que alguém como o senhor compreenda — ela afirma. — Na verdade, rezo por um propósito. Quando não se é ninguém, como eu, e não deve nada a ninguém, só pode ser você mesmo.

— E com que facilidade você assumiu seu papel divino.

— Bem, se aqueles que têm um cargo divino não são capazes de agradar...

Ela colocou o dedo na ferida. Ele estremece, depois se recompõe.

— Ouvi uma história sobre você uma vez — ele diz. — Talvez possa me fazer a gentileza de confirmar se é ou não verdadeira, para satisfazer minha curiosidade. Ouvi dizer que você foi escolhida pela mulher santa Coleta de Corbie quando era criança, e que ela tentou benzê-la com as próprias mãos, e você saiu correndo. Mas, antes da fuga, ela conseguiu colocar em seu bolso uma medalhinha, que depois você vendeu ao duque da Lorena em troca de uma quinquilharia bonita: um anel.

Ela mostra a mão esquerda a ele e aponta para o terceiro dedo.

— Este aqui.

— Então é verdade. Você rejeitou a bênção de uma mulher mais próxima da santidade que temos neste mundo para alimentar sua própria vaidade.

Ela resmunga.

— O senhor não estava lá. Não vi nenhuma mulher santa, apenas uma mulher quase morta de fome, com os pés ensanguentados porque se recusava a usar sapatos. Não precisamos de santos assim, não mais. Santos que se flagelam e usam túnicas de cilício, que acreditam que o desejo de Deus é apenas punir, que Seu amor e Sua misericórdia são concedidos apenas por meio da dor: quem mais sofre é abençoado, quem sofre menos deve viver em pecado. Isso não é Deus nos punindo. São apenas homens punindo uns aos outros. O que temos a aprender com essa lição?

— Mas suponho que precisemos de você? — ele diz. Ainda está calmo. — Suponho que acredite que... a França precisa de você?

Ela fica em silêncio.

— Acha que podem existir dois designados por Deus em um reino? Com isso, não estou me referindo a você e à mulher santa, Coleta. Mas a você e ao delfim. Um rei também é escolhido por Deus, não sabia?

Joana fica olhando fixamente para ele.

— Não é uma pergunta capciosa — ele afirma. — Estou curioso para saber o que você acha.

— O delfim e eu compreendemos um ao outro. Somos amigos.

Ele abre a boca, como se deixasse a palavra entrar totalmente nela antes de mastigar. Parece saboreá-la, revirá-la na língua como se faz com um vinho novo e surpreendente.

— Amigos — ele repete. — Bem, devem ser mesmo. Sua majestade a colocou em um lugar tão elevado. A própria corte se pergunta: E por que não? Isso nunca foi feito antes, mas nem os milagres que você realizou e que nós testemunhamos. E há ainda mais júbilo nos aguardando em Reims. Você deve nos fazer chegar lá, e eu devo ungir o delfim com o óleo da Santa Ampola, que ungiu quase todos os antepassados de sua majestade.

— Vou nos levar até lá se vossa excelência não derrubar o frasco.

Ela já começou a ir embora quando ouve a voz dele:

— Ah, acredito que não tenha perigo de *isso* acontecer. Por mais que você possa me considerar um homem velho, tenho mãos bem firmes. Mas terei que tomar um pouco de cuidado. Se eu ungir a pessoa errada, bem, seria um erro imperdoável.

Ela se vira. Nem precisa dizer nada para ele saber que agora estão quites.

— A menos que minhas fontes estejam mentindo — ele diz —, não seria a primeira vez que a confundiriam com o delfim. Pensei, quando ouvi a história pela primeira vez: Sua majestade carregando carroças? Abrindo barris? Testando bestas? Não parece ser ele. Não, não é do feitio de sua majestade. Esse jovem não faria isso.

— É um erro comum, já que eu uso roupas masculinas — ela responde. — E temos a mesma altura. Só isso. Muitos nunca tiveram a honra de ver o delfim.

— Mais uma coisa — ele continua. — Sua majestade sabe que você está aprendendo a ler e escrever? Que fez um caderno e o preencheu com seu nome escrito ao lado do nome e dos títulos do delfim? Por que faria uma coisa dessas? É uma pergunta genuína. Por que você, Joana, escreveria seu nome ao lado do nome de sua majestade?

Ela desvia o rosto. Não responde.

— E o delfim, seu bom amigo, sabe que Le Maçon foi visto levando-a para a biblioteca particular dele, onde você abriu uma Bíblia que pertenceu a seu avô, presente de sua santidade, o papa? A propósito, fico me perguntando onde estaria seu caderno agora. Espero que não o tenha perdido. Precisa ter cuidado. Algumas pessoas achariam essas histórias a seu respeito... preocupantes.

Ele não espera pela resposta dela. Em vez disso, sai andando.

— Então a designada por Deus está aprendendo a ler e escrever. E um dia pode até mesmo ser capaz de compreender Aristóteles. Pode dominar latim e grego, e em que mundo acordaremos, você acha, quando ela for capaz de citar os filósofos e poetas com a mesma prontidão com que consegue disparar uma besta ou puxar uma faca? Pois ela já tem a reputação de maior guerreira da cristandade. É famosa em cada ducado e trincheira da Europa. Logo terá o poder tanto da espada quanto da pena a seu lado. E, por mais que seja inconcebível, por mais que devesse ser impossível, uma abominação, ela também é uma líder nata dos homens. Então, eu lhe pergunto, Joana, em que mundo a França acordará quando você tiver tudo e todos enfileirados na palma de sua mão?

Um mundo melhor, ela pensa, mas não diz. Vira as costas para ele. Afasta-se, mas a porta da capela se abre. La Trémoille entra, acompanhado de dois homens.

— Ah, Georges — diz o arcebispo. — Eu estava conversando sobre a coroação do delfim com nossa amiga.

La Trémoille suspira.

— Uma cerimônia adiada por sete anos — ele afirma, dirigindo-se para o ar bem acima da cabeça de Joana.

Quando ele passa, ignorando-a, ela olha nos olhos – duros e zangados – de um de seus seguidores, e sua atenção recai sobre a mão dele. Está enfaixada. Através de camadas de linho branco, avista a coloração do sangue: um inocente ponto rosado.

Parte quatro

A viagem até Reims leva aproximadamente dezenove dias, do fim de junho a meados de julho de 1429. Sabendo das façanhas de Joana em Orléans, muitas cidades se renderam e abriram os portões para o delfim sem resistência. No entanto, a cidade de Troyes se recusa a ceder, e o exército francês é obrigado a interromper seu progresso e montar cerco. É algo potencialmente desastroso, já que os suprimentos estão se esgotando com rapidez. Logo os homens passarão fome.

Alguns podem chamar de sorte. Outros, de milagre. Mas, bem antes da chegada de Joana, um frade havia profetizado ao povo da cidade que o fim dos tempos estava próximo e encorajado todos a plantar feijões para se preparar. Esses mesmos feijões amadurecem na época do cerco e acabam alimentando o exército francês. Após apenas quatro dias, Troyes se rende.

O restante da viagem corre sem percalços. Em 16 de julho de 1429, duas cidades não muito longe de Reims, Châlons e Sept-Saulx, abrem seus portões e, no mesmo dia, o delfim chega a seu destino em segurança.

Mais ou menos no mesmo período, os líderes dos inimigos da França, duque de Bedford e duque da Borgonha, reúnem-se em Paris para consolidar ainda mais sua aliança.

I
• • •

REIMS, 16 DE JULHO DE 1429
VÉSPERA DA COROAÇÃO

O que é a França? — Le Maçon pergunta. Ele está na grandiosa catedral de Reims. Abre os braços, permitindo-se um raro momento de indulgência. Joana também sente o cheiro das pedras. Ela fecha os olhos, quer tirar uma soneca. — É uma terra fértil, suas videiras são abençoadas, seu vinho é doce.

Essa é a sede da Sua Majestade Cristianíssima. Portanto, seu povo é o melhor povo; seus cavaleiros, os mais valentes; seus poetas, os mais inspirados.

E nossa língua é a melhor língua, pois gira as engrenagens do mundo civilizado. Um mercador pode ser holandês, português ou italiano, mas sempre vai conduzir seus negócios em francês. Quando o explorador veneziano Marco Polo compartilhou os relatos de suas viagens com seu amigo Rusticiano de Pisa, foi em francês que falou sobre o esplendor da China e de sua capital, Pequim, da magnificência da corte de Kublai Khan. Nossa língua é a língua da música, das *chansons de geste*. Nosso maior trovador, Arnaut Daniel, é um mestre da mesma grandeza de Dante em seu ofício.

Como a vida poderia ser a mesma sem o *entremet*, um prato preparado sem lista fixa de ingredientes? Pode ter qualquer forma; seu propósito é simplesmente deslumbrar e agradar. Só nós temos a inventividade de reconstruir a forma esplendorosa e exuberante de um pavão ao servi-lo cozido, de esculpir donzelas gregas e ninfas com urnas

nas mãos em capões assados, de construir um palácio em miniatura com carcaças de carne de caça, cada torre e pátio salpicados com uma chuva de açafrão.

A França é seus guerreiros famosos: Rolando, Carlos Martel, Bertrand du Guesclin. Você. Nessa viagem de dezenove dias, quantas cidades abriram seus portões e se renderam assim que as pessoas ouviram seu nome? Sabiam que qualquer demonstração de resistência seria infrutífera. Em suas mãos, apenas a vitória é possível.

E a França é seus governantes. O reino não é uma ilha por si só, como o lar triste e miserável de nosso inimigo ancestral, com um clima tão desagradável que as pessoas precisam velejar para outras costas em busca de um ambiente melhor. A França é composta de feudos, alguns dos quais se acostumaram à independência e autonomia. Mas os melhores reis são capazes de domar esses lordes orgulhosos e, em nossa história, nunca tivemos escassez de grandes líderes.

Le Maçon para. O delfim acabou de entrar na catedral, acompanhado de perto pelo arcebispo de Reims e La Trémoille. Joana levanta os olhos para o teto arqueado. Não é lugar para brigas. E, como se trata da sé do arcebispo, ela supõe que não pode chutá-lo para fora.

— Cuidado onde pisa, vossa majestade — La Trémoille diz, oferecendo-lhe a mão. — Tem um degrau difícil de ver bem ali.

O delfim carrega no rosto o brilho das lágrimas e da descrença. Ele funga, aceita a mão que lhe é oferecida e suspira, acenando com a cabeça quando Joana e Le Maçon se curvam em sua direção. Passa.

— Nosso rei é um rei emotivo — ela diz.

— Sim.

Eles estão em Reims há apenas um dia, mas, no dia seguinte, vai acontecer a coroação. Embora a cidade tenha voltado a ser deles, quem sabe o que ainda pode acontecer? Os ingleses já podem estar na estrada para atacar, então os preparativos estão em curso. A delfina ficou em Chinon; a viagem foi considerada perigosa demais. Por ora, só o delfim será coroado.

— É um momento emocionante para sua majestade — ela diz. Mas, ao mesmo tempo, ele não parou de reclamar desde que partiram. Quase chorou quando os fornos portáteis que levaram pararam de funcionar e seus jantares tiveram que ser servidos frios. Mas agora ele está cansado, como uma criança que chorou demais e ficou esgotada.

— É natural — Le Maçon responde. — Foi uma longa viagem. — Em mais de um sentido, ele quer dizer.

Eles ficam em silêncio. Há coisas que é melhor esquecer, mas é difícil apagar o rosto franzido do delfim lutando para se controlar diante de um prato de carne de cordeiro tépida. Joana havia ficado tentada a mostrar-lhe como comer o prato. Havia combatido o ímpeto de alimentar sua majestade com colheradas de feijão amassado quando a comida estava ficando escassa e ele se ajoelhou para rezar. Quase disse a ele em voz alta, com o próprio estômago roncando de fome: "Por Cristo, isso não vai ajudar em nada. Por favor, coma o feijão de uma vez!".

Diante dos portões das cidades, dava para ouvir gritos quando ela chegava. Joana os escutava de longe.

— A donzela de Orléans! — os guardas exclamavam. — Ela está aqui com seu exército! — Não muito tempo depois, os portões se abriam. Aonde quer que vá, uma parede de som a acompanha. Braços se esticam para tocar seu cavalo. Pais erguem os filhos para que suas mãozinhas possam encostar na armadura dela e para que ela possa benzer a cabeça deles com a gigantesca mão de metal.

❖

Assim que ela sai da catedral, cai um temporal. É uma dessas tempestades em que o sol está brilhando, mas a chuva cai com força, como se o céu se abrisse e os santos estivessem chorando sem parar lá em cima. A multidão que se formou do lado de fora para tentar vê-la corre em busca de abrigo, mas ela olha para esse novo mundo, transformado em um piscar de olhos em um mundo de água, luz do sol e névoa, com vapor subindo das pedras do pavimento a seus pés. Estende o braço para pegar água da chuva e ri ao ver as ruas vazias. Às vezes é bom estar sozinha, e no alto uma gargalhada gutural de trovões estronda pelo céu em resposta. Conforme Joana caminha, a água entra por seu colarinho e escorre até a cicatriz na base do pescoço, que ainda dói em dias de clima frio, um pulso latejante onde a flecha a perfurou.

Ela entra em uma igreja, um pequeno espaço de pedra, para se secar. No altar, há várias mulheres reunidas. Notam sua presença no mesmo momento em que ela as vê, e alguém grita quando a reconhece. Joana as ouve sussurrando. Elas se juntam ainda mais, até que uma das mulheres se separa do grupo e se aproxima.

A mulher é velha. Estava chorando; seus olhos estão vermelhos, mas ela ainda assim sorri para Joana.

— Sabemos quem você é — ela diz. — Já que está aqui, poderia nos fazer um favor e benzer minha neta, segurando-a no colo? Faz dois dias que ela nasceu.

Joana acompanha a mulher até o altar. Agora que chegou mais perto, a semelhança familiar é nítida. Aqui estão tias, irmãs, primas e, no centro, a mãe com sua recém-nascida envolvida em linho. A mãe não se move, mas a criança é tirada dela e passada com cuidado por uma corrente de mãos até chegar aos braços da avó, que se vira para Joana e lhe oferece o pacotinho.

Joana pega a criança. Quando olha para baixo, seu coração para. A criança está morta.

Ao seu lado, a avó explica:

— Ela morreu de repente, mesmo tendo nascido saudável e forte. Mas parou de respirar, e não pudemos fazer nada para salvá-la. Além disso... — Ela abaixa a cabeça. — Minha neta morreu sem ser batizada, então tememos por sua alma. O padre disse que não há exceções. Deus não vai recebê-la. A alma dela nunca vai entrar no Paraíso.

Joana segura a criança junto ao peito. O corpo ainda está macio, rosado e leve em seus braços, como se o peso todo fosse apenas do tecido. Ela sempre se impressionou com o fato de uma coisa tão pequena comportar tanto poder. Não ousa desviar os olhos.

Ela pensa: se a tragédia não tivesse visitado Catherine, eu teria passado meus anos vivendo com ela e seu marido, cuidando de seus muitos filhos e filhas. Nunca teria colocado os pés em nenhuma outra cidade da França. Não estaria aqui.

Joana passa a mão sobre o rosto da criança, a boca paralisada em um delicado beicinho. Acaricia os fios de cabelo aveludados.

— Não foi o acaso que a trouxe aqui hoje — diz a avó. — Ouvimos falar de você, assim como o mundo todo. Você opera milagres. E ficamos imaginando... agora que viu minha neta, poderia fazer um apelo em nosso nome e pedir a compaixão de Deus? Pode nos dizer onde ela está? Se está sofrendo ou sozinha em um lugar sombrio?

Por que, Joana se pergunta, a imaginação humana é tão mórbida? Ela toca o linho. Alisa uma ruga no tecido.

Ninguém fala disto: como uma menina nasce neste mundo sem saber nada sobre seus males e quais perigos a esperam conforme cresce. Quando é jovem, é ensinada a ficar quieta, segurar a língua, ser boa. É repreendida se sua voz é alta demais, se tem opiniões muito avançadas. Se balança as pernas embaixo da mesa ou se é vista sonhando acordada em vez de se dedicar a suas tarefas, sua mãe e suas madrinhas a pegam pelo braço e chacoalham. "Acorde!", dizem. "Acorde, faça suas orações e trabalhe duro. Obedeça!" Ela aprecia a beleza; desce colinas saltitando e corre por campos abertos. Quando fica mais velha, aprende tarefas práticas: remendar túnicas, fazer pão, cuidar da horta. Aprende sobre os vários usos das ovelhas que às vezes é chamada para olhar. Ri com facilidade, faz amigos, gosta de boa companhia, faz suas orações e, nelas, sussurra os desejos secretos de seu coração. Nas horas de sono profundo e despreocupado, sonha com amor, com seu destino ainda sem forma. Mas nada em sua criação a prepara para o mundo como ele é. Nada a prepara para morte súbita, guerra, fome, casas sendo incendiadas, saques nas cidades. Ela não sabe, até acontecer um desastre, como tem poucos recursos para enfrentar o perigo; ter cuidado de ovelhas não vai ajudá-la agora. Se ela nunca sentiu dor, não consegue compreender o desejo que os outros têm em causar dor a ela; como seu corpo, sua mera forma e beleza, é alvo de inimigos que nunca conheceu e não é capaz de nomear nem mesmo descrever. Não é toda menina que tem um pai como Jacques d'Arc para a deixar familiarizada desde cedo com violência e dor. Quando Joana tinha dez anos, sua pele era dura como couro. Em um mundo melhor, ela pensa, um Jacques d'Arc não seria necessário. Mas não vivemos em um mundo melhor. Pelo menos não ainda.

— Ela não está em um lugar sombrio — Joana diz à avó. — Quando alguém morre, o momento da morte é muito breve. A pessoa acorda de novo instantaneamente, como se levantasse de um sono leve, e a alma é transportada em questão de segundos para outro mundo. Esta criança vai se encontrar em um campo, um lugar diferente de qualquer outro. Em cada flor, uma borboleta. Em cada árvore, um pássaro canoro. O sol nunca é forte demais, pois as mãos dos anjos regulam seus raios, e de sua boca saem brisas refrescantes, de modo que o clima é uma eterna primavera. É um lugar que Deus reserva apenas para Seus mais amados, as almas inocentes que chamou de volta para Si. Nesse lugar, ela não é mais bebê, já está crescida, mas ninguém jamais vai cobiçar sua beleza ou tentar destruí-la. Ela nunca vai desejar nada, mas receberá tudo antes mesmo de sua vontade. Nunca vai sentir fome ou dor; seu corpo celestial vai se movimentar pelo espaço desse grande campo e girar por pomares cheios de frutas, do tipo que não conseguimos cultivar neste mundo, muito menos saborear. Mas todos os galhos dos jardins celestiais estarão carregados de frutas para ela, e ela vai beber dos riachos do Paraíso, cuja água é tão pura quanto doce.

— Mas ainda assim vai estar sozinha — diz uma das mulheres —, sem alguém que a ame tanto quanto nós.

— Ela vai ter companhias melhores do que poderia encontrar neste mundo — Joana responde. — Os próprios santos a visitarão, e ela vai seguir os passos de Margarida de Antioquia e Catarina de Alexandria. Os anjos vão tocar música celestial, portanto sempre vai haver música divina em seus ouvidos.

Algumas das mulheres estão chorando quando ela devolve a criança e se vira para sair. A avó pega em sua mão e a leva à boca para beijar um de seus anéis.

— Então você viu o Paraíso? — ela pergunta.

Joana hesita apenas por um instante antes de responder:

— Sim, eu vi.

Ao sair da igreja, ela não diz: Mas é apenas minha versão do Paraíso. A que eu criei para Catherine, minha irmã, para me consolar em meu luto.

Ela abre a porta. Do lado de fora, a tempestade já passou e o sol está forte de novo. O ar tem cheiro de chuva.

Alguém deve tê-la visto entrar na igreja e espalhado a notícia, porque, assim que pisa do lado de fora, uma enorme multidão a saúda. Eles acham que ela acabou de terminar suas orações, então tiram o chapéu; fazem reverências. As crianças lhe oferecem ramalhetes de flores, pendentes devido ao temporal de antes, com água escorrendo de cada haste.

Ela reúne as flores nas mãos, cuidando para não deixar cair nenhuma. Segue em frente.

❖

Naquela noite, ela recebe um chamado de Le Maçon. Conhece a maioria dos criados dele, mas o garoto que foi chamá-la, corado e sem fôlego, é novo.

Os que fazem parte do círculo privado do delfim, em que ela se inclui, estão hospedados no Palácio de Tau, lar do arcebispo de Reims antes de ele ser desalojado de sua sé. É onde vai acontecer o banquete de coroação, a uma agradável caminhada de distância da catedral, que fica ao lado.

Joana hesita diante da solicitação do garoto. Não o reconhece, e a lembrança de sua última noite em Chinon ainda está fresca.

— Por favor — o garoto suplica. — Acabei de começar a servi-lo. Se eu falhar nessa tarefa, meu senhor vai me dispensar.

Ela cede, mas não antes de esconder uma adaga na manga, e ele mostra o caminho. O corredor está iluminado apenas pela tocha levada pelo menino; uma sombra alaranjada e sorridente passa sobre as tapeçarias.

— Por aqui — diz o garoto, afastando-se para permitir que ela entre primeiro no cômodo. — Meu senhor está esperando aí dentro.

— Onde está Le Maçon? — Ela se vira, mas a porta é fechada. Ouve-se um barulho de chave pelo lado de fora da fechadura e o som do menino correndo.

Ela está sozinha na sala escura. Há apenas uma janela aberta deixando entrar a luz cada vez mais fraca do poente. Mas um objeto chama sua atenção, um leve brilho.

No centro do cômodo, alguém colocou um pedestal. Sobre o pedestal: uma luxuosa almofada de veludo. E sobre a almofada: uma coroa.

Por um instante, Joana para de respirar. Ela dá um passo, outro passo, e sua visão se preenche de ouro, uma névoa azul-avermelhada de safiras e rubis, o esplendor de diamantes quadrados. Vê que cada ponta da coroa tem a forma de uma flor-de-lis, como estrelas retiradas do céu noturno.

Ao lado de seu corpo, a mão se levanta. Ela se estica para tocar. As pontas de seus dedos, ela nota, estão tremendo.

— Vá em frente. — Uma voz surge de repente atrás dela. Sua mão endurece, pouco antes de tocar a coroa. Não precisa pensar. Em um instante, o punho da adaga já está na palma de sua mão.

— Vamos manter isso em segredo — a voz continua com tranquilidade. — O que é um toque, afinal? Não significa nada.

A voz surge ao seu lado, junto ao corpo gigantesco de La Trémoille. Seus olhos brilham diante dela.

— Vá em frente — ele diz, erguendo a própria manga de cetim. — Por que não experimenta? Veja se serve. Não precisa ficar tímida.

Ele pega a coroa, vira-a ao contrário e a devolve para o lugar.

— Eu paguei por isso, sabia? — Ele pega uma bolsa grande, chacoalha-a, de modo que o som das moedas ecoa pela sala. Abre a bolsa com os dedos e coloca uma moeda de ouro sobre a almofada, depois outra. — Ouro para comprar ouro, pode-se dizer. A coroa é só isso. Mas uma coroa não faz um rei, não é? Qual sua opinião a esse respeito?

— Fui enganada para vir até aqui — ela afirma. — Faça a gentileza de chamar seu garoto para me deixar sair.

— A porta está trancada.

— Portas podem ser derrubadas.

Ele acha graça.

— Não duvido disso. Você sabe o que dizem sobre pessoas grosseiras e seus modos. Não se espera que alguém com origens humildes consiga mudar. Mas, daqui a pouco, o menino que a trouxe aqui vai voltar e abrir a porta para nós dois. Então, para que gastar energia e estragar uma ótima porta? Esta é a casa de meu amigo. Você é sua convidada de honra e deveria se comportar de acordo.

— Um bom anfitrião normalmente não deseja ver seus hóspedes mortos — ela responde.

La Trémoille ri.

— Você teria vindo se encontrar comigo se eu tivesse sido sincero e pedido para vê-la? Vamos, Joana. Acalme-se. Prometo que esta conversa vai valer a pena. Estamos a sós aqui. Podemos falar livremente. E você não está nem um pouco curiosa? Sabemos tudo um sobre o outro, mas, de alguma forma... bem, a culpa é minha se nunca conversamos direito, embora você não tenha nada a temer. Se fôssemos partir para a violência, quem, entre nós dois, você acha que venceria? Eu nunca ando com nenhuma arma, e tenho certeza de que você anda. — Ele olha para as mãos dela.

— *O senhor* não precisa disso, milorde — ela responde. — Outros fazem o serviço em seu nome.

Ele ri e dá de ombros, como se não pudesse contestar o argumento dela.

— Estava conversando hoje mais cedo com meu amigo, nosso anfitrião. É uma das poucas pessoas no mundo em que confio cegamente. Eu me confidencio com ele com frequência. Estávamos jantando juntos, comemorando a chegada em segurança a Reims, e eu disse de maneira um tanto quanto repentina que até me surpreendi: "Se eu não amasse tanto o delfim, se não apoiasse de todo coração seu reinado, sua linhagem real, e se não o considerasse um caro amigo, acharia que tem alguma coisa muito errada". E o arcebispo não me compreendeu a princípio. "O que está querendo dizer, Georges?", ele perguntou. "Do que está falando? Este é um momento de celebração." E eu concordei. Estava falando sério. Disse: "Concordo totalmente, mas quanto da recente prosperidade da França pode ser atribuída ao delfim? Vamos, Regnault, devemos dar crédito a quem merece, não importa o quanto a fonte seja simplória. Faça as seguintes perguntas a si mesmo. Foi sua majestade que libertou Orléans? Não. Foi sua majestade que tomou alguma das cidades do vale do Loire? Uma sequer? Esteve em Patay? Não. Sua majestade tomou a iniciativa de vir para Reims? Bem, ele está aqui agora, mas como reclamou e lamentou quando se deu conta de que um criado tinha se esquecido de trazer sua camisa preferida!".

E cheguei mais perto de Regnault, pois nunca se sabe quem pode estar ouvindo atrás da porta. Sussurrei: "Nós dois sabemos quem é responsável por estarmos aqui, desfrutando dessa comida excelente e desse vinho em seu antigo palácio. Você tem sua sé de volta, e estou feliz por isso. De verdade. Mas não foi o delfim que devolveu essas coisas a você, Regnault. Não, foi outra pessoa. Admita que é essa a verdade!".

Ele levanta a mão para impedir que ela interrompa.

— Para aqueles de nós que estudamos o passado, é compreensível que esses... esses desvios... aconteçam de vez em quando. Dinastias movem-se em ciclos. Governantes mudam, especialmente em tempos de incertezas e turbulência. O filho de um rei nem sempre se mostra à altura. Ele nem sempre sobrevive até chegar ao trono, mesmo que seja seu de direito. Não é incomum, e talvez seja até natural, que uma dinastia se esgote, mesmo depois de apenas algumas gerações. E depois uma nova era, um novo mundo, deve se iniciar. Então lhe digo isso. Apresento a você como... só uma ideia. Talvez tenhamos chegado a esse momento. Uma nova era, com um novo líder para nos conduzir. Um novo designado por Deus. O que acha? Estou pedindo sua opinião. Estamos apenas trocando ideias, compreende?

— Compreendo muito bem, e o que está fazendo é traição — ela responde.

— Conhece a história de Quilderico e sua esposa, Basina? — La Trémoille pergunta, ignorando-a. — Quilderico era rei dos francos, pai do grande Clóvis. Em sua noite de núpcias com Basina, eles foram acordados três vezes por sons que vinham de fora do palácio. Todas as vezes, Quilderico contava a Basina o que via. Da primeira vez, uma visão para se contemplar! Ele relatou apenas grandes criaturas, feras de muita força: um leão e um unicórnio. Da segunda vez, ouviu uivos. Foi até a janela e viu uma alcateia de lobos. Da terceira e última vez, testemunhou uma cena que o assustou: cães selvagens rangendo os dentes e salivando no portão. Basina compreendeu o significado das visões do marido. "É a degeneração de nossa dinastia", ela disse. "Cada rei será mais fraco que o anterior até não existirmos mais e começar uma nova dinastia." Ultimamente, me pego pensando nessa história com frequência e me pergunto: Onde estamos agora? Já passamos até dos cães selvagens? Então não seria hora de trazermos um leão? O que acha, Joana?

Ela reflete sobre o que ele falou e responde com uma história sua:

— Havia um moendeiro em Domrémy que enganava quase todos os moradores do vilarejo na hora de lhes entregar a farinha a que tinham direito. Ele tinha uma cara desagradável e uma bela lábia, como o senhor. Quando falava, proferia bobagens tão doces que as pessoas voltavam felizes para casa, mesmo levando apenas metade do que deveriam. Era um homem gordo, esse moendeiro. Bem alimentado. Mas eu enxergava sua verdadeira natureza. Quando levava os sacos de grãos para ele, observava todos os seus movimentos. Nenhum truque que ele fazia passava despercebido por mim, e ele ficava pálido assim que eu aparecia por lá. Acho que o senhor deveria ter cuidado, milorde. Acho que, se cantar a canção errada no ouvido do leão, é bem provável que perca algo importante. — *Um braço, a cabeça. A vida.*

La Trémoille franze o cenho. Não responde.

— Estou pronta para sair — ela diz, olhando na direção da porta —, independentemente de seu garoto vir ou não.

— De certa forma, é uma pena que seus talentos sirvam para tão pouco. Se ao menos fosse prima do delfim, até mesmo a filha bastarda de um duque, poderia haver alguma esperança. Mas, mesmo com essas roupas sofisticadas, você não é uma de nós. É uma camponesa. E é mulher, o que depõe contra você acima de todo o resto.

Ele se vira de novo para a almofada e seus dedos recolhem as duas moedas de ouro que havia deixado ali. Coloca-as na bolsa, aperta o cordão e joga-a aos pés de Joana.

— Esta é minha oferta. Será feita apenas uma vez — ele afirma. — Pegue o dinheiro. Vá embora da corte. Com o que tem nessa bolsa, qualquer homem, respeitável ou não, vai cair de joelhos e implorar para chamá-la de esposa. Case-se. Tenha filhos. Compre um pedaço de terra. Acomode-se. Não lhe desejo mal. Só gostaria de vê-la bem, bem longe, assim eu voltaria a ser o braço direito de meu bom amigo, o delfim. Desejo-lhe toda felicidade como esposa de um próspero fazendeiro, um generoso zé-ninguém. E, nesse papel, espero que tenha muitos filhos e viva uma vida longa e satisfatória. Mas, se ficar, vai me ver aguardando pacientemente em sua sombra. Farei tudo que estiver em meu poder para tirá-la dali. Viva ou morta, não importa muito para mim, como já deve saber.

Ela cerra as mãos em punho e, por um instante, ele parece menos seguro de si. *Não pense que não vou usá-las*, diz a expressão dela.

— Ouvi dizer que, depois que o delfim for coroado, você pretende tomar Paris de volta dos ingleses. — Ele estabelece certa distância entre os dois, movendo-se para trás de um pedestal. — É verdade?

— Por quê? Vai se juntar a mim em batalha, milorde?

— Vejo que é verdade, mesmo com sua recusa em responder. Bem, me agrada muito informá-la de que vai fracassar. Estou em meio a conversas com o duque da Borgonha, que está atualmente com o duque de Bedford em Paris. Você se surpreende só porque esqueceu que o duque ainda é primo de sua majestade. A Borgonha propôs um acordo de paz, e acredito que o delfim vá aceitar.

É a primeira vez que ela ouve falar de um tratado.

— Sua majestade vai tomar Paris. Chegou tarde demais com seus tratados de paz vazios, La Trémoille. Aceite a verdade, independentemente do quanto fira seu orgulho. O senhor não tem mais a mesma influência que um dia teve junto ao delfim. Fala de uma nova era, um novo mundo, e eu concordo com isso. Ele é um novo homem. As vitórias recentes da França o fortaleceram. Ele sabe quem está na corte para servi-lo e percebe que aqueles que antes se destacavam em seu conceito estão deixando a desejar.

— Gostaria de fazer uma aposta? — ele pergunta. — A respeito de Paris?

— Odiaria tirar seu dinheiro. — Na verdade, ela pensa, eu adoraria ter a oportunidade. Ela olha para a bolsa de moedas no chão, entre eles.

— Isso? — La Trémoille gargalha, segurando a barriga para evitar que chacoalhe. — Ah, é uma soma insignificante se comparada ao que eu gostaria de receber se ganhasse.

— O quê, então?

Ele a encara. Seu tom de voz é calmo, até mesmo cortês.

— Conheço bem meus desejos e não me contentaria com nada menos que sua vida, sua cabeça, seu braço direito. E também quero ver meu rival, Le Maçon, sair, ser banido da corte para sempre ou coisa pior. Quero que as coisas voltem a ser como eram antes de ele trazer você, como um cachorrinho perdido, do buraco em que a encontrou.

— Então tire minha vida. Se conseguir.

Atrás deles, ouve-se uma batida na porta e o som de uma chave virando na fechadura.

— Já tentou uma vez e não deu certo — ela afirma. — Consegui sentir o cheiro de seu homem do outro lado do quarto. Mas, se ele fizer outra tentativa, mesmo que eu poupe sua vida, vai ter que viver sem as mãos.

— Ah, aquilo... aquilo foi um erro. — Ele franze a testa, e a expressão parece genuína. — Foi burrice e, na verdade, desnecessário. Pois descobri, ao longo dessa viagem a Reims, que não preciso levantar um dedo para destruí-la. Se você fosse uma fraude, eu precisaria me esforçar mais. Teria que encontrar um jeito de desmascará-la, como desmascaramos os que vieram antes de você: a moça santa, o monge e o garotinho. Mas você não é uma fraude. Confesso que não esperava isso. Venha até aqui e ouça. Venha.

Ele a leva até a janela, agora escura.

— Está vendo aquelas luzes? Aquelas pessoas na rua? — ele pergunta. — Mandei um criado perguntar o que elas estavam fazendo. Está ouvindo, Joana?

— Estão... cantando — ela responde.

— Sim, ótimo, Joana. Muito bem. Meu criado disse que todos os homens, mulheres e crianças estão com uma pequena vela nas mãos. Assim. — Ele junta as mãos em concha, imitando o gesto. — Estão cantando "Te Deum". E, quando ele perguntou o motivo, se era em tributo ao delfim que será coroado amanhã de manhã, a mulher disse que não. Por que seria em tributo a ele? O que ele fez para merecer nossas vozes? Isso é para *ela*, que vai acabar com a guerra e todo o sofrimento. Eles esperavam que, se você ouvisse a cantoria, sairia de seus aposentos e eles poderiam vê-la de novo.

Ela fecha os olhos e escuta.

— É o som do amor. Mas como poderia esperar que o senhor entendesse?

La Trémoille passa por ela rumo à saída.

— Podemos concordar que é um som.

❖

Durante o jantar, o delfim está calado. Não toca no capão assado em seu prato, mas fica mexendo em um fio solto na manga da roupa.

La Hire, quebrando o silêncio, levanta uma bela coxa de frango.

— As pessoas esquecem que o homem também é feito de ossos. Já enterraram uma lâmina em um corpo e ela ficou presa? É preciso mais esforço para puxá-la de volta do que o que foi feito para matar o homem.

— Você deve estar fazendo errado — Dunois diz. — Nunca tive esse problema. — Talvez Joana possa dar uma aula algum dia — ele acrescenta.

Ela disfarça um sorriso.

Eles ouvem, à cabeceira da mesa, uma cadeira sendo arrastada para trás. O delfim se levantou. Está massageando as têmporas.

Sons desajeitados de botas e cadeiras surgem quando o restante da mesa se levanta com ele.

— O frango não está de seu gosto, majestade? — La Hire pergunta.

— Não é nada. Não estou com fome.

— Não arruinei seu apetite falando sobre corpos e matança, arruinei? — Um osso fino sai pelo canto da boca de La Hire. Ele suga toda a carne. — Isso é muito melhor que os feijões que comemos em Troyes.

A cor se esvai do rosto do delfim. Ele estreita os olhos e aponta o longo nariz dos Valois para La Hire, como se fosse uma faca:

— Você ousa falar comigo como se eu não tivesse visto morte e os horrores da guerra tanto quanto qualquer outro aqui. — Da têmpora direita, sua mão desce com tudo, batendo no tampo da mesa e fazendo a comida tombar. — Sim, tanto quanto qualquer um de vocês! E sofri mais! Muito mais do que jamais poderão imaginar. Quando eu tinha quinze anos...

Ele para, esmorecendo como uma flor murcha.

— Terminem o jantar. — Ele segue na direção da porta, mas não antes de olhar feio mais uma vez para La Hire. — Preciso economizar energia para amanhã. Joana... — Ele aponta com a cabeça. — Venha comigo e traga uma tocha.

— Aaaah! — La Hire sussurra, abrindo um sorrisinho para ela. — Ele te ama mais, pequena donzela.

Ela ilumina o caminho do delfim até chegarem a um pátio, um quadrado de céu noturno e claro sobre eles. A respiração ainda zangada do delfim está agitada.

— O clima vai estar bom amanhã — ela diz, olhando para cima. — Para a coroação de vossa majestade.

Ao lado dela, o delfim suspira.

— Foi uma longa jornada. — Quando ela se vira em sua direção, ele parece ter definhado ainda mais. Cobre os olhos com as mãos e diz: — Tudo que tive que suportar para chegar até aqui...

Ela se sente quase tentada a fazer uma piada: Bem, vamos nos lembrar de pegar sua camisa preferida em nossa próxima aventura. E talvez existam fornos portáteis melhores também. Que não quebrem.

— Mas amanhã serei rei. E tudo o que sofri até agora, humilhação atrás de humilhação, como uma corda longa em volta do pescoço, terá sido para esse momento. Minha paciência finalmente será recompensada. Serei absolvido. Ninguém jamais duvidará novamente de que sou filho do meu pai e de que este é meu reino.

Ela precisa se conter. Gostaria de dizer: Um reino não é conquistado pela entrega de uma coroa, por uma cerimônia realizada em uma catedral. Com ou sem óleo sagrado, Paris continua nas mãos de nossos inimigos, e, agora que estamos tão perto, quero ver a cabeça do duque de Bedford arrancada do corpo. E, se ele não se submeter, a mesma coisa vai acontecer com o duque da Borgonha. Quero que sirvam como exemplo. Quero que o rei-criança da Inglaterra saiba meu nome e sinta medo no coração ao ouvi-lo, mesmo quando crescer, de modo que nenhum invasor volte a pôr os pés nesta terra. Ainda há tanto a fazer.

Ela quer falar sobre a guerra.

— Da primeira vez que conversamos, majestade, o senhor perguntou se eu tinha visões. Desde então, tive uma, e foi sobre a França.

O cavaleiro não reina mais supremo em batalhas. A guerra está mudando, e, para salvar e preservar seu trono, devemos não só mudar com ela mas também estar um pouco à frente. Meu escudeiro me disse que ouviu falar de dois irmãos, Jean e Gaspard Bureau. Eles acreditam, assim como eu, no poder inexplorado da artilharia, da canhonada e da pólvora. E, o que é mais impressionante, Jean Bureau nem ao menos é soldado profissional, mas advogado. Então, veja, não sou singular. Não há escassez de talento e engenhosidade em seu reino. Basta procurar.

Ela continua:

— Eu vi, em minha mente, como uma batalha pode ser vencida, não com centenas de mortos de ambos os lados, após quatro ou mais longas horas de combate pesado, mas na metade do tempo. Os ingleses se orgulham de dominar o arco longo; os suíços, de suas habilidades com a lança. Mas vamos ser melhores do que eles. Vamos nos tornar especialistas em canhonada, em armas. Para isso, é preciso ter homens tranquilos e disciplinados. Homens capazes de manter a calma e que saibam trabalhar juntos quando estiverem sendo atacados ou atacando. Eles devem treinar até se acostumar com o aspecto e os odores da batalha. Sabe, em Orléans, vi poucos homens assim. Vi homens vacilarem e morrerem onde estavam.

— Covardes — o delfim diz.

Ela faz que não com a cabeça.

— Não, não são covardes. São bons homens: maridos, pais, avôs, jovens que esperavam ver um pouco mais do mundo além do canto estreito em que haviam nascido. Mas não são soldados. Idealizo um dia em que possamos deixar o fabricante de velas com seu ofício, o alfaiate com seu corte e costura. E que o fazendeiro possa permanecer em sua terra para cuidar dos campos e fazer a colheita, pois de que adianta se vilarejos e cidades inteiras passarem fome porque os grãos estão arruinados?

Ela poderia falar durante horas sobre este assunto: a necessidade de um exército permanente, como as futuras vitórias não seriam conquistadas por ataques de cavalaria, e sim por meio da artilharia.

— Os melhores dias estão por vir — ela afirma. — Quando retomarmos Paris.

Um espaço se abre entre os dois. Uma longa pausa.

Ela olha fixamente para o rosto do delfim, vê a luz da tocha dançando sobre ele, todos os cílios e cabelos de sua testa iluminados pelo brilho do fogo. A chama é traiçoeira. Por um instante, seus traços tornam-se indistintos, depois ficam bem nítidos.

— Mas isso seria uma glória sua ou minha, Joana? — ele pergunta. Sua voz é fria quando olha nos olhos dela.

— Seria uma glória do reino — ela responde com calma. — E, dessa forma, uma glória de vossa majestade.

A luz modifica a expressão dele, fundindo os cantos rígidos. Devagar, ele cede. Hesita apenas por um instante antes de se aproximar. Coloca a mão sobre o pulso dela, que sente a palma suada.

— Compreendo como passei a confiar não só em sua espada mas também em seus conselhos. Hoje, devo deixá-la aqui. Preciso de um tempo sozinho para pensar no futuro e rezar.

Ele se vira. Ela ouve seus passos se afastando, mas ele ainda está falando.

— Já decidi. Amanhã, você vai subir na plataforma comigo quando eu for coroado, com sua espada e estandarte. Ninguém que estiver presente em minha coroação vai poder dizer que sou um rei mesquinho que guarda tudo para si mesmo. Você mereceu essa honra.

Ela faz uma reverência. A alegria faz seu coração acelerar. Mas, quando volta a levantar os olhos, o delfim já não está mais lá.

II
• • •

Uma noite em claro. O delfim está acordado há horas, e Joana permaneceu ao seu lado. Às três horas, participam de uma vigília. Às nove, começa a cerimônia de coroação.

Certos itens, normalmente indispensáveis para a coroação de um rei da França, ainda estão faltando. Entre eles: Joyeuse, a famosa espada de Carlos Magno, e sua coroa.

Mas são apenas pequenos obstáculos. No lugar da Joyeuse, outra espada. E uma coroa nova e mais brilhante, cortesia de La Trémoille, foi apresentada como uma digna substituta da coroa de Carlos Magno. O que importa é que a Santa Ampola está presente, intacta, o frasco milagroso levado no bico de uma pomba para as mãos de são Remígio. Alguns dizem que esse é o óleo sagrado que batizou Clóvis, rei dos francos, e seus três mil seguidores, quase um milênio antes. É um recipiente que se preenche sozinho; seu conteúdo nunca teve que ser completado por meios mortais – é o que diz a história.

Nesse dia, Joana está vestida como se fosse para a batalha. Tem outras armaduras – quatro no total –, mas está usando a melhor delas: a armadura branca feita pelo armeiro pessoal do delfim. Nenhum membro de sua casa dormiu uma hora sequer; os pajens exauriram mãos e braços polindo, mas seus esforços não foram em vão. Sobre a plataforma azul e dourada no altar, o corpo dela reluz. Ela usa também um novo presente do delfim, que sua casa transportou em segredo desde Chinon. Um presente a ser entregue apenas na ocasião da coroação, um manto bordado com dourado e vermelho. Pela manhã, ele colocou a peça nos ombros dela com as próprias mãos.

Entre os nobres, ela ocupa o lugar de maior honra. Só o arcebispo está ao lado dela – e apenas porque ele é vital para a cerimônia.

Ela não precisa esticar o pescoço; nada de pessoas se acotovelando nem pedidos de "com licença" para ver melhor. De onde está, consegue enxergar cada detalhe, seguir cada passo da procissão, e ela vê o delfim se aproximar. Com exceção de um ou outro arrastar de pés e pigarros, a catedral está em silêncio. Todos os olhares estão sobre o futuro rei vestindo uma túnica toda branca. Ele parece estar contando seus passos. Há, ela percebe, um ritmo um tanto trêmulo em sua caminhada. Quando chega ao pé do altar, ele se abaixa devagar e abre os braços. Inclina o corpo, até que o arcebispo se curva para colocá-lo de joelhos.

O delfim parece estar suando; sua pele brilha com pequenas gotas úmidas que reluzem como pedrinhas de brilhante. Um leve tremor toma conta de suas mãos, mas a expressão não transparece nada. É sólida como a cantaria da catedral.

O óleo sagrado toca diferentes partes do corpo régio: cabeça, peito afundado, ombros magros, cotovelos pontudos, pulsos finos. Uma oração é feita.

Durante esse momento sagrado, ela também fecha os olhos. Pensa: Essa catedral começou como uma construção rudimentar, um prédio singelo, quadrado e simples. Mas, olhando para ela agora, nunca se consideraria que tenha sido qualquer coisa além do que é. Isso não aconteceu de um dia para o outro, mas ao longo de centenas de anos. Uma longa linhagem de arcebispos se somou à estrutura. Uma nova fachada aqui, uma douradura ali, certas partes derrubadas e outros espaços abertos. Como qualquer outra empreitada digna, houve alguns obstáculos: incêndios, que reduziram parte da catedral a escombros, e um desacordo entre as autoridades e o povo de Reims, que pararam de trabalhar, até que o papa em pessoa foi obrigado a intervir para que a construção pudesse ser reiniciada.

Todas as coisas belas levam tempo. Os construtores da catedral compreendiam isso. Na nave, construíram um labirinto em uma parte grande do piso e colocaram imagens de si mesmos empunhando suas ferramentas nos quatro cantos. O labirinto é usado por peregrinos, que acompanham as linhas de joelhos. A lição: você deve ter fé de que a jornada que iniciou sempre foi a jornada que deveria ter feito. Independentemente do que aconteceu antes, deve confiar no futuro.

Agora, Joana reza não mais pelo delfim, mas pelo rei. Um rei, ungido pelo óleo sagrado, também é criado. Ele nasce no mundo como príncipe apenas em título. Deve ser moldado pela experiência, pela instrução de tutores, pela sabedoria de seus anciãos e ancestrais. Sua persona real é formada com o tempo, talhada, reformada, até que, no momento de sua coroação, um governante surge de um príncipe, um garoto se transforma em homem.

O rei é vestido pelo arcebispo com uma túnica azul com barrado de pele branca. Mais uma vez, ele se ajoelha. A coroa é colocada em sua cabeça. Ela vê que é bem adequada.

Assim que a coroa toca a cabeça, a catedral vem abaixo com gritos de "*Noël!*" e "Vida longa ao rei!".

Joana prende a respiração. O rei se levantou. Ele toca as laterais da coroa. Sua cabeça balança; a coroa é pesada, e é preciso se acostumar com o peso. Mas o suor em seu rosto secou. Sua pele agora está lisa como mármore.

Ele se vira na direção dela. Por um momento, toda solenidade desaparece e ele sorri para Joana. Acena com a cabeça, seus olhos brilham devido às lágrimas. Ela pensa: Este rei vai ser um monarca gentil, compassivo com seu povo, sábio e misericordioso na mesma medida. Onde está o garoto de quinze anos que fugiu de Paris onze anos antes, temendo pela própria vida? A resposta: ele não existe mais. Hoje, transformou o medo em triunfo.

A cerimônia terminou e se iniciam as celebrações. Joana faz uma reverência, fundindo-se à parede de nobres atrás dela. Entrega o estandarte a Jean.

— Ar fresco! — ela grita no ouvido dele, tentando superar o barulho. Está tentando atravessar a multidão quando sente a mão de alguém sobre o ombro com armadura. À sua esquerda, Dunois. À direita, La Hire. Ela acena para Le Maçon, que seca as lágrimas com a manga da camisa. Deixe-o desfrutar deste momento, ela pensa, enquanto Dunois aponta com a cabeça na direção da porta.

Juntos, saem da catedral. Desde o amanhecer, a multidão estava se reunindo, cantando hinos para Deus, para que o clima continuasse bom. E as pessoas estavam entoando o nome de Joana entre as canções para persuadi-la a aparecer.

Quando ela aparece, os gritos são como o punho de um gigante atingindo os três, de modo que precisam restabelecer o equilíbrio. Há mulheres jogando pétalas brancas, que escorregam sobre as placas da armadura brilhante.

Um caminho de flores surge diante deles, e La Hire, embora uma parte de Joana não seja capaz de acreditar, está chorando como um bebê.

— Isso são lágrimas, meu amigo? — Dunois pergunta, inclinando-se para a frente para ver melhor. Mas Joana ri e bloqueia sua visão.

Ela diz:

— Quem não derramaria algumas lágrimas em uma manhã como esta? É um dia que não vamos esquecer até o fim da vida.

E ela tem razão. No espaço logo adiante, há um silêncio inesperado, uma atmosfera de incerteza. Joana vê uma clareira cercada de guardas e, entre os ombros dos guardas, aparece uma cabeça olhando de soslaio para ela. Ela quase resmunga alto. Jacques d'Arc! O que ele está fazendo aqui?

Ela para um pouco distante, cruza os braços. Eles se encaram, cada um medindo o inimigo dos pés à cabeça. Nenhuma saudação. Nenhum aperto de mão, nem mesmo só por convenção. Ela é a primeira a falar.

— O que você quer? — As palavras saem como um rugido.

— Não foi ideia minha — ele retruca. É como se ela nunca tivesse saído de casa e eles simplesmente retomassem uma discussão de onde haviam parado. — Fui convidado a vir e me deram dinheiro para a viagem e hospedagem. Como eu poderia recusar uma oferta dessa?

— Ah, você poderia ter recusado — ela diz.

À sua direita, Dunois tosse.

— A bem da verdade, foi ideia de sua majestade. Uma surpresa. Ele achou que seu pai ficaria orgulhoso de você.

— Por que eu deveria me importar com isso? — De repente, ela se torna petulante. Pensa: Qualquer outro presente seria melhor do que isso. Até mesmo outra relíquia sagrada.

— Vai me apresentar aos seus amigos? — Jacques olha para os homens parados ao lado de Joana, que o encaram com indiferença. — Não são seus amantes, são?

Perto dela, La Hire ri.

— A resposta é não para as duas perguntas — ela responde, cutucando o braço de La Hire com o cotovelo. — Bem, já nos vimos — ela diz para Jacques, passando por ele. — Já pode voltar para Domrémy.

— O quê? — Ele está furioso; seu rosto está avermelhado. — É assim que trata seu pai? Como um mendigo pedindo esmolas? Nem mesmo uma reunião? Quero falar com você, sua idio...

— Dá para notar que são da mesma família — La Hire diz, achando graça.

Ela se vira. Talvez eles precisem conversar, nem que seja para dizer: Não temos mais nada em comum, então, da próxima vez que o destino nos unir, vamos passar um pelo outro como dois estranhos na estrada.

— Onde está hospedado? — Junto dela, La Hire e Dunois se encolhem. É assim que ela grita com seus homens no campo. A voz é como uma ordem de marcha.

— Em uma hospedaria.

— Qual delas?

— Na Asno Listrado — ele responde.

Ela pisca. É difícil se segurar para não rir, e seus companheiros sequer tentam. Como bêbados, eles berram na rua, uivando, e Joana os acompanha. Ela olha para trás só uma vez. Sozinho, seu pai parece mais velho. Ela quase é capaz de sentir pena dele, solitário e sem amigos para encorajar suas grosserias, mas não sente. Quando o visitar, *se* o visitar, ela diz a si mesma, vai precisar se esforçar ao máximo para não o derrubar. Na multidão que vibra atrás dela, pensa ter ouvido, sob os gritos, um único latido. Seus olhos ficam pesados. Nunca é fácil – talvez seja impossível – esquecer o passado.

❖

O rei tirou a coroa e vestiu outros trajes: cetim branco com acabamento dourado. E La Hire o presenteou com um manto, que se tornou o novo brinquedo de sua majestade. O manto é de um carmesim intenso e exuberante, decorado com várias fileiras de sinos diminutos. Quando o rei se move, ele tilinta. E, como uma criança, está tão entretido com o som que caminha com um ar lépido. *Blem, blem, blem.*

— Como vossa majestade está se sentindo? — ela pergunta. Está curiosa. Ser ungido muda uma pessoa?

Ele reflete um pouco antes de responder. Eles estão do lado de fora, em um pátio do palácio do arcebispo.

— Completo — ele responde. — Dias bons virão. E sua surpresa, Joana? Ficou contente em ver seu pai novamente?

Ela não consegue se conter. Resmunga, como se alguém tivesse enfiado uma faca nela e torcido a lâmina. Ele ri.

— Podemos mandá-lo de volta, majestade? — Ela não está brincando.

— Isso... — Ele toca a base do próprio pescoço para indicar onde ela foi ferida em Orléans. — Isso ainda provoca dor?

Ela faz que não com a cabeça.

— Eu me curo rápido.

— Estive pensando — ele anuncia, como se fosse uma coisa nova. Passa a mão ao longo da manga, bordada com flores-de-lis. — Como seu amigo, mereço ser castigado. Fui duro demais com você. Em março, você chegou a Chinon e nos encontramos pela primeira vez. Em maio, acabou com o cerco de Orléans. E estamos em julho. O verão nem terminou e, de Chinon a Reims, retomamos todas aquelas cidades pelo caminho. Sinto que você deveria descansar, Joana.

— Não estou cansada.

Agora que ele é rei, seus sorrisos parecem assumir um novo ar de serenidade.

— É porque você é altruísta. Pensa só no que mais pode fazer para me agradar. Mas é para o seu próprio bem. Eu não deveria — ele procura a palavra certa — usá-la dessa forma, como se fosse um animal de carga, levando mais do que consegue carregar porque deseja me servir bem. Você *já* me serviu bem. E seus planos são ótimos, são ideias muito boas, mas, sabe, não dá para simplesmente estalar o dedo e fazer essas coisas acontecerem.

— Por que não? — ela pergunta.

Eles param de andar.

— Todas as suas ideias... melhorar nossa artilharia, os dois irmãos que encontrou... Como é mesmo o nome deles?

— Irmãos Bureau.

— Um dia eles ainda podem nos ser úteis, esses irmãos. Mas, por enquanto, vamos passar algum tempo aqui. Este triunfo deve ser celebrado, e então vamos viajar juntos de volta a Chinon com grande esplendor. Você ao meu lado. Você sempre vai permanecer ao meu lado, Joana. — Ele sorri para ela.

— E quanto a Paris?

Ele passa a mão sobre o manto. *Blem. Blem.*

— Ah, Paris — ele diz, como se fosse algo em que não havia pensado antes. — Houve um avanço no que diz respeito a isso. Meu primo da Borgonha prometeu ceder a cidade em quinze dias. Quinze dias e a capital será devolvida a nós. Sem nenhum derramamento de sangue. É o melhor dos resultados, Joana. Melhor do que qualquer um de nós poderia esperar.

Por alguns segundos, ela acha que talvez esteja tendo um pesadelo. Fica esperando ver um cavalo alado descer ou um diabinho dançar sobre o ombro do rei.

— E o senhor acredita nele? — Ela não consegue disfarçar a tensão na voz, a incredulidade, como se sua majestade tivesse acabado de comprar na feira uma poção que prometesse torná-lo belo. — Acredita que a Borgonha vai manter a promessa? Ouvi os relatos de Le Maçon. Bedford também está em Paris, e ele tem mais de dois mil arqueiros e quase trezentos soldados. Parece alguém que vai desistir da cidade?

Faz-se um longo silêncio.

— Vossa majestade não sabia? — ela finalmente pergunta.

— Por razões que estão além de sua compreensão, eu gostaria de fazer as pazes com meu primo da Borgonha.

— O mundo todo conhece suas razões. É porque... — Ela hesita. Como seria possível dizer, de maneira diplomática: Porque o senhor matou o pai do duque, que era primo de seu próprio pai? E, até hoje, resta uma controvérsia sobre se o senhor deu o golpe final enquanto ele estava sangrando, quase inconsciente, a seus pés. — Mas não existem favores em uma guerra. O senhor não pode ceder.

Ele a encara.

— Às vezes, acho que você esquece qual é o seu lugar.

— Não esqueci meu lugar. Sempre me lembrei dele, e é por isso que só posso dizer a verdade. Se viemos até Reims e não tentarmos tomar Paris, se desistirmos dessa chance porque resolvemos acreditar, como bebês inocentes, nas falsas promessas de seu primo dissimulado e ávido por poder, o mundo vai rir de nós. Vai rir do senhor, e eu não vou poder impedir. Não vou impedir.

Ele se vira um pouco, não olha muito para ela.

— Diga, você ama tanto a guerra que se recusa a aceitar a paz, mesmo quando é oferecida? Mataria inocentes, homens cuja vida pode ser poupada, só para satisfazer seu amor pela vitória?

— Paz, como respeito, como amor, é algo que se conquista. Visualizo um dia de paz para a França. Mas é um dia em que não necessitaremos mais lutar, porque todos os reis da Europa vão saber que tentar nos derrotar será o mesmo que fracassar. Porque vamos ter arsenais em todas as cidades, grandes e pequenas, do reino. Um exército permanente, sempre pronto para marchar. É assim que vamos garantir a paz, não por meio de promessas vazias, não por meio de falsos tratados que não passam de um ardil para perdermos tempo enquanto ficamos satisfeitos e ociosos.

Ela chega um pouco mais perto dele. Pensa: O livro do sofrimento ainda nos une? Tudo o que sofremos, cada um em sua vida, e que ninguém mais é capaz de compreender...

Mas ele não olha nos olhos dela. Toca o colarinho, alisando-o.

— Ouvi dizer que, em Jargeau, você estava subindo uma escada quando um inglês pegou uma pedra grande e jogou em sua cabeça. É verdade? Há tantas histórias a seu respeito agora que, quando ouço uma, não sei em que acreditar.

— É verdade.

— Então eu pediria para ter cuidado. A vida, como a guerra, como o que acontece em um campo de batalha, também pode ser imprevisível. Você não gostaria de cair de uma grande altura de novo.

O rei olha para cima. Um som chamou sua atenção. Ele ouve. Há o zumbido de insetos. Há o farfalhar de um vento agradável de verão fazendo os sininhos de seu manto soarem. Há, aglomerado em frente ao portão do palácio do arcebispo, um grupo de não menos de cem homens e mulheres chamando o nome dela.

— Parece que você está sendo solicitada em outro lugar... — Ele hesita, franzindo a testa. Não é capaz de dizer o nome dela.

※

O banquete de coroação acontece naquela mesma noite, mas ela não é convidada. A desculpa do arcebispo: ela não é príncipe, duque nem lorde. Não tem sangue da realeza. E o palácio é dele, afinal. A festa é dele. Não pode deixar de fora quem quiser?

— E o que importa? — Ela dá de ombros. — Agora posso dormir cedo.

— É um insulto — diz Jean. Seu rosto está vermelho de raiva. — Por que sua majestade não insiste em seu nome? Por que fica em silêncio?

Ela relembra a conversa que tiveram anteriormente.

— O rei e eu talvez tenhamos tido um pequeno desentendimento — ela explica, e seu escudeiro e seus pajens ficam pálidos. — Ainda é um dia bom. O melhor de todos. — Ela acaricia a cabeça de Raymond e Louis. — Nem o arcebispo nem seu amigo La Trémoille têm qualquer amor por mim, como vocês bem sabem.

"Mas... — Ela se inclina para ficar na mesma altura que eles. — Vamos fazer nossa própria festa esta noite. Jean, vá até a cozinha. Os cozinheiros e assistentes vão estar ocupados se preparando para o banquete, então ninguém vai prestar muita atenção em quem entra ou sai. E é possível que não notem se uma ou duas fôrmas de torta desaparecerem, algumas frutas frescas, um peixe inteiro..."

Os pajens a observam empurrar a mesa do centro para perto da parede. Ela levanta as cadeiras, empilhando uma sobre a outra.

— Agora... — Ela encara Raymond e Louis no centro do cômodo, transformado em espaço aberto. — Mostrem o que aprenderam. E, se me fizerem cair, vou dar uma surpresa para cada um. Um presente, e prometo que vai ser melhor do que um pato ou porco saboroso.

Os pajens trocam olhares. Ela faz sinal para que se aproximem.

— Vamos. Não se contenham. Finjam que sou um gigante inglês e que vocês são dois cavaleiros corajosos em expedição em nome de seu rei.

O rosto deles se ilumina. Avançam juntos, empurrando seus tornozelos. Afundam os dedos, como se tentassem escalar uma montanha com as mãos. De cima, ela ri.

— Estão me fazendo cócegas ou tentando me derrubar? Foi assim que ensinei vocês a lutar? Fazendo cócegas?

Eles não desistem. Se ela ensinou uma coisa a eles, foi perseverar diante das adversidades, e ela acabou de lhes dar uma ideia. Eles soltam seus tornozelos. Pulam sobre ela, um na frente, o outro atrás. Fazem cócegas em seus braços, seu pescoço, nas laterais do corpo e puxam com cuidado seus cabelos curtos, de modo que ela cai, rindo, de joelhos.

Quando Jean volta, encontra os três deitados lado a lado no chão.

— O que é isso? — ele pergunta. — Os ingleses ou borgonheses estiveram aqui enquanto eu estava fora? Ou o lorde La Trémoille mandou outro homem para cortar sua garganta?

— Você nem se esforçou — Raymond reclama. Ele se senta no chão. — Deixou a gente ganhar.

— Acho que não iam querer que eu me esforçasse — ela diz com delicadeza.

— Seria como quebrar o pescoço de dois pássaros bem pequenos — Louis diz, e mostra, com as mãozinhas, o que está querendo dizer.

Criados da cozinha estão ali. Eles carregam grandes travessas e bandejas, que Jean os orienta a colocar sobre a mesa, devolvida ao centro do cômodo, acompanhada das cadeiras.

— Fiz mais do que roubar um filão de pão como um ladrãozinho qualquer — ele diz, estufando o peito. — O chefe de cozinha pensa como eu. Está furioso por você não ter sido convidada para o banquete, então mandou esses pratos aqui para cima, com seus cumprimentos. O arcebispo vai ficar se perguntando por que a mesa dele está tão vazia.

Os pajens são os primeiros a se levantar. Correm para sentir o cheiro dos molhos, as tortas fumegantes de carne, pato e vitela, a travessa de carneiro recheado e as bandejas de biscoitos açucarados.

Comem com avidez, e ela entrega o prêmio que lhes prometeu, presentes que recebeu antes de partirem para Reims. Para Raymond, um broche de prata com uma grande pedra roxa. Para Louis, uma pequena faca em uma bainha cravejada de pedras preciosas.

— O que eles fizeram para ganhar isso? — Jean pergunta. Olha para ela com um leve ar de esperança, como se perguntasse: *Também ganho alguma coisa por trazer tanta comida deliciosa?*

— Estávamos lutando — ela explica. — Eu disse que, se eles me derrubassem, receberiam um prêmio. E eles conseguiram.

Jean ri.

— Ah, é. Seria mais fácil acreditar que sua majestade derrotou você do que uma dessas crianças. — Ele zomba. — O delf... Quero dizer, o rei tem um talento. Ele consegue comer, comer e comer sem nunca acrescentar uma lasca de carne à sua pessoa. O extremo oposto, é claro, acontece com lorde La Trémoille. Basta La Trémoille olhar para uma perdiz e, mesmo antes de dar uma única mordida, já engorda.

Ela cobre a boca, mas deixa escapar uma gargalhada.

— Sua majestade é assim... — Raymond arruma os pequenos ossos que estão sobre seu prato na forma de uma pessoa. — Aqui estão as pernas, e esses são os braços. São as roupas que o deixam grande. Como as penas de uma galinha. Depois que se depena a ave, ela fica... — Ele imita o cacarejo de um galo. — Ele não tem o porte de um rei.

— Fique quieto — ela diz, embora esteja achando um pouco de graça. — Não diga essas coisas.

— Deixe-o falar — Jean afirma. — Estamos sozinhos aqui, e o que ele disse é verdade. Que o Senhor me castigue se eu estiver mentindo, mas fiquei muito aflito quando sua majestade estava andando até o altar hoje de manhã. Todo mundo achou que ele fosse tropeçar. Dava para ver na cara das pessoas. Nossos joelhos tremiam por ele, e tenho certeza de que ele também estava tremendo. Notou alguma coisa? Você era quem estava mais perto dele, Joana.

— Não — ela mente. — Não notei nada.

Louis pega a tigela de amêndoas açucaradas e acaba com elas. Coloca o recipiente virado para baixo sobre a cabeça de Joana.

— Esta é sua coroa — ele diz. — Pronto. Agora você também é governante da França.

— Ah, não, você esqueceu o manto dela, Louis. — Raymond corre para o quarto ao lado e volta com a colcha azul de sua cama. Arrasta-a pelo chão e, juntos, colocam o tecido sobre os ombros dela.

Equilibrando a tigela na cabeça, ela atravessa o cômodo. Movimenta a colcha com a mão. Para fazer os outros rirem, faz certo floreio. Pensa no manto do rei com os sininhos e seu som adorável.

— Como estou?

— Melhor — Jean diz. — Muito melhor! — Ele aplaude.

Raymond molha os dedos na taça dela.

— Agora ajoelhe-se e eu, o terrível arcebispo, vou ungir você com esse óleo fedorento de quase mil anos.

Ela obedece, sorrindo, enquanto mantém a mão sobre a tigela para não deixar que caia. Ele toca a testa e o rosto dela com o vinho, que escorre pelas laterais de seu nariz, até os lábios. Ela coloca a língua para fora para sentir a doçura. Depois ri.

— E agora, o que acontece, vossa excelência? — Ela ouve mais risadas. — Devo me levantar? — pergunta, quando ninguém responde. — E agora, Raymond? — ela repete. — Já sou rei? — Ela limpa o vinho, grudento na palma da mão, que escorreu até o queixo. Levanta os olhos.

Mas Raymond não está mais lá. Está agachado em um canto do cômodo, tentando ficar invisível. E, na porta, um novo convidado chegou. É o rei, e está sozinho.

A tigela cai de sua cabeça. Ela se espatifa no chão, e o som voa como flechas recém-lançadas direto em seu coração.

Ela se levanta e a colcha escorrega de seus ombros. Agora sabe como alguns homens se sentem no campo de batalha. Eles paralisam, assim como ela está paralisada.

O rei está segurando uma caixa, que coloca com cuidado sobre a mesa mais próxima. O movimento é lento e sua expressão é calma. Ele não deixa transparecer nenhuma emoção, nem surpresa, nem decepção. Mas, quando se vira para sair, ela enxerga seu olho de relance, vê certo brilho. Ninguém se move.

O quarto está silencioso, e eles ouvem os passos dele se afastando.

— O que tem na caixa? — ela pergunta. Sua voz está abafada. Joana não consegue tirar os olhos da porta, agora escura e vazia.

Jean entrega a caixa a ela.

— É um presente do rei — ele diz. — Só você deveria abrir.

Ela passa as mãos nas extremidades da caixa de madeira e seus dedos encontram o fecho.

O aroma chega antes de ela conseguir olhar para baixo. É uma fragrância quente, agora corriqueira, embora já tenha sido extremamente fora do comum. Joana fecha os olhos, temendo olhar. Quando os abre, vê que a caixa está repleta de *oublies* dourados, cada um gravado com a imagem de são Miguel derrotando a serpente Satanás. A caixa vem com um bilhete escrito na caligrafia do próprio rei. Ela passa o bilhete a Jean, que lê de cabeça baixa, sentindo as palavras pesarem em seus lábios.

Lembra-se de nosso primeiro encontro? Veja como chegamos longe, Joana.

III
• • •

No santuário de são Marculfo, em Corbeny, o rei senta-se em uma cadeira grande, elevado sobre uma almofada. Há outra plataforma coberta com tecido dourado com flores-de-lis. Mas, aos seus pés, um menino de não mais de dez anos estremece de febre. Lesões abertas infestam o pescoço dele, como flores vermelhas. É a doença conhecida como escrófula, ou mal do rei, que um monarca ungido é capaz de curar apenas com um toque.

Não é como ela trataria um ferimento infeccionado, mas naquela manhã ela tinha sido convidada só para assistir.

Então, atrás de duas fileiras de cortesãos, ela observa, com Le Maçon ao seu lado. O arcebispo e La Trémoille estão na frente, e há criados uniformizados organizando a fila daqueles que ainda aguardam sua vez com calma e humildade.

O rei não se apressa. Coloca as mãos com cuidado nos ombros do menino e franze o cenho, concentrando-se. Após um momento, ele tira as mãos. Acena com a cabeça. O menino se levanta e é retirado da plataforma por outro criado. O próximo da fila sobe, enquanto o rei boceja.

Ela boceja também, e Le Maçon a cutuca com o cotovelo, olhando feio. Ela devolve na mesma moeda. *O que foi? Mal dormi ontem à noite.* Desde o amanhecer, ela não conseguia parar de pensar em... canhões. Especificamente um canhão grande conhecido como bombarda, capaz de disparar um pelouro de pedra pesando mais de cento e trinta quilos em uma muralha. Via de regra, muralhas são altas, mas não muito grossas. Então, ela imagina fileiras e mais fileiras dessas bombardas substituindo o trabuco e a catapulta de madeira diante das muralhas de Paris. Por mais que a catedral esteja silenciosa, ela ouve uma explosão; é tão agradável a seus ouvidos quanto a música dos anjos.

Seu corpo pode estar na catedral, mas sua alma está flutuando em outro lugar: em um campo. De um lado, bosque cerrado. Ela posiciona arqueiros ali, escondidos atrás de árvores, encobertos pelas sombras. Mas o restante do terreno é aberto. Joana vê várias fileiras de artilharia e um exército inglês ao longe, movimentando-se rapidamente na direção deles. Agir no momento certo é tudo. É preciso entender a distância que um tiro de canhão atinge. É preciso levar em conta mãos desajeitadas, pólvora entornada, a respiração irregular de um homem ao inserir um estopim de queima lenta em uma colubrina portátil. Como curar homens de respiração trêmula e dedos trêmulos? Só há uma forma. Prática.

A caminho de Reims, ela falou com artilheiros, que lhe disseram: É uma arte saber quanta pólvora usar – usar demais pode ser desastroso – e analisar a terra. Muralhas, campos ou uma colina fazem diferença, e o posicionamento da artilharia é vital. A resposta dela:

— Acho que podemos nos sair melhor do que homens correndo por um campo e sendo mortos por flechas. — Ela se pergunta por que levou tanto tempo para mudar de tática. Quem se queima com fogo uma vez sabe que deve evitar as chamas. Então, por que a lição não foi aprendida desde Azincourt? Ela diz a esses homens: — Acredito que o futuro do exército está nas mãos de vocês.

E deve haver uma forma melhor de produzir esses canhões para que não explodam e acabem matando os nossos, o que ainda é uma ocorrência bem comum, ao mesmo tempo trágica e constrangedora. Da mesma forma que um molho pode ficar mais picante, a pólvora também pode ser aprimorada, então vamos ajustar as quantidades de salitre, carvão e enxofre até encontrarmos o que funciona melhor. Ela está se perguntando: Onde tem uma planície? Uma terra árida e sem utilidade para ninguém onde possamos fazer testes, experimentar canhões novos e treinar artilheiros.

Mas, antes de descobrir, ela tem que visitar o pai. Mandou um criado procurar na pousada. Achou que ele talvez tivesse ido embora, mas havia permanecido após a coroação.

— Ele está comendo e bebendo como um lorde. — Foi o relato que recebeu.

Le Maçon a cutuca de novo com o cotovelo.

— Joana! — Ele chama a atenção dela. — Está falando sozinha!

O rei terminou. Ele agora recosta no trono e toca a própria testa, enquanto La Trémoille lhe entrega uma taça de vinho quente e um guardanapo. Ela o vê tomar todo o conteúdo da taça, suspirar, secar os lábios de leve. Curar é trabalho duro.

— Não tinha muita gente hoje — Le Maçon sussurra. Ele precisa ficar na ponta dos pés para alcançar o ouvido dela. — Depois da coroação, costumam aparecer centenas de pessoas. E súditos de outros lugares, como a Itália, que vêm como se estivessem em peregrinação.

— Talvez a guerra tenha impedido a vinda deles — ela diz.

O rei se levanta, e o restante da corte se ajoelha. Ele estende a mão ao arcebispo, que o ajuda a descer da plataforma, e desce, um passo de cada vez, sempre olhando para ver onde vai pisar.

Do lado de fora do santuário, Joana respira ar puro. Estica os membros e vai até uma área ensolarada. Balança o pé, que ficou dormente, e boceja alto, fazendo as pessoas se virarem em sua direção.

Le Maçon toca no ombro dela.

— Joana — ele diz. — Olhe.

Ao longe, um criado está correndo até o rei. Ele cai de joelhos e começa a falar rápido, mas ela está distante demais para ouvir o relato. Alguma coisa, um pequeno objeto, é passada das mãos do criado primeiro para o arcebispo, depois para La Trémoille e, enfim, para o rei.

Ela vê o rei olhar fixamente para o que lhe entregaram e vacilar. Há um momento, mais curto do que uma respiração, em que nenhum deles consegue acreditar no que está acontecendo, em que a determinação do grupo todo, criados e cortesãos, esforça-se para manter um único homem em pé. Mas não é suficiente. Sua majestade cambaleia; seus braços se agitam em um movimento estranho, fluido, como um dançarino. Ele cai.

Sempre a surpreende como tão poucas pessoas são capazes de manter a calma em um momento de crise. Quando Joana chega até lá, La Trémoille está abanando o rei com as mãos grossas. O arcebispo está rezando; a boca se move, mas os olhos estão confusos. Como se alguma dessas coisas fosse ajudar, ela pensa.

Ela empurra os dois homens de lado e levanta o rei, coloca-o no ombro como um saco de tesouro saqueado. As pessoas ficam chocadas. Com sua força? Ou com a leveza do rei em seus braços?

— Ela pode fazer isso? — alguém pergunta em voz alta. Mas ela o carrega até seus aposentos na abadia, com Le Maçon mostrando o caminho e os cortesãos logo atrás. Joana o coloca na cama e pede para alguém trazer água – rápido!

— Sua majestade ficou muito tempo no sol — Le Maçon diz para os observadores. — Ele se cansou demais.

Na cama, o rei mexe a mão. Parece saber que ela está ali. Seus dedos encontram o pulso dela, e uma coisa quente e sólida é colocada na palma de sua mão. Mas, quando ela tenta pegar na mão dele, confortá-lo, ele se encolhe e se afasta, como uma aranha fugindo.

— O que sua majestade lhe entregou? — Le Maçon pergunta.

Ela olha para baixo. É a segunda vez que uma medalha santa foi passada a ela dessa forma, às escondidas, como um segredo obscuro, um sussurro entre mãos. Mas passos os interrompem. Um criado entra com uma bacia e uma toalha limpa. Ela entrega a medalha a Le Maçon, que a leva para mais perto da janela, onde há luz.

Joana arregaça as mangas, mergulha o pano na água e o pressiona à testa do rei. Ele tenta abrir os olhos, fecha de novo. Seus lábios se movem sem falar. A mão paira sobre o coração, e ela reconhece o gesto. A dor é aqui, bem aqui. É o que ele quer dizer a ela.

Por um tempo, ficam sozinhos. Le Maçon saiu, e ela ouve sussurros no corredor. Quando ele volta, Joana sabe que deve ir atrás dele. Ele a tira do alcance da audição de criados e outros cortesãos. Mostra a medalha a ela mais uma vez: um pedaço de peltre barato com um buraco, por onde passa um laço de barbante gasto.

— Não compreendo — ela diz.

Ele está suando e pálido. Explica, devagar, que tais medalhas às vezes são distribuídas no fim de uma peregrinação, como prova de que a viagem foi concluída. Pela manhã, precisamente no mesmo momento em que o rei estava na abadia, centenas dessas medalhas foram distribuídas. Não só em Corbeny, mas em Reims.

— Joana... — A voz dele falha; parece que também corre o risco de desmaiar. — Havia milhares de pessoas nas ruas clamando por essas medalhas. Tantos que as medalhas acabaram e agora estão sendo vendidas por aqueles que desejam lucrar.

Parece que ele está prestes a chorar.

— Vou tentar descobrir quem encomendou essas medalhas. Mas já podemos imaginar. Quem mais teria fundos para levar a cabo uma artimanha dessas?

Ela passa o polegar sobre o peltre, com um perfil e um nome gravados grosseiramente. Agora que olhou mais de perto, nota que a semelhança é bem clara.

É o rosto dela. É o nome dela.

— Precisamos convencer o rei de que isso não é obra nossa — ela diz. Também sente as pernas bambas e precisa se apoiar na parede. — Vamos descobrir quem comprou essas medalhas e informar sua majestade.

Há momentos, como em Orléans e Patay, em que ela se sente capaz de controlar o resultado de qualquer acontecimento, em que é como se uma voz sussurrasse o futuro em seu ouvido e ela não tem medo de nada. Mas o que acabou de acontecer parece estar acima de sua capacidade. Na cabeça, ela mantém um registro dos golpes de seus inimigos. Não se trata de uma luta em que as armas podem ser vistas, e só agora ela se dá conta de que foi atingida.

— Não vai adiantar — Le Maçon responde. — O estrago já está feito.

❖

Horas depois, ela é chamada. O rei, recuperado do desmaio, mostra a ela um caderno amarrado com um barbante. Um cortesão, um bom amigo, achou prudente, à luz dos últimos acontecimentos, mostrar a ele.

— Você escreveu seu nome junto ao meu — ele diz. — E, em algumas páginas, *acima* do meu.

— Sim — ela afirma. — Estava praticando as letras.

— Para o futuro?

— Com a finalidade de praticar as letras — ela responde.

Ele joga outra medalha sobre a mesa entre eles.

— Explique isso.

— Não posso explicar — ela responde. — Mas talvez vossa majestade devesse perguntar se aqueles em sua companhia têm alguma ideia. A resposta deles pode surpreendê-lo.

— Não preciso perguntar. Só preciso confiar em meus olhos e ouvidos, no que vi e ouvi desde que cheguei a Reims. Esta medalha, estas páginas. Só uma dessas coisas já seria suficiente para condená-la. E nem chegamos a discutir o que é inenarrável, como quando estava com os membros de sua casa zombando de minha majestade, achando que eu não descobriria.

Ela abaixa os olhos. Supõe que o momento pede que se ajoelhe, que rasteje e suplique, mas não quer fazer isso. Está zangada.

— Não tenho culpa de nada — ela afirma.

— Essas provas não sustentam sua inocência.

Ela tem a resposta na ponta da língua: Então é um tolo por ser enganado com tanta facilidade.

Ela espera que ele continue gritando com ela como um cachorro bravo, mas o rei suspira, recostando na cadeira. Toda a energia parece ter se esvaído dele.

— Não quero isso, Joana.

Ela responde:

— Nem eu.

— Essa rixa entre nós precisa acabar.

Ela se curva.

— Concordo.

— Volte comigo para Chinon e tudo será esquecido. Finalizamos nossa missão, o que nos dispusemos a fazer.

Uma pausa.

— Mas eu quero Paris. — Sua voz é tão pequena para uma exigência tão grande.

— Paris! Paris! — O rei se levanta e, por se levantar rápido demais, a mesa à sua frente balança. Ele está zangado; sua mão direita treme e ele tem que pressionar a palma sobre a túnica para estabilizar o tremor.

— Estou cheio de ouvir falar de Paris. É como se você fosse surda e não tivesse ouvido nada que lhe contei. Meu primo prometeu me entregar a cidade. Mas eu não esperaria que você, uma plebeia, compreendesse o compromisso de um nobre com outro. Não, e por que deveria? Você cresceu ouvindo os mugidos das vacas, o balido das ovelhas. Não sabe nada sobre a arte de governar.

Ela precisa se conter para não falar. Que diferença faz?, ela se pergunta. Vossa majestade não sabe nada sobre guerra!

— Eu a valorizei muito — ele continua. — Eu a elevei a um status jamais visto na corte, desafiando a tradição e deixando os outros rirem porque vi em você uma digna e verdadeira serva de Deus. Você disse que meu primo da Borgonha era ávido por poder, mas em que aspecto você é diferente dele? Você também sentiu o gosto do poder e descobriu que deseja mais. Seu apetite nunca será saciado. Agora vejo que La Trémoille tinha razão.

— Não é poder que desejo — ela afirma. Sua voz preenche o cômodo. — Eu tenho poder. Tenho dentro de mim o poder de acabar com essa guerra. Então, permita que eu faça isso. Por que fica me refreando?

São as Vésperas. Do lado de fora, a multidão começou a cantar de novo – para ela. Momento inoportuno, ela gostaria de dizer a eles.

— Fiz vistas grossas para seus erros, sua arrogância, e não disse nada porque a encarava com bons olhos. — Ele para de falar e seu olhar se desvia para a janela. — Mas, agora, precisa escolher. Vai alimentar sua ambição? Vai seguir nessa busca por controle, crendo que pode continuar com essa tolice sem minha proteção como seu rei? Ou minha aprovação, a lealdade que me deve como súdita e o que resta de nossa amizade são mais importantes para você do que seu amor por guerra e derramamento de sangue? Você precisa escolher, Joana. Escolher entre eles — ele aponta pela janela — e mim.

Ela só parece estar olhando para o chão, de cabeça baixa, derrotada. Mas não diz ao rei: Quando o arcebispo colocou a coroa em sua cabeça, naquele espaço sagrado onde força e santidade se reúnem, também recebi uma coroa. E essa coroa veio pelas mãos invisíveis de anjos. A luz de Deus brilhou sobre mim e foi absorvida por minha armadura, e senti tal poder tomar conta de meu corpo. Sinto essa energia aonde quer que eu vá – nos gritos dos homens e mulheres que estendem a mão para me tocar, que me pedem para livrá-los da guerra. Quando o vejo agora, é como se um pano de tecido muito fino tivesse caído de uma pintura, e acho a pintura um pouco desinteressante, um pouco desgastada nos cantos, necessitando de restauração. Vejo um rei, mas também vejo um homem. Vejo que óleo, mesmo santo, mesmo ancestral, não passa de óleo. Vejo uma pessoa da mesma altura – mas, de alguma forma, menor do que antes.

Um elmo também é um tipo de coroa, e ela vai conceder tal coroa a todos os soldados da França. Vai transformar cada soldado em rei do pedaço de chão que deve defender: a terra sob seus pés.

E o que vossa majestade faria com um elmo-coroa?, ela pensa. Se colocasse um elmo, um bacinete, seria capaz de suportar aquele espaço estreito e confinado, enquanto o mundo que lhe é familiar – os quartos perfumados, os corredores quentes preenchidos com música delicada – desmorona e vira escuridão? Vira ar parado que logo se transforma no cheiro de sangue, seja o seu mesmo ou de outra pessoa? Uma armadura não pesa menos de vinte quilos, e eu diria que minha pele está soldada à minha armadura como se eu tivesse nascido com uma cobertura de aço. Seu corpo régio seria capaz de suportar tanto peso? Se entrássemos no espaço aglomerado da batalha juntos, o que aconteceria? Em batalha, é possível estar em uma trincheira com um homem se contorcendo a seus pés como uma minhoca que se revira na terra enquanto outro está gritando, morrendo com o corpo pressionado junto às suas costas. Às vezes, não há espaço, então é preciso abrir espaço, dar um jeito de se manter vivo. E a regra é a mesma para a vida. Se não há espaço, é preciso criá-lo. Então eu me pergunto, o que é um rei senão um líder dos homens? E, se ele não é um líder dos homens, ainda é um rei?

Ela também fica imaginando: Ao fim dessa batalha imaginária, eu o encontraria em pé? Ou estaria sentado bem, bem longe em sua barraca, usando uma armadura muito polida e bela, bebericando de um cálice de vinho quente? Se trocássemos de roupa agora, as minhas por suas túnicas finas, os outros saberiam a diferença?

O silêncio se estendeu demais, e o rei a encara como se adivinhasse seus pensamentos. Ela abre a boca, fecha. Ele não tenta impedi-la quando ela sai. Do corredor, ela ainda consegue ouvir um pouco das vozes que cantam.

Você precisa escolher, Joana, ele havia dito. Escolher entre eles e mim. Ela guarda a resposta para si. Mas, se tivesse falado, sua resposta teria sido a seguinte: Um trono e uma coroa não significam nada sem o povo. Há pessoas no reino que têm muito poucas posses, mas sua vida é muito mais plena do que a de qualquer nobre ou lady da corte. Esses homens e mulheres trabalham o ano todo. Nunca experimentaram *entremet* nem carne de cisne, mas vão embalar um pedaço de queijo para o senhor levar para casa e servir um copo de leite fresco se estiver com sede. Vão lhe dar uma moeda, dinheiro não solicitado, se consertar um buraco em seu casebre ou ajudar a arrancar as ervas daninhas de sua horta. Vão cortar o pão e ceder a metade, por mais que seja inverno e seus próprios filhos tenham pouca coisa para comer. Seu trono e sua coroa estariam vazios sem eles. E, como rei, o senhor não é apenas um servo de Deus, mas um servo deles. Se eu os escolho, estou escolhendo o reino, que inclui vossa majestade. Mas, se escolho o senhor, eu os abandono. Abandono a mim mesma. Tudo o que me propus a fazer.

❖

À noite, ela visita a hospedaria Asno Listrado. Adiou o encontro com o pai. Qual a finalidade? Eles vão apenas brigar. Mas ela é vencida pela curiosidade. Vai até lá sozinha, usando seu melhor gibão e carregando a espada. Não tem medo dele, mas uma parte sua ainda se encolhe quando ele abre a porta, puxando-a como se quisesse arrebentar a parede.

A primeira coisa que ela faz é jogar uma bolsinha de dinheiro sobre a mesa, como uma adaga em um alvo.

— Foi para isso que você veio — ela diz. Seu raciocínio: Se acabarem discutindo, quer que seja nos termos dela.

Mas ele finge nem ver a bolsa.

— Você demorou para vir — ele diz.

— Sou uma pessoa ocupada — ela responde.

— Deu para perceber. — Ele chupa algo entre os dentes e cospe no espaço entre eles. — É boa demais para nós agora. Imagino que diga às pessoas que nasceu da terra, como uma árvore, ou saiu de uma pedra ou de um ovo, chocada por uma ave. Sem pai nem mãe.

— Eu falo de vocês para as pessoas.

Ele fica vermelho, mas parece satisfeito. Vai até a mesa e serve dois copos de cerveja. Então, estava esperando a visita dela.

— Aqui, eles só têm isso. Não têm o vinho fino com que você deve estar acostumada. — Ele pega a bolsinha. Ela o vê virar as costas e ouve o leve tilintar de moedas e um grunhido, como um porco que acabou de ser alimentado.

— Como estão meus irmãos? — ela pergunta. — Minha mãe?

— E o que te importa?

— Hauviette? — ela pergunta, tentando mais uma vez.

— Casamento infeliz. Volta correndo para o vilarejo o tempo todo. Está quase parindo o primeiro pirralho. Não vai ser o último.

Para ela, o encontro chegou ao fim. Ela cheira o copo antes de tomar todo o seu conteúdo. Começa a sair, mas ele entra na frente.

— Eu pedi comida. Nas últimas três noites, graças a você, jantei por dois.

Jantar com Jacques d'Arc? Ela quase gargalha, mas se lembra de recolher ensopado do chão com as mãos e se pergunta se o caco de tigela que engoliu por medo ainda está dentro de seu corpo.

— Que triste para você — ela diz. Se ela fosse uma criança de dez anos, teria levado um tapa na boca por isso, mas os olhos dele recaem sobre a espada e a faca em sua cintura. Ele observa o tamanho de seu peitoral e de seus ombros, que, mesmo sob a seda fina do gibão, são sólidos como os galhos de um carvalho adulto.

Ela já está na porta quando lhe ocorre uma pergunta.

— Tem alguma notícia — ela não sabe por que está hesitante — do meu tio?

Um segundo grunhido, um gesto negativo com a cabeça.

— Nada.

A voz dele a faz recuar da porta.

— Você sempre venerou Durand Laxart, mas ele não merece seu amor. Você nunca conseguiu enxergar aquele homem como ele é de verdade.

O velho Jacques d'Arc de sempre. Ela olha para ele por sobre o ombro.

— E você sim? — ela pergunta.

— Seu tio era um covarde.

Ela se vira de frente para ele. Antes de dar um passo, o dedo dela já está no peito do pai, empurrando-o para trás. Ela nem precisa falar. *Cuidado*.

— Eu nunca contei. — A voz dele fica baixa conforme ele se afasta. Passa a mão sobre o ponto dolorido no peito. — No dia em que os ingleses invadiram nosso vilarejo e Catherine... — Ele enche o copo, bebe. Senta-se à mesa. — Lembra que Durand foi tentar encontrá-la? E encontrou, não depois, como disse, mas quando ela estava sendo atacada. Ele estava lá. Viu tudo acontecer e não fez nada. Confessou tudo para mim depois que ela já estava morta e enterrada, e me pediu que não contasse para você. "O que eu poderia fazer?", ele disse. O corpo todo dele tremia. "Três contra um. Eles estavam armados e teriam me matado! Até mesmo torturado!" Eu o peguei pelo pescoço; quase o estrangulei com minhas próprias mãos. Cuspi no olho dele e disse: "A questão não é essa. Você viu tudo acontecer e não fez nada! Você se considera homem? Você é uma desgraça!". Ele nunca mais voltou a Domrémy. E, pouco tempo depois que ele foi embora, você também partiu.

Ela o encara, mas ele está calmo.

— Você é um mentiroso — ela afirma. No entanto, sente frio. — Sei que está mentindo, e está me contando isso agora, quando ele não está aqui para se defender.

— Por que eu mentiria se estou falando de minha própria filha?

— Porque tem inveja. — As palavras saem vazias. — Você sempre teve inveja de Durand. Ele é uma alma livre, um viajante. Já viu de tudo. Já fez de tudo, enquanto você canta de galo em seu canto triste do mundo, fingindo que é um lorde.

Parece que ele está considerando o que ela acabou de dizer. Quando fala novamente, sua voz é reflexiva:

— Fui cruel com você. Como posso negar? Teria continuado a espancá-la se você não tivesse ficado grande demais para os meus punhos. Não tive amor por você, por mais que fosse minha filha. Mas, se qualquer inglês ou borgonhês tivesse tentado ferir você, eu teria arrancado a cabeça dele. Teria cortado o fígado e esmagado o crânio do homem.

O coração dela está acelerado. Pela segunda vez, ela se vira para sair, mas ele atravessa o quarto, barrando o caminho com o braço grosso.

— Saia da minha frente ou vai se arrepender — ela afirma.

Ele não dá ouvidos. Pega no pulso dela e devolve a bolsinha à sua mão. Ela espera que esteja vazia, mas não está. Há moedas dentro.

— O que significa isso?

— Você me deu muito. Quer que eu seja roubado nas estradas quando voltar a Domrémy? Bem, conhecendo você, acho que é possível.

Ela sente o peso da bolsa.

— Metade — ele diz, respondendo à pergunta que ela não faz. — Não seja tola de me dar tudo o que tem. Você pode ser o que é agora, mas quem sabe o que vai acontecer amanhã? Se vai ser contra você ou a seu favor? Em um minuto, a Fortuna lhe sopra beijos no ouvido. No instante seguinte, lhe atira pedras. Guarde seu dinheiro e não ache que sabe tudo, porque não sabe.

Ele abre a porta para ela e estende a mão na direção do corredor. *Agora pode sair.*

Joana não pretendia olhar para ele antes de sair. Mas, no último momento, ela se vira.

— Da próxima vez que o rei fizer qualquer convite, não se dê o trabalho. Não quero te ver nunca mais. — Ela joga a bolsinha aos pés dele. — Pode ficar com isso.

IV
• • •

PARIS, SETEMBRO DE 1429

Diante de Joana: as muralhas de Paris. Atrás dela: um exército de três mil homens.

Depois do encontro com o pai, ela ficou furiosa. Tudo o que ele havia dito sobre Durand, de certa forma, fazia sentido. As coisas que Joana antes achava adoráveis – sua natureza evasiva, sua capacidade de se desvencilhar de qualquer dificuldade, seus truques – agora considerava repugnantes. O que ela nunca teria acreditado ser possível: se seu pai e seu tio estivessem na sua frente, seria Durand que ela jogaria contra a parede e Jacques que sairia ileso.

Quando voltou da hospedaria, foi direto para os aposentos de Le Maçon. Passou pelos criados. Diante do velho conselheiro, caiu de joelhos.

— Preciso de sua ajuda — ela disse, olhando para cima.

Ele fica alarmado.

— Suplique ao rei em meu nome — ela disse. — Diga à sua majestade para me dar um exército para levar para Paris.

Ele fez que não com a cabeça.

— Sabe que não posso fazer isso, nem mesmo por você. Não vai ser possível.

— Vai, sim. Ele confia no senhor.

Joana ficou de joelhos até ele ceder.

No dia seguinte, enquanto ela esperava, agitada, andando de um lado para o outro em seus aposentos, Le Maçon chegou. Seu rosto estava pálido; ele parecia doente.

— O rei vai lhe dar um exército — ele disse.

Ela suspira de alívio.

— Três mil homens.

Por um instante, ela se esqueceu de respirar.

— Três mil homens — ela repetiu devagar — para tomar Paris.

— Ou desista da empreitada — ele disse. — Fiz tudo o que pude. Pedi dez mil homens. O rei sorriu. Quinhentos, ele ofereceu. Ficamos nesse vaivém até que caí de joelhos e implorei. Relembrei-lhe de suas vitórias em Orléans e no vale do Loire. Disse: "Não vimos com nossos próprios olhos os portões de Auxerre e Châlons se abrirem para nós na viagem a Reims sem uma única vida perdida?". Com isso, sua majestade respondeu: "Três mil, então. Nada mais, ou terei que considerar seu lugar na corte também, Le Maçon". La Trémoille estava com ele. E o arcebispo. Eles não saem mais do lado dele. Então, me viram suplicar, compreende? E, enquanto eu saía, o rei disse para que eu ouvisse: "*La Pucelle* deve fazer outro milagre. Vamos ver se é capaz". E eles riram.

Ela foi até ele, segurando em seu ombro como se quisesse lhe transmitir coragem.

— Podemos conseguir invadir um portão menor em Paris com três mil homens. É possível. Acredite.

— É o máximo que posso fazer por você. Não posso fazer mais nada, então, por favor, não peça. Você se colocou em uma posição perigosa com o rei.

Ela assente.

— Muito pode ser feito com três mil homens. Tenha fé.

Então, aqui estão, diante de Paris.

La Hire está presente. Ele não perderia uma briga, mas Dunois se escusou. Disse a ela, com arrependimento na voz: Não posso ir contra os desejos de sua majestade. Mas ela teve uma surpresa: um dos primos do rei, o duque de Alençon, se juntou a ela.

— Meu Deus — La Hire diz quando fica sabendo que Dunois não vai. — Sabe o que isso virou, Joana? Não se trata mais de tomar a capital. Trata-se de você e do rei. Quem está do lado de quem.

Mas ela só sente raiva e nem é raiva só de sua majestade. O encontro com Jacques ainda está fresco em sua cabeça. Por que deveriam ser inocentes aqueles que não fazem nada, que ficam esperando e assistem ao caos acontecer, que sentem que, contanto que estejam vivos e tenham boa saúde, não importa o que aconteça na sua frente? Eles também são culpados.

Quando ela reúne seus homens, uma veia lateja em sua testa. O rei gostaria de ter tudo: seu tratado de paz com a Borgonha mantido intacto, mas, se Joana conseguir tomar Paris com um exército de três mil homens, melhor ainda para as negociações da França com seus inimigos.

É dia oito de setembro, dia da Natividade da Virgem Maria. Não se deve lutar em dias santos, mas são tantos os santos da cristandade.

— As muralhas de Paris podem ser altas, podem ser fortificadas — ela diz aos homens. — Mas nossa força é maior. Nossa coragem é maior. E não esqueçam: eu estarei com vocês.

La Hire aperta o braço dela e a puxa para trás.

— As probabilidades são ruins — ele afirma. — Ainda não é tarde demais. — Ela percebe que ele esteve ensaiando esse discurso na cabeça. — Seus homens vão entender se você resolver desistir da batalha hoje, se preferir lutar uma outra manhã. Nenhum deles vai pensar mal de você, posso garantir. E pode ser uma bênção. Surgirão outras oportunidades, talvez mais fortuitas. Outras chances de tomar Paris, e com mais homens do que temos agora, quando você recuperar o apoio do rei. — Ele faz uma pausa para ver se as palavras tiveram algum efeito. Não tiveram. — Amigos são assim mesmo — ele continua. — Bons amigos, até melhores amigos. Às vezes, eles se odeiam devido a alguma ofensa. Depois se juntam e se perguntam por que mesmo estavam brigando. Retornam a um estado de amizade perfeita e são capazes de rir dos acontecimentos passados.

Mas Joana se desvencilha dele. Ela o empurra.

— Se quiser ir embora, La Hire, não vou impedir. Está parecendo Les Tourelles em Orléans. Dunois queria bater em retirada. Já estava escuro, o sol tinha se posto. Nossos homens que não estavam feridos estavam desmaiando de exaustão. Mas aguentamos, e uma batalha é isso. Quem aguenta vence. Números não importam. O que importa é o vigor dos homens que lutam.

Energia pulsa pelo corpo dela. A espada é leve em sua mão.

— E nem tudo tem que agradar sua majestade — Joana acrescenta.

Antes de cavalgar para a batalha, ela pensa no tio. As muralhas de Paris avultam-se logo à frente. Ele poderia estar lá agora, enganando uma viúva, fingindo ser pedreiro ou tropeiro. Ainda vivendo de seus truques.

Ainda assim, por um momento, só um momento, o coração dela amolece. A infância ainda parece próxima, como uma pessoinha esperando no quarto ao lado. Joana não precisa pensar muito para se lembrar de todas as vezes em que ele a abraçou, visitou-a em um canto para murmurar palavras de conforto em seus cabelos, enquanto ela passava a mão sobre a boca inchada e cutucava casquinhas de ferida. Há ferimentos neste mundo que não são infligidos por achas ou chicotes de armas – armas que entram pelas fendas das melhores armaduras e enfraquecem os membros, deixando os ossos moles como água. No entanto, é preciso se antecipar à dor. Haverá oportunidades suficientes no fim da batalha para cuidar dos cortes, para se preocupar com os hematomas e chorar. E, se você não consegue chorar, não consegue sofrer, só pode significar uma coisa: você está morto.

Diante dela: as muralhas de Paris. Atrás dela: um exército de três mil homens. Seu coração está cheio de fúria.

Então, vamos lá.

❖

O milagre é que, quando um virote de besta rasga sua coxa, Joana não cai. Continua em movimento. Mas cada vez mais devagar, até que atrás dela forma-se um longo rastro de sangue e ela é obrigada a se ajoelhar.

Ela agarra o virote. Range os dentes, puxa. De cima, os arqueiros percebem a oportunidade; eles miram, juntando os arcos. Têm apenas um alvo, e é ela. Embora haja uma distância os separando, ela quase consegue ouvir a tensão das cordas do arco sendo esticadas, a soltura uniforme e hábil de mãos precisas. É um som diferente de qualquer outro: as pontas largas cortando o ar, as penas atravessando uma brisa passageira.

Uma sobra se aproxima assim que o virote sai de sua perna e está em sua mão. Ela tenta se levantar, mas não consegue. Duas sombras estão correndo para alcançá-la. Uma vem do céu: uma manta escura de flechas. A outra pertence a um corpo, a braços sólidos esticados, bloqueando sua visão do céu e do sol, esperando para receber os mísseis que já estão descendo.

Ela ouve o impacto, um após o outro, em rápida sucessão, e um gemido suave vindo de cima. O corpo titubeia, não está usando aço nem camisa de cota de malha. O homem derruba a pá. É um sapador, soldado encarregado de cavar. Seu olhar encontra o dela brevemente antes de ele desmoronar: morto. Uma nuvem de poeira se levanta entre eles, obscurecendo a visão de Joana do corpo caído, enquanto braços a tiram de baixo dele. É La Hire, com suor escorrendo dos cabelos para o rosto. Seus olhos estão frenéticos.

— Recue, Joana — ele diz. — Temos que bater em retirada.

Ela se esforça, mas não adianta. Cada placa de sua perna esquerda está tingida de vermelho, da coxa para baixo.

Enquanto é arrastada, Joana passa por cadáveres. Carcaças de homens e de cavalos. Estava ocupada demais lutando e encorajando seu exército para prestar atenção no campo, mas agora vê que está coberto com seus soldados. O sol brilha, iluminando poças de um vermelho vivo, lagos carmesins tão frescos que nem as moscas tiveram a chance de pousar ali. Alguns ferimentos ainda estão em processo de sangramento. Uma mão convulsiva toca a dela, encostando em seu polegar e seu indicador. Ela olha para cima e o céu está repleto de outros sons: aves aguardando sua hora, esperando sua vez de se regalar.

Surge um nó em sua garganta, mas ela contém as lágrimas. Não vai permitir que ninguém a veja chorando.

Mais tarde, um soldado vai até ela enquanto sua perna está sendo enfaixada. Ele conseguiu passar por seus guardas, até mesmo por La Hire.

Sem se apresentar, ele soca a cara dela, que rola do banco para o chão. Um golpe sólido. Ninguém a acertava assim desde o tempo de Jacques d'Arc. Enquanto ela limpa o sangue da boca e ele é contido e afastado dela, o soldado grita, sua voz aguda, interrompida por soluços de choro:

— Meu irmão está morto. Você o mandou para a morte, mesmo prometendo que íamos vencer. Bruxa!

De La Hire, ela ouve os últimos números:

— Você tinha três mil homens, Joana. Mil e quinhentos estão mortos.

Antes de Paris, ela tinha conhecido apenas a vitória. Essa é sua primeira derrota.

Aquela noite, rezando, ela conversa com Deus. Faz perguntas a Ele, tenta se explicar.

— Eu estava errada em lutar? Foi o orgulho que me cegou? Minha própria fúria? Eu acreditava que poderíamos tomar o portão. Não a cidade toda, mas pelo menos teríamos um ponto de entrada para a capital. E então... então eu esperava que o rei mandasse mais homens.

Ela está divagando. Pinga sangue de sua coxa, mas ela mal registra a dor. No dia seguinte, retornariam a Chinon, mas as notícias da derrota chegariam antes deles. Más notícias, assim como as boas, correm.

Ela não espera a resposta a suas preces. Deus está sempre em silêncio. E ela não vai se esquivar da responsabilidade. Em Patay, dois mil ingleses morreram. Mas, em Paris, ela perdeu metade de seu exército. Ela não culpa Deus. Nem acredita, como alguns, que se trata de punição divina por ter combatido em um dia santo. Isso não é obra de Deus. É obra dela.

V
• • •

CHINON, OUTUBRO DE 1429

Seus aposentos estão vazios, as tapeçarias com cenas das caçadas foram retiradas, a estatueta de anjo foi embora e a janela foi deixada aberta de propósito para deixar entrar um vento frio. Não há sinal das mesas e cadeiras de seus escreventes nem da mesa onde ela costumava jantar com os membros de sua casa. Alguém desfigurou a arte das paredes, passou tinta preta nos castelos, nas nuvens gordinhas, no bosque em tons de verde-claro e verde-escuro, no rosto sorridente do sol. No piso de pedra, há rastro de uma fogueira; eles queimaram a tabuleta de cera onde ela praticava suas letras; quebraram seu buril em três e incendiaram os instrumentos dos escreventes, de modo que há resquícios de penas. Suas cartas, suas listas e despesas, suas comunicações com arsenais e casas de fundição, o esboço de sua proposta para contratar especialistas em pólvora e artilharia – todas essas coisas foram confiscadas. Quem sabe onde poderiam estar agora?

Le Maçon entra quando ela está parada no meio do quarto, vazio, exceto por uma única cama de plumas. Foram os homens do rei, ele informa a ela. Entraram com sacos, redes e baús vazios, como se tivessem sido encarregados de capturar gatos selvagens. Levaram tudo que tinha valor e queimaram ou destruíram o restante. Ele havia visto os homens jogarem tinta preta da mesa dos escreventes no fogo, para que as chamas crepitassem e faiscassem. E um garoto desagradável passou por todos os cômodos para pegar as almofadas, como se estivesse varrendo o junco após um banquete. O máximo que Le Maçon conseguiu foi convencê-lo a deixar o travesseiro sobre a cama, embora até isso tenha virado uma discussão. Um travesseiro contava como almofada? O garoto tinha recebido instruções categóricas de seus mestres. No fim, ele teve que ser subornado.

— Essas crianças de hoje em dia — Le Maçon diz, retorcendo o lábio.

Parte da bagagem dela sumiu. A maior parte das túnicas, as sedas macias e cetins amarelo-claros, verdes e roxos; os gibões com botões de prata ou pedras preciosas; as meias de duas cores, vermelhas e brancas, não voltaram com ela de Paris. Ela não consegue encontrar o broche de cisne nem a caixinha de prata que continha a garra do leão de são Jerônimo. Os únicos anéis que lhe restaram são os que leva nos dedos.

Mas ela ainda tem sua espada e uma única armadura. Tem uma cama, embora a colcha azul tenha sido levada, e uma mesa onde pode fazer as refeições, com um banquinho baixo na frente. Um dos pés, ao que parece, foi encurtado de propósito, de modo que ele oscila perigosamente quando ela se senta. Ela ouve quando Le Maçon explica que refeições serão enviadas a ela duas vezes ao dia: um almoço às onze horas e um jantar mais leve. Ela vai fazer as refeições sozinha, mas pode manter um criado para lavar sua roupa.

— Que roupa? — ela pergunta. — Quase não tenho mais roupas.

No cômodo ao lado, seus pajens estão chorando, e, embora seu escudeiro não esteja, está praguejando em um linguajar que faz Le Maçon corar como uma virgem.

Ela olha para o chão de pedra sujo, as paredes peladas. Nada mais de tapeçarias. Nada mais de *oublies*. Aí estão coisas de que vai sentir falta, ela pensa: o sabor e o perfume da canela.

— Quero ver o rei — ela diz.

— Não é possível — ele responde. — Eu... — Ele está olhando fixamente para o chão. — Você deve saber que estou aqui por um motivo. — Seu olhar recai sobre os anéis dela.

Joana retira a safira da rainha, o rubi do bispo de Poitiers, o diamante de uma condessa e coloca os anéis na mão dele. Seus dedos se contraem diante da leveza repentina.

— E quanto a... — Ele olha para o único anel que ela ainda está usando, que pertenceu a Catherine e, antes de Catherine, ao duque da Lorena.

— Este eu já tinha antes de vir a Chinon. Mesmo se me pedir, não vou lhe entregar. O senhor terá que arrancar da minha mão.

Ele cede e segue na direção da porta.

— Sinto muito — diz. Suas palavras saem bruscas e secas. — Eu nunca imaginaria que as coisas terminassem assim.

O coração de Joana é duro demais para ela derramar mais lágrimas. Ela balança a cabeça.

— O senhor não compreende.

Pois, para compreender, ela pensa, teria que ter crescido comigo em Domrémy. Teria que ter passado por tudo o que passei. O que é um gibão com recortes nas mangas? O que é um broche, mesmo sendo feito de ouro? Subsisti de tigelas de ensopado aguado e ainda tive forças para erguer uma carroça atolada na lama. Por mais noites do que sou capaz de contabilizar, dormi na sombra das árvores, com um canteiro de musgo como travesseiro e nada além de folhas caídas para cobrir o corpo, enquanto cuidava de ferimentos que revirariam seu estômago só de olhar. Se levasse essa cama de plumas embora, eu poderia dormir da mesma forma sobre um palete de palha. Se levasse o palete de palha, eu teria os mesmos sonhos sobre o chão de pedra. E, se tirasse este quarto, poderia dormir profundamente no estábulo, com os cavalos. Ainda sei como abrir sulcos retos na terra, consertar um portão ou cobrir um telhado com palha, tirar a pele de um filé de lampreia, preparar um molho que faria sua boca salivar. E sei como fazer um inglês chorar de medo ou de dor, pois nasci para manusear essas armas que os homens inventaram para destruir uns aos outros e consigo empunhá-las melhor do qualquer um. Apesar de eu não ser cruel, sou filha de Jacques d'Arc, e, se o senhor não conhece meu pai, então não sabe de que semente eu vim. Ele é um homem que, em tempos de paz, de guerra, de prosperidade, de dificuldade, não cede um centímetro de si, e eu sou igual. Coloque-o em um labirinto, no meio de uma floresta ou em um barco a remo no mar só com metade de um remo, e ele nunca vai se entregar ao desespero; vai sempre olhar para a frente, de cabeça erguida, calculando quais truques lhe restam na manga.

E sabe de uma coisa? Mesmo eu tendo sido derrotada diante das muralhas de Paris, sinto nos ossos, na alma: ainda sou a maior guerreira existente.

Ela olha feio para Le Maçon. Está prestes a dizer palavras duras, mas para quando vê que ele está sofrendo. Ela se vira.

— Eu também sinto muito.

Horas depois, uma história chega a ela por meio de Jean. O rei havia planejado sair para caçar, mas os cachorros de seu canil se recusaram a ir. Os cavalos também estavam agitados e nervosos. Assim que a montaria preferida do rei foi levada até ele, o cavalo empinou. Mesmo com a ajuda de três homens fortes, sua majestade não conseguiu acalmar o animal. A caçada foi cancelada. No canil, os cachorros ficaram latindo. Nem usando carne fresca para atraí-los os cuidadores conseguiram levá-los para fora. Eles uivavam como se estivessem de luto.

❖

Esses dias, ela caminha sozinha. Se antes os cortesãos acenavam para ela com a cabeça e os criados se encolhiam junto à parede quando ela passava, agora eles riem e desdenham dela. Ao avistar sua figura claudicante, coxa enfaixada com linho branco, eles sussurram às escondidas e a encaram. As mulheres a ignoram; não olham em seus olhos, apenas para a frente. Em um pátio, na hora do pôr do sol, ela vê a figura distante do rei com seus amigos. Às vezes, vê La Hire e Dunois com ele; em uma ocasião, pensou ter visto Le Maçon. Uma dor bruta toca seu peito ao som das risadas, de notas desgarradas de um alaúde, uma voz se esforçando para lembrar a letra de uma canção. A dor é aqui, bem aqui, ela quer contar a alguém.

Um conde manda um recado exigindo a devolução do cinto de prata que deu a ela, aquele com a fivela na forma de uma concha cravejada de pedras. Era seu cinto preferido, ele acrescenta, e, depois do relato que ouviu sobre o ataque a Paris, não acredita mais que ela seja digna do presente.

Jean lê o bilhete em voz alta enquanto ela come. Cartas chegam por meio do arcebispo, que repassa apenas as que acredita que ela deve ouvir.

— Diga que não estou mais com ele — ela responde. — Se ele acha que não pode viver sem seu cinto de concha, então deve apelar diretamente ao rei.

O buraco em sua perna tem quase dois centímetros e meio de largura e pelo menos dez de profundidade. Semanas se passaram desde os acontecimentos em Paris, mas o ferimento ainda sangra. A cada tantas horas, Jean ou os pajens precisam ajudá-la a trocar as ataduras. Quando ela tenta correr, um pé se arrasta. Quando tenta caminhar normalmente, com a coluna reta, cada passo é como ter uma faca fincada à coxa esquerda. Seus únicos visitantes são os que foram à batalha com ela. No início das visitas, ficam aliviados. O ponto vermelho no curativo é do tamanho de um polegar. Mas, quanto mais ela se movimenta ou anda pelo quarto, maior fica o ponto, e, quando estão prestes a partir, a mancha já está do tamanho de um punho. Então imploram para ela se sentar, ficar parada. Dunois se vira ao ver o sangue, discretamente, como um homem que viu os seios de uma mulher que não é sua esposa. Mas La Hire pergunta de forma amigável:

— Já pensou em usar uma bengala? É só uma solução temporária, claro. — Ele se contrai quando acha que ela não está olhando.

Ele pergunta a ela: O que faria se não houvesse nada em seu caminho? Se não houvesse o arcebispo de Reims ou La Trémoille para a impedir? Se as coisas fossem como antes e ainda fosse a preferida do rei?

Ela nem precisa pensar na resposta. Levantaria um exército de vinte mil homens fortes e marcharia para Paris antes de retomar a Normandia. Garantiria a lealdade dos ducados da Bretanha e da Aquitânia à França.

E depois?

Protegeria a região. Vigiaria as fronteiras. Montaria um exército permanente. Levantaria fundos para material bélico, para aprimorar as armas e a artilharia.

E depois?

Ela não pensou tão longe. Entrar em um navio? Atravessar o Mar Estreito? Ela nunca viu o mar. Atacar a Inglaterra?

Mas, se ela fosse Deus, se tivesse o poder de Cristo de ressuscitar os mortos, nem se preocuparia com guerra. Tiraria sua irmã do túmulo em Domrémy; ressuscitaria seu cachorro, Salaud, tiraria o corpo semiqueimado de sua pilha de cinzas. Construiria um navio e iria embora do reino com eles. É isso que faria. Se fosse Deus, não ia querer saber da corte. Minha irmã. Meu cachorro. É só o que preciso para ser feliz, para viver minha vida.

Quando ela entra no estábulo, pega alguns pajens acariciando seu único cavalo, oferecendo frutas frescas a ele. Eles pagam a Raymond e Louis para tocar um pedaço da armadura dela, qualquer parte.

Ela não precisa lembrar a eles que fracassou.

— O que é que tem? — Louis protesta. Para ele, ela é como o grande trovador Arnaut Daniel. Ela preferiria ser autora de obras-primas que serão cantadas e elogiadas para sempre ou autora de obras muito boas, mas nada memoráveis, às centenas? É verdade, ela não lutou em tantas batalhas. Não participou de centenas de campanhas. Mas é jovem, é a salvadora de Orléans! Jargeau, Meung, Beaugency, Patay – são batalhas que fazem todo escudeiro e pajem se molharem à noite. Quando ela se aproxima, os portões da cidade fazem *bum*! Louis demonstra a explosão, jogando os braços para cima. Exceto Paris. Mas só porque ela não tinha homens suficientes. Então ele sussurra no ouvido dela, juntando as mãos em concha: — Todo mundo sabe que você foi traída pelo rei, mas ninguém diz. Todos veem que ele tem inveja de sua fama e de sua glória, então precisam tomar partido. — Com ela ou contra ela.

Ela dispensa os pajens. É a coisa certa a fazer, e eles sabem muito bem, mesmo com os choros e protestos. Eles a acusam de ter um coração duro.

— É o melhor que vocês podem fazer? — ela pergunta, tentando sorrir. — Precisam aprender insultos melhores.

Em seguida, ela se vira para Jean, que sacode a cabeça. Está determinado.

— Momentos assim nos testam — ele diz — e nos mostram que tipo de homem somos. Então, vou estar com você até o fim ou vou desistir das armas e nunca mais lutar. Mesmo que você lidere um exército de um homem só, vou estar ao seu lado, pronto para morrer. Não poderia viver na pele de um covarde, sabendo que a abandonei em um momento desafortunado. Quer que eu seja assim?

— Não — ela responde. De repente, sente-se cansada; acha que, se deitar, é capaz de dormir dias inteiros. — Mas pode mudar de ideia e, se isso acontecer, não vou usar isso contra você.

À noite, ela acorda tremendo. O linho que envolve sua perna está ensopado, escorre sangue pela lateral de seu tornozelo. Ela mesma troca o curativo, enquanto se prepara para um encontro. Mais cedo, sua tigela de cozido aguado veio com um bilhete amarrado a um filão extra de pão. Era de Iolanda.

Ela segue para o campo onde os arqueiros praticam. No chão, estão fincados doze arcos para atirar. O alvo é um ponto borrado cor de palha, e está escurecendo. Mas ela não precisa nem se esforçar. Pode ter perdido Paris, mas não perdeu mais nada.

É um desses encontros que ambas as partes devem negar que aconteceu, e, se uma delas insistir, a outra vai dar de ombros e dizer: Onde está a prova?

A rainha dos Quatro Reinos está presente, assim como a rainha da França.

Não há tempo a perder. Nenhuma gentileza é trocada, nada de saudações.

— Oficialmente, eu a censuro — Iolanda afirma. É tarde, mas ela ainda está vestida com esplendor. Mãe e filha estão combinando, usam vestidos prateados como o luar, brilhando como rabos de peixe em um lago encantado. — Eu a censuro, como sua majestade, a rainha, também a censura. Nós a afastamos e abandonamos por ter ido contra os desejos do rei e promovido um ataque contra Paris. Você sabia que Carlos não apoiava o ataque. E veja o resultado. Oficialmente, devo lhe dizer, Joana, o que você fez é vergonhoso, mas a Fortuna ainda sorri para você de certo modo. O rei, meu generoso e complacente filho, poupou sua vida.

No escuro, a rainha sorri para ela com gentileza.

— Não oficialmente — Iolanda continua —, repreendi Carlos por lhe dar só três mil homens para lançar um ataque contra Paris, quando ele tinha mais de dez mil à disposição. Perguntei por que ele dispensou aqueles homens sem pagar seus salários, e quando ainda havia trabalho a ser feito. E achei a resposta que ele me deu, que não tenho liberdade de compartilhar com você, decepcionante. A rainha compartilha de minhas opiniões, não oficiais como são.

Ao lado dela, a filha assente.

— Não oficialmente, por mais que admire sua coragem e ousadia – estariam todos os homens do reino tão dispostos a encontrar a morte? –, devo repreendê-la, pois merece ouvir algumas palavras duras. Olhe para você agora! — Ela estala a língua em reprovação. — Dá para ver o sangue em seu curativo daqui. Devia ter tido um pouco mais de paciência. Retornado a Chinon e esperado até voltar a cair nas graças do rei. Mas você é jovem. Deixou o amor pela batalha e as emoções vencerem. Um erro terrível. Carlos pode cometer erros e cometeu vários. Homens podem cometer quantos erros quiserem – dentro de certos limites. Nós, no entanto, não podemos nos dar o luxo de um único passo em falso.

Joana quer soltar xingamentos, mas se contém.

— Não é justo — afirma. — A França já perdeu batalhas antes. Dunois foi ferido em Rouvray e o duque de Alençon foi capturado em Verneuil. Mas eles nunca foram humilhados como eu fui. Até hoje, o duque de Orléans é prisioneiro em uma torre em Londres, compondo versos, enquanto os ingleses recolhem o resgate para custear seu exército. Mas a corte só tem palavras gentis para dizer sobre sua graça. Todos sentem pena dele e aguardam pacientemente seu retorno. Então por que a corte também não é paciente comigo? Fiz mais em poucos meses do que eles fizeram quase a vida toda e só tenho dezessete anos. Sou jovem e tenho mais cicatrizes de batalha do que qualquer um deles, isso para não falar de nosso rei.

Mesmo no escuro, os olhos de Iolanda brilham.

— Você se esquece de quem é ou realmente começou a acreditar nas profecias que fizemos circular sobre você, Joana. Você é mulher. Você é pobre. Você veio do nada. Quando é forte, esses não são obstáculos intransponíveis. Vestimos você com o manto da santidade. Dissemos que veio de Deus.

— E agora?

— Agora o manto que a disfarçava caiu de seus ombros. A corte está vendo que você é, afinal, apenas humana. O que significa que é só uma mulher. Com a bolsa e os bolsos vazios. Uma camponesa. Você foi útil. Agora não tem mais serventia. E não tem família a quem recorrer. Não é sequer filha de um cavaleiro comum. Você esquece que no ápice de seu poder, quando só apresentava vitórias, as pessoas ainda a chamavam de pastora de ovelhas. Então temo que não tenha entendido desde o início. Ninguém poderia protegê-la na corte. Apenas suas vitórias a protegiam. Eram suas aliadas mais confiáveis, mais do que Le Maçon ou os capitães do exército. Mais do que qualquer um de nós.

— Ainda são *minhas* vitórias. — Ela se apruma um pouco mais. — E ainda posso lutar. Não se deixem enganar por esse sangue. Minha perna vai melhorar. Já caí de grandes alturas e voltei a me levantar.

Iolanda se aproxima mais dela. Quando fala, sua voz é um sussurro, quase terna.

— Talvez nós duas tenhamos sido tolas de esperar uma conclusão diferente dessa. Você foi autorizada a fazer tanta coisa. Foi a exceção a todas as regras. Mas como pode virar um jogo que é mais antigo que o próprio tempo? Penso agora que sempre foi destinada a fracassar.

— Se me disserem para ir embora de Chinon — Joana diz —, eu vou. Começo de novo.

Iolanda e Maria se entreolham. Elas hesitam.

— O rei não vai deixar você partir — Maria diz em voz baixa. Mais uma pausa. — Ele pretende fazer de você um exemplo.

— Então sou uma prisioneira. Achei que nos compreendêssemos. Que fôssemos… — É difícil para ela dizer as palavras. — Que fôssemos amigos.

Uma risada seca escapa da garganta de Iolanda. Até sua filha ri.

— O rei não tem amigos — Iolanda diz. — Só pessoas, como La Trémoille, que lhe emprestam vastas somas de dinheiro quando ele precisa. Só pessoas como Le Maçon, que cedem o próprio cavalo quando uma cidade está sob ataque, para salvar a vida de sua majestade e bajular. Só pessoas como você para acabar com cercos por ele, para vencer batalhas, até o dia em que para de vencer. E, quando não tiver mais nada para oferecer, retorna ao nada. Mas... — Ela faz uma pausa. Parece triste. — Suponho que não seja só o rei. Todos são assim. Quando alguém está indo bem, é como uma flor fresca, e todas as borboletas querem pousar em suas pétalas. E, quando está murchando, é arrancado e jogado fora. Ninguém quer tocar. Pensam que dá azar e fingem que nunca o conheceram. É da natureza humana, Joana. As pessoas são assim. A França pode ser o reino mais cristão de todos, mas as pessoas são iguais em todos os lugares.

— Minha próxima batalha ainda pode ser uma vitória. — Joana alterna o olhar entre o rosto das duas mulheres. — Por que não seria?

— Então deve esperar que Deus esteja do seu lado — Iolanda responde. — Porque mais ninguém está. Oficialmente.

O encontro chega ao fim. Elas saem, mas não sem antes darem dinheiro a ela, moedas em saquinhos de seda, porque, bem, libras são sempre úteis. Mas, se alguém perguntar, vão negar que o dinheiro veio delas.

Joana volta para a cama e dorme tarde. A manhã chega. No campo, uma pequena multidão se formou para admirar um alvo. Sobre ele, doze flechas formam um ponto único no centro de um círculo de palha.

Alguns chamam de milagre. Outros, de truques de uma bruxa.

❖

Novembro de 1429 – chega uma mensagem do rei. Joana deve ir a La Charité, uma cidade bem fortificada, e retomá-la por cerco.

Sua majestade é complacente. Ela não queria uma chance de se redimir após o desastre em Paris? Então, para sua redenção, ele lhe entrega um exército. E, como ela se provou incapaz de liderar um exército de três mil homens, vai disponibilizar apenas quinhentos dessa vez. Mas, para compensar os números, também vai disponibilizar vários canhões. Sim, a artilharia que ela tanto aprecia, então não pode falhar de jeito nenhum. Quem pagou pelos canhões, ele acrescenta, foi La Trémoille.

La Hire diz:

— Diga ao rei que está doente. Que perdeu o apetite pela guerra, que se aposentou. Ou que sua perna ainda está doendo. Não vá, pequena donzela. É uma armadilha.

— Assim o povo vai rir de mim.

— Já estão rindo de você de qualquer jeito.

Ela vai. Depois de algumas semanas, os suprimentos estão acabando. Uma carta é enviada, e eles precisam esperar vários dias pela resposta. A resposta da corte: O rei lamenta, mas não tem fundos para gastar com o que ela requisita. O escriba dele acrescenta no final: Será que ela não deve reconhecer a derrota e retornar à segurança de Chinon? Para seus amigos que sentem falta de vê-la capengando e mancando pelo castelo?

Quando a carta é lida para ela, Joana não prageja. Pede a Jean que redija uma outra, destinada aos cidadãos de uma cidade próxima.

— Por favor, mandem o que tiverem de alimento excedente, salitre... — Ela olha para os dedos, cinza-azulados pelas queimaduras de frio. Jean está batendo a ponta da pena na tinta, um bloco sólido como pedra. É preciso segurar o tinteiro sobre o fogo para ela derreter, mas suas mãos estão tremendo devido ao frio.

Ele franze a testa. Segura uma mão com a outra para estabilizá-la. Diz em voz alta o que ambos já sabem.

— Isso é ridículo — ele diz.

— Eu te dei a chance de ir embora. Deveria ter aproveitado.

Ele olha feio para ela.

— Não é isso. O rei sabia que você não conseguiria tomar La Charité. É como mandar uma criança para o cercado de um touro com um graveto na mão. Mas ele também sabia que você não poderia recusar a chance de provar seu valor.

— Você deve tomar mais cuidado com suas palavras — ela diz. — Mesmo aqui.

— Pela manhã, perdemos mais homens.

— Desertaram ou morreram?

— E isso importa? — Ele morde o lábio. Quando fala, solta pequenas nuvens de ar. — No campo — ele continua — eles dizem que você deve ter sido renegada por Deus devido ao seu orgulho.

— É a fome falando — ela responde.

Ela olha para cima, sobre a cabeça dele, para fazer um acordo com seu Deus como tinha feito aquele dia no campo, em Domrémy. Mas o céu está nublado, e as nuvens estão pesadas com uma ameaça de tempestade. Seu estômago ronca. Ela não come nada há dias. Não há Deus para ouvi-la aqui.

Nas horas que precedem o amanhecer, começa a nevar. Um vento forte recai sobre o acampamento, uivando como os gritos dos mortos. Ela não dorme, e seus pensamentos se voltam, também, aos mortos. O sapador que a salvou em Paris; sua própria esposa não conseguiria reconhecê-lo com o corpo atravessado por tantas flechas. Viu corpos sem membros, como os tocos das árvores com os galhos cortados. Viu cadáveres dando o último suspiro. À beira da morte, ainda têm força para arrancar algumas folhas de grama. E, quando ela fecha os olhos, vê Catherine.

Ela sai no escuro. O vento a chicoteia como se ela fosse uma flagelante; cada rajada de ar é um golpe no rosto. Mas ela abaixa a cabeça e caminha contra o vento até o buraco em sua perna começar a queimar feito uma tocha encostada na pele. Os joelhos dobram e ela cai na neve.

Arrasta-se na direção de um canhão, usando-o para ancorar o corpo na tempestade. Até a artilharia a decepcionou. A maior parte do estoque de pólvora foi arruinada pelo tempo úmido, e ela teve que enfrentar roubalheira de seu próprio lado: comida e armas foram furtadas, caixas de estopins de queima lenta e arcos desapareceram.

Outra ironia lhe ocorre: você vai à guerra para esquecer o que é dor de verdade. Agora ela sabe: não é pela glória que os cavaleiros errantes saem em suas expedições. Quem mataria um dragão por um mero baú de tesouro? Mas alguém pode arriscar morrer para fugir de lembranças perfeitas demais para descrever, e que jamais poderão ser revividas. É a perda de momentos assim que pode levar uma pessoa à loucura. Para ela, é a lembrança das caminhadas com Catherine pelo vilarejo, de pegarem no sono juntas sob a Árvore das Fadas, os sonhos com a canela antes de ter sentido o aroma ou o sabor da especiaria. E mais tarde, bem mais tarde, um dia de passeio por um jardim, achando que ela estava no topo do mundo. Orléans salva. Jargeau, Meung e Beaugency retomadas. A bondade é igualmente capaz de tormento; degela o coração e preenche a alma, depois deixa em seu rastro um buraco tão profundo que é impossível completar novamente.

Ela sabe que está testando Deus ao se ajoelhar no frio.

— Ainda está aqui? Algum dia esteve aqui?

Não há resposta.

Ela pensa, enquanto sua vista embaça e ela descansa a cabeça junto à superfície dura do canhão: Eu a decepcionei, Catherine. Não encontrei os três homens que a machucaram. Não fiz o que prometi. E você está morta, enquanto os homens que jurei matar ainda estão vivos.

João, duque de Bedford, regente da Inglaterra
Henrique, sexto de seu nome, futuro rei da Inglaterra
Filipe, duque da Borgonha

Não fiz nada que me propus a fazer.

O frio faz sua mente girar. Ela está ciente de que sua respiração está ficando curta, da escuridão recaindo como um cobertor pesado sobre ela. Seu coração desacelera.

Em seus braços, o canhão se torna vazio como pele humana, e seu nariz se enche com o perfume de ervas e flores do campo. Está sonhando. Quando abre os olhos, não são as paredes de La Charité que vê, mas a cintura fina de sua irmã. E ela voltou a ser pequena, dez anos de idade. Está usando seu vestido de lã vermelho, os cabelos estão longos e embaraçados, precisando ser lavados.

— Está sentindo pena de si mesma, Joana? — a irmã pergunta.

— Estou.

— Não é do seu feitio perder tempo. Você dava atenção a nosso pai quando ele a perturbava? Deixava que ele a oprimisse, mesmo que tentasse? Na manhã seguinte, você já estava correndo pelo vilarejo. Ainda era você mesma. Então, o que mudou? Você é a mesma pessoa. Ganhando ou perdendo. É uma soldada, e venho a observando esse tempo todo. Venho amando você de longe.

Catherine se curva. Mechas de seu cabelo cobrem a cabeça de Joana.

Um beijo. Um toque de calor que se espalha do rosto de Joana a suas mãos. Ela sente o formigamento do sangue circulando em seus membros, fazendo cócegas em sua pele até ela ganhar vida. Nos ouvidos, escuta o coração batendo firme e forte. Escuta uma voz, que parece vir de seu interior. "Agora vá, Joana."

Ela dorme, embora a tempestade espanque seu corpo. E ela dorme profundamente, como estivesse deitada sobre uma cama de plumas com lençóis de seda. Pela manhã, seus braços ainda envolvem o canhão. Mas ela se levanta sem dificuldade. Descobre que só está com fome e um pouco cambaleante. A força corre por seu corpo. Quando toca a coxa, não sente dor, não há mais sangramento; o ferimento fechou. Ela toma a decisão de recuar. Não vai sacrificar mais nenhum de seus homens.

— Vamos voltar a Chinon — ela diz a Jean, que fica boquiaberto ao vê-la. Ela passou a noite toda ao relento?

Seu corpo está renovado, mas não se pode dizer o mesmo de seu exército. Dos quinhentos, a maioria desertou. E eles precisam deixar os canhões para trás, pois são pesados demais para levar de volta, de modo que sua artilharia vai cair nas mãos do inimigo e um dia pode ser usada contra eles. É sua segunda derrota. Ela fracassou de novo.

VI
● ● ●

CHINON, JANEIRO DE 1430

Uma semana depois que ela voltou de La Charité, o rei promove um banquete em que um bobo da corte se apresenta. O bobo coloca uma peruca de mulher, com cabelos escuros que vão até a cintura. Estufa o peito para parecer que tem seios. Usa peças de armadura, manoplas e escarpes enormes, com os quais pisa com força, fazendo o máximo de barulho possível, e uma placa dorsal, mas sem peitoral. Ele tem um cartaz em volta do pescoço, pintado como um brasão, com dragões cuspindo fogo e flores-de-lis de cabeça para baixo. Mas a palavra "puta" também está rabiscada com grandes letras pretas.

O bobo da corte se movimenta com rapidez. Dá piscadelas para o rei, sopra beijos para o arcebispo e suspira para Dunois, proclamando-se apaixonado pelos três homens enquanto finge tropeçar nos cabelos longos. Balança uma espada de madeira e faz barulhos de gemido, como se estivesse sendo violentado, depois puxa da perna um rolo de linho branco manchado de tinta vermelha, para lembrar os convidados das bandagens que envolvem a coxa de Joana. Ele faz piadas com sangramento. Sangramento na coxa, o sangramento mensal das mulheres, como ele tem um, mas não o outro.

Faz cócegas sob o queixo de duas damas de companhia da rainha, depois fica corado e diz que às vezes se esquece de que é mulher, não homem. Para fazer as mulheres gritarem, joga a peruca nelas, mas a rainha não acha graça e olha feio para aqueles que riem.

Não é o vinho que deixa a pele do rei vermelha, mas as risadas. Ele está rindo tanto que quase cai da cadeira, e a esposa precisa segurar seu braço para evitar que ele role para debaixo da mesa.

Mas, ao redor da sala, ouve-se o som de cadeiras sendo arrastadas para trás. La Hire se levanta; ele é o primeiro a sair, seguido de Dunois.

— Dunois! — o rei o chama. Está falando arrastado; as palavras parecem grandes demais para sua boca. A apresentação continua, mas o ar do recinto mudou. Sua majestade ainda sorri, mas não ri com a mesma naturalidade de antes.

Após deixarem o banquete, La Hire e Dunois visitam Joana em seus aposentos. Eles a convidam para uma caminhada sob as estrelas e lhe contam a história, como meninos que sentem que fizeram algo bom e estão satisfeitos por defender a amiga. Dunois levou um odre de vinho, que passa, depois de vários goles generosos, a La Hire. Quando oferecem a Joana, ela recusa.

— Que rei nós servimos, não é? — La Hire diz. Ele arrota. — Deplorável.

— Outras oportunidades virão — Dunois diz. Eles dão tapinhas nos ombros dela para animá-la. Como soldados se consolam após suas derrotas? Ela sempre se perguntou, e agora sabe. Bebendo e andando sem parar. Ficando tão embriagados que a lembrança da derrota é esquecida no dia seguinte.

Para tranquilizá-los, ela sorri. Ela pensa: Surgirão outras oportunidades para vocês. Até suas derrotas são chances de aprendizado. Às vezes, vocês tratam a guerra como se fosse um jogo. Mas os riscos sempre foram mais altos para mim.

Joana os deixa lutar e dançar longe dela. Quando o odre de vinho é esvaziado, ela vê Dunois se afastar para urinar em uma árvore. Logo, os assobios e gritos de La Hire desaparecem. Ele tropeçou em um arbusto e está vomitando nele. Atrás dele, Dunois ri.

— Não consegue segurar sua bebida, velhote! — ele grita.

Ela se afasta deles. A noite está limpa. Acima, as estrelas olham para ela como pares de olhos piscantes, observando o que ela fará em seguida. Está sozinha.

Pela manhã, Joana ouve um rumor de seu escudeiro. Seguindo o exemplo de Le Maçon, o arcebispo encontrou o substituto dela: um jovem pastor, seis anos de idade, outro profeta com pés e mãos ensanguentados. A chegada do menino tem como intenção insultar, ridicularizar Le Maçon e acalmar as preocupações do rei. Dizem que o menino tem visões da vitória da França sobre a Inglaterra e a Borgonha, que ele prevê que quem trará essas vitórias não será ninguém menos que sua majestade.

— No campo de batalha? — ela pergunta.

— "No campo de batalha, para se igualar a Carlos Magno", foram as palavras exatas do menino — Jean responde.

Mesmo em tempos como estes, ainda existem motivos para rir.

❖

A luz do dia não favorece o rei; seu nariz comprido está vermelho devido ao frio, os olhos, semicerrados e úmidos, com os cantos vermelhos da bebedeira da noite anterior. Ele puxa as mangas forradas com pelo da túnica para mais perto do corpo. Virar rei não encorpou sua majestade; ele ainda é um varapau, embora esteja um pouco mais confiante.

Ele espera que Joana se ajoelhe, então ela o faz, com uma lentidão proposital para o fazer esperar.

— Orléans parece ter acontecido há muito tempo — ele diz quando ela se levanta. Suspira, inclinando a cabeça para mostrar o perfil dos Valois em seu melhor ângulo.

Mais uma vez, estão se encontrando às margens do rio Vienne. Mas não há anoitecer com sombras azuladas nem luz de velas tremeluzentes para obscurecer os traços de sua majestade. Nas primeiras horas da manhã, ela o vê com uma nitidez espantosa, como ele é. Observa a ponta rosada de suas orelhas, os ossinhos brancos dos dedos, as veias azuladas das mãos cheias de anéis, reluzindo com lápis-lazúli e granadas.

— Sempre poderemos fazer uma viagem até Orléans, majestade — ela diz. — E perguntar às pessoas se sentem que foi há muito tempo.

— Sei que atenderia muito bem às suas necessidades. — Ele faz uma careta. — La Charité — continua. — Paris. Só fracassos, só desastres.

Homens perdidos ou desertados. Dinheiro e suprimentos perdidos. Como me explica isso?

— Vossa majestade saberia melhor do que eu. Como explicaria isso?

Um vislumbre de raiva.

— Tive sucessos também — ela afirma. — Se vossa majestade preferir, poderíamos examinar esses também. Para La Charité e Paris, tem Orléans. Tem Patay. Tem também todas as cidades entre Chinon e Reims, que escancararam seus portões e se renderam sem resistência. E quanto a elas?

— Já me foi explicado — ele responde — que você só conseguiu vencer aquelas batalhas devido aos recursos que lhe dei.

— Um soldado precisa ser alimentado se vai lutar. Mas eu não daria todo o crédito ao arenque em sua barriga.

— *Meus* soldados. *Meu* exército.

Faz-se um longo silêncio. O rei não olha para ela.

— Quanto tempo, Joana? Quanto tempo mais? — Seu olhar atravessa o rio, chega à margem oposta. — Serei franco com você. Não posso simplesmente expulsá-la. Você ainda tem apoio, embora limitado, na corte; embora os motivos sejam inconcebíveis a mim, alguns ainda acreditam que você é uma mulher santa. E não posso deixá-la ir. Perguntei a meus conselheiros: Por que não podemos devolvê-la a sua antiga vida camponesa? Que mal ela poderia fazer quando estivesse de volta a seu vilarejo, cultivando a terra e tomando conta de ovelhas? Mas eles me disseram: Viu o que acontece quando ela é colocada diante de uma multidão. Ela vai reunir seguidores. Vai montar um exército de camponeses e se voltar contra o senhor. Não deve confiar nela. Mas eles nem precisavam me dizer isso. É uma lição que já aprendi – em detrimento de mim mesmo.

Ele estala os dedos, e um criado chega correndo com algo dobrado nos braços.

— Então vou lhe dar uma escolha — ele diz. — Fique em Chinon como minha convidada de honra, onde nenhum mal pode lhe acontecer. Viva sua vida com um conforto solitário. Refeições quentes duas vezes ao dia, um criado para cuidar de suas necessidades. Considere meu presente pelos serviços prestados a nós no passado. Mas vai fazer um juramento diante de testemunhas – La Trémoille, o arcebispo de Reims, Le Maçon, todo um agrupamento de nobres –, e o juramento será o seguinte: nunca mais entrará em batalha nem falará de qualquer questão relacionada a guerra. Vai dispensar seu escudeiro e abdicar de todas as suas armas, incluindo a espada. Será proibida de colocar os pés em qualquer local de treinamento de cavaleiros ou arqueiros. Deve fazer esse juramento ou...

O criado entrega ao rei uma vestimenta vermelha e dourada; ele a desdobra.

Joana reconhece o manto como o presente que recebeu dele em Reims.

— Ou a condecorarei cavaleira. Terá seu próprio brasão. O desenho já foi feito – simples, mas, creio, eficaz. Flores-de-lis douradas sobre um escudo azul. Com uma espada no meio. Foi ideia minha.

— E? — ela pergunta.

— Você vai para batalha. — Ele toca o espaço sobre o coração. — E não volta.

Uma pausa. Dá para ouvir a respiração do rei. Ele é paciente. Vai esperar a resposta dela.

— Sou afortunada — ela diz.

Uma pausa. O rei olha para ela com atenção.

— Afortunada?

— Sou afortunada porque não vivo como vossa majestade, sempre com medo. Acho que agora não precisa da Borgonha ou da Inglaterra para assombrar seus sonhos, para mantê-lo acordado à noite. Faz isso sozinho. Não é só o resultado das batalhas que o assusta. É tudo. Tem receio de cada passo, cada pensamento e palavra. Vive o tempo todo aterrorizado e sem saber ao certo quem é. Mas eu não. — Ela o encara. — Sei quem sou. Sou uma soldada, sou madrinha de muitos filhos e filhas deste reino. Sou a protetora de sonhos. Todos na França só precisam dizer meu nome ou pensar em mim para não ter mais medo. Não vão temer nem a Inglaterra nem a Borgonha, pois saberão que sua força coletiva é maior do que a de qualquer rei. Se não acredita em mim, só precisa ir a Orléans, bater em qualquer porta e perguntar. Eu me ajoelhei não para receber uma coroa, mas para receber os desejos de jovens meninas e as últimas palavras de homens moribundos. Não tenho medo de nada, de ninguém.

Ela pega o manto e o coloca sobre os ombros. O som é como o de asas se abrindo.

Ele suspira, tomado por alívio.

— Para onde vou agora? — ela pergunta.

— Compiègne.

Uma cidade francesa, sob ameaça do duque da Borgonha. Ela concorda.

— Quantos homens?

— Trezentos?

Ela pode trabalhar com trezentos.

— Não vou prometer nada — ela diz. Ela nota que ele acha que ela está se referindo a vitória ou derrota. Não está. — Ainda posso voltar.

Os ombros dele ficam tensos. Um movimento involuntário.

— Diga-me, você acredita que será lembrada?

Ela não responde. Vira-se para sair, mas ele começa a falar.

— Você me subestima, como outros já fizeram. Mas não me conhece. Eu também sou abençoado pelo mesmo Deus que você e vivi mais que meus irmãos mais velhos para herdar este trono. Vivi mais que Henrique, o grande rei-guerreiro da Inglaterra, e mais que meu próprio pai. E vou viver mais que você, Joana.

Ela já começou a sair.

— Tem certeza? — ela pergunta, virando-se. É a última vez que vão olhar um para o outro. Quando seus olhos se encontram, ele dá um passo para trás. Parece se encolher em si mesmo, e ela está disposta a perder apenas mais alguns instantes com esse homem triste de coroa. Ao longe, um som parecido com uma rajada de ar chega até eles. Faz o rei se sobressaltar; ele se assusta, olha para trás, mas Joana permanece imóvel. De onde estão, ela consegue ver pássaros; o som veio de sua ascensão, seu voo.

— Sou a maior guerreira viva — ela diz quando a sala volta a ficar em silêncio. — Sou operadora de milagres. — Um feixe de luz toca o alto de sua cabeça; reflete a costura dourada de seu manto e a faz reluzir. Ela para. — O que o senhor é, além de um rei?

❖

Maio de 1430, Compiègne. Seus homens estão recuando. Estão perdendo a batalha, mas não parece uma derrota para Joana.

Parece... liberdade. Atrás dela, o portão de Compiègne, para onde os soldados estão correndo para se abrigar, logo deve se fechar. Seu caminho para a segurança será interrompido. Não há como ela chegar ao portão a tempo.

Mal se registra: o clangor tonitruante quando ele se fecha.

Ainda assim, quando seu cavalo desmorona sob ela com um grito, a espada se move como a lâmina de uma foice sobre os soldados borgonheses, que caem em fileiras organizadas como grama recém-cortada para fazer feno. Ela ainda sabe abrir sulcos retos. Do lado de fora da cidade, seu corpo parece crescer e preencher o espaço do campo. Um cotovelo de ferro acerta o olho de um arqueiro; um golpe com a manopla manda outro para o chão. Eles ricocheteiam em sua armadura, e ela só enxerga a lâmina em sua mão, como vislumbres de raios no ar de primavera.

Por uma parede de homens, ela cria uma abertura, mas outra parede se eleva à sua frente. Ela sente braços a agarrando, tentando puxá-la para baixo, conforme é cercada. Outros três homens são sacrificados antes que sua espada lhe seja arrancada. Então, ela usa as mãos, os punhos, que fazem os inimigos verem estrelas. Ela chuta. Pisa em um tornozelo e ouve um grito quando o osso quebra. Afunda o calcanhar, de modo que ele nunca mais possa correr.

Velhos braços caem, mas novos braços se fixam em seus ombros, que estão escorregadios com sangue borgonhês. Ela luta contra eles e, por um instante, o horror se espalha pelas ondas de homens quando eles se dão conta de que ela ainda está brigando, relutante em se render. Com os braços imobilizados, dá uma cabeçada no crânio de um borgonhês e lança seu corpo contra o soldado que está atrás, como uma porta derrubada. Mas ela está ofegante. Está lutando há horas sem descanso, e é a primeira vez que parou para recuperar o fôlego.

Diante dela, uma clareira se abre e um cavalo preto entra. Dele, um homem de armadura leve, iluminado pelo sol da manhã, desmonta. Ele hesita antes de se aproximar dela.

— Sabe quem eu sou? — pergunta em voz baixa, a título de saudação.

Ela analisa os traços aquilinos, os lábios finos e pálidos. Sabe, e seu coração salta – de alegria. Como poderia dizer de maneira educada: Você é o número três da lista de pessoas que eu gostaria de ver mortas? Esperei muito tempo por este momento.

Ela pensa na batalha de pedras em Maxey. Então, este é o homem pelo qual Guillaume morreu. É a quem o capitão ruivo de Maxey serve.

Ele se aproxima um pouco mais.

— Ajoelhe-se diante do duque da Borgonha — diz uma voz atrás dela. Ela é chutada, mas apenas cambaleia. Resmunga, mas não fala.

— O que foi? A famosa guerreira santa da França é muda? — o duque pergunta, e todos à sua volta riem. Ele chega um pouco mais perto. Joana prende a respiração e abaixa a cabeça.

Ele está parado à sua frente agora, tão perto que ela consegue ouvi-lo respirar. Ele estende a mão enluvada, aperta o queixo dela para levantar seu rosto. É um erro. Ela dá uma dentada no espaço entre o polegar e o indicador, afundado os dentes na carne do duque até ouvir um estalo. Estava guardando o que lhe restava de força, e agora avança. As mãos que a seguravam se afrouxam com a surpresa, mas só por um instante. Ela é puxada de volta e imobilizada. É forçada a se ajoelhar aos pés dele.

O duque arranca a luva para avaliar o dano, com o polegar projetado em um ângulo não natural. Ele a encara com uma expressão que é um misto de fúria e dor. Dessa vez, não hesita. Com a mão boa, acerta-a na boca. É um golpe forte o bastante para deixar um homem zonzo, mas o queixo dela só endurece. Ela cospe sangue nas botas engraxadas dele, depois balança a cabeça, como um cavalo que foi respingado com um pouco de água. É o melhor que pode fazer, vossa graça? Ela pensa: Isso foi pelo garoto Guillaume.

O duque olha para as pilhas de cadáveres ao redor deles. São seus próprios homens, mas o olhar dele é frio, quase de escárnio.

— Suas habilidades não foram exageradas. Agora que a vi, acredito nas histórias: Orléans, Patay, a viagem a Reims — ele afirma. Sua mão é segurada por um criado que chegou para limpar a mordida com um pano e água.

— Devolva minha espada — ela diz — e permita-me mostrar o que mais posso fazer.

Ela já está pensando adiante – em sua fuga, em ficar perto o bastante do duque da Borgonha para cortar sua garganta branca e pulsante.

— Você é orgulhosa, mas vai pagar um preço alto por esse orgulho — ele responde, e se afasta para montar no cavalo. — Por mais estranho que possa parecer, quase sinto muito por vê-la capturada. É uma vergonha, uma grande vergonha, que não tenha servido a alguém melhor: eu mesmo ou Bedford. Seus dons são desperdiçados com meu primo, o delfim... Perdão, eu quis dizer, é claro, sua majestade o rei.

A menção ao rei quase a surpreende. Não havia pensado nele durante toda a batalha. Quando pensa na França, não o considera mais seu governante.

— Um aviso, milorde — ela diz quando seus olhares se encontram. — Se eu escapar, não vou apenas morder da próxima vez.

Vale a pena só para vê-lo se encolher.

EPÍLOGO
• • •

ESTRADA PARA RUÃO, CAPITAL DO REDUTO INGLÊS DA NORMANDIA, DEZEMBRO DE 1430

A caminho de Ruão, Joana é mantida em uma jaula. Multidões se formam para zombar dela. Pessoas cospem por entre as barras. Jogam pequenas pedras, já que as grandes não passam, e, quando não conseguem chegar perto o bastante da jaula, xingam à distância: puta, bruxa, demônia. Acreditam que ela foi para a cama com o delfim, pois não o reconhecem como rei, e ela não tem tempo de explicar que jamais dormiria com o rei, nem mesmo pelo peso dele em ouro, que, no fim das contas, não seria muito.

A pele dela voltou a ter os tons da infância – azul, roxo, amarelo e verde – devido às surras dos guardas. Contam-lhe uma história que ouviram, na esperança de assustá-la. Uma mulher chamada Piérrone foi levada para a frente da catedral de Notre-Dame de Paris. Enquanto um sermão era lido, ela foi amarrada a uma estaca. Depois foi queimada. Seu crime? Ela havia tido uma visão de Deus, e Deus dissera a ela que Joana era boa, que sua causa era justa. Ao compartilhar esse relato com ela, os guardas sorriem. Piérrone teve sorte, acrescentam. Sua morte foi rápida; a fogueira que fizeram era grande e não havia vento para soprar as chamas. Sua agonia durou apenas alguns minutos. Então talvez aconteça o mesmo com você.

No entanto, mesmo agora há momentos melhores. Teve a vez em que ela passou por uma cidade; esqueceu o nome, se era borgonhesa ou inglesa. Segurava um pedaço de pão, mas sua bochecha esquerda estava inchada por ter sido estapeada muitas vezes pelos guardas destros, e ficou difícil mastigar. Enquanto a carroça sacudia pelas estradas, um garoto correu até suas barras. Na mão, ele levava uma pedra com ponta afiada, carregada como um prêmio. Arremessou nela, e a pedra entrou pelas barras da jaula e lhe cortou o rosto. Quando tocou a bochecha, ela sentiu a umidade do sangue. Todos vibraram e começaram a pegar terra e pedras para seguir o exemplo do menino. Mas ela estendeu a mão para fora da jaula para dar seu pedaço de pão a ele, que aceitou. Comeu com avidez, e a multidão se esqueceu da terra e das pedras que tinha recolhido. Ficou olhando para ela, em silêncio.

Essa manhã, estão passando por uma estrada estreita, irregular e íngreme. A carroça e a jaula ficam inclinadas, e ela tem que fechar os olhos. Descansa, com um braço em volta de uma barra, a testa apoiada no eixo de ferro, e as correntes que algemam seus pulsos tilintando suavemente. Os guardas estão cansados – um deles está roncando –, então não a provocam.

Mas um som a desperta e, por um momento, ela fica confusa. Parece um trovão, mas o céu está claro, com uma névoa rosada de cores suaves: cor-de-rosa, branco e dourado. Ela olha para fora e se pergunta se morreu; nesse caso, este é o Paraíso? Mas, não muito distante, um guarda tosse. A carroça parou; ele está urinando em um arbusto, e ela confirma que ainda está viva. Procura a fonte do som e encontra. É o mar.

O mar está calmo. Sua superfície é plácida; a maré se movimenta como se um gigante adormecido respirasse pelas ondas que marulham. Mas um dia, ela pensa, ele vai acordar. Virá a tempestade.

Ela está agarrada às barras da jaula e, vindo de baixo, ouve um som de metal raspando, áspero e arranhado. Nas mãos, vê que as barras agora estão um pouco tortas. Não muito, mas o espaço entre elas está maior do que antes. Não o suficiente para atravessar. Não o suficiente para nada. Mas ele está ali; ele existe.

Chame como quiser. Um sinal. Um milagre. Por mais que ela tenha sido feita prisioneira, nada mudou. E, se isso é possível, o que mais Joana pode fazer se tiver oportunidade? Então vai dar tempo ao tempo. Vai ser paciente. Se for julgada pela igreja, vai dizer o que for preciso para sobreviver.

Ela pensa: Eu me tornei mais do que apenas eu mesma. Estou aqui, nesta jaula. Mas tenho outro corpo, invisível. Sou o grito de batalha, o rugido de lanças, piques e achas. Sou o som de centenas de cavalos retumbando colina abaixo e o vento que faz tremularem os estandartes, o impulso de uma catapulta, a explosão ensurdecedora da artilharia. Todo soldado, jovem e velho, que vá para a guerra deve pensar em mim e me carregar na alma. Daqui a cem anos, o som de meu nome ainda vai fazer os ingleses tremerem, por mais que meu povo me veja com carinho, com orgulho e com amor. Antes de cada batalha, os soldados de infantaria, artilheiros e sapadores vão abaixar a cabeça e dizer meu nome. Vão dizer: Joana, me dê força e coragem. E eu vou ouvi-los, onde quer que esteja. Nunca posso morrer.

Aqui está Deus, no céu e na névoa rosada, pronto para fazer um acordo. No estrondo das ondas, ela ouve a vibração do povo – seu povo. Ouve a risada de sua irmã e sabe que vem do Paraíso.

Deus está ouvindo. No ouvido Dele, ela reza. Ou seja, ela diz a Ele: Eu, Joana, vou voltar. Todas as preces são desejos, mas isso não é um desejo.

É uma promessa.

POSFÁCIO
• • •

Não sei em que momento tive a ideia de escrever sobre Joana d'Arc. Só sei que tive, e, nos últimos quatro anos, ela tem sido companhia constante e minha amiga mais leal. Ainda é estranho descrever a evolução por meio da qual um personagem histórico passa a ser mais real do que as pessoas na sala ao lado. Mas foi o que aconteceu, e não é de admirar: Joana é uma pessoa notável.

Esta é uma obra de ficção. É importante enfatizar que a Joana que figura nestas páginas é uma Joana muito pessoal para mim. Direi primeiro o que essa Joana não é. Ela não é visitada por alucinações na adolescência, por visões do arcanjo Miguel e das santas Margarida de Antioquia e Catarina de Alexandria. Essas visões não dizem a ela o que fazer, que é deixar Domrémy e a proteção de sua família e ir para Vaucouleurs. A Joana destas páginas tem uma relação complicada com seu Deus. Ela é uma jovem prática: eficiente, valente, tão protetora com as poucas pessoas que ama quanto irascível com aqueles que testam sua paciência ou a menosprezam. A versão histórica de Joana, como normalmente retratada em biografias e filmes, é uma espécie de mulher santa, pode-se até dizer que uma fanática religiosa, que ouve a missa diversas vezes por dia, condena a prostituição e as apostas em seu exército (ela certa vez quebrou uma espada nas costas de uma prostituta) e encoraja seus soldados a confessar os pecados. Ela é mais ou menos uma líder de torcida espiritual para os combatentes – ou seja, os "verdadeiros" soldados. A Joana histórica não derrama sangue. Ela não luta, apesar de vestir uma armadura cara, ser uma amazona experiente e carregar uma espada. A Joana histórica prefere segurar seu estandarte e agrupar seus homens sem ferir nem mutilar um soldado inimigo sequer. Admito: nunca acreditei muito nessa história. Joana presenciou muita ação na batalha, o bastante para pôr sua vida em risco em inúmeras ocasiões. Em Orléans, foi atingida no pescoço. Diz a história que ela arrancou a flecha com as próprias mãos e voltou à batalha depois de aplicar banha de porco no ferimento. Em Jargeau, foi derrubada de uma escada quando uma pedra acertou seu elmo. Foi atingida na coxa perto dos muros de Paris. Esses relatos são todos verdadeiros.

Para mim, Joana é em primeiro lugar uma soldada, sem pretensão de beatificação ou canonização, e acho importante notar que ela só foi santificada quase quinhentos anos depois de sua morte. Imaginei uma Joana inspirada por Deus apenas enquanto dotada do talento de ser uma grande guerreira, líder natural e profeta. Profeta não de um futuro vago e nebuloso habitado por anjos, mas do futuro da batalha, sabendo como a guerra um dia seria travada, como a vitória poderia ser obtida de forma concreta. Em 1453, a França venceria a Guerra dos Cem Anos, vinte e dois anos depois da morte de Joana, em 1431, em grande parte devido ao uso de artilharia. A versão dessa Joana para as orações é conversar e, como visto no livro, muitas vezes negociar com seu Deus. Ela não é uma pessoa meiga ou humilde. Fala as coisas sem rodeios. É temperamental. É orgulhosa beirando a arrogância. É imperfeita, mas carismática. Cheia de raiva e capaz de infligir grande destruição e morte, mas também carinhosa, introspectiva, esperançosa por dias melhores. Em outras palavras, ainda muito humana.

Não quer dizer que eu não acredite no poder da fé. Eu acredito, e Joana passa a ver esse poder, embora não necessariamente vindo do Todo-Poderoso – na verdade, é a fé que outros depositaram nela. Mas a fé, pelos mesmos motivos que a tornam indestrutível, também é intangível. Tive que tomar muitas liberdades com a história de Joana e com a história da época para que fosse possível recontar sua jornada. Essa história é uma busca. É a busca de uma jovem mulher vivendo em tempos de guerra que parte em uma aventura. É uma busca por vingança e redenção. É também uma história sobre como uma heroína é moldada e feita, como é posta à prova até que o produto final seja algo que não pode ser destruído por mãos humanas, até que nem mesmo a derrota física na batalha seja capaz de subjugá-la. No fim das contas, essa Joana, como a Joana histórica, personifica algo muito maior do que ela mesma, e esse *algo* tem nos fascinado, extasiado e cativado por séculos. Não há ninguém que ouça a história dela e não sinta uma eletricidade no ar, uma sensação de admiração. Séculos depois, ela continua única e, embora tenha se tornado santa, eu diria que se sobressai bastante até em meio àquela companhia elevada, de muitas maneiras. Ela é, na minha opinião, absolutamente singular.

A armadilha de escrever sobre uma personagem tão monumental, que ocupa um espaço tão glorioso e, creio, puro e imaculado na história, é que é inevitável que quem escreve se apaixone pelo tema. Mas a ironia é: só o ato de embarcar na aventura de escrever uma personagem assim já requer um distanciamento de sua história. Há muitas biografias maravilhosas de Joana. Tive a honra de vasculhar sua vida incrível e recolher os pedaços que mais repercutiram em mim, e depois aprimorei e retoquei para criar uma história. Tive que tirar a Joana de alabastro do pedestal onde nós todos a colocamos e conversar com ela, de mulher para mulher. "Conte-me sobre você", eu pedi, e, das páginas de biografias e textos históricos, a voz dela falou. Eu escutei e considerei toda a extensão de sua vida. Os anos de sua juventude, que costumam ser descritos por alto. Os meses de glória extraordinária no campo de batalha. O trecho final de derrota, desgraça e tragédia que, embora a tenha feito conhecer o desespero, milagrosamente nunca abalou seu espírito. E, para fazê-la de carne e osso, tive que imaginar – tudo, desde o nome de seu cachorro (um xingamento) até a aparência dela. Concluir a partir desse rico material, dessa vida fascinante e realmente singular, que ela foi *apenas* uma serva de Deus seguindo ordens do além e uma devota da igreja que se mantinha pura por meio da virgindade seria subestimar de forma grosseira o absoluto magnetismo de sua personalidade, sua liderança e sua inimitável coragem. A fé nos torna fortes, mas não podemos atribuir tudo à fé em detrimento do esforço humano. Temos que recordar que Deus se revela ao mundo de muitas formas, e entre elas está o talento, embora o talento sempre se manifeste no que é concreto: na música, na arte, na literatura, nas ciências e, no caso de Joana, na guerra. Foi assim que interpretei sua vida.

Seiscentos anos depois, Joana ainda é uma força a ser respeitada. Muitas pessoas são atraídas por ela. E por que não? Diversos atributos da natureza humana dignos de admiração e que – espera-se – podem justificar nossa permanência nessa terra estão presentes nela: uma jovem mulher nascida na obscuridade que lutou pelo que amava e que viveu ao máximo sua curta vida.

Este livro é uma releitura dessa vida. É também uma contribuição à luz inextinguível de seu legado. Ela, Joana, nunca será esquecida, mas sempre lembrada, admirada e amada.

AGRADECIMENTOS
● ● ●

Este livro foi uma jornada, uma busca, à sua própria maneira, e eu não teria conseguido transpor os obstáculos e navegar pelos muitos caminhos espinhosos sem minha guia e editora Caitlin McKenna. Você foi para mim o que, historicamente, santas Catarina e Margarida foram para Joana: uma fonte de inspiração e reserva de sabedoria, força e calma, especialmente nos momentos incertos e desafiadores. Não seria muito exagero dizer que a Joana que aparece nestas páginas é, na verdade, *nossa* Joana. Ela simplesmente não teria tomado o espírito e a forma que tem sem suas anotações brilhantes, suas ideias e seu incentivo. Obrigada por personificar uma verdadeira paixão por livros e pela escrita. Este livro é dedicado a Joana, mas gostaria de pensar nele como uma homenagem à memória dela que construímos juntas.

Agradeço a Emma Caruso por suas correções cuidadosas e esclarecedoras, e por fornecer um novo par de olhos em um momento importante do processo editorial. Obrigada por sempre dar conta de minhas dúvidas e preocupações, legítimas ou não, com tanta graça e (uma santa) paciência.

Obrigada a Bonnie Thompson pela edição extraordinariamente minuciosa e sensível; a Simon Sullivan pelo design elegante e realmente formidável no miolo do livro; a Lucas Heinrich por criar uma sobrecapa poderosa e impactante; a Cara DuBois e Maggie Hart pelo cuidado e esmero na publicação; a David Lindroth pelo mapa deslumbrante; a Melissa Folds pela habilidade e inteligência em lidar com tudo que diz respeito à publicidade; a Madison Dettlinger por seu trabalho criterioso no marketing; e a Denise Cronin, Rachel Kind, Jessica Cashman, Donna Duverglas e Toby Ernst pela dedicada administração dos direitos subsidiários. Também sou grata a Avideh Bashirrad,

Robin Desser e Andy Ward por seu gentil apoio a este livro, que permitiu que ele se tornasse realidade.

Um grande obrigada a Elisabeth Weed pela energia e tempo infinitos que dedicou a este livro. Obrigada por suas ideias, por seu entusiasmo contagiante e por ser maravilhosa.

E por último, mas não menos importante, gostaria de agradecer à minha mãe, cuja coragem diária em navegar pelos múltiplos perigos e armadilhas da vida, tanto grandes quanto pequenos, tornou possível (e plausível) esta imaginação da jornada de Joana. Quando meus próprios nervos levam a melhor sobre mim, obrigada por ser valente, por ser uma guerreira do mundo moderno.

SOBRE A AUTORA
● ● ●

KATHERINE J. CHEN é autora do romance *Mary B*. Seus trabalhos foram publicados no *New York Times*, na revista *Los Angeles Review of Books*, no site *Literary Hub* e na antologia de ficção histórica *Stories from Suffragette City*. Ela é formada pela Universidade de Princeton e concluiu seu mestrado pela Universidade de Boston, onde foi professora sênior e venceu o Florence Engel Randall Fiction Prize.

LEIA TAMBÉM,
DA PLANETA MINOTAURO

• • •

Madeline Miller

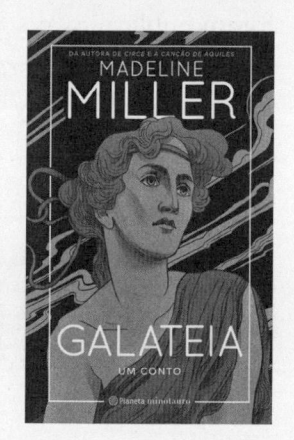

Jennifer Saint

Stephen Fry

Marion Zimmer Bradley

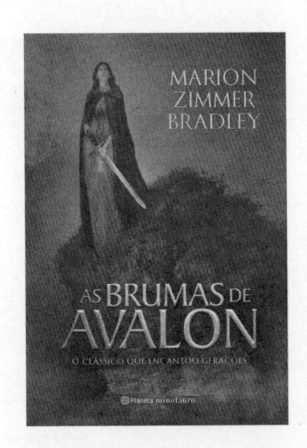

AS BRUMAS DE AVALON	**A CASA DA FLORESTA**
A SENHORA DE AVALON	**A SACERDOTISA DE AVALON**

**Acreditamos
nos livros**

Este livro foi composto em Sabon LT Pro
e impresso pela Geográfica para a Editora
Planeta do Brasil em dezembro de 2022.